U0542467

ZHONGGUO XIAOSHUO
100 QIANG

中国小说100强（1978—2022）

雨把烟打湿了

须一瓜　著

图书在版编目（CIP）数据

雨把烟打湿了 / 须一瓜著. -- 北京 : 北京联合出版公司, 2023.9

（中国小说100强）

ISBN 978-7-5596-7089-2

Ⅰ.①雨… Ⅱ.①须… Ⅲ.①长篇小说－中国－当代 Ⅳ.①I247.5

中国国家版本馆CIP数据核字(2023)第117936号

雨把烟打湿了

作　　者： 须一瓜
出 品 人： 赵红仕
出版监制： 张晓冬　范晓潮
责任编辑： 夏应鹏
特约编辑： 和庚方　刘沐雨
封面设计： 武　一

北京联合出版公司出版
（北京市西城区德外大街83号楼9层　100088）
北京兴星伟业印刷有限公司印刷　　新华书店经销
字数192千字　650毫米×920毫米　1/16　22印张
2023年9月第1版　2023年9月第1次印刷
ISBN 978-7-5596-7089-2
定价：68.00元

中国小说100强（1978—2022）丛书

编委会

总　序

“中国小说 100 强”（1978—2022）是资深出版人张明先生和腾讯读书知名记者张英先生共同策划发起的一套大型文学丛书。他们邀请我和宗仁发、谢有顺、顾建平、文欢一起组成编委会，并特邀徐晨亮参与，经过认真研讨和多轮投票最终评定了 100 人的入选小说家目录。由于编委们大多都是长期在中国文学现场与中国文学一路同行的一线编辑、出版家、评论家和文学记者，可以说都是最专业的文学读者，因此，本套书对专业性的追求是理所当然的，编委们的个人趣味、审美爱好虽有不同，但对作家和文学本身的尊重、对小说艺术的尊重、对文学史和阅读史的尊重，决定了丛书编选的原则、方向和基本逻辑。

从文学史的角度来说，1978 年以后开启的新时期文学是中国当代文学的黄金时代，不仅涌现了一批至今享誉世界的优秀作家，而且创造了许多脍炙人口的文学经典，并某种程度上改写了 20 世纪中国文学史的版图。而在中国新时期文学的经典家族中，小说和小说家无疑是艺术成就最高、影响力最大的部分。“中国小说 100 强”（1978—2022）就是试图将这个时期的具有经典性的小说家和中国小说的经典之作完整、系统地筛选和呈现出来，并以此构成对新时期文学史的某种回顾与重读、观察与评判。呈现在读者面前的这套丛书是对 1978—2022 年间中国当代小说发展历程的一次全面、系统的整体性回顾与检阅，是中国当代文学经典化的重要成果，从特定的角度集中展示了中国新时期文学在小说创作方面的巨大成就。需要说明的是，与 1978—2022 年新时期文学繁荣兴盛的局面相比，100 位作家和 100 本书还远远不能涵盖中国当代小说的全貌，很多堪称经典的小说也许因为各种原因并未能进入。莫言、苏童、余华等作家本来都在编委投票评定的名单里，但因为他们已与某些出版社签下了专有出版合同，不允许其他出版社另出小说集，因而只能因不可抗原因而割爱，遗珠之憾实难避免，而且文学的审美本身也是多元的，我们的判断、评价、选择也许与有些读者的认知和判断是冲突的，但我们绝无把自己的标准强加于别人的意思。我们呈现的只是我们观察中国这个时期当代小说的一个角度、一种标准，我们坚持文学性、学术性、专业性、民间性，注重作家个体的生活体验、叙事能力和艺术功力，我们突破代际局限，老、中、青小说家都平等对待，王蒙、冯骥才、梁晓声、铁凝、阿来等名家名作蔚为大观，徐则臣、阿乙、弋舟、鲁敏、林森等新人新作也是目不暇接，我们特别关注文学的新生力量，尤其是近 10 年作品多次获国家大奖、市场人气爆棚的新生代小说家，我们秉持包容、开放、多元的审美立场，无论是专注用现实题材传达个人迥异驳杂人生经验、用心用情书写和表现时代精神的现实主义作家，还是执着于艺术探索和个体风格的实验性作家，在丛书里都是一视同仁。我们坚信我们是忠实于自己的艺术理想、艺术原则和艺术良心的，但我们并不认为自己的角度和标准是唯一的，我们期待并尊重各种各样的观察角度和文学判断。

当然，编选和出版“中国小说 100 强”（1978—2022）这套大型丛书，除了上述对文学史、小说史成就的整体呈现这一追求之外，我们还有更深远、更宏大的学术目标，那就是全力推进中国当代文学“经典化”的历程和“全民阅读·书香中国”建设。

从 1949 年发端的中国当代文学已经有了 70 多年的发展历程，但对这 70 多年文学的评价一直存在巨大的分歧，“极端的否定”与“极端的肯定”常常让我们看不到当代文学的真相。有人认为中国当代文学达到了前所未有的高度和水平。王蒙先生在法兰克福书展上就说：中国当代文学现在是有史以来最繁荣的时期。余秋雨、刘再复甚至认为中国当代文学的成就远远超过了现代文学。也有人极端否定中国当代文学，认为中国当代文学都是垃圾。他们认为现代文学要远远超过当代文学，中国当代文学连与现代文学比较的资格都没有。比如说，相对于鲁（迅）、郭（沫若）、茅（盾）、巴（金）、老（舍）、曹（禺）这样大师级的人物，中国当代作家都是渺小的侏儒，根本不能相提并论，两者比较就是对大师的亵渎。应该说，与对中国当代文学的肯定之声相比，对当代文学的否定和轻视显然更成气候、更为普遍也更有市场。尽管否定者各自的角度和出发点不同，但中国当代作家、作品与中外文学大师、文学经典之间不可比拟的巨大距离却是唱衰中国当代文学者的主要论据。这种判断通常沿着两个逻辑展开：一是对中外文学大师精神价值、道德价值和人格价值的夸大与拔高，对文学大师的不证自明的宗教化、神性化的崇拜。二是对文学经典的神秘化、神圣化、绝对化、空洞化的理解与阐释。在此，我们看到了一个非常有趣的悖论：当谈论经典作家和文学大师时我们总是仰视而崇拜，他们的局限我们要么视而不见要么宽容原谅，但当我们谈论身边作家和身边作品时，我们总是专注于其弱点和局限，反而对其优点视而不见。问题还不在于这种姿态本身的厚此薄彼与伦理偏见，而是这种姿态背后所蕴含的“当代虚无主义”。这种“虚无主义”的最大后果就是对当代作家作品“经典化”的阻滞，对当代文学经典化历程的阻隔与拖延。一方面，我们视当下作家作品为“无物”，拒绝对其进行“经典化”的工作，另一方面又以早就完全“经典化”了的大师和经典来作为贬低当下泥沙俱下的文学现实的依据。这种不在同一个层面上的比较，不仅毫无意义，而且只能使得文学评价上的不公正以及各种偏激的怪论愈演愈烈。

其实，说中国当代文学如何不堪或如何优秀都没有说服力。关键是要进行“经典化”的工作，只有“经典化”的工作完成了才有可能比较客观地对当代的作家作品形成文学史的判断。对当代的“经典化”不是对过往经典、大师的否定，也不是对当代文学唱赞歌，而是要建立一个既立足文学史又与时俱进并与当代文学发展同步的认识评价体系和筛选体系。当然，我们也要承认，“经典化”问题是一个非常复杂的问题，并不是凭热情和冲动一下子就能完成的，但我们至少应该完成认识论上的“转变”并真正启动这样一个“过程”。

现在媒体上流行一些对于中国当代文学经典化冷嘲热讽的稀奇古怪的言论，其核心一是否定中国当代文学有经典、有大师，其二是否定批评界、学术界有关“经典化”的主张，认为在一个无经典的时代，“经典”是怎么“化”也“化”不出来的，“经典化”是一个实实在在的“伪命题”。其实，对于文学，每个人有不同的判断、不同的理解这很正常，每一种观点也都值得尊重。但是，在“经典”和“经典化”这个问题上，我却不能不说，上述观点存在对“经典”和“经典化”的双重误解，因而具有严重的误导性和危害性。

首先，就“经典”而言，否定中国当代文学早就不是什么新鲜事，对当代文学的虚无主义态度在很多人那里早已根深蒂固。我不想争论这背后的是与非，也不想分析这种观点背后的社会基础与人性基础。我只想指出，这种观点单从学理层面上看就已陷入了三个巨大误区：

第一个误区，是对经典的神圣化和神秘化的误区。很多人把经典想象为一个绝对的、神圣的、遥远的文学存在，觉得文学经典就是一个绝对的、乌托邦化的、十全十美的、所有人都喜欢的东西。这其实是为了阻隔当代文学和“经典”这个词发生关系。因为经典既然是绝对的、神圣的、乌托邦的、十全十美的，那我们今天哪一部作品会有这样的特性呢？如果回顾一下人类文学史，有这样特性的作品好像也没有。事实上，没有一部作品可以十全十美，也没有一部作品能让所有人喜欢。在这个问题上，我们应该明确的是，“经典”不是十全十美、无可挑剔的代名词，在人类文学史上似乎并不存在毫无缺点并能被任何人所认同的“经典”。因此，对每一个时代来说，“经典”并不是指那些高不可攀的神圣的、神秘的存在，只不过是那些比较优秀、能被比较多的人喜爱的作品而已。从这个意义上说，当今中国文坛谈论“经典”时那种神圣化、莫测高深的乌托邦姿态，不过是遮蔽和否定当代文学的一种不自觉的方式，他们假定了一种遥远、神秘、绝对、完美的“经典形象”，并以对此一本正经的信仰、崇拜和无限拔高，建立了一整套关于中国当代文学的伦理话语体系与道德话语体系，从而充满正义感地宣判着中国当代文学的死刑。

第二个误区，是经典会自动呈现的误区。很多人会说，是金子总是会发光的。但对文学来说，文学经典的产生有着特殊性，即，它不是一个“标签”，它一定是在阅读的意义上才会产生意义和价值的，也只有在阅读的意义上才能够实现价值，没有被阅读的作品没有被发现的作品就没有价值，就不会发光。而且经典的价值本身也不是固定不变的。如果一个作品的价值一开始就是固定不变的，那这个作品的价值就一定是有限的。经典一定会在不同的时代面对不同的读者呈现出完全不同的价值。这也是所谓文学永恒性的来源。也就是说，文学的永恒性不是指它的某一个意义、某一个价值的永恒，而是指它具有意义、价值的永恒再生性，它可以不断地延伸价值，可以不断地被创造、不断地被发现，这才是经典价值的根本。所以说，经典不但不会自动呈现，而且一定要在读者的阅读或者阐释、评价中才会呈现其价值。

第三个误区，是经典命名权的误区。很多人把经典的命名视为一种特殊权力。这有两个层面的问题：一，是现代人还是后代人具有命名权；二，是权威还是普通人具有命名权。说一个时代的作品是经典，是当代人说了算还是后代人说了算？从理论上来说当然是后代人说了算。我们宁愿把一切交给时间。但是，时间本身是不可信的，它不是客观的，是意识形态化的。某种意义上，时间确会消除文学的很多污染包括意识形态的污染，时间会让我们更清楚地看清模糊的、被掩盖的真相，但是时间同时也会使文学的现场感和鲜活性受到磨损与侵蚀，甚至时间本身也难逃意识形态的污染。此外，如果把一切交给时间，还有一个前提，那就是对后代的读者要有足够的信任，要相信他们能够完成对我们这个时代文学的经典化使命。但我们对后代的读者，其实是没有信心的。我们今天已经陷入了严重的阅读危机，我们怎么能寄希望后代人有更大的阅读热情呢？幻想后代的人用考古的方式对我们这个时代的文学进行经典命名，这现实吗？我不相信后人对我们身处时代“考古”式的阐释会比我们亲历的“经验”更可靠，也不相信，后人对我们身处时代文学的理解会比我们亲历者更准确。我觉得，一部被后代命名为“经典”的作品，在它所处的时代也一定会是被认可为“经典”的作品，我不相信，在当代默默无闻的作品在后代会被“考古”挖掘为“经典”。也许有人会举张爱玲、钱钟书、沈从文的例子，但我要说的是，他们的文学价值早在他们生活的时代就已被认可了，只不过很长时间由于意识形态的原因我们的文学史不谈及他们罢了。此外，在经典命名的问题上，我们还要回答的是当代作家究竟为谁写作的问题。当代作家是为同代人写作还是为后代人写作？幻想同代人不阅读、不接受的作品后代人会接受，这本身就是非常乌托邦的。更何况，当代作家所表现的经验以及对世界的认识，是当代人更能理解还是后代人更能理解？当然是当代人更能理解当代作家所表达的生活和经验，更能够产生共鸣。因此，从这个角度来说，当代人对一个时代经典的命名显然比后代人更重要。第二个层面，就是普通人、普通读者和权威的关系。理论上，我们都相信文学权威对一个时代文学经典命名的重要性，权威当然更有价值。但我们又不能够迷信文学权威。如果把一个时代文学经典的命名权仅仅交给几个权威，那也是非常危险的。这个危险表现在什么地方呢？就是几个人的错误会放大为整个时代的错误，几个人的偏见会放大为整个时代的偏见。我们有很多这样的文学史教训。在这个问题上，我们既要相信权威又不能迷信权威，我们要追求文学经典评价的民主化、民主性。对一个时代文学的判断应该是全体阅读者共同参与的民主化的过程，各种文学声音都应该能够有效地发出。这个时代的文学阅读，最理想的状态应该是一种互补性的阅读。为什么叫“互补性的阅读”？因为一个批评家再敬业，再劳动模范，一个人也读不过来所有的作品。举个例子：现在我们一年有5000部以上的长篇小说，一个批评家如果很敬业，每天在家读二十四小时，他能读多少部？一天读一部，一年也只能读三百部。但他一个人读不完，不等于我们整个时代的读者都读不完。这就需要互补性阅读。所有的读者互补性地读完所有作品。在所有作品都被阅读过的情况下，所有的声音都能发出来的情况下，各种声音的碰撞、妥协、对话，就会形成对这个时代文学比较客观、科学的判断。因此，文学的经典不是由某一个“权威”命名的，而是由一个时代所有的阅读者共同命名的，可以说，每一个阅读者都是一个命名者，他都有对经典进行命名的使命、责任和“权力”。而作为一个文学研究者或一个文学出版者，参与当代文学的进程，参与当代文学经典的筛选、淘洗和确立过程，更是一种义不容辞的责任和使命。说到底，“经典”是主观的，“经典”的确立是一个持续不断的“过程”，“经典”的价值是逐步呈现的，对于一部经典作品来说，它的当代认可、当代评价是不可或缺的。尽管这种认可和评价也许有偏颇，但是没有这种认可和评价，它就无法从浩如烟海的文本世界中突围而出，它就会永久地被埋没。从这个意义上说，在当代任何一部能够被阅读、谈论的文本都是幸运的，这是它变成“经典”的必要洗礼和必然路径。

总之，我们所提倡的“经典化”不是要简单地呈现一种结果，不是要简单地对一个时代的文学作品排座次，不是要武断地指出某部作品是“经典”，某部作品不是“经典”，不是要颁发一个“谁是经典”的荣誉证书，而是要进入一个发现文学价值、感受文学价值、呈现文学价值的过程。所谓“经典化”的“化”实际上就是文学价值影响人的精神生活的过程，就是通过文学阅读发现和呈现文学价值的过程。可以说，文学的经典化过程，既是一个历史化的过程，更是一个当代化的过程。文学的经典化时时刻刻都在进行着，它需要当代人的积极参与和实践。因此，哪怕你是一个对当代文学的虚无主义者，你可以不承认当代文学有经典，但只要你还承认有文学，你还需要和相信文学，还承认当代文学对人的精神生活具有影响力，你就不应该否定当代文学经典化的重要性。没有这个“经典化”，当代文学就不会进入和影响当代人的生活，就失去了存在的意义。每一个人，哪怕你是权威，你也不能以自己的好恶剥夺他人阅读文学和享受文学的权利。

从这个意义上说，当代文学的经典化当然是一个真命题而不是一个伪命题。在一个资讯泛滥的时代，给读者以经典的指引是文学界、出版界共同的责任，而这也是我们编辑出版这套书的意义所在。

最后，感谢张明和张英先生为本套书付出的辛劳，感谢北京立丰天文化传播有限公司、北京金圣典文化有限公司的资金支持，感谢全体编委和北京联合出版公司各位编辑，感谢所有对本套丛书的出版给予大力支持的作家和他们的家人。

是为序。

吴义勤

2022 年冬于北京

目　录
Contents

会有一条叫王心大的鱼

一

阴雨天持续了三周半，劈头而来万里晴空，让人们有点中奖的呆怔。住高层的人不太敢多看天，因为天蓝得透黑，令人眩晕。放晴才一小会儿，家家户户的阳台上，就竞相披挂出万花筒一样潮湿的衣物，好像太阳把每一家都炸得杂碎流溢。小区里一栋栋高楼，就像刚升出海面的大方柱，挂满了筋筋吊吊的“海蛎海带”之类。

一楼，两家相邻的院子里，也都架着洗晒的被单、床单，绿篱上还有一匾红艳的枸杞子。几只指甲大小的五月灰蝶，在两家院子的绿篱中隔上翻飞。一个四岁左右的孩子，仰着脸张开双手，像盲人一样在院子里慢慢移动。她的手碰到摊晒被单的金属晾衣架，小身子停了停，猫下腰从被单下穿过，然后，继续张着小手慢慢地移动，又碰到绿篱，她慢慢转身折回。那是院子的边界，小女孩沿着绿篱矮墙，摸索到两家院子中隔绿篱的稀疏处，用力把自己挤了过去。身上黄白格子的背带工装裤，都沾上了绿篱嫩枝上的积水和绿汁。

这样，她就到了隔壁邻居的院子里。小女孩依然保持张开双手的盲人姿势，进行探险似的摸索游走着。蹲在院子水池边修理水龙头的男人，站起来注视着出现在院子里的小客人。他觉得这个盲人小孩会摔倒，但是，他不能确定她是不是淘气。

果然，小女孩说："你在干什么？"

"龙头坏了。"

"怎么坏了？"

"关不紧了。漏水。"

"鱼呢？"

"什么鱼？"

"原来在这儿！"小女孩指着四季桂树下。

"原来你不是小瞎子。"

"鱼呢？"

"吃掉了。"

小女孩瞪大了她的小眼睛。她不再假装盲人，走到四季桂下，弯腰张望寻找了好一会儿，走到水池边。

"你真的把鱼吃掉了？"

他在水龙头连接口缠生料带。小女孩又看看他家的防蚊纱门，小心翼翼地问："鱼在不在里面？"

"嗯，在我肚子里。"

他漫不经心地应了一句。小女孩说的是四季桂树下那一瓦钵的金鱼，里面一直有几条金鱼在深绿色的水草里生活着。母亲前天晚上就是在这里滑倒的，鱼缸被倒下的一盆月季砸破了。月季本来在花架子上，花架子是母亲摔倒时企图用手去抓而拉倒的。母亲从医院回来时，现场就被钟点阿姨收拾掉了，顺水流出来的金鱼自然都干死了。

“——你是谁?！”

小女孩的怒责是突然发出的，吓了他一跳。他低头一看，那张仰起的小脸上，一颗气急败坏的泪珠闪闪欲落。他笑起来，如果不是施工的手太脏，他可能会拍拍孩子。但是，他只是笑了，没有任何认错表示。小女孩哇地哭起来：“你敢吃掉金鱼……”

他有点慌张，看看隔壁邻居并没有人出来。他对小女孩做出嘘的手势，请她止哭。“这是爷爷奶奶的鱼！也是……我的鱼。”小女孩说到后面，因为吹牛而底气不足，声音小了下来。但是，很快她又厉声道，“就不是你的鱼！”

“是我的鱼。是我送给我爸妈的。”

他们在哪里？

“就是你叫爷爷奶奶的。”

小女孩愣怔着，脸憋得死白：“……你是骗子！——坏人！”

二

“以后再漏水，也别接了。让它流。接两桶水才省了多少钱？这医院一趟，两千多块钱，可以买多少吨水啊你自己算！”

一个灰发老太太愁苦地坐在餐桌边。她的右边胳膊打着雪白的石膏绷带吊着。餐桌另一边是个几乎秃头的长眉老头，他拿着放大镜在看报纸，另一只手悄悄地摸到糖果盒里，拿到了一颗巧克力球。老太太啪地打了他的手一下，那颗糖球掉在盒子里。手自然缩回的老头，好像压根儿没有偷糖这么回事，低下脑袋，假装更专注地用放大镜阅读报纸。

做儿子的把客厅的顶灯、壁灯啪啪啪地全部打开。那个重重的动作，看得出他很不高兴。但灰发老太站起来就过去关灯。儿子吼：“你省这个电费干什么？老爸都快趴到报纸上了！”

“大白天的，开什么灯啊。”

“这是一楼！采光差！这么昏暗不难受吗？”

“暗点我才舒服。”

“你舒服我不舒服行不行?！”儿子又把灯打开。

“太刺眼了我。”

“你到我家怎没说刺眼？——成天不舍得开灯，哪天半夜起来摔一跤，你就知道住院费比电费贵！”

“谁家大白天开灯啊。”

“——别这么省行不行啊我的老妈，水啊，电啊，煤气啊，你就放手用吧。都一把年纪了，你可以享受了。难道摔断了手腕还教训不够？要是你也像冯欣公公那样摔成偏瘫，那你就要害死我和冯欣了。”

“亲家快出院了吧？”

“不知道。”

“我和你爸是锻炼太极拳的。我们才不会像他那样不经摔。”

“拜托！”

“他成天打麻将，不爱运动……”

“你管好自己吧。老爸又不能当人用，你再有问题，冯欣要疯了，她公爹都照顾不过来，小卷马上中考。我可是请了年假来陪你的。拜托你了！”

“我叫你不要来，谁让你请假？我指挥你老爸他还是会帮我两下的。钟点阿姨不是上午都在家里？”

“好啦好啦！够了！”

“上个月搬来的邻居也很好。他们有个保姆，很勤快的，叫好春。有急事，我可以叫她。”

“……他家有个三四岁的小女孩？”

“你看到小袜子了？她妈妈眼睛瞎啦。”老太太来了兴致，“听保姆说，是车祸啦。只剩一只眼睛有一点点视力。根本看不出她瞎。听说她老公还是老板。”

手机响了。那儿子在接电话。

“一米二，对，装在马桶前面的墙上做扶手。够了。我量过了。哎对，你们那儿有没有防滑垫？我要把卫生间铺满，对，防滑的。九十乘一米三，要扣除马桶位置，谢谢谢谢！——你们几点到？不要太晚，老人吃饭比较早。我会在。你们尽快。”

“又买什么?！我从来没有滑倒过！别乱花钱啊！”

儿子打了“你去你去”的手势。灰发老太太以为儿子说没买没买，便宽心地继续说，“他们一搬过来啊，就送了一个台湾凤梨过来。大大的绿绿的，没想到非常甜。你爸爸爱吃得不得了。害得我赶紧送了一大碗饺子过去。我们可不欠别人的情……”

儿子又在接电话。

“……行，那你直接跟主任汇报，直说！就说那犯开设赌场罪的家伙，又被判监外执行，‘入矫宣告’完他就说，‘赌场我还得接着开，不然我没法活’——你直说。回头我也找主任。尿毒症他不收监，我们社区矫正又能拿尿毒症怎么处理?！”

儿子冲着电话大发雷霆，眉眼凶悍丑恶，唾沫星子用力飞溅在茶几玻璃面上。老太太寻望着那唾沫星子的落地处，有点出神。她觉得儿子很了不起，干的事业很威武。

儿子放下电话，发现母亲已经把餐桌上的茶点盒子收藏到柜子上了。医生不让父亲吃糖，日益严重的老年痴呆症，几乎让父亲忘记、淡漠了岁月带来的一切，但是，他牢牢记着糖的美好，只要一有机会，就把糖块放进嘴里。

“伟啊你再跟物业反映一下，我们住一楼，车库又没有车，你的车多久来一次啊，凭什么收我们的电梯使用费？”

儿子在看手机。

老太太说，“我们老了，说话根本没有人听。哼他们不知道，我们孩子都是公务员。老头子也是搞民政退下的，再不行我找人大反映去——你去就要穿司法局的制服去谈。”

儿子看着手机在微微发笑，后来干脆轻笑出声。老太太困惑地看着儿子，看着看着，老太太也笑了。儿子看着手机傻笑，让母亲很舒心，虽然她不知道儿子为什么忽然开心了。冯伟比冯欣小五岁，也快四十了，一脸横肉铜铃眼，不笑的时候，表情稳重里透着乖戾，其实讨人嫌。但在母亲眼里却都是孩提时的好看样子。老太太笑眯眯地慢慢走近墙壁顶灯开关。她又看了看外面明亮的太阳光，确定应该关灯。这半个月阴雨天的白天都没有开灯，今天大太阳天开灯，实在太可惜了。就像捉迷藏胜利似的，老太太偷偷把顶灯开关轻轻按掉。她以为可以像以前那样不被儿子发现，但冯伟马上跳了起来。

跳起来的儿子真是凶相毕露：

“——钱、不、是、省、出、来、的！！”

“要吃人啊。”老太太讪讪地笑着。

“你怎不点蜡烛过去！”

父亲慢吞吞地插了一句：蜡烛更贵哦。

“不说话没人当你是哑巴！”老太太掉头就对老头子猛烈开火，霎时就没有了对待儿子的娇宠慈和。

三

从租来的停车位走到自家门道电梯口，要走二百零一步。但是，这个大型小区人车稠密，能租到车位就不错了。妻子车祸失明后，他就决定租个带院子的一楼房子，方便妻子安全进出晒太阳。电梯门出来，左转几步就是家了。和往常一样，两层门都开着，妻子和小袜子站在门口等他。出电梯还没有左转，小脚步噗叽噗叽地奔了过来，小丫头扑进他怀里。照例，他蹲下让小丫头骑在脖子上。

前进！小丫头喊。

妻子的眼睛完全看不出瞎了，但是她微微抬起又放下的手，暴露了她用手替代眼睛的习惯正在形成。她偏着脸，那个角度的狭窄视线里，她能模糊看到光与人影。妻子沉静的美，似乎并没有被致盲的车祸损坏。每当如此，他都会感到心尖微颤。他不明白，这样一个人，怎么可能在他被捕时驾车失控逆行。撞击时，她的头狠狠磕在方向盘上。但是，今天，他没有像往常一样拍扶妻子，而是没换鞋就快步进屋，掏出一部类似老人手机的黑色手机，马上充上电。

“今天怎么这么早？”妻子说。

“真他妈厉害。居然知道它没电了，我自己还不知道，一个电话过来恶狠狠地命令马上充电。”

“昨天我提醒过你呀。”

“充了，可能谁碰歪了，接触不良。”

“我没有！爸爸。上次妈妈说不能动，我就没有动了。”

“你乖。去给爸拿拖鞋。”

“爸爸，我昨天做梦了。让妈妈说。”

“你自己的梦自己说。”

“妈妈说。”

“妈妈想再听一遍。”

“通知明天政治学习。在区司法所。——天，更早一条短信是后天到马口山西园劳动。”

“我梦到爸爸被坏人绑在树上。妈妈睡在水里。”

“明天后天不是云南合作方要来?!”

“现在不能也不敢叫他们改时间了。已经改过一次了。”

“后来很多人来救爸爸，谁都解不开绳子。”

“我看这次合作会黄掉。”

“黄就黄吧。没办法的事。社区矫正是绝对不允许请假的。都说那个管教很变态。”

“我自己做的梦，后来我自己都哭了……”

“要不，我们就跟云南合作方说真实情况？”

“说一个刑事罪犯在缓刑期，诸多不便请多关照？”

“嗯。”

“如果是你，在那么多请求合作的对象中，你会选择这样的人吗？”

小丫头把手里骑自行车的娃娃玩具使劲掼在沙发上。

“哦！哦哦，我们在听呢。你说。你的梦。让爸爸先停。”

“不礼貌！都说大人说话不要插嘴，为什么我一说，你们就插嘴？”

“好吧，你说。爸爸听。”

“后来一个哥哥来了，他用很大的刀割断绳子，把爸爸的手都割破了，血流了很多很多。爸爸就把妈妈从水里抱起来了。你们就去照相，旁边有一座绿色的、很高的滑滑梯。很好玩的滑滑梯。”

“你在滑滑梯上哭吗？”

“不是。我还在做梦。我是醒来才哭的。”

“为什么哭呢？”

“醒太快了，不然，就可以梦到我们三个一起去滑滑梯！天那么高的、绿色的滑滑梯！它真的有天那么高！”

男人把孩子再次抱了起来。

“张姐、姜总，小明会来，馄饨馅还放姜末吗？他讨厌生姜。”

妻子的脸偏向丈夫。他想了想，咕哝了一句：“大学念了，工作也几年了，怎么就是学不会吃姜呢？上辈子是寒流吗？”

妻子对厨房里移动过来的脚步声说：“还是放吧春好，减半。老姜爱吃。小明的女同学好像也会吃姜。”

“我不要哥哥的女同学来！”

“为什么？”

“就不要！哥哥是我的！”

“嘉子姐姐要嫁给你小明哥哥的，是一家人。”

“我嫁给哥哥！我和哥哥是一家人！”

“哈哈，等你长大，小明哥哥都老啦——”

“春好，别跟袜子说这些。”

四

“嘘——别闹。我抱抱你就走。”

“装什么乖，为什么不敢说我们早在一起了?!”

“我爸妈死板的人。尤其是我爸，他痛恨没有责任感的状态。”

“——你弄疼我了！”

“嘘——嘘！我家隔音不好。”

“袜子真的是你爸妈亲生的？他们都五十几岁了嘛。”

“哎哟哟！嘶——这么狠，谋杀亲夫啊?!”

“你上次就说，会告诉我家里的事。现在说。”

“都几点了。下次。”

“说不说？不说我尖叫了。”

“尖叫干吗？”

“让你爸妈知道，你从客厅进来强奸我！”

“哦喔，我的蛇蝎心肝。你想知道什么？”

“你爱我多少，就告诉我多少。”

“你能严守秘密吗？”

“能。”

“袜子是一对高中生的孩子。”

“啊——?!”

“两人都是学霸，面临几个月后高考的那个春节初二，女孩突然早产下小袜子。全家人快疯了。女孩家在乡下，她的姑姑是镇里医院的护士，她的朋友的朋友和我妈妈是好闺密。好闺密知道我妈妈喜欢孩子，就劝我妈说，你有钱又有闲，干脆把宝宝接过来养。不然，这个小宝宝肯定会被女方父母弄死，而这对高中生的前途可能也完了。”

“太恐怖了。”

“我父母在两个小时内做出了决定，还有我。我支持。”

“怎么养啊？”

“很难，几次小袜子差点就死了。出生时，她不到八个月，比一棵大白菜还小，我看到她红红小小的一团肉，整个手掌，只有我一个拇指大。”

“吓死人啦！”

“终于可以接回家的那天，我们一家三口都去了。一见到那团红肉，我看到我爸爸有一点后退，但是，当他接过襁褓时，一下子换成了尽力保护的姿势，好像要把袜子抱进自己身体里；我妈妈，也是这样。就像第一次看到那团小东西，她似乎有点害怕，脖子直了直，但很快，她把脸贴在了袜子很难看的小巴巴脸上。那个时候，我眼泪都热了，觉得不保护她根本不行。”

“那对高中生，你见过吗？”

“从没见过。本来说好，我们家和他们永不相见。但是，那两个学霸太聪明了，高考完，不知怎么的，还是找到了我父母。男生说，绝不再来，只为了对恩人说声谢谢。”

“你父母怎么说？”

“我父亲揍了他一顿，说，有的事责任如山，你给我记住！”

“那你妈妈怎么说？”

“我妈妈说，你们安心读书吧。这个事情永远过去了。小袜子的身世，在她合适的时候，我自己会告诉她。请你们从此不要再来了。”

“我父亲事后说，那个男孩根本不相信女孩生了孩子。他是想眼见为实，不受人讹诈。”

“女孩家里人讹诈他了？”

“将心比心，肯定有点麻烦吧。但我父母没问。”

“不过，怎么会没有一个人发现女孩怀孕？真太奇怪。”

“妈妈的闺密说，女孩体形比较胖。到六七个月开始显肚子时，又进入了冬天。而女孩自己不知道怀孕，是她生理期本来就不准。早孕反应的时候，她以为是胃病，男孩还买了肠胃药偷偷给她。”

“他们高考顺利吗？”

“男孩上了北大。女孩成绩大受影响，只考上了省师大。后来我父亲，又揍了男孩一顿。我妈说，差点把他踢死了。”

“早恋鸳鸯分手了？”

“早就分了。大学第一年好像。”

“那你爸为什么揍他？”

“太晚了，下次说吧。”

“不行！”

“我真的困了。”

“这样吊我胃口，我会失眠的！”

“改天一定说——别吻了，我不吃美人计——哎哎，天哪。”

“我尖叫了？”

“求你。我明天要接机，睡不了懒觉。”

五

马口山西园大门前。三十多个社区矫正对象排成三排，每人手里都拿着一张纸。队伍男多女少，全是被法院判处管制、拘役、被宣告缓刑及假释或在监外执行的其他社区服刑人员。矫正人员“入矫宣告”时要保证，其随身携带的定位监督手机每天二十四小时开机；每周到司法所报到一次，每半个月向司法所上交一份思想汇报和矫正心得体会。还有，每月参加社区服务不少于十二小时，每月参加学习受教育时间不少于八小时。

矫正小组的助理们，流动性可能很大。不时变换新面孔。唯一不变的是冯组长。听说他是辖区司法所唯一的公务员。但是脾气很不好，一双“Ω”似的奇怪大眼睛，透着吃惊与不耐烦，成天不是自己不高兴，就是别人让他不高兴。平时组织社区矫正服刑人员学习劳动的，都是司法助理们和司法志愿者。只有两会期间，或其他重要日子，或者助理不在岗时，冯组长才会亲自来。社区矫正服刑人员都知道他的暴躁和不高兴。

冯组长杀气腾腾地一走过来，队伍就自动整齐了一些。

“心得！”司法志愿者一声吆喝。

队伍纷纷举起那张写好了的纸片。

“定位手机！”

队伍里的三十多条胳膊，唰唰举起黑黑的定位手机。

“邱婷娅！出列！”冯组长暴喝。

一个恹恹而狐媚的女子，走T台似的，用扭胯的猫步，一步一铲大腿地从最后一排走出来，站到了冯组长跟前。她翻着眼睛恹恹看天。

“为什么关机?!”

“没钱续费呀。”

“去借！”

“名声不好。人都不借——冯组长，你借我两百？”

“姜顺东！”冯组长突然冲着队伍，又一声暴喝。

姜顺东连忙高声应答：到！

“出列！”

“是！”

“昨天没打电话！”

“报告政府！打了。是没人接。”

“没人接?!”

“那电话没人接。我就打了张助理的电话。”

“他怎么说?!”

“他也没接。但是，肯定有电话记录。”

“我警告你！姜顺东！若核实出你撒谎，我立马撤矫收监！”

“是！”

今天的劳动是清扫西园垃圾。

邱婷娅好像认为姜顺东是同类，干活一直走在他身边。但是，她不太肯弯腰捡垃圾，有时把空矿泉水瓶踢给姜顺东让他捡，就算是参加了劳动。

“神经病！哪有劳动不发工具的。昨天我刚做过美甲。”

姜顺东不理她，也不接话茬。其实，所有社区矫正服刑人员彼此都不说话。潜意识里，都是彼此相忘最好。邱婷娅好像是个例外。

“喂，你什么罪？”

姜顺东弯腰一路捡着果核、纸屑、食品空袋。邱婷娅跟了过去。

“我是诈骗。判三缓三。我怀孕了。”

姜顺东站直了，回头看她。

“嘿嘿。这是女人最好的法律武器，他们每次都拿我没辙。你什么罪？”

邱婷娅从休闲椅上拿起被人遗弃或忘记的一本杂志，把它塞进姜顺东的垃圾袋里。

——“喂，说说话嘛，时间过得快一点。你什么罪啊？”

“伪造国家机关证件罪。拘役五个月，缓六个月。”

“厉害啊！你骗到了什么大项目？伪造海关报关单、进出口证明，还是矿产木材什么的许可证？”

“捡了一个弃婴。想给她上户口。”

“什么什么?！你说什么?！”

姜顺东走远了。

“哎，你不会是人贩子吧？喂？”

姜顺东没有回头。全凭手捡垃圾，让他的腰弯得很难受，但是他也并不想按摩捶打腰部而停留。邱婷娅再度追了上来。

“看你也不像坏人。我告诉你吧，我以前的男朋友就有这个线。在贵州还是云南那边，他们是和真正的医院内部人员合作，弄来的是真正的‘出生医学证明’。从没一个失手，购买方都上了户口。你还自己伪造！太傻太太傻啦！”

姜顺东呆呆地看着这个女诈骗犯。

“弃婴呢？得不到了吧？——真是笨到家了。”

姜顺东突然啐了口："你懂个屁!!"

"姜顺东!"

远处传来冯管教的怒吼，姜顺东吓了一大跳。

他连忙大声喊："到!"

冯组长一棍子敲在休闲椅背上："劳动还是聊天?!"

半坡上，冯组长的短棍子，枪筒一样直指他们。

"过来！八角亭这边，你俩包干!"

"操鸡巴!"邱婷娅低声诅咒着，"人人都躲着呢！都是醉后呕吐物，用手刮啊!"

姜东顺大步跑向八角亭。

他不敢也不愿再跟邱婷娅讲话。

六

在院子里单手浇花的灰发老太太，目不转睛地看着隔壁院子里的盲眼女人。那个女人在翻晒一个大竹匾里的鲜红枸杞子。那女人视而不见的睁眼瞎面容，一开始让老太太很不习惯，甚至不高兴。但是，通过那家人的碎嘴热情的保姆，老太太把自身的优越慢慢转化为怜悯。所以，当那女人失手把那匾枸杞子打翻而茫然呆怔的时候，老太太不顾自己一只打了石膏的胳膊还吊着，急忙地到了隔壁院子里。

"我来我来——好春呢?"

"说春好啊？带袜子去买菜了——谢谢您。也可以放到春好回来捡的。"

“那不还潮了？你们家成天晒枸杞子，是治疗眼睛吗？”

“嗯，是。反正也吃不坏。”

“有个偏方，你试试。十九号楼那对退休体育老师，都脱掉老花镜了！很简单，你记一下。每天桂圆干 3 颗、这枸杞子放 10 粒、红枣 1 颗，枣皮要划破。然后用一小纸盒奶那么多的水，炖。一日 2 次当茶喝。很有效！”

“谢谢啊。我吃了很多偏方……”

“这个肯定有用！我眼睛越老越糟糕，我是没那个闲工夫，我们老头你也看到了。已经是海默病了——知道吗，就是老年痴呆症了，不能当人用的。”

“啊。”

“他记不住很多人，经常忘记回家的路。我也不让他单独出门，他就是记着回来，也会捡很多垃圾带回来，偷偷藏到自己床底下——上次，他带了一根可怕的旧皮带，还有一顶假发，吓得我女儿尖叫跳脚。”

“啊！”

“对了。我跟好春和小袜子说了，不要给爷爷巧克力吃。什么糖都不能给。医生交代的。小袜子喜欢爷爷，老给他糖。”

“是嘛，最近袜子是老要糖吃。昨天还向我要了瑞士糖。各种颜色的。以前，她不怎么吃糖，包括巧克力。她喜欢吃咸的，鱼虾肉蛋。”

“肯定是死老头子向她要的！”

“不会吧。”

“会！我亲耳听到过，一老一小隔着这个院子的树篱笆，袜子问，爷爷你要几颗？老头子说，全部。小丫头说，不能全部。三颗。我赶紧从卫生间冲出来，他们俩已经分完糖了。小丫头看见我把老头子的糖夺走，冲着我一直翻白眼。跟她讲道理，三四岁的人哪里懂。后来好久，她一看到我就狠狠翻白眼。”

“不好意思。我等下就跟小袜子说。”

“没事。她现在跟我和好了。那天我一出院，她就过来问候我，告诉我要多吃骨头汤，要不然手会很痛。”

“呵呵，她自己摔断过手。太顽皮了这孩子，所以我们才搬过来。因为我现在更看不住她了。原来我们住高楼，有一次，她爬到碰窗里，差点打开逃生保险锁头，如果钻出去，就直接掉下七楼了；还有一次，更小，我带人上楼看宽带信号线，忽然感觉小家伙没有声音，我赶紧下楼，到处找，在阳台上，看见一个小凳子摆在洗衣机前面，洗衣机桶里伸出一只小手来，摸索着想按操作键开动洗衣机；就在我们搬来的前半个月，她不知怎么旋转的，把自己吊在了窗帘上。不是保姆及时进门，她可能就被吊死了。这个孩子，只要五分钟没有看到她的身影，听到她的动静，我们都会紧张害怕。”

白发老太太笑得喘气。“我会帮你看着点。听保姆说，这是你自己家的房子？我还以为你是租户。”

“本来是买给我父母住的，但他们后来更喜欢住海南我弟弟家。——谢谢您啊。您大概把手都捡脏了。您自己也不方便。”

“没事没事！最近我儿子成天往这儿跑。在卫生间装扶手啊，地板上铺防滑垫啊，还把我俩的拖鞋也扔了，又买了防滑拖鞋。——你说，老骨头哪有那么娇气啊，怎么可能一直摔跤？”

“孩子一片孝心呢。”

“小题大做！我女儿也是，她公公摔中风了，还在住院。所以，我一摔，他们姐弟就大惊小怪了。她自己忙得要死，昨天晚上还送了两瓶钙片过来，还有一罐蛋白粉。很贵的！唉真是！浪费钱！”

“您真有福气啊。不过还是要小心点。”

七

老姜在给妻子胫骨涂跌打油的时候，妻子一直把头偏到窗外。那里青紫了一大块，她摔到木箱子上，箱子里是沉重的样品。他知道很疼。那总是丢三落四的保姆，总是想起什么就撒手不顾眼前。春好看出男主人阴郁的臭脸，大声辩护说：“袜子拿生日蜡烛去厨房灶头玩火，我冲过去都来不及啊！”她不说夺下蜡烛后，她接了津津有味的长电话。妻子被客厅中横倒的拖把杆绊倒时，她还在厨房门口眉飞色舞地讲电话。

老姜早就看出，妻子有点怕得罪保姆。因为看不见。他想，如果当时他没有替妻子去拿户口本办手续，那么，妻子肯定不可能出车祸弄瞎了眼睛。或者一起去？不过，那会两人都陷入麻烦吗，真难说。其实，去递交申请材料的时候，倒是他和妻子一起去的。当时妻子紧张地抓紧他的手，一下子，那只手都是汗水。

主意是妻子朋友的朋友出的。说很多人都这样，顺利办下了户口。老姜的河北老家还有人，他通过老家堂叔问了问，堂叔就去打听。堂叔回复说“可以办，但是对方要收钱”。

“多少钱？”回复说：“假的一百五。真的一万一。”

当然要真的。一万一汇过去，一周后，真的“出生医学证明”就到了。袜子（姜丁芽）的出生地点成了河北邢台威县妇幼保健院。

“孩子在父亲老家出生？”户籍女警说。

“是。好照顾些。”

“半个月后，过来拿结果吧。”

看来这花一万一买的“出生医学证明”靠谱。老姜得意感慨：“堂叔他们本来也就是胆小本分人。回头我们再寄点感谢费去。”

最有风险的接触，看起来完全平安无事。那么，半个月后，妻子说自己去拿落户结果，老姜也没有异议。但是，那一天，妻子重感冒发烧不退。老姜便自己前往。这一去，就一夜未归。直到取保候审手续办理后才出来。

他们得意得太早了。

老姜一到办证柜台，里面的女警就招呼他进里面办公室。

“这份出生医学证明，到底哪儿来的？”

“……有问题吗？”

“你说实话吧。”

“是……弄来的。”

“孩子哪儿来的？”

“晨练的时候，在中山公园门口捡的。她在襁褓里哭。天很冷。”

“有证人吗？”

“有几个人围着。我妻子觉得可怜，童毯上都是蚂蚁。我们就抱回去了。”老姜讲述的是他亲眼目击的另一个弃婴的画面。

“这出生证明哪儿来的？”

“丰厝天桥下，买的。”

“多少钱？”

“一千多块吧。”

“为什么要这样干？”

“我妻子喜欢那个女孩。我们也有能力抚养。所以，就商量接受她。”

“为什么不通过正规途径呢？”

“临时起意。我们有个儿子。二十多岁了。听说，有孩子，就不能领养。”

“你知道这是造假吗？”

“唔……算吧。只想给孩子一个公平教育的机会。没有这证明，没有户口，她连正常幼儿园都进不了。”

“嗯，我理解。等一会儿派出所的警察过来，你就这么实话实说吧。”

“还有警察要来？”

“对。程序如此。”

“那孩子能落户吗？”

“你说呢，这出生医学证明是假的。”

“你不给我办？你不是说我态度好吗？”

“走法律程序吧。”

办公室过道里传来调侃问候的嬉笑，音声渐进，那未落的话音把两个警服人影送进来。进门来，就变成两张严肃臭脸。其中一个一对大刀似的刀眉下，两只豆荚眼眼圈青灰，小烟灰缸似的。满脸是蔑视和不耐烦。这令老姜非常不高兴。“大刀眉”一指老姜，另一个年轻警察立刻过来铐他的手腕。

老姜猛然抽手，不让铐。他的手甩到了给他上手铐的人鼻尖。那警察一脚踢在老姜大腿上。“大刀眉”也一脚猛踹：“蹲下！”

户籍女警：“先别铐他吧。态度挺配合的。”

老姜硬挺挺地站在窗边。他连那个假模假样的户籍女警都恼。他半拧的身姿，愤怒而防卫，随时提防着警察铐他或揍他，一张脸因为怒火而憋得很狰狞。

他们带他上了警车，去了他们所在的派出所。

“孩子哪儿买的？——嗯？”

“我说了，是捡养的弃婴。”

“在做好事是不是?！还要表扬你是不是?！”

“麻烦你们请去查查，我有儿子，事业稳定，生活小康。别以为人人都是人贩子。纳税人不是养你们瞎打拐！”

“嚯，你以为你是他妈的谁?！”

“再推！注意对群众的态度！”

“群众？好，请问群众，你这假证明，哪儿弄的？”

“别拿我手机！”

“假证明哪儿来的?！”

“你把手机还我！我妻子高烧，母亲偏瘫。宝宝晚饭都没人弄！”

“这证明，到底哪儿来的？”

“丰厝天桥买的。手机给我！”

“你提供家庭资讯，让人帮你伪造一份假的出生医学证明？”

“不然孩子上不了户口。我用手机打个电话。天黑了。”

“这证明是不是你伪造的？”

“我没有别的办法。”

“是不是？”

“是。请让我打个电话。再不打家里会出事的！”

“伪造这个假证明，你花了多少钱？”

“要不用你们的电话打？”

“做假证明，你花了多少钱？”

“我家里现在老的老，病的病，小的小。如果你执意忽视我一再请求，出了事，你要承担一切后果！”

那时候，老姜的内心，比外表还嚣张。

八

“师父，阿弥陀佛。”

“阿弥陀佛。”

“早就想来了，可我的眼睛已经不能开车了。对我来说，现在，寺庙太远了。”

“阿弥陀佛。在家诵读经书、诚心修行也一样。若是经典所在之处，即为有佛，若尊重弟子。”

“有个问题，一直想请教师父。为什么，我们抱养弃婴替人消灾，却遭遇这么大的苦难？”

法师轻缓地给女施主布茶。眼盲的女施主，基本准确地把目光聚焦在茶盅轻响的茶盘附近。

“从出事那天起，我就基本看不见了。我也按照师父在电话里教导的做了，诵经、放生，我都做了。孩子父亲取保候审后，一年半都过去了，我们以为免诉了，可是，三个月前，突然开庭了。判了拘役五个月，缓刑六个月。我们变成罪人了。”

法师点头。

“出院后这一年半，我试遍了各种治疗眼睛的偏方，都没有用。做梦的时候，突然恢复了视力，结果，醒来人更难受。医生让我不要哭了，我哪里忍得住眼泪呢，不是善有乐报吗，而师父说的前世业力，我这一世怎么知道啊。”

“生命就像河流，怎么能拒绝上游带来的东西呢？好坏都下来了。”

“我觉得一世承担一世，才公平啊。”

“孩子好吗？”

“啊，本来还想带她来的。很聪明，就是非常顽皮。我们第一次去看她的时候，她就能长时间地看着我和她爸爸，那个眼神，一点都不像没有满月的婴儿。”

“什么样的眼神？”

“就是……嗯，就是很依赖我们的那样子。好像她知道自己无依无靠了。”

“她爸爸后来说，那小眼神看得他心都哆嗦了。儿子出生的时候，我们都没有这样心里发颤过，儿子也没有这个眼神。说起来，这和亲生的没有区别啊。”

“还是有吧。你没有十月怀胎之苦，现在的刑劳之灾、眼盲之祸，是不是一种平衡呢？”法师微笑。

“哦师父，您说得有点道理。不过，这比怀胎生产的痛苦大多了呀。”

“假如，你们不救她，情况是不是就一定更好呢？会不会也许正因为救她，你们才避过了更糟糕的处境？换句话说，她使你们转境了。用比较糟糕的结果，替换了非常糟糕的结果？有没有可能？——请用茶吧。”

“师父在宽慰我。”

“业障是宽慰不掉的。”

“那么，师父，我的眼睛是不能恢复了？”

“该恢复的，自然会恢复。”

“如果最后的这点光感都保不住，我可能坚持不下去了。”

“不会的。请用热茶。一个人，生生世世的生命就像大海，每一世的人生，不过是海上的浪花。”

“唉。师父……这朵浪花……太难了。我先生那天跟我说，他现在在外面，感觉人人都在蔑视他。他觉得自己额头上就像刻了耻辱记号。真的难……”

“挺好啊。这也是消除先世罪业的方式啊。”

九

律师是高中的同学。发小。取保候审是律师同学弄的。

那天晚上，警察到底还是同意姜顺东给家里打了电话。一个小时后，妻子车祸的消息就过来了。她在赶往派出所的路上，把车开上了逆行道。律师同学过来的时候，姜顺东差点哭了。他认为是妻子高烧烧糊涂了。律师是儿子搬的救兵。

妻子住院半个月后，姜顺东偏瘫的母亲突然去世，好像是不忍心再给儿子添乱。医院家里两头奔忙。医院里是眼睛失明的妻子，家中是屎尿在床的娘。取保候审的儿子的心弦也快绷断了。小袜子倒和每一任保姆都友情深长，虽然每一任保姆都恨不得每天把她绑在小椅子上。否则，她们的心智就必须每天都跟着她进行真心大冒险。

律师同学最终没有出庭辩护。

“如果你不说实话，我没法为你洗脱罪名。你又何必浪费委托费。”

“说了实话，我堂叔那边怎么办？”

“现在严打拐卖儿童。你说实话，我的非罪辩护才有基础。这最多是治安管理处罚条例处理一下就够了。你说实话就好，说实话！其他交给我！”

“说了实话，那两个高中生不也完了？”

“扯淡！都什么时候了?!”

“问题是，都抖搂出来了，对小袜子也没一点好处。只有麻烦。”

“喂，你想好了？”

“你不是说，就是判也不是重罪？”

“是。至少我认为是。我也在努力。”

“那就这样吧。”

“撤了委托吧，出庭我也没什么可辩的。”

“……”

“……”

“心里真堵啊。央企二十年，自己的事业也挺顺的，嘿，忽然就成了阶下囚。”

“你活该。”

“清白了一辈子，晚节不保。”

“活该！”

“那孩子非常可爱。”

“小眼睛，奔儿头，丑丑的。”

“你没仔细看。”

“一眼就够了。希望她长大孝顺你们。”

“到底还要等多久，我说开庭。”

“等他们闲的时候。这种小破案子！”

十

“你爸为什么又揍了那个男高中生？”

“他讨厌他。”

“讲啊，讲故事！”

“案子拖了一年九个月才审，袜子都快三岁了。也就是说，那对高中生已经在大学快两年了。”

“他们不是已经分手了吗？”

“女生不愿分手。以此要挟男的。而男生家因为这桩丑事，当时就给了女生家一笔钱，后来还协议补偿资助女生大学费用什么的。男家后来不知是飞来灵感，还是资助得累了，就怀疑这件事情是女生家虚构的。”

“不可能！谁会用这个讹人。”

“对。本来也过去了。毕竟揭开疮疤谁也不体面。当男的要分手，女的不干时，这件旧事，又成为武器。”

“他们想干什么？”

“女生要维护爱情。男生要毁灭过去。见过世面的名校男生，和父母达成一致意见。农村女孩，即使曾经学霸，门户也错了。就是感情消失了。”

“男生想把过去毁尸灭迹？”

“差不多吧。他来查证虚实。居然说头发拔几根，就可以做亲子鉴定。说准确率有百分之九十九点几。”

“天啊。他真有勇气。”

“我父亲被纠缠不过，最后同意在公园门口见他。他送了花篮。接着塞给我父亲一点抚慰金，说是他父母的一点心意。然后就开始自以为是地打听收养细节，谈亲子鉴定。”

“你爸怎么说？”

“我父亲什么也没有说。后来，我爸爸说，这个男人即使名校毕业，也改不了骨头低贱。”

“你爸什么也不说？”

“对。他把男生给的钱，唰唰唰全部撕碎，直接抛进湖里。男生还在讶异中，老爸就出手了。说是连抡好几个巴掌。”

“不是差点踢死他吗？”

“怎么可能？气话了。老爸说差点一脚把他揣进湖里，结果还是一脚踢飞花篮。”

“该踢那浑蛋啊。”

“今非昔比了。老爸现在很害怕法律。”

“为什么啊？”

“有时候法律就是正义的魔鬼。”

“啊，好像……”

“就是！就看你处于法律的哪个时空节点上。有的点长满青苔，你一不小心就会滑倒的。”

十一

“——爷爷！——冯爷爷！”

“小袜子，你干吗？”

“爷爷呢，奶奶？我想下跳棋。”

“爷爷在厕所。你又拿糖来了！”

“不是。这是跳棋。”

“那只手！”

“是我自己吃的。QQ 糖。奶奶帮我跟爷爷说，我在院子里等他下棋好不好。”

“不好。你老给他吃糖。医生说他不能吃糖！”

“医生怎么没有说我不能吃糖？”

“爷爷是病人。吃糖会死的！”

“也没有死啊。”

“你说什么?!”

“以前他都吃了。”

“小袜子！你要是再带糖来找爷爷玩，我就不让你来了！”

中午之前，小袜子和冯家爷爷在冯家院子里的小石桌上下跳棋。春好说，她把小袜子拎回家吃饭的时候，冯爷爷那时还在石桌旁整理报纸。等冯家奶奶出来招呼爷爷吃面条时，发现院子里什么人也没有。人呢?

慢慢地明确，整个小区都找不到冯爷爷了。老人八成又丢了。

下午快下班，冯伟接到姐姐冯欣火燎火急的电话：“老爸可能又迷路了。你赶紧去找。我把上晚自习的小卷接回来后，也会去找。”

冯伟开着车，不断扩大搜找范围。父亲不带手机，不带钱，能走多远呢。晚上找人也比白天难。上次走迷糊是白天，是热心人发现了，告诉巡警说，老人肚子饿了，想吃快餐。他想不起来家在哪个小区了。

一个小时后，冯伟接到母亲电话：“回来吧。你老爸被邻居捡回来了。”

“在哪里捡到的？”

“在小庙街。小袜子爸爸开车路过，正好看到他坐在马路边发呆。”

“跑那么远？”

“老头子说他是去买副老花镜。一下子想不起来坐几路车。”

“你不是说他没带钱？”

“他有老人免费乘车卡。他还有私房钱——不是你就是冯欣给的！”

“人都没事吧？”

“没事。在吃烂糊面呢。隔壁家让春好送了海鲜面过来。他胃口好得很。”

“不要再让他乱跑！”

“他很久没犯迷糊了。说现在什么都想起来了。放心。告诉冯欣不要赶过来了。”

“——别再舍不得开灯！拜托！老爸看不见才会想去换眼镜！”

“胡说！我们家水电费每个月都要缴六十几块呢！”

“行啦行啦！放开用！以后水电费我都替你付——行不行！！！”

“哎冯伟，你要帮我找物业去掉电梯使用费——”

儿子按掉了电话。

十二

春好牵着小袜子买菜回来，发现隔壁栋独居胖老太的院子前围了好多人。老太太因为肥胖而不像快八十岁的老人。春好想胖老太太恐怕是死了。春好好奇心重，可一手提菜，一手牵着小袜子，要不要挤进人围，她很纠结。当人墙中突围出一个围裙上沾染血迹的老汉时，她便再也忍不住好奇心。

春好拽着小袜子，紧走几步，就听到胖老太和众人汹涌的争吵声。

“谁看见我勒死它?！它是被车撞的。”胖老太的声音像沙哑的尖叫。

“那你求林老头杀阿黄时，怎么又说是别人送你的？”一个声音喊。

“他胡说八道！我就是说，撞死的。是他想分肉吃！”

“林老头还没走远！去问！”

“问屁！老太太在撒谎！”

“老太婆就是凶手！”

“去年那只流浪狗小花，也是她吃掉的。也说是车祸！”一个女声在哭诉。

“她到底偷杀偷吃了几只流浪狗？”

“有人看到这老太婆还偷杀猫吃！”

“这么老了，还这么贪吃！”

——“嗷！闪开！她泼开水啊！”

——“烫蜕狗毛的开水！”

——“小心！快抢掉那把刀！她疯啦！”

“这死老太婆疯了——啊！拖把！拖把！小心——”

“啊——阿黄的头！”

“砍下整个头啊！滚过来啦！”

“天啊，看！阿黄死不瞑目啊！”

有几个哭出来的女声。

“砸这死老太婆的窗！”

春好抱着小袜子奋力往前挤。她想挤到最前沿。但一个人挡住了她，随即把小袜子抱了过去。

“走，回去看新鱼缸！”

“哎吓我一跳！——大哥！里面在吵什么?!”

“叔叔，先抱我看看！举高高！”

“已经吵完了。地上都是垃圾，很臭。”

“看看！我看看！”

“老太太把阿黄头割下来了吗？我们刚到。”春好依依不舍地在人群边，冲着抱着袜子转身走的人喊。她的意思是让她看看再走。

抱着小袜子的“大哥”，并不理睬春好。

“我不要走！姐姐，春好姐姐也没有走！”

“走吧！你想不想看看新鱼缸？”

“新的？”

“昨晚我带过来的。”

“里面有几条鱼？”

“鱼下午才来。要先有鱼缸。”

“他们绝对会打起来的！”春好着急地冲着走远的一大一小背影喊。

那人转头，牛眼暴突地瞪她一眼。

“你是傻还是蠢?!”

春好很不高兴，慢慢移动身子，又分心谛听到人围里的动静，好像是老太婆的女儿杀进包围圈了。老太婆的援军到了。走了好几步远的春好，不由转身踮起脚往那里看。

“春好，不要东张西望！”一个严厉的奶声奶气的童声响起。

“你叫我什么?!”春好恼怒，赶将过来，给了小家伙一下。

“春好，管好自己的事！”

邻居男人被小袜子的严肃持重逗笑。

春好不明白邻居大哥为什么要凶巴巴地瞪她。他目光里的怒意，让她心虚。他并不是她的东家，只是她东家的邻居，但是，这人的表情，让她由衷有了畏惧和服从感。不过，她实在难舍人群那边正在升级的血腥与热闹。

小袜子转头看春好："爷爷奶奶家下午又有鱼了！叔叔会让我选一条最好看的，做我的鱼！"

"对。你可以给它起名字。"

"就叫它 wangxinda！"

"王心大？"

"对！"

"为什么叫王心大？"

"好听呀！——春好！快跟上！"

提着菜的春好，懒得回应。她也不打招呼了，闷闷地径直把菜提了回家。袜子跟着隔壁叔叔到院子里看新鱼缸。和原来的一样，都是广口大肚子的鼓形缸，也放在原来树下的位置。

"我以后会喂它吃蚊子。"

"它们吃鱼食。"

"什么叫鱼食？——嘿爸爸！"

隔壁院子，正走出一个男人。小袜子兴奋的大喊，令他转身。这一转身，他和新鱼缸前的另一个男人都僵住了。用脚尖踢着新鱼缸听响的小袜子，没有发现她头上两个男人的呆怔。

"呃——冯组长！"

"姜顺东？"

"是。"

"这就是……那个孩子？"

“嗯。”

“咳，咳。”

“……”

“我正好来母亲这儿找张发票。”

“啊。这样。”

“没想到是近邻啊。”

“是。”

“……法律就是法律，对吧。”

“嗯。对。”

“你不要忘记放原来的水草。它们要在里面做游戏。”

“当然。我会放很多水草。”

“对，宝贝。”

“呃嗯……那个…”

“……”

“那个……谢谢你上次把我父亲带回家。”

“顺便了。”

“啊，是啊。”

“小事。”

“爸爸，鱼食是虫做的吗？”

“不是。”

“不是。”

“爸爸，明天我就有一条自己的鱼，它叫 wangxinda！”

“为什么叫王新大？”

“你跟爸爸说！”

“呃，小袜子说，叫王心大，好听！”

姜顺东不得其解，他一直不知道面对冯管教该如何接话。

冯组长转译完“wangxinda”，一直清理着嗓子，好像喉咙里一直痰痒来着。

最后，他猛力咳嗽了一声，嗯……嗯哼！——老姜你，要不过来喝喝茶？

直到这个时候，姜顺东才感到一阵松弛、暖和，觉得自己的生活似乎回到了旧轨道。又像是和某种严酷如铁的对抗，终于达成了幽微的和解。

红　痣

一

我到过那个城市，地图上也有，它在海边。但是，站在地图前面，我又觉得我好像没有去过那个城市，地图上这个绿紫色的铅笔尖大小的地方，于我而言真切又模糊。我没有关于那个城市本身的任何整体印象，我只有那里的几个角落和光线，还有粉红色的安全套、风中的阔叶木等几个记忆碎片。这些记忆都属于那个左眼下有颗绿豆大红痣的美丽女孩。而正是那个十七岁的红痣女孩，动摇了我去过那个城市的信念。恍惚之间，我怀疑，也许真的只是在几个无人觉察的夜晚，我的灵魂趁着夜色，独自御风去了那里。

公司已经进入了破产清算程序，整个大楼，出入的只有严肃的清算小组成员。如果公司单证完整，那么根据公司记录，也许能证明前年秋天我两次到达过那个城市，前后相隔十五天。但是，公司早就进入混乱状态。我认为我第一次是为那届投资洽谈会的我们参展展位的布展工作，头尾是四天；第二次也就是相隔两周后，我去收拾展位，处理展品。前后是五天。最后一天，和去布展那次的最后一天一样，我记得我和那个十七岁的、左眼下有红痣的女孩，几乎都是在床上度过的——不是一个劲地做爱，只是方便她触摸我。她不太说话，而是习惯像盲人一样用手指摸索谈话对象，她以她的方式在认识我、研究我。

记忆中，那是一个金色的风中的城市。下飞机的时候，好像是雨后初晴，地上湿漉漉的，到处是薄薄的金色光线，夕阳的空气中若有若无一股奇怪的味道，后来那个女孩告诉我，那是一种叫番石榴的水果味道。当地人非常爱吃。第二次见那个女孩的时候，是一个银色的夜晚，我抽着鼻子要求尝尝那种水果，她马上就从背包里变出来了。青白色的，像个失水的大梨子，裹在透明玻璃纸套里。一打开，我住的整个套房里都是一股古怪的味道。最奇怪的是，它随套配有一小袋像方便面调料那样的东西，话梅色的。女孩把那个调料袋粉往那上面倒了一些，然后就开始吃了，边吃边倒，沾着吃，就像北方人用面酱。后来我尝了，那个调料粉很像话梅粉的味道。

再说我记忆中的我们第一次见面。我觉得和这个左眼下有着绿豆形红痣的女孩相逢，理由并不充分。我没有嫖妓的习惯，主要是我患有一定程度的洁癖。当晚住下后，我就走出大堂叫了一辆出租车。我说，带我看看这个城市最特别的。司机就心领神会地拉上我跑了。一路奔驰到了小金龙湾。我并不欣赏那些仰角射灯雕刻的一栋栋如林矗立的写字楼，我还来不及抱怨，就发现几个女的，像风中的火把一样冲向我们的车。有人敲窗，有人夺拉车门，有人贴在窗上招手媚笑，对我扑闪着扇子一样的假睫毛。司机说，快挑，快点！这工夫，有两个女人已经嘻嘻闹闹地挤进了车里，又一个红发飘飞的女人要往里挤，我急了，跳出车子，想把那几个统统拖出来。有着丰富经验的司机肯定想反对，他似乎想拉我，但我已经推门跃出。我这才知道了危险，因为几个女人已经像群猴一样，没头没脑地爬扑到我的身上。几个脑袋上纷乱的长发，让我感到置身于疯狂的野外篝火中央。我第一反应是快按住钱包和手机，但几乎是同时，群猴一样的女人，忽地四散而去，还有出租车，忽然全跑了。原来，一辆蓝灯闪烁的巡逻警车，从街角像恐龙一样款款闪了出来。

风真大啊，警车那个方向，一则巨幅喷绘马桶美女广告，在风中，像水面一样抖动。

那个城市的风大得惊人。从一下飞机起，我就有这种感觉。如果没有那样不可思议的风，我也许不会遇到那个17岁的红痣女孩。记得当时，隔着马路我和巡逻警车交错而过，准备再招一辆出租车，但一阵狂风把我头上的棒球帽吹走了。那是我参加宝马车行活动赠送的漂亮帽子。我追逐帽子而去，几米远，一只白色的挂满穗子的长筒小靴子踩在了我的帽子上。从那只白色的小靴子往上看，是镶灰毛边的黑色短皮裙，低腰上是很夸张的金属环饰宽皮带，再上面是黑白相间条纹的高领无袖毛衣，裸着两条偏细的胳膊。女孩的深栗色长发在上面旗帜一样飞扬。

我看到她脸上，准确说是左眼边下，一颗鲜红的痣，像半瓣绿豆趴在那里。这样罕见的鲜艳，在我的记忆深处发出熟悉的微光，因此那讶异的感觉，好像是低压电击。如果没有这颗痣，也许我不一定认为我和这张脸似曾相识，但是，那一瞬间，我觉得她分明在我二十年前的记忆里，我见过这颗红痣和它的年轻主人。

奇怪的是，她笑了。她掩面而笑，几乎称得上是欢快。她把帽子递到我手上。我接过，拍了拍，在指尖上转了转，还周正，我就把它扣在头上。她再次笑了。她说，我知道你的帽子会吹跑。

我并没有注意她在说什么。风中，这个“H”“F”声母不分的南方口音，又一次唤醒我的某种记忆。她又说，多么奇怪啊！她指着我，指着帽子指着风，指着更广泛的周围不确定物。我想，我喜欢听这个“H”“F”不分的南方口音。

我说，你和我回酒店吗？

二

我是从她的妆饰打扮判断她是妓女的。到了我房间，我建议她把那两扇假的睫毛取下来，她先是不肯，后来还是对着镜子把它们小心撕了下来。我摸了摸她左眼下那颗浮起的红痣，它很像一瓣小绿豆。边缘很细腻，指尖的光滑感，仿佛让我滑进那个褪色的记忆里了。我让她去洗澡。我说，全身。彻底的。我又指了指头发。

浴室里面的水声哗哗哗的，这个还没彻底长大的十七岁女孩还是挺听话的。我打量着她脱在床上的衣物，床边的小白靴子，它们已经不像夜色风中那么张狂而自负了，看上去到处是线头，应该全是时尚而廉价的东西。我在玻璃柜上拿了一包酒店配置的护理液，推开了浴室的门，里面淡淡的白色雾气扑了出来，她站在浴室的莲蓬头下。看到我，她下意识地掩了掩胸，马上就放开，还狂野地斜着眼噘起嘴唇，但那种难以掩饰的孩子气，再次暴露了她的年龄和阅历的短浅。我似乎离我熟悉的记忆又走进了一点。我把护理液扔给她，靠在门框上看着。

喝过酒的她全身都红了，像一只快蒸熟的虾，不过，乳房中间到耻部有条界线不清的白线，脸色也是叛逆的玉白，而她湿漉漉的头发下，我看到那颗绿豆大的红痣，发出水滴一样的宝石晶光。我再次疑惑：二十年前，我是见过她的，这眉眼之间，我是多么熟悉。那噘起的饱满嘴巴，就像另一颗红色的绿豆。

最后，她穿着酒店的白毛巾睡袍出来，纷乱的头发已经吹干，狂乱地散在肩上。一出来，她就扑进我怀里。我让她坐在我面前。她抛了个媚眼。我不许她乱动。现在，她脸上不再有浮华夸张的东西。我到卫生间拆开了一把梳子。她的头发还不太干，我把她前额到两耳边发际线旁的头发挑起，一左一右，整个边的头发挑起来，合成一左一右指头粗的两束，然后，我把那两小束头发，合在她的脑后。我需要一个结子。她说没有，早就不用皮筋了。我说，你把手机上的装饰带拆下。她明白我的意思了，自己接过，还把两细束头发各拧成麻花样，再并起，用手机带子扎好。这样的发式更像一个扣住长发的花环。那两个小猪造型的小铃铛，成了花结，吊在后脑的头发中间。她一摇头，铃铛就轻微响了，她笑了，看我没笑，又把笑容收了。因为带子没什么弹性，头一晃动，发型就松动了。我不准她再摇头。我让她对着我坐好，她又吐出了舌头。

我大概笑了。她的表情放松自然了。我们现在面对面，相隔一只手臂的距离。在酒店柔和的台灯下，我目不转睛看着那样发式的红痣女孩。那颗红痣在我的记忆深处发出熟悉的微光。是吗，二十年前，我见过这个少女。在我们省城的师范学院。那个女孩和她妈妈陪着他哥哥来上学，我是在学校门口的铁门边看到他们三个的，那时我还不认识后来和我同一寝室的她哥哥提提。兄妹俩很像，提提的牙很白，笑起来很友善，说话的时候，声母“H”“F”不分；妹妹同样是那么副脸型和五官，但是，妹妹太漂亮了，小兔牙也很白，最特别的是，她脸上，左眼下面，有颗绿豆大小的、非常引人注目的红痣。

我们这几个新生在老生的带领下，进了铁门往没有树荫的那条新铺的水泥道走。老生们扛着我们的行李，非常热情地介绍着什么。我在看那个女孩。我是不相信一见钟情的，但是，那个女孩吸引了我比较长久的注意。大概十五六岁吧，她穿着乳黄色蝙蝠袖上衣，忘了下面是什么裤子。母亲好像有着很疲倦的脸色，一路跟儿子叮嘱着什么，又问老生这啊那的。女孩没有说话，一路走一路吃着鱼皮花生，不时塞一颗在她哥哥嘴里。途中，哥哥可能是不想再吃，摇头躲避间，一颗鱼皮花生掉了下来。我一脚踩了上去，踩烂了。是故意的，我不知道为什么。她看了我一下，定神一看，好像有嗔怪的意思，但又像是打招呼。我没有表情，不，是我来不及调整表情。她一下就噘起了嘴。噘起的嘴，圆嘟嘟的，十分饱满结实，好像一颗放大的绿豆红痣。

但是，更鲜艳耀眼的是，她左眼下像小花蕾一样的鲜艳红痣。

那是多么与众不同的痣啊。

那女孩和她哥哥提提，是在第一年的暑假一同去世的。第二个学期开学的时候，那张床位空着。空了有半个月吧，学校才搞清情况，说是来不了了。说我们的室友提提在假期和中学同学到当地一个风景区游玩时，整个小船翻进了锅底形的水库里。三天后尸体捞上来的时候，他是和他的妹妹紧紧抱在一起的，后来分都分不开。

这个令人震惊的消息传来的时候，我们宿舍整夜无眠。说话的时候大家唏嘘感叹，安静的时候也无一人入睡。大家先是推断提提是救妹妹死的，因为提提会游泳。后来，就说起妹妹那颗奇怪的红痣，我上铺的申卫华说：“哎，我从来没见过人可以长出那么红的痣！我一直以为痣都是黑色的。”

没有想到，几个人都诧异人的痣怎么可以那么鲜红。不知谁说，

“我问过提提，他说他妹妹上舌面上还有颗和脸上一样大的红痣。合起来就像一颗完整的绿豆。那才更是稀罕！”不知道是因为她的不同寻常的美丽，还是她不同寻常的厄运，整个晚上大家老聊到她。有个家伙忽然打亮电筒：“喂，在床板上，看不看？他们一家的照片！”

其实，大家被那个半夜的电筒光晃得都有点心虚。安静了一下，有人用牙缝发出丝丝像是自嘲的声音。申卫华先坐了起来。大家都动了，一半是好奇，一半是显示胆量吧。七个人在那道并不太明亮的电筒光柱中，围拢在那张空铺前。电筒像幻灯片光一样，指向了提提的上铺床底板。果然，那里贴了两张彩色照片，一张是提提和一个男人的，还有一张就是提提和他母亲、妹妹的合影。妈妈和妹妹笑着，头发和我见到的一样，两边的发束像发带一样，往后扣住了一头柔软的长发。应该是送提提上大学前新拍的照片。照片上，只有提提没有笑。电筒光停在了他妹妹脸上。那颗与众不同的痣再次弹跳了出来，但并没有我面对面见到的那么鲜红。有人小声说，那男的是提提父亲，好像有人说是离婚还是去世了。电筒最亮的光点，因此潦草地照了那个男人一下，但很快，最亮光点又回到妹妹的脸上，并停留在那里。

有个声音说，怎么会这样呢？

有一只手伸过去，用指头抚摩了她一下，看上去充满惋惜。

老申上次不是说，还梦到提提小妹……

有个家伙忽然“呱——”地怪叫一声。拿电筒的家伙，猛地栽到提提的空床上，那个膝盖杵在床板上的声音震撼我们深夜的耳膜。是申卫华推的。刺耳的怪叫加有人咚地栽倒，加光源抖动和迅速变化，实在把我们吓了一大跳。低矮的光源中，大家像无常鬼一样高大而飘忽地纷纷摸回自己床上。电筒光熄灭了。又过了一会儿，申卫华说，提提为什么那么严肃？马上就有个声音在黑暗中恶狠狠地回答说，谁把那个肮脏的指头放他妹妹脸上来着?!

有人又像夜鸟一样怪叫一声，但已经没有前一声那么惊悚了。

三

不知道是不是被我的沉默吓住了，那个十七岁的女孩的话很少。在床上我把她翻过去的时候，我以为她会反对，她笑了一下。这不是笑给我看的，是我把头突然倒在她脸边的时候发现的。那是她给自己的笑。但她显然知道我要干什么，她的腿非常配合。我亲吻着她的头发，我已经找不到当年的芳香，不，不，找不到我当年假想的芬芳，找不到我当年对那个发式芬芳的联想。

我突发奇想，我说，把嘴张开。

她也许误会了，有点复杂的表情。当时我没多想，我沉浸在自己的新的遥想中，把她的嘴捏开了。我说，啊。她小声地啊了一声。我说把舌头伸出来。其实，我进行这一切的时候，心里根本不相信有什么惊奇发生，就像二十年前那张空铺前，没有人在意是哪个家伙说的，关于死去的女孩舌面上有绿豆另一瓣的红痣。

她把舌尖吐了一点出来。我示意她再伸长。她慢慢地但乖乖地把舌头都吐了出来。我觉得我是平静的，我不能说，我惊诧，我震撼，当时的感觉是——我的整个脑门像被人抹了风油精，凉得如风在滑：我看到了一颗颜色浅红的痣！不，一瓣！她舌头中侧靠右，一颗粉红色的绿豆大的突起，状如女孩脸上的另一颗红痣，的确，仿佛就是脸上复制的另一半，只是没有脸上的那颗那么红艳。如果我不是有意去找，也许还容易被忽略，但是，二十年前那个少年的声音在我发凉的脑际风一样地溜过：是的，它们就是同一颗绿豆的各一瓣！

临走，我说多少？她迟疑地说，两百嘛。我把钱给她，她接过钱，却回头看房间。我说，忘了什么？我让开身子。她看上去脑子简单地发笑，慢慢地摇着头，显然，生意结束她放松了，笑得挺蠢，她说："你、这个沙发、这个房间，还有地毯上的那块污渍、那盏台灯的颜色、白床单一半拖在地上像裙子的样子，还有为我梳头的动作、把我翻过去做、对着灯，一直看我的舌头，我好像都做过了。"

我愣了愣。做过什么？

一模一样，像是……像是重复了一件事呢。

我觉得我有点喜欢这个女孩了。我说，上次我付过钱了吗？

她摇头。我伸出食指压了压她左眼下的红痣，压了又压，那是永不褪色的鲜红。我说，明天和我一起吃晚饭吧。她笑了笑，有点职业的虚荣。我说，梳刚才那个发式来。不要化妆。

她走了，我重新躺回床上。忽然我又起身把这个酒店标房的场景认真打量了一遍，我想象着她的眼光。女孩说的是真话，对她来说，这一切似曾相识，心理学上叫这种现象为"既视感"。可是，对我来说，她莫名其妙的"既视感"深深触动了我遥远的怀想。是一个17岁的少男对一个有着红痣少女的迷蒙情愫吗？是一个有关情窦初开的早夭的幻想？好像并不是。刚才那红痣女孩并不多话。她同意我说她是湖北人，是湖北哪里就不说了。提提是湖北人，但他总说"扶北"。我们大家嘲笑和反复纠正的"H""F"不分的发音，让我记忆犹新。

你多大了，她说，这个月就满十七了。

姓什么？他们叫我小阿丁。

干这多久了？

才从老家来嘛。

四

这个女孩总是用笑来表达意思，她的笑很简单，有点等待判决的傻气，但它能表示：好的。我要。痛了。不去。快点。我也不知道为什么，我基本不会误会她的意思。仿佛是无需语言的感应。当然，我猜也可能有误会，而她不愿意纠正我。

从第二次起，我们在一起，她就不主动要我的钱。我给她两百，她一笑。我就再加两百。她还是笑。我认为她是无所谓的意思。如果我没有记错，第一次去那个城市布展的那四天的最后一天，从中午起，我们就一直在一起，主要是在床上。她的话不多，没事的时候，她的手指好像特别乐意在我皮肤上滑动。我喜欢把所有的窗帘拉开，在阳光下，我坐在窗下的沙发上，看着那个全身赤裸的、有着一颗美丽红痣的女孩趴在雪白的床单上。她有时侧脸笑着，对窗眯着眼睛。她也能这样迷糊地睡去。

那天傍晚，我忽然很想看看这个已经熟睡的女孩的包。我一点也克制不住，拉开拉链，包里面有一串钥匙、手机、湿纸巾、钱包和巴掌长的化妆布包，化妆包再拉开，口红、睫毛膏、粉扑之外，还有两个和我们刚刚使用过的一样的粉红色安全套。包里还有一个青苹果色的塑料袋。触摸着有个圆圆的什么东西，我再打开，一个橘子，还有一包话梅之类的小食品，我想吃一颗，但是，一拿出包口，才发现那不是蜜饯类食品，而是一小袋开了口的鱼皮花生，我的手一抖，一颗花生就滚出了塑料袋口。同样地，想都不及想，我一脚踏了上去。在酒店的地毯上，它还是碎了，碎得和我遥远的记忆一样，和二十年前，在我们学校新铺的水泥路上那颗粉碎的鱼皮花生图案一模一样。

这也说明不了什么，女孩子都是喜欢零嘴的，都可能爱吃鱼皮花生。我拿着那一小袋鱼皮花生回到床上，注视着这个熟睡的女孩，注视着那颗温暖的、线条细腻流畅的红痣。现在，它伴随着这个我二十年前见过的女孩，正遨游在哪一个时空呢？轻轻地我抚摩那颗红痣，嗅着女孩头发里深藏的薰衣草的气息，我再次热烈了。

女孩受惊一样醒了，猛地推开我，直愣愣地看了我一眼，忽然紧紧抱住了我。我才感到她一身冷汗。我说做噩梦了？她说，做梦了。

我抱着目光迷离的她继续我的目标。完事后，我忽然想问她做了什么梦。

她说，奇怪的梦，从小到大，我经常会梦到它。我说什么梦？她呸了一口说，不好的梦。我淹死了。

第二天中午我离去的时候，这个城市在午睡，除了猛烈的风，除了整个城市的树枝在舞蹈般摇晃，树底下的楼房、行人、车子和狗都显得安静。在酒店退房前，女孩用酒店客房的圆珠笔在我手心里写下她的电话号码。

五

两周后，我如期重返那个城市，同样下榻在那个酒店。但是我的手心里已经没有那个有着红痣女孩的电话。我并不是不想记住，这一路的行程，掌心的摩擦、汗浸、洗手，直到我需要它的时候，它已经消失无痕。我又想，我还是可以淡忘那个女孩的，就像二十年前，她只不过存活在那个遥远的、褪色的少年记忆里，而不能对我的生活产生任何影响。尽管它顽强，不能彻底消失，但终究只不过是如烟的记忆，如——烟而已。

那个女孩还是到了我房间，依然带着她那颗遥远而令人心跳的红痣。

她说，昨天她从一个十九层的电梯下来，按一层的时候她说，如果从十九降到一层，一直都没有人按电梯插进来，就说明我又回来了。如果，有一个人中途进来，那我就没来。结果，电梯真的一路直降到底，都是她一个人。所以，她就知道我来了。今天她路过这里。

你又怎么知道我住哪间？

她说，问了总台。

我惊奇了，说，我叫什么名字？！

我从来没有告诉她我的名字。她显然有点不好意思，但努力用色情的表情抵抗我的诘问，一个 17 岁的孩子，这种样子既蠢又涩。在我的逼视下，她说我偷看过你的名片夹。这时候，我才意识到，当我们入睡的时候，早醒来的人，都对对方干了不太体面的事。她是怎么翻看我的包的呢？我很不快。我想，我的好奇是有道理的，于我，她不是普通妓女，而她呢，她凭什么？对于她来说，我和任何一个嫖客没有区别。后来我又高兴了，她只是对我的名片感兴趣，并没有动我的钱，在她身边，我不记得我有丢失过一块钱。上次也很明显，她似乎没生意就过来和我待在一起，从不提钱的事。我问过她，你不是要给保护你的鸡头提成吗？她吃吃笑着，并不解释什么。

那个傍晚，吃过饭，她说不回去。我说，我不能包夜！她并不回答我，只是到卫生间把头发梳成二十年前的样式，又爬到床上打开电视。

我说，你今晚是不是没地方睡觉？

她眼睛看着屏幕。我忍不住开始了第一百遍问话，你到底是湖北哪里人？她说，普通话我不会叫。我说，你真的有十七岁吗？她说，现在满了。我说，告诉我你真正的名字。阿丁。你爸爸姓什么？她说，我们村里都一个姓。那村里人都姓什么？她笑：和我家一样。我说，你到底干这多久了？从老家才来嘛。我说，为什么要干呢？她说，又问！

这种对话之所以会进行一百次，就是因为我根本无法知道真实答案。我问多了，她就不睬，要不就是笑。因为她无所谓收费，这就取得了平等的资格。有一次，我怒不可遏疯狂地挠她痒痒，逼她说出老家真实地址，结果她被挠得几乎小便失禁，看上去是咯咯疯笑，但眼睛里却已是泪水在转。我只好放了她。我悻悻然：如果她脸上、舌头上没有那颗红痣，又会怎样呢？

我说，回去吧，你该回去了！

她一下就噘起了嘴。噘起的嘴，圆嘟嘟的，好像一颗放大的绿豆红痣。她说，不回去。夜里，当我们都安静的时候，我又侧身专注地看她和她的红痣。这样的氛围，总是轻易地把我带到如烟的二十年前。我忍不住去点触那颗温润而鲜美的红痣。她睁开眼睛又闭上，或许她本来就是装睡好赖在我床上。她闭着眼睛说，要一百五。我说，什么？她说，点掉这颗肉痣。我说，不能点。她说，对啊，会有坑。

她闭着眼睛说，我肯定以前来过这里。

我没听明白她是什么意思。我已经发现，她的语言中枢可能发育不良，所以，她经常词不达意。这也可能是她喜欢笑的原因之一。我指着酒店说：有别的客人让你来过这个房子吗？

她点头又摇头。

感觉怎么样？

她笑，是做生意的意思。

我呢？我比他们怎么样？

不一样的。

什么不一样？

就是不一样。

哪里不一样？她翻过身去。我把她翻了回来，哪里不一样？

我都知道你要干什么，你干什么我早都见过的。别人不知道。

什么?!

六

记得第二次在那个城市，她来找我的时间好像特别多。我看不出她有什么企图，后来我才知道，原来是管她的那个陕西鸡头，在我来之前被警察拘留了十天，还没释放。她算是自由自在了。

其实，在那个城市里，我们已经是很熟悉的人了。但是，真正在一起，我们依然话不多。她依然是问三句答一句，傻笑。倒是她特别听话。我经常请求她全身按摩，她从不拒绝也毫不偷懒。按累了，捶酸了，她会用她的长指甲在我后背上或全身写写画画，或者掐掐压压。那个时候，通过房中的镜子，我经常会发现她脸上出现琢磨而含混有困惑的神情，看上去实在幼稚滑稽，但她很专注，就好像在研究一具全身赤裸的尸体或者什么东西，或者说，她是在琢磨它是不是具备一种生物反应。

最后那天我们要在会展中心折价处理无法搬运回去的展品，她忽然想跟我去。我一口拒绝。她就安静地起了床，到卫生间刷牙洗漱，然后就没声音地走了，也照例没谈钱，感觉她的身影挺落寞的。晚上忙完事，想想最后一夜了，我第一次打了她的电话。很快，她就来了。

我带她到她说的海边一家露天大排档。那里的风更大了，当地人都穿着短衣短裤，好像不怕冷，海水在这一排露天的桌椅前面低沉地响着，黑黑的没有月亮的天边，我不知道海面有多深远，只是阵阵的排浪声，让我感到孤单和凉意。我非常不习惯，随便点了些不花时间吃的让她快吃。没想到，我竟然被汤里的青斑鱼刺给卡住了。不能吞咽，又抠呕不出，我口水直流，狼狈不堪。

我们就吃不成了。她带我到一家挂着红灯笼的海边医院，挂的是急诊。在那里，她突然爆发了非常的、几乎算是歇斯底里的笑。她固然爱笑，但那一次，实在太莫名其妙了，太傻太蠢啦。那个起码有一米八高的女医生，手持着那把快一尺长的弯头钳，鹰隼一样盯视着我，等着我对那个突兀的笑负责。我张着大嘴，无法下咽的口水，顺着嘴角黏黏断断地流。

笑声突袭而来的时候，场面是有点荒唐。当时那个头上戴着像矿工灯的、一米八的女医生，拿着极细长的弯头钳，看完我的喉咙说："啊，我看见啦，看见啦！"我张着大嘴热烈拥护她的看法，同意她的观点，示意她那就快拔！不料，她竟然收起弯头钳，还摘下了头上的"矿工灯"。

她说，去交钱。两百。

我火燎火急地指着喉咙，哀求她先动手我立刻去交！她摇头，转身若无其事地翻看什么记录来。我被迫吞了口好久没敢吞的口水开口说话——要知道我每吞咽一下，喉咙就火辣刺痛，感觉那鱼刺就像小匕首，又扎深了一步。我含混地说，好了好了，她去，你请拔！唔唔……拜托拜托……我强压冲天暴怒，边摸索着钱包。

你！那个鹰隼一样的女牙医，竟然头都不抬，本人去！这是规定！

我七窍生烟！她都看到鱼刺了，分明已能手到刺除，居然玩这么要命的损招，难道还怕我还过河拆桥赖她的拔牙钱不成？我猛然出手，手起掌落，就诊的白桌子在我狂烈的拍击下，所有的物件都移了位，那小瓶的钢笔水，被震得腾荡起墨汁，蓝色墨汁突地洒在有裂缝的玻璃压板上，而处方纸边的一支老式的长尾黄色蘸水笔，被震到桌下乱滚。

就是这种情况下，站在一侧的她又爆笑了。其间她似乎定神两三秒，吃惊地看了看我和那个鹰隼一样的女医生。我们三个人在互相看彼此，她又激烈地爆笑了，我抱着两腮，愤怒得口水长流。

那鱼刺最终还是按那女医生要求的程序，我亲自下楼去交了两百块钱才开拔。从张嘴起算，一秒钟不到，那根约两厘米的锥形鱼刺被拔了出来。我、她、医生，都不再说话就散伙了。回酒店的时候，我想问她有什么好笑的，可是，心情被鱼刺扎得火辣辣的喉咙弄得不好，终是一路无话。

那天晚上，我依然按我喜欢的方式做。她还是乖。我在她的笑容里不断破译着她的兴奋，她的为难，她的激情和反抗。最后我是在她的按摩中睡去的。

醒来时，薄纱窗外阳光灿烂。洗漱完毕，我坐在窗下开始喝茶。拉开一条窗缝，白窗纱立刻在蓝天的背景下奔马一样飘飞。这个风狂而温暖的城市，毫无秋凉气息。我看着依然在睡梦中的她。红痣在酒店洁白的床上，细腻可爱得就像画上去的。她还是有踢被子的习惯，赤裸的身子，除了腰腹部，都在白床单之外。其实她的双臂双腿，都还不够饱满，就像她的乳房，这是一个成长中的女孩，她还有一个更美妙的躯体空间，但现在，她还是一个刚刚越过青涩阶段却尚未成熟的苹果。不过，她的脸，尤其是有着那颗红痣的脸，已经渗透出女人意味十足的性感，对于我，更加神秘和致命的还有那颗深藏在舌头上的、粉红色的梦一样的痣。而我就要走了，不可能再有机会昨日重现。

忽然，她在剧烈地扭动，像在急于摆脱捆绑物。我跃上床，按住她的扑腾的手，并用自己的腿紧紧压住她乱踢打的腿，喂，喂！醒醒！她的胸口在剧烈地起伏，头部在失控地甩动。我猛力地提起她，她睁开了眼睛。但眼神迷离空洞，我似乎在离她很遥远的地方，我摇了摇她，半天，她不能把眼神正确地聚焦于我，那深度迷离的眼睛里还残留着莫名的惊悸。

又做噩梦了？我说。她的眼神终于对准了我，但马上穿越我的身子，停留在我身后比千万年更远的地方，我再次摇晃她，喂！醒来！

她的头忽然重重地低垂下去。看来是彻底醒了。但全身已经是汗潮，脑门上都是发亮的冷汗。

又做了什么坏梦？

她向床外呸了一口。

说说看。

她垂着脑袋说，呸了就行了。在我们老家，说了不好，会真的死人的。谁听谁死。

我不怕。你说！

她疲惫而厌烦，却奄奄一息。她说，我总是梦见我掉进很深的冰谷里死了。隔一阵我就会梦到。那个冰谷有点脏，是半透明的，像个湖，也像口大锅，很深很陡，我怎么也踩不住。我一直滑下去，滑下去，滑到底，我就死了。有时候是憋气憋醒的。有时候，我能看见自己的尸体飘起来，像在水面，我很冷。从小到大，我一直做这个同样的梦。隔一段时间就做，虽然每次都一样，可是，每次在梦里，我还是一样害怕，因为在梦里，我不记得我以前有过这样的梦了，所以，我每次都和真的一样，怕极了。

我的脑门骤然发凉，像再次抹过风油精那样。

女孩被我紧紧抱在怀里，我想说，我在，你就死不了。死不了的。

但是，我什么也没有说出口。

七

飞机开始起飞的时候，我有一种轻微的眩晕。从飞机的小圆窗往下看，我看到自己正在眩晕中，远离这个风狂而季节混乱的城市。海平面越来越大，那个城市的红砖白墙绿树，渐变成虚假而渺茫的浅淡之物，最后终于彻底隐没在海天烟尘之中。我从来不曾有任何晕机晕船晕车记忆，现在，我请求空姐给我一杯咖啡。

临行，我收拾好行李，让那个女孩最后站在窗口的阳光下，我再次端详了那颗二十年前的红痣，我还是伸手又摸了它一下，我在和它告别。在她犹豫着我请她伸出舌头的时候，我自己先不好意思地笑了。我大概很少笑，女孩因此开心，把舌头伸得像吊死鬼一样长，很久都不收回。我感激地拍了拍她的脑袋，提起了行李包。

她说，我知道你要看我的舌头。

我再次笑了一下，抽下房卡。我说，我知道你知道。

不，你不知道。从一开始我就知道。从认识你的第一下我就知道。

知道什么？

你和我的事。

因为她经常性的词不达意，她的表达令我困惑了，我侧头看她。

她说，我早就知道，我知道第一次看到你的时候，你的帽子会飞到我脚下，我踩住它；我知道你会捡起来拍拍它，再把它放在指头上转啊转；我早就知道，警察那个时候会过来，车顶上一边的警灯还坏了，不亮。

我冲她点头，她马上受到鼓励，她说，我不是告诉过你了，我们在一起的样子，房间的样子，全部东西的样子……还有！昨天我们在拔鱼刺，我早都看到了那一切，我们早就去过那里，你的口水，那么滴滴答答可笑地流……那个奇怪的高医生那么高……那个奇怪的灯把她的头发弄得像大公鸡……我早就看到过给你拔过鱼刺的……

所以你大笑？

她忍不住又笑出声，多好玩啊，那么高的那个不像医生的女人，那个拔牙的那么长的鱼刺夹子，你把嘴巴张得那么大，像刚生出的鸟，她又不肯拔了，你就发脾气了，还有那个墨水跳出来了，哈哈哈哈。我不知道，反正，我很早以前——我不知道多早以前，反正肯定是很久以前，我就看见你和她了，还看到过那根鱼刺！有点粗！太可笑了。

我放下行李，全身被她的“知道”笼罩，我感到自己在收缩，在破裂。我说，你以前没有这种“早就知道”的感觉吗？

她想了想，说，有也不会这样多。我不记得了。反正我看到你，就觉得是不是在做梦啊，是不是真的呀，是我没醒吗。有时候，你睡着的时候，我就在想，世界上到底有没有这个人啊。我打自己的头想：为什么这么奇怪呀，他是不是个假人呢？

这是个多么天真简单的女孩！我的头皮阵阵发凉，我目不转睛地看着她。此前，我们究竟在哪个时空相遇过？那颗红痣照样泛着我熟悉的微光。

她说，有一次，我想如果我们合影，洗出来会不会只有我一个人？你是空的，不能显影，或者只有你一个人，我是空的，要不然我们都显不出来，都是空的，只有空空的背景？什么人也没有……

我再次搂抱了她。我用力地抱她，力气和温度，能证明我是真的还是假的人？

真让我糊里糊涂啊。她在我怀里呜咽般地咕噜着。可能因为我格外有力的拥抱，鼓励了她的勇敢，她嗫嚅地再说，有一次，我很想咬你一口，我想看看你到底会不会出血，如果有出血，那就证明我不是在做梦。

我几乎大吃一惊。现在咬一口试试，我们应该互相狠狠地咬上一口。你咬吧。但是，我什么也没说，我还是改变了主意，提起行李，我和她道别。

究竟谁在谁的梦里面呢？是的，她说得对，也许她是一个幻象，也许我是假的，也许彼此在梦里，都是不存在的。不是吗，又有什么证明这些意义的存在吗？

在飞机轻微的眩晕中，我逐渐睡去。

那个 17 岁的女孩将渐渐消退在我可疑的记忆深处。

直到有一天，我站在地图前面，看到了那个靠海边的蓝紫色的小点，我在想，我真的去过那里吗？真的去过吗？也许我从来没有去过，那里也从来没有一个有着与众不同的红痣女孩。或者有，而我可能只是以一个灵魂的身姿，邂逅了我二十年前的一段少年梦想？或者，那个女孩邂逅了一千年前的一个熟人？

豌豆颠

一

那一时刻，天地间有一种静悄悄的奇异感。大雨初晴的地面，就像天堂的舷窗突开，楼前楼后的几片薄薄的水洼地，镜面一样，里面却是天，异常清澈的天和云。以前路面也有过积水，可是，好像从来没有这样天堂窗景的感觉，好像连路过的风，都屏住了呼吸，呵护着水洼地面的至清至净，它纹丝不动。仿佛你一伸脚，就踏到了天堂。

提着豌豆颠从菜市回来的瑞亚，站在自己楼前一米见方的水洼前有点发怔。她从水面往里面看，看不到地面的水泥颗粒、小枯竹叶，她一眼就看到了清澈的天空，真切、宁静，过滤了很多尘嚣。她出神地看着，当她感到自己的眼光有几千万光年远的时候，心都空了。

瑞亚往山上看去，一只猫的身影都没有。

这场大屠杀，因为太惨烈太突兀，竟有点像噩梦般令人狐疑，有点不真实。女儿就要放假回家了，但是，猫们一只也看不见了。那十来只漂亮的流浪猫，一直生活在这里。前天，小区物业毒鼠强将它们全体毒杀。

沿山而筑的三栋住宅楼，从空中看，就是一个“三”字。楼中隔是草木茂盛的宽大绿地和狭小水泥车道。一条三角梅掩映的步行石阶，把三栋楼及中隔的绿地串联。每个早晨或傍晚，在楼中隔间的绿地上，最常看到的情景是老人和猫咪。老人打羽毛球、侍弄绿地上自种的瓜果或缓缓散步；猫咪们在绿地上静蹲或嬉戏，或者在橙色、蓝色的大垃圾桶上觅食。没想到，大部分老人都不喜欢猫。他们几乎不喂猫，也不喜欢有人喂猫，觉得那很脏乱。有一只猫因为淘气吓到了一老人，那家奶奶就提了开水壶下楼寻仇，结果，一只绿眼睛的英吉拉白猫，从颌下到前肢，被烫得皮毛脱落、皮开肉绽，随后溃烂。因烫伤合不拢的嘴巴，成天流像脓水一样的黏黏的涎水，所有的猫都嫌弃它。它曾是最亲近人的几只猫之一，也只有它敢等在开水壶边，信任奶奶泼给它的是鱼骨头，而不是开水。女儿在一次放学后发现了这只孤独的残猫，一路哭着上楼，请求父母帮忙，要把英吉拉捉住送往宠物医院急救。但是，这只对人从此丧失信任的英吉拉白猫，怎么也不肯让女儿接近，脓水滴答粘连的喉咙，发出野兽般的低吼。一次次努力失败，束手无策的小丫头掩面无声无息地哭泣起来。

后来，这只猫就不见了。可能是因败血病而亡，也可能是活活饿死了。瑞亚觉得它是找到了一个能够有尊严死去的地方。

山冈上猫的名字，都是女儿起的。从她搬过来住的初中开始，她悄悄地给它们起名字，做得有点害羞，不自信。瑞亚就学她叫，孩子特别高兴，渐渐自然地用这些名字评说猫们了。妈妈，“埃及艳后”总是抢不过其他猫，它很可怜。女儿说的“埃及艳后”，是一只黄、黑、白三色相拼的漂亮母猫，有极为粗重的黑眼线，眼线尾也很长，果然有埃及艳后的神韵。有只深黄色的长毛猫，她叫它“张飞”。不管是觅食还是奔跑，“张飞”一条蓬松如帆的长毛尾巴总是笔直朝天，滑稽可爱。还有一只短毛白猫，叫“小波斯”，一眼黄，一眼蓝。还有一只叫“海盗”，通体黑毛，一只眼睛却在白毛中，像戴了一只白眼罩。有一窝小猫三只全是黄毛白胸围，她没有办法起名，便通通叫它们“小围嘴”。去年，女儿考上寄宿高中，一周回来一次，每次回家第一件事就是沿路撮嘴吸口哨，和猫咪们打招呼。一月前，瑞亚告诉小丫头，山头新添了一对非常漂亮的小白猫，长毛，一只白猫两眼湛蓝，另一只白猫却是一对金色瞳仁。

女儿四岁才开始说话，五岁还说不出一个句子。她安静、沉默，喜欢自己的小房间。一度被当作星星的孩子观察治疗。实际上也被送去过轻度自闭症孩子的康复式夏令营。但是，女儿还是摆脱了自己的小房间，她开始说话了。她和蚂蚁、飞蛾、千脚虫说话，和花盆里海棠、文竹、杜鹃花、令箭荷花说话，她和所有的小动物、所有的花草树木说话。一旦被大人发现，她就满脸通红。她到底摆脱了自闭儿嫌疑。只是，她依然不能和他人直视，情感也极为脆弱。读小学的一天，一只蜜蜂在阳台蜇到了她，父亲驱打蜜蜂时随口说：其实它也活不了了，蜇了人的蜜蜂也得死。只听到一声轻浅若无的尖叫，小女孩用力仰着脑袋，目光追随着在阳台上盘旋的小蜜蜂，两颗清亮的泪珠，慢慢越过眼睑。后来她跑进自己的小房间，怎么叫唤都不肯出来。

丫头在长大，一直没什么朋友。直到高中寄宿，她和一个叫春心的室友，有了比较密切的往来。父母很宽慰，也爱屋及乌。春心的父母离婚了，母亲靠一个小小的影音店过活，平时还给别人定制一些宠物狗的棒针毛衣。所以，女儿在春心那里，听到不少宠物逸事，也听到很多不同类别的音乐。从小看惯父母撕打的春心早熟。前不久的一天，女儿回来问，你们会离婚吗？瑞亚很吃惊，不知道她是怎么看出父母婚姻的困境的。女孩说，也没什么了，春心说她家现在就很安静。女儿说这话的时候是三周前，瑞亚生气地摔了一口砂锅，自己也被咸粥烫伤了脚背。起因是丈夫手机里突然出来的一条暧昧短信。

二

每周五傍晚，夫妇俩都会一起驱车十多公里，去学校接女儿回家过周末，有时也顺带接春心。周日傍晚，再把她送回学校。但这三四周以来，夫妇俩因为冷战都不说话。所以，前三周都是一方去接女儿和春心的。他们会告诉丫头，哦，爸爸今天有接待啊，或者妈妈同学聚会什么的。

小区用毒鼠强杀猫是这周三进行的，瑞亚不知道。晚上洗澡前，她照例会在卫生间推窗，像女儿那样撮起嘴唇，从门牙缝中吸气般吱吱唤猫。这个时候一般是夜里十一点左右，她会偷懒而偷偷地把鱼头鱼尾拌的饭抛一小塑料袋下去，有时直接撒女儿买的猫粮颗粒。撒豆子一样，猫咪们倒都很爱吃。起码来三四只，多的时候八九只。所以，每夜，瑞亚吸气的口哨声吱吱一响，猫咪们就欢快地沿着石阶下来了。更多的时候，它们会早就坐在那里，非常安静地仰望她家窗口。他们家在中间这栋楼的三楼。不过，有时候瑞亚会忘记喂，偶尔太晚回来，下面一只猫咪也没有，可能是空等无望后到别的地方觅食去了。

周三晚上，看窗下没有猫咪。瑞亚看才十点半，又吱吱了好一会儿，终于来了一只，好像是“埃及艳后”。它行动迟缓，抛下去的鱼头鱼尾它也不吃。“埃及艳后”显然是怀孕了，身子浑圆笨重。瑞亚想夜里三四摄氏度的低温，它没有吃饱肯定不行，便又撒了把猫粮下去。它似乎依然不感兴趣，走近闻闻又慢慢移开了。瑞亚没有多想，关窗洗澡就睡下了。

次日，已经下楼上班的丈夫，忽然急奔上楼，打门，脸色发白：看到了吗？公告！他们在杀猫！瑞亚回不过神。多日不说话的夫妇，没有再说什么，瑞亚完全看懂了丈夫的表情里传递出的恐怖信息。她穿着睡衣和室内拖鞋，直接奔下了楼。果然，在防盗门旁边，贴有张A4纸大小的公告。说管好自家小孩，小区统一投毒灭猫。这个通知，太像过去消杀蟑螂、老鼠的通知，瑞亚夫妇都忽略了。今天丈夫下楼时听到邻居议论才惊觉。一个邻居说，谁想出这狠毒之事？一个说，唉，其实它们有吃没吃，就挨过一天了，并不打扰人。

赶往上班途中的瑞亚丈夫心里堵得慌。他心里知道，和猫相比，他更担心的是他女儿。丫头明天就要回家度周末，一只猫都看不见，小丫头怎么承受得住？她会不会失控？女儿一直是他最大的牵挂，他想，如果不是丫头，他们夫妇双方都可能放弃婚姻了。但这个女儿，她对弱小生命天生激烈的反应链式，实在纤美脆弱，如雪绒花。

豌豆颠是豌豆的顶端嫩芽。女儿在不会说话的时候，就爱吃豌豆颠，而且必须每天吃到它，不然就拒绝吃饭。也正是这样的固执，也成为医院怀疑自闭症理由之一。这个孩子，长大后，依然爱吃豌豆颠。烧汤、拌面、清炒都可以，只要有这豌豆颠的味道。后来，她把自己的QQ名叫豌豆颠。父亲在上面问她，你知道豌豆颠为什么叫豌豆颠吗？丫头发出不解的图案。父亲说，颠表示最尖最细的部分，有巅峰的意思，也有娇嫩、柔弱的意思。在四川，人们夸女孩美丽，就可以说“豌豆颠”。两周前的一天，豌豆颠的个性签名忽然变成了“我看到她和一个陌生男人抱别”。父亲看到后上来说，这么有趣的签名啊。“她”是谁呀？后面是微笑符号。豌豆颠回复说，说着玩呢。O（∩_∩）O 哈哈 ~。父亲也打出 O（∩_∩）O 哈哈 ~。不好再追问，父亲觉得“陌生男人”是妻子的离婚的旧恋人。

周五，也就是明天傍晚，那个叫豌豆颠的女孩就要回来了。这个周末，她再也看不见“埃及艳后”，再也看不见从来都生活在这个“三”字形小区里的八九只可爱猫咪了。

三

提着豌豆颠的瑞亚，怔怔地站在楼前的水洼前。耳边什么声音也没有，她就像被水洼中的天空带走了。她的出神，跟这莫名的静谧有关。一个平常的周四的小区下午，凭什么这么安静呢?！是因为屠杀的罪孽透明而深重吗，是小区人都开始悄声说话、蹑手蹑脚？是什么让生活的自然噪声消失？肯定不是猫咪本身，猫咪们生前连走路都悄无声息，它们是构不成喧嚣的，只有夜里偶尔听到它们发情叫春的声音。

周三早晨，看清公告的瑞亚，一口气爬上两楼间的中隔绿地。一栋和二栋楼间的这块绿地最大，中间还有龙眼树、杧果、榕树。小区里的猫咪也把这里当社交活动中心。依然是睡衣睡裤和室内珠绣拖鞋的瑞亚，仔细搜找树下草丛，静悄悄的草木绿地里没见一只猫。一个小保姆模样的女子看出她是找猫，说，没有猫了阿姨，昨天就死了好多了。他们煮了两锅干部鱼，都拌了老鼠药。猫很爱吃啊，赶都赶不掉。

一个送快递的小伙子，过来是想安慰瑞亚，可是说的话很恶毒：

这小区，简直不是人住的！这么漂亮可爱的小动物，竟然活活毒死！

瑞亚在这两个羽毛球场长的绿地上走。她找到了几只旧瓷碗，一个清洁工喝道：不要碰，老鼠药！瑞亚说，猫都毒死了？清洁工说，万一没死，他们说还要放药。反正你别动那个碗！还要用！

在两棵黄金榕树下，瑞亚看到了“小波斯”，它半闭着眼睛，嘴角上全是血，血还在汩汩而出。瑞亚失声而叫，“小波斯”！那猫睁开眼睛，看了她一眼，动作上却是想移动自己，可是，它已经没有力气了。穿着睡衣睡裤的瑞亚眼泪成直线淌落下来。她蹲下来，蹲下来的时候，就看到绿篱深处，“张飞”蜷在那里，嘴角的血已经发黑了。那种蜷的姿势，让瑞亚感到它死得非常痛苦；在一棵龙眼树下，有两摊呕吐物样的东西。一个物业清洁工在骂骂咧咧地诅咒死猫。更远的变压器塔座下，两只白脖子的黄猫，像平时怕冷一样挤在一起互相取暖。瑞亚很想过去看看，那一母所生的小围嘴，是不是真的在睡觉。清洁工看出她的心思一样，一脚踢了过去，两只小围嘴果然毫无反应，身体没有硬，可是，踢移开的位置，能看到两小摊血迹。

瑞亚几乎换不上气，她喉咙里的气就是出不来，她使劲捏自己的喉咙、咳嗽。清洁工看她的脸色，有点害怕，嘀咕说：“这和我无关啊，我们只是奉命做事。也不是我这个班下的毒。”清洁工很不服气地把死猫丢进垃圾桶。

瑞亚闯进小区物业管理处的时候，里面的三个人因为她的睡衣睡裤而诧异。一个男人放下自己刚泡的茶，立刻递了一杯给瑞亚。瑞亚一把将它摔掉了。男人说，我们也不想杀猫，但是，前两天有只猫跑进离休楼了。不知道它怎么进防盗门的。你知道的，老领导们一直觉得野猫太多是我们管理失职；你知道的，老人家的意见我们都很尊重……

四

果然，背着大书包的女儿从石阶上一路下来，都撮着嘴唇在吱吱唤猫。没有猫咪出现，她并没有在意。晚上的时候，她吃了很多豌豆颠。瑞亚照例把鱼头鱼尾收拢起来，拌上菜饭。女儿说，我昨天梦到“埃及艳后”生了四只小咪！说不定它马上要生了。我们要多喂点。瑞亚点头说，是啊，它总是抢不过其他猫咪。

饭后，女儿提着猫饭和一根火腿肠下去喂猫的时候，父亲站窗户边上看。

女儿很久才上来。瑞亚说：“去了那么久。春心找你呢。”女儿说：“奇怪，都不来。我到处找，变压器、龙眼树和垃圾桶那里，都没有！它们都去哪里了呢？怎么都没看见呢。”

“是啊，”瑞亚说，“昨天晚上我也找不到它们。不过，今天上午几只猫咪都在垃圾桶那里，练杂技一样，走那圈细细的垃圾桶边，也不跌倒。”

父亲说：“猫就是怕冷嘛。晚上吃饱了就不爱出来了。刚才我去车库开车去接你时，‘小波斯’还在车库大门那里对我喵喵叫。”

瑞亚说：“对了，昨天我看到‘海盗’，把火腿肠都让给那两只最小的小白猫吃，就是蓝眼睛和金黄眼睛的那对小猫咪。看来最近大猫很多人喂呢。”

多日不说话的夫妻，一唱一和地说猫。女儿脸上是疑惑的神情，但她急着回春心电话。原来，春心想来他们家住，因为她妈妈去进货，弄口有户人家死了人，吹吹打打的令她害怕。瑞亚夫妇很欢迎女儿的朋友。春心果然是个早熟懂事的孩子，进门就双手奉上一张光碟，说，豆颠说叔叔阿姨最喜欢圆舞曲。这个送你们。呵呵。春心笑起来十分明媚。

春心的到来，果然让豌豆颠不再注意楼下的猫咪。可是，夜里十点多的时候，瑞亚自己忍不住，拿着猫粮袋到卫生间窗前。她照例吱吱唤猫，照例没有猫像以前那样从各角落出现。但她照例把猫粮撒了下去。有几颗猫粮落在雨披上，发出“德拉德拉”干脆的响声。

没有猫。一个小身影也没有。

再也没有猫了。

周三晚上“埃及艳后”的出现，实际上是来道别的。中毒的它已经没有胃口，但是，它顺着她的呼唤挣扎而来。这只即将临盆的猫咪，用最后的力气完成了诀别。

瑞亚泪水漫上眼眶。她又撒了一把下去，又撒了一把下去。下面是永远的寂静，她一下没控制好，哭出了声。这时，卫生间灯亮了，春心推门而入，看到阿姨泪流满面的脸，孩子尴尬而体贴地退了出去。瑞亚清醒过来，立刻擦干眼泪。女儿却没有过来。

周日下午，要送孩子们去学校前，女儿把春心送的CD片放进了唱机。

大客厅里夕阳斜照，楼下高高矗起的棕榈叶，被金红色的阳光投影在客厅落地纱窗上，摇曳着道不出哀伤与风情。当然是圆舞曲，欢乐的舞曲有点生硬地在客厅里回荡，一下子就淹没了黄昏的哀伤。两个女孩自己手拉手跳起来，是完全没有章法的胡跳。父亲技痒难熬，忍不住过去指点。春心笑眼弯弯：“我知道叔叔当年是圆舞曲之王。”豌豆颠趁机停下来，一脸淡淡的羞涩。她以前是断断不肯这样跳舞的。

爸爸带着春心旋转，春心扭头看瑞亚，说："我知道，豆颠妈妈就是因为豆颠爸爸是天下唯一和她舞步协调的男人，所以才嫁给了叔叔。"说到这里，春心打了个很大的喷嚏，她就像猫咪那样缩了一下，舞曲都被她浑身的一哆嗦打断了。

瑞亚不由微笑。这是她和豌豆颠说过的关于她父亲的话。

一曲终了，女儿推着父亲的手，推向妈妈。夫妻俩面对面，丈夫揽住了妻子的手和腰。这是金与银圆舞曲，他们彼此不易觉察地踮了踮脚，默契感已经遍布周身，圆舞曲的旋律在血管里一滴滴滴了下来，缓缓荡漾，渐渐飞旋。来了，一分十九秒，金与银舞曲中最优雅辽阔的波浪开始依次拍岸。他们旋转如一枝棕榈叶，在夕阳中谐和荡漾。瑞亚在这样甜美的波涛的怀抱中感受到了前所未有的哀伤。

两只嬉戏的小猫咪直立着，用白茸茸的前肢，击鼓一样拍打对方；

"埃及艳后"在美丽珍葵底下慵懒地晒着下午的太阳；

石阶扶手上，几只猫蹲伏在上面，像几只大蚕茧一样安静；

"小波斯"在一辆吉普车的引擎盖上，欢快地扭转身子，犹如做着优美瑜伽；

三只"小围嘴"在美人樱草间追逐，根本分不清谁是谁；

"海盗"埋伏在木瓜树干后，轻提着一前爪，准备袭击一只灰白色的小鸟；

…………

瑞亚在旋转中悄然泪下。她低下头想掩饰眼泪，但丈夫的舞步是如此变化多端、酣畅淋漓，在这舞步的飓风中，也许没有人能看清舞者的眼泪。然而，两个女孩都看见了。她们互相看了一眼，心照不宣地假装没有看到。

在学校大门口，提着行李走出几步的女儿，突然回走过来抱了抱瑞亚。这个不习惯肢体表达的女孩，这枚只有上帝才能收藏的雪绒花，动作有点笨拙羞怯。她说:“妈……别再吵架了……如果，”孩子迟疑而坚定地说，“你们真的想离婚，不要考虑我。我长大了。”不过，豌豆颠说，“这个世界，和你舞步一致的人，可能不会很多的妈妈……”

瑞亚用力抱紧了女儿。女儿不好意思地推开她。

瑞亚扭头看车内的丈夫，丈夫拿起驾驶台上的火腿肠，对她们晃晃。女儿嘴里发出吱吱唤猫的声音，就跑远追春心去了。这是她离家时拿的。总是这样，准备下楼时顺便给猫咪们吃，但没有碰到它们，她就把火腿肠放车上了。

国王的血

一进门，父亲从大衣里的胳肢窝下拿出了一块偷来的五香牛肉。母亲并没有像以前那样，两颧贼亮地佯骂父亲：要死了要死了，又偷好料回来啦！

母亲连瞟都没瞟案上的牛肉块。她从缝纫机上起身，走到案板前，打开牛肉的薄膜袋，操起菜刀就笃笃地切。父亲也阴沉着脸，反而好像是别人偷了他一块肉。父亲瞪了儿子小庆一眼，儿子佝偻在阁楼的木梯子边。看着缝纫机，他在眼睛的中心外视野，感到了父亲的怒意和沮丧。儿子忙站起来，去高压锅里盛饭。

饭是他煮的，没有菜，只有一盘中午他和母亲吃剩的虾皮冬瓜和芥蓝。中午洗碗的时候，他把它们合在一个盘子里。洗了碗，他一个下午都待在自己的小阁楼上。傍晚，听到母亲在楼下叫他下来做饭，他就爬下梯子。没有菜，他也不问。量米、淘米、上灶打火。阴雨天，三三两两来修改缝补衣服的客人，早都没影了，但母亲一直在缝纫机面前嗒嗒嗒地车着不知男女的牛仔裤，并没有起身弄菜的意思。

外面的雨声大了起来，能明显听到屋檐粗重的滴水声。下了一天的细雨，这会儿终于大了。

三个人在红色塑料矮凳上围坐，就着一点五平方米的折叠矮方桌开始吃饭。没有人说话。儿子一片牛肉都没有去夹，母亲注意到了，她是心疼儿子的，她夹了一大筷子狠狠戳到儿子的稀饭里，儿子感到了她这一戳的戾气和爱怨。儿子从小就爱吃五香牛肉，但现在，他已经毫无胃口。一碗地瓜稀饭，也不过是装样子吃的。一点不吃，他不敢。尤其是晚上父亲也回来了。如果母亲细心，就会发现儿子这两周以来，几乎不怎么吃东西。

儿子把碗底的稀饭全部扒进嘴里，然后把母亲戳给他的三四片牛肉也扒进嘴，他还没有咬，那五香牛肉的味道就直冲他的脑门，胃里一阵气胀。他连忙起身，他想吞下去的，他感到了翻胃。他几乎慌张地往上阁楼的木梯子蹿。步子急，小塑料凳倒了，身后，父亲的目光已经是怒不可遏了。儿子没有回头。他仓皇抓着楼梯，蟑螂一样手脚并用上去。与此同时，父亲手里的筷子摔了过去。摔在楼梯下的碎布头堆里。没摔在儿子身上，竟然连个痛快的摔响声都没有，父亲腾地站起来，母亲手快，一把将他拉住、死死拽下。

儿子的阁楼小得只能放一张单人铁床。一张学校的老式书桌，挤挤地放着一台电脑，键盘放在和电脑几乎平行的地方。在这里使用电脑，估计身子要扭得厉害。他一蹿上来，稍一猫腰，就从小窗跨到外面的阳台上。他吐了。稀饭、牛肉统统吐了出来，大部分吐在一个空花钵里。他自己看了很恶心，想想，拿起种郁金香剩下的半包土，把那个呕吐物掩盖了。

这实际不是他的阳台，而是市场一个阴暗卖冰屋的水泥屋顶。它为市场卖海产的小贩供应降温冰块。小冰屋顶十平方米不到，一面紧挨着他的阁楼窄窗子，一面是那棵被雷电劈死又复活的老榕树的树枝丫，阳光就从那边过来，平时很多鸟儿会来这里散步、拉屎。小小的天台，早就被一整天的雨淋透了。小庆站在这个小天台上阴冷的微雨中，听到远远近近雨声参差打落在四周雨披上的声音。雨似乎比吃饭的时候要小一些了。

他转脸看天。冬季的阴雨，仿佛从四周参差高楼围成的漏斗往他家这栋小平房飘淋下来。那些楼角各色的夜景灯灯光，迷离地晃着丝丝细雨，风大的时候，能看到紫色、红色、蓝色的粉状雨，旋转着飘下。而漏斗底部的他的小天台是暗的。那盆郁金香，被放在雨淋不到的角落。阳台上，被雨淋着的两个泡沫箱，种的是葱和辣椒；另一个板条箱里，种的是芫荽和薄荷。它们都长得不错，夜色中，黑乎乎地茂盛着。父亲总是把新鲜的朝天椒直接戳碎在酱油碟里，当佐料吃。这些是他父母要求种的。他种的是郁金香。一棵。

小伙子蹲在一个被水泥瓦楞板斜角保护的搪瓷花钵面前。这个季节的温度是郁金香喜欢的，白天17摄氏度，夜里12摄氏度。它不能淋雨，不干不浇，浇则浇透。他把花钵捧出来，跨进自己房间。他有点长的额发，因为雨淋变得有点卷。

小小的阁楼间，里面灯亮了。

阁楼下面，是常年亮着灯的。因为它白天也昏暗。

儿子已经像蟑螂一样爬上阁楼。楼下的父母，却还在谛听什么似的凝然不动。看得出，他们全身心地被楼上牵提着。父亲突然反抗似的抄起手，每个指关节啪啪啪啪地被他狠狠捏了一遍。

做母亲的说，这都是命。

说这干屌！父亲声音大了起来。

母亲手举起来，想示意楼上儿子在，但举了一半，它就不负责地垂颓下来。

阁楼上面悄无声息。只能从梯子口看到洒下青色的节能灯灯光。

进城这些年，母亲都是靠手头的这个老缝纫机替人缝缝改改、修修补补赚钱。这需要好眼力，需要灯。如果不下雨，她都把缝纫机直接拖到菜市头公厕前面的小路口，挨着那个补鞋摊子收揽缝补衣物。市场上来来去去的人，主要是女人，就把衣服给她，换拉链了，改腰身了，镶个裤腿移个扣眼了。一块三块地收，一天下来也有三四十块，有的时候更多。

和平市场边的这些几十年前的旧房子，一直说要拆，一直没有拆。电线老化、老鼠不怕人、下水道易堵，房屋主人早都搬走了，现在住在这里的都是临时性租住的外地人。卖土鸡土鸭的，卖蛋的，卖水果的。小庆家和租住在这里的各色贩子不一样。这是有理想、本来也快实现理想的一家人。半年前，他们全家的储蓄，加上老家卖掉的房产，加上女儿女婿借的几千块，一起在市新开发区按揭买了一套小三房。因为买了房，父亲母亲都经常对邻居、亲友抱怨说："唉！我们负担重啊，房贷每月两三千啊！"说得很张扬，谁都看得出这对夫妇眉眼间、语气里的自得和满足。

父亲有手艺。虽然脾气不好，经常跟人拍刀吵架，所以不断换工作。换来换去都是个普通小厨师，大宾馆、小酒楼、大排档、单位食堂、快餐店。现在是职业技术学校大食堂。待遇一般，但是管理松懈，所以，他们家的肉类、鱼类、香菇什么的，基本不用买，父亲甚至是煮好再偷回来，连烹饪成本都节省了。味精、鸡精什么的，就更不在话下了。

父亲说，这就算是福利吧。

他们那个天庭饱满、眼睛像受惊小鹿的矮小儿子，学电子的，中专毕业后，求职了一年多，文凭差，个子矮，其貌不扬，都成为被拒绝聘用的感觉和理由。他在一个洗车场打了快两年的零工，后来靠女婿家一个远房亲戚的路子，招进了区园林部门，先做绿化工。为此父母没少花烧香钱，烧到他们对这个黑暗社会和笨蛋儿子都很恨。上个月，儿子终于转正了，成了有三金保障的合同制在编员工。母亲忍不住告诉了很多熟客，熟客们也很好，都夸她要享福了。接受顾客祝贺时她总是那一句："是啊是啊，工作、房子是不愁了，可是哎呀，做人都是苦的，一辈子愁完这个愁那个，现在我们最发愁找媳妇啊，有合适的，帮我们介绍啊，哎呀……这是更发愁的事啊……"

话说得轻快，心里更是欢乐的。而现在，他们家是尖锐而惨痛地愁了。

母亲换了一件外衣，又到钉在墙柱上的一块水银玻璃片前梳了两把干涩的头发，不知往上面涂抹了点什么。她说，晚上她肯定在。就是这样突然过去好。

地上敞开的雨伞，被父亲踢得像青蛙一样跳了一下。

母亲怒气就出来了："那不然怎么办？"

"去，你去！我看你能借到！"父亲说。

"不然怎么办！"母亲说，"去借钱你还想当大爷啊？人家就是不愿见我们，你以为我是傻瓜不知道？今天不在，明天没空，打电话又不接。我以为我是傻瓜吗？我这是为了谁?！"

楼上的儿子听到楼下的门很重地摔了一声。

夫妻俩打着伞出门了。

摔门响之后，儿子舔了舔嘴唇。他停了一下，伸出舌尖，舔触了一下郁金香的叶尖。

青花白瓷钵的郁金香被他小心放在桌边。他已经把键盘移开了。悬吊的节能灯不够亮，他把床头的夹灯移夹在电脑显示屏上，台灯弯下腰来，照着那盆花。他的手轻微地滑摸郁金香的叶子，就像滑过琴弦。最早长出的叶子，已经快三寸长了，宽厚地包着后长的新叶，就像童毯包裹婴儿。现在，三片叶子出落得茁壮小清新，都披着葡萄皮上那样白色的薄粉，三叶基底部互相托护着，已经能看到第三片叶子芯里的一个绿色的花苞。小板栗大，顶上四道棱，看上去非常结实。

在南方，郁金香是绝迹的。两个月前，他在一个搬迁公司丢弃的大堆弃物堆里，见到几个蒜头大小的、被遗弃的鳞茎。花木班老林说，像是郁金香呢。他就兴奋了，说要种。老林说，这里的气候一般种不活，太热了。老林说，去年他家种过女儿从荷兰带回来的黑郁金香。九个鳞茎种下去，最后只开了一朵紫色的花。花期也才正常的一半。四天后就不行了。

这个天庭饱满、眼睛像受惊小鹿的小伙子不在意这样的消息，他说：“噢！我只在电影电视里看过郁金香！噢哦！我从没看过真正的郁金香！”

老林看他亢奋执拗，眼睛闪闪发亮，便拨弄着那些个蒜头，帮他挑选了一下。一个好像被老鼠啃过了，一个很干瘪。老林指着两个比较饱满的说：“那你试试吧。明年一月可以种了，但种之前，你把鳞茎放冰箱冷藏，先九度后五度处理。差不多冷藏五六十天吧，这样，就可以入土了。”

小庆后来选了一个十五厘米口径的青花白瓷钵，还专门抱到单位给老林审查。他反反复复问老林，它会开出什么颜色的花？会不会是黑色的郁金香？老林见他真是喜欢，隔天便从自己的专业书籍上，抄了一些相关养护知识给他。也是在老林的指导下，他用赤霉素浸泡了郁金香球茎，老林说，这样可以加大花的直径。

两个月后，也就是一月底，小伙子严格按要求，从冰箱里取出两个微微有根须的鳞茎，把它们仔细种了下去。一周后，一个小芽尖冒出土面。被老林确认是郁金香后，小伙子喜不自禁。但是，另外一个，一直没有动静。它永远也没有醒来。所以，这个矮小的小伙子，把他全部的热情都倾注在那棵冒芽的郁金香上。不知为什么，他固执地认为那是一枝黑色的郁金香。他上网搜找过黑郁金香的图片，他给自己手机下载了最让他感动的黑郁金香图片，之后，他以内行的语气宽慰老林说："我查了，这世界上，实际上没有全黑的郁金香，紫得发黑就被人叫为黑郁金香了。你种的就是黑郁金香。"

老林说："这还要你说。"

小伙子嘿嘿笑，说："我还是想种出一朵最黑的郁金香。"

"你能让它长好叶子就不错了。"老林很不屑。

出事的日子，是郁金香第二片小叶刚刚翻展的时候。也就是两周前。现在，第三片叶子也有些翻展，虽然它还不过一指长，但它围合包容的样子，已经很像一个怀孕的小妈妈。小庆觉得它就像未婚先孕的少女，那么年轻，那么庄重的蕴含。这个联想，让他自己充满吃惊的欢喜，但一秒不过，他就颓然了。

小伙子盯着他的郁金香呆坐。

一百七十万是什么概念？如果换成十元一沓的纸币，能把他活埋了。它是大地震，是火山爆发，是雪崩泥石流，它冲毁湮灭整个家，席卷了一切。他根本没有还手余地。父亲和母亲现在还像一对雄雌兽一样在拼命挣扎。儿子从一开始就知道无济于事的。他和内心坚强、外表强悍的父母从来就不太一样。从小到大，他就知道，他总是输掉的那一方。任何方面，所有情况。正如母亲当他的面对客人宣布过的："我儿子呀，只有一个好，乖，孝顺！我就担心，不要找个坏老婆，连这一点点好都没有了！"

也可以说，母亲是不指望他能改变局面的。母亲一贯对他爱而蔑视。

而这个时候，在这个冬雨霏霏的雨夜，他也不是十分清晰自己努力的方向。他只是模模糊糊有了一种感觉。这些天，他一直和他的郁金香在一起。单位已经叫他先不要去上班了。园林部门一开始就向交警撇清了责任，说那车已经过户。昨天夜里，那个一直昏迷未醒的女人也在医院重症监护室断了气。没想到，那一家人，最脆弱的是那个男人，当场就断气了；其次是那个宝宝。这个女人生命力最顽强，她熬了两周。熬到他母亲暗暗祈求说："死吧，你就死了吧，你老公你儿子都走了，你们一家人下去团聚吧，要不然，你这不死不活的医疗费，加上两个死人，我们实在是受不了哇。"

小伙子感到郁金香花蕾就是在他的注视下，很细微地翘起了花瓣尖。整个板栗大的花蕾，在这个霏霏雨夜，在他数小时目不交睫的注目下，肯定长高了至少两毫米。原来叶子怀抱的、紧闭成团的绿色花瓣球，似乎松开了一丁点，像个小女孩在悄悄换口气。但是那四个明显挑起的花瓣尖尖，却似乎透出清浅细微的淡黄。这个发现，让他非常吃惊。他不断揉擦眼睛看，又把台灯从电脑上拿下来近照细察。端详半天，他不得不说服自己，整个花球的确是绿中透黄，越靠顶部中心越透黄。

就是说，它肯定不是黑郁金香了。

父母应该是一路厮打回来的。他们进屋后，父亲还在咆哮："死！都给我去死！"一声踢门一样的爆裂声，不知道谁发出的。母亲的声音似乎混着哭泣，但那哭泣声掩饰在很凶悍的语气里，两者混起来，变得古怪狰狞，像是一个陌生人发出来的，她在喊："有本事！你有本事！"小伙子走近下楼梯口，又退缩回来。他停了停，然后把郁金香小心搬出窗口。外面湿拉拉的风凛冽扑面，他打了个寒战，把郁金香放置在避雨处。他从小平台还没有跨进来，父亲的头，兀自在地板楼梯口出现了。一眼扫到，那个暴烈的头就像突然长在地板上，父亲的头发全部被雨水淋湿了，看上去不像是一个人头，更像一朵灰黑的大草菇。儿子不由哆嗦了一下。他以为父亲要蹿上来发泄点什么，结果，父亲只是阴鸷地瞪着他，目光僵硬，像某种夜鸟。见儿子目光回避，父亲又茫然无措地梭巡了屋内，随后，他狠狠地捶了一拳梯口的地板，那湿湿的黑头，倏地就下去了。

败家子！父亲这样吼过他。当时，母亲为了托女婿亲戚把这个不到一米六三的儿子弄进事业单位，真是花了许多心思和贿赂款。先后拿出了八九千，看还没有招进去的意思，父亲就憋不住了；进去后又说不能马上签合同，要试用一年绿化工看看——那不还是临时工?！父亲气急败坏，觉得钱被人骗走了。说来说去最后就是他妈的儿子不争气。父亲吼："我他妈的生了个败家子！你到底是不是我儿子?！"

但是，现在，这儿子真的要让他倾家荡产了，他却骂不出败家子了。这事太大，太重了，太狠了。面对一直不出声的儿子，父亲就像行凶却找不到棍子的人。

父亲咚咚咚地下去了。他怎么能把一架直木梯走得那么腾腾有力，儿子想。

儿子在自己小小的钢丝床上睡了。出事这两周以来，父母仇恨地发现，儿子好像一直能睡觉。出事当天，他被那户人家亲友打断了牙齿，打黑了眼窝、长流的鼻血把他的牛仔夹克里的灰套头衫都弄脏了。他的手指上也都是血，不知是撞的，还是被人打的。但是，在交警那里办完手续，回到家天已经快亮了。他洗洗就爬上阁楼了。当时母亲把一小瓶碘酒和一包棉签放在桌上，他似乎忘记用了。在他爬上阁楼的时候，母亲想叫他涂药，被父亲一把拽住了，眼神里是——死不了的！

两周来，母亲睡不好，父亲睡不香。楼上倒是一到十一点就熄灯睡觉。出事的次日睡醒起来已经是中午，儿子从楼梯上下来，蓬乱的头发、肿起来的脸、发黑的眼眶、充血的眼睛，看起来就像一个矮小的恶魔。父母看他眼神里都满是厌恶。奶奶却来了，自己一个人倒公共汽车，摸进了菜市，一路问进来。进来看到孙子，揽到身边就哭了。就是这个时候，家里人听到了小庆第一次也是唯一一次爆发的哭号，哭得非常大声，像一只临宰的挣扎的小兽。他猛力摇晃着老人，揪扯自己的头发，看上去滑稽绝望地跺脚。祖孙俩就那么哭坐到了地上。

在父母看来不知死活的好睡，在儿子自我感觉里却是空虚混沌的。他已经失去了睡眠的界限。他呆坐着，坐着坐着就看见梦一样不真实的片段，而在梦里，他挣扎着抗拒着，不知不觉又触地站在了安全的现实中，可能是搬着郁金香追逐太阳光，可能是坐在电脑边浏览，可能是在给郁金香小心喷水。

这一个夜晚，他被睡眠之雾舔卷之后，看到了冰箱里的温度计。整个二手小冰箱里全部是温度计，却看不到郁金香鳞茎了。到处是一排排五摄氏度的、九摄氏度的温度计，密密麻麻、层层叠叠，它们把鳞茎盖压在什么地方？温度计很快沾满了白雾，所有的温度都看不见了。他把它们一支支掏出来，必须找到一支能看清温度的。如果温度太低、太高，郁金香都受不了。他着急翻找擦拭着，手指却冻得痛起来，到处都是血。他看到了自己开的灰色皮卡车，它像惊马一样高高站了起来。不要倒啊，你不要倒下来！他在下面大声哭喊，他看到自己在驾驶室里惊慌失措。而马头下面，就是那一家三口，父母追着一个两岁的宝宝，他们似乎在海边散步，宝宝的肩带上，系了一只红鲤鱼形状的大气球。因为风大，红鲤鱼在空中落在了一家人后面，看起来就像在颠颠赶路。

直立的皮卡车上半身就是一匹惊马，只剩最后一个着地的车轮，还没有变成马蹄，所以它站不住，它靠不住，它是惊慌滑动的，它垮下来了。沙尘暴飞扬。马在凄厉地嘶鸣，穿云裂雾，所有人的耳膜都在那绝望的嘶鸣中，树根一样裂开了。

郁金香就在床前开放了，他从床边高兴地向它走去，阳光怎么那么耀眼啊，阳光怎么变成了一个耀眼的花蕾球，就那一团，花瓣打开了，越开越亮，看不真切。因为它太耀眼了，就像一个小小的太阳在里面。可是，他还是微笑地向它而去，他舔着嘴唇，笑着。突然他看清了，阳光消失了，他看到郁金香的长圆形的花蕾，并不是花瓣，而是一只宝宝的小袜子。红黄色的，小小童袜。郁金香开花了，花朵却是一只带血点的小童袜。

他一屁股坐了下去。坐在了奶奶带来的三个苹果上，苹果在满地溜溜地滚；母亲的手指被缝纫机扎穿了，她痛得把手抽离机头，食指上却连着蓝色的缝纫机的线，越抽线越长。“剪刀！剪刀！谁看到我的剪刀！”母亲握着被线穿透的手，号叫哭泣，她喊，“你把全家人都害死了！你害死了全家！我这辈子没有干过亏心事啊，昨天我还给那个没腿的讨饭婆一碗炒米饭！里面还有很多肉丝……”

出事后，花木班老林一直回避单位所有人。他说他当时醉了，什么情况都不清楚。皮卡是老林买的单位二手车。局里更新了一些办公用车，把两辆旧车照顾给本单位职工。

两周前的那个周末，大家说好完成环岛路马拉松赛道最后的盆景布置后，就去庆祝一下。庆祝他们区少儿艺术馆的园林设置获得全国优秀园林奖。老林和文工程师是那个项目的主创者，所以，大家纷纷敬酒。后来又唱歌，唱歌的时候，又喝啤酒。散场时，大约是五点多。老林和文工程师都醉了。大家都酒意朦胧满嘴小曲、步态蹒跚。只有小庆，既没有喝酒，也没有唱歌。他一直是笑着看大家闹，然后帮这个倒开水、那个点烟，或者招呼服务员。散场时，老林想开自己的车，在走向自己车门的时候，摔倒了。小庆说："我送他回家！"文工程师醉眼迷离保持着清醒，她说："你行吗？"小庆说："行，我原来在洗车场，经常帮客人开。我移库特别好！老林之前也让我开过！"

先送老林。卸下老林，再送文工程师回家。之后，他再把车子开回老林家小区。都在沿线，周日的车流量不大，半个小时够来回了。然后，他换17路车，20分钟到他们家菜市站。但是，在送完文工程师回头的时候，事故发生了。那一家三口，突然横穿环岛路，他们应该要奔向海滩。那是一个弯道，小庆看到了，也有足够的反应距离，他的错误在于，紧急刹车的时候，他猛踩了油门。

老林酒还没醒，就被叫去了交警处。在那里，他看到了被死者家人打得像丛林野人的小伙子。出事后，小伙子下车待了几分钟，之后，打了报警电话后，居然想逃跑。老林无语。后来老林帮忙办理了交强险的理赔，12万元相比170万元的赔偿，基本微不足道。但总比没有强。老林到菜市小庆家的时候，他母亲挥舞着一尺长的裁缝剪刀，怒责老林："你为什么让他开?！就是你害他无证驾驶！"母亲的大剪刀，像随时要戳透人的胸膛。老林有点害怕。小庆知道母亲的剪刀不会戳向儿子，但是，他没有勇气承认说，是他自己抢着要开，和老林没有关系。也没有勇气承认，他心里是多么喜欢车，当时他多么想开一把。那天能开上车，他心里是多么舒畅欢乐。如果不是家里按揭买房，他肯定要去考个正式的驾照。

在老林不在场的时候，他回答父母说："我本来也不想开啊，是他们要我送，就只有我没有喝酒。我又不爱开，是没办法啊。"

他说："他们知道我在洗车场经常要……"

"放屁！洗车场能培训，那要什么驾校?！"

面对母亲的大剪刀，老林嗫嚅说："我一直以为小庆会开车，现在人人几乎都有证……反正那破车……"

"破车就拿来害人是不是?！"母亲真的要杀了老林，幸亏老林逃得快。老林其实也害怕承担连带责任，他对单位、对交警都坚持说，他当时确实醉了。他平时也不知道小庆没有证。这当然是自我保护的说法，那天醉酒是有目共睹的，但平时，他是知道那小伙子想开车，也知道他根本没经过正规培训。因为是二手旧车，车贱，小伙子想开也让他开过几次。他去他家的意思，一是内疚，最重要的也是叮嘱小庆千万别出卖他说，他的车以前也让他开过。

小庆送老林到公交车站。老林的皮卡车作为肇事车，已被交警暂扣。俩人走着，没有话说。最后，老林掏出一张存折，说："密码写在里面。是我自己的私房钱。"小庆有点想哭，说："林师傅……你……不要生我的气，我不敢跟我爸爸妈妈说，是我自己很爱开……"

老林说："我不管。反正你们都能证明我醉了，当时我什么也不知道。谁叫你开的，我也不知道，反正不是我！"

老林给的六千多元，马上都交到了医院，那个被撞的母亲，还在抢救室内。

之后，老林和小庆再也没有通过电话。直到郁金香花开。那是十四天以后的事了。

郁金香的花蕾冒出一点黄，越来越扩大，越来越清晰，这让小庆既迷惑又期待。接下来几天，不只是那顶端的黄，就连整个“小板栗”中上部，都有点发黄了。绿中带黄，那最早的花瓣小尖尖，又开始转暗，有橙红的意思，像小女孩噘起小嘴的样子。这些天，白天温度都在 12 摄氏度左右，夜间在七八摄氏度。郁金香一定是满意这个温度的，所以，长得特别欢，一天一个样。

而现在，他已经很清晰地知道自己将去的方向了。

因为完全清晰，目的地明了，小伙子的心渐渐变得沉静安定，甚至有点恬美。而在这个想法明确之前，他是多么焦躁混乱啊。有两天他甚至忘了给郁金香浇水。他满脑子的念头，像垃圾场一样肮脏纷乱。他曾经懊悔自己当时为什么不直接驱车逃跑，怨恨自己为什么要下车发呆呢？他痛悔自己有时间却错过了一个躲避大灾难的机会，在还没有人围上来的四分钟里，他可以跑得多远啊。他曾经想去街上碰瓷，地点和时间都模模糊糊有了设计，他希望有辆最有钱人的车，把他给撞了，一下子赔他百八十万，而他最多花掉一万块就能康复，他就能把钱直接转给那户人家。但后来的某个时候，他突然想明白了，这是不行的，即使他不小心被撞死了，也只能抵掉一条命，还欠他们家两条，也就是还有两个五十六万块。而那个司机，万一也和他家经济状况一样糟糕呢？万一被人查处他是故意的，一分不赔怎么办呢？他还纷纭杂乱地做着关于盗墓、抢银行，关于体育彩票大奖、六合彩的白日梦。

父母的心比他乱。他们一直像热锅上的蚂蚁。母亲只要看到像是有钱的、稍微熟悉一点的顾客，总是试图想向人家借钱，说得自以为委婉，别人听来很无耻。人家总是抱着强烈兴趣听完前半段，也就是车祸本身，等母亲说到天文赔款、说到家庭经济艰难的后半段，人家就粗浅地表示了同情，也就赶紧走人了。有些心细的人也会委婉地说，“是啊是啊，开车最大意不得，我儿子还死活要借钱买车呢”；或者，“哦，我公公正在做大手术，一天就是一千多，这钱用得简直都怕哦”。父亲把女儿及搞装修的女婿逼净后，就异想天开地向他所在的学校借，一个随时拍屁股走人的临时工，真是有勇气。学校当然不理他。

父母的所有这类努力的失败、碰壁，最终都会反弹到儿子这里来。儿子木头木脑的平静淡定，则越来越令父母共同愤怒。那天调解协商，那个承办交警说到房产抵押时，父亲呼喊：“我们家就这一套房子，你给我弄掉了我住哪里?！”对方家属代表拍桌子怒骂：“我弟一家人都被你们撞死了，人都没了，你还想着怎么住舒服?！”母亲分辩：“不是不赔，是没有能力啊，我们还在房贷借债你知道吗？我们又不像别人有几套房子的……”

交警态度很坏：“都不要再说了！到时候我看你不卖也得卖！”

吃饭的时候，父母既委屈又愤怒。他们怒火熊熊地回忆在交警那里调解时受到的煎熬和欺辱。没有想到，他们的儿子语气轻淡地说，我们家的房子留着。

儿子说得很小声，一时父亲觉得是错觉，他梗着脖子盯视儿子，儿子却好像没开过口一样低头喝汤。母亲却开腔了，她说：“留着？你有本事留吗？你有本事撞死一家人，怎么没有本事赔人家？你以为我不想留吗？那是我们一辈子的血汗钱！”

他看着母亲，想说什么却没有再说，但他凄美安详的目光，大大激怒了父亲："留？留给你结婚是不是?！老子去替你抢银行是不是？父亲悲从中来，精光四射的眼珠，居然蒙上一层薄泪：留？留？你以为你老母一辈子真爱吃鱼头鱼尾巴？你以为你老母就是爱吃煮破的水饺？猪头，你把你老爸老母都害死了你知不知道?！"

儿子低头吃饭。他默不作声了。

洗完碗，他爬上阁楼。父母歇斯底里的发作，让他更加坚定了自己的选择。就是在这个夜晚的月亮下面，那个原来依稀模糊的、他自己也害怕的蓝图，完全清晰明了了。这个决定一旦做出，他感到自己辽阔而镇定。他的心里越来越安静恬美。小平台上空气寒冷。在狭小的月色星空下，他静静地蹲在郁金香身边。他蹲了很久，直到她母亲在楼下喊。他站起来的时候，才发现腿麻了。

母亲重申了一个不容置疑的指令：去争取园林局捐助，你是好心好意为大家的！没有一点自私自利。要让同事统统来帮忙。公家私人捐款都要。明天就去！就让那个害死人的老林师傅去发动。母亲锐利地发现他在轻微摇头。母亲说："你给我搞清楚！这是你自己的事！不是我们的事！我们是在帮你！"

他轻微地摇着头，摇得那么恬适静安。这副皇帝不急太监急的样子，让父母除了绝望、愤懑，丧失掉了所有想象力。父亲怒吼："这跟老子屁关系！十八岁以后，要死要活要关要杀，都跟你老子无关！"

去菜市尾公交站的时候，可以折进一条小马路，里面就是花鸟市场一条街。很多店员在店外整理成捆的鲜花，卖鱼的也把大木盆的鱼放到了人行道上。花木琳琅，他觉得，和郁金香相比，这里所有的花，都很平庸。那个紫色的香水百合简直是肮脏的巫婆；他遛了一段就折回公交站点。什么也没买，他也没有多余的钱。单位里很多磷酸二氢钾溶液，郁金香种下的时候，他就倒了一瓶回去。按老林指导，郁金香展叶至开花前需施入适量微量元素，叶面喷施 0.1% 磷酸二氢钾溶液两次，促使花大色艳及鳞茎发育充实。昨晚他喷了第一次，有点担心效力过期，但他不想再买了。他也不想回单位，连电话也不想打给老林。

他出现在他奶奶家的时候，奶奶一个人跪坐在神龛前面。里面插着几支新点的香。供桌上是新鲜的福橘和香蕉。伯母看到他，没有表情地为他开了门，转身就回厨房里了。伯伯伯母借了两千块给他们家，而且话说得很重：我们老二连房子都买不起。这钱给你们小庆，我们也不指望他还了！

他站在老人后面，专注地看着神龛上的白瓷观世音菩萨。奶奶看到他说："咦，真是你来了！观世音菩萨带你来的。他知道我放心不下你。"老人牵着孙子往自己的屋子走。孙子闻到了一股浓重的老臭味。到了屋里，老臭味更重了。这就是人老的气息。

看着奶奶的头发，他说："我帮你洗头。"

"不要。"老人说。

"我以前帮我妈干洗过。"

老人还是说："不要！"

"要啦。"孙子说。

"我要是有钱，我孙子就不会被人家关起来了。"老人像是在对观世音还是另外什么人说。

孙子摇头："不会。在想办法呢。"

他拿来洗发水，又把毛巾围在了老人领口。奶奶还想扯掉，被孙子按住。看来，她是真不喜欢洗头。

小伙子往老人头顶挤了洗发水，就开始按摩抓挠。泡沫不太多，头发太脏了。他只好倒更多洗发水，抓挠着。老人的头皮被按摩抓挠得很舒服，她渐渐安逸下来，可没两下，老人却哭了起来："你的命怎么这么衰啊，我找人家又看了你的八字，唉，人家说，这一坎很厉害，你躲不过的。如果躲过了，我们自己要死人的。哎呀，这是谁造的孽啊。"

南方的暖冬，确实太热了。一颗郁金香种子从荷兰到海边，肯定比昭君出塞还不容易适应。一月底二月初，已经是这里一年最低的气温了，可是，看起来温度是在花卉资料允许的范围内，郁金香却显得反常地早熟，也许这里的水土都太热了。不过，和老林师傅九比一的存活率相比，他觉得自己二比一，已经非常非常了不起了。

那个前两天就变黄的花蕾，刚刚在包裹的叶片里探了一小半的脑袋，那里透露的花色，已经是诱人的明黄。百分之百的不是黑色郁金香了。他不用放大镜细察，就确定了这花苞里肯定是黄色偏橙的花瓣，他还能从花瓣上捕捉到羽毛形红丝般的斑点。

他渐渐同意郁金香自己的选择："好吧，你不喜欢黑色，那就不开好了。你愿意开成什么样，我都等你。"

小庆认为，郁金香要长到十几二十厘米后才正式开花，资料图片上每枝郁金香花茎，都是纤长挺拔的，那是多么超凡脱俗与众不同啊。按它现在欲放的姿态，估计再有四五天，它就会挺秀开放了。

没想到，只是隔天，他就发现那个长卵形的大花蕾，好像脱壳鸡蛋一样，马上就要脱离叶子的围护独立面世了。而它底部的花茎，最多才五六厘米。正常起码要抽茎十几厘米啊。小伙子看了心里怦怦急跳了好一会儿。这棵早熟的花儿，让等它的人，有点猝不及防。

小伙子慌乱之下，甚至想到楼下买冰房捡些碎冰，做个塑料罩子，搞个降温罩。但他马上就知道这是不可能的。在这个全家危亡的时刻，他还惦记着给花降温、控制花期节奏，会把可怜的父母逼疯的。他不想这样。这两天，冷空气要来了。

开吧，我的花儿。我会等你的，等你来了我才走。

郁金香花萼微微松开了一条缝，它在微笑。花儿就要开了。

爸爸妈妈：

你们好。我想了很多办法，只有这个是最好的办法。我走了。这个债也就停止了。这是我个人负的债，和你们任何人无关。警察知道的。我也问过了，个人债务，不能再叫你们赔了。我死了它就终止了。

爸爸对不起。妈妈对不起。奶奶对不起。

冷空气是裹挟着狂风来了。气温一下骤降五六摄氏度。满街的女人冻紫了嘴唇，男人冻青了两腮。父亲回来得很晚。他没有听母亲的话，早上拒绝穿过臀的仿皮夹克。他嫌那个早就过时，结果，回来的时候，他的脸青得像走色的柚子皮。

阁楼上，郁金香已经开放。儿子曾经很想问，“我把花拿下来给你们看看好吗？”，但是，家里沉重阴郁的空气，让他不敢妄动。他为母亲盛饭，为父亲夹菜。父亲忍受不了他恬适宁静的眼神，故意无视他夹的菜，假装去换电视频道。

母亲说，这么满！谁有那个胃口！

他的胃口却很好。父亲的目光透着鄙夷和隐忍，母亲倒有点困惑。这个晚上，他破例没有洗好碗就爬上自己的小阁楼，而是洗了个澡，然后在缝纫机边看着母亲。母亲在缝补一个像小帐篷还是睡袋一样的物件，针一直断，换到第三根针的时候，母亲忽然抬头看了儿子一眼。儿子笑了笑。

母亲又开始车，忽然，她泪水滴在那东西上。她不肯抬头，还是车。第二颗第三颗泪水相继滴落。儿子犹疑了一会儿，抄起一个碎布片，伸手为母亲擦拭。母亲扭开脸。儿子说，会好的啦。很快就会和以前一样啦。

母亲倔强地打开了他的手。

白天刚刚开放的郁金香，在晚上又闭拢了。顶部闭合得那么严密，仿佛几个女孩头碰头手挽手紧紧地围抱在一起。矮小的主人歪过头，把脸颊小心贴在花蕾上，贴了一小会儿，他站起来，那双小鹿受惊一样的眼睛，最后看了一眼他的花，回到了自己小房间。

夜深了。晚上的风很急。小伙子在迷离恍惚之际，听到了远处高空一扇未关好的房门被风打得嘭嘭直响。只有无人看顾的、失去了家的门，才会被风这样肆意地摔打。从小，这声音就会让他停顿，他总不由又猜想那个空房间的样子，猜想曾使用那门的主人，在这样的天风浩渺的深夜，是否也能听到那门的一声声孤寂的摔响……

冷空气长驱直入南方。小阁楼上的郁金香开得分外美丽。法医过来了，说，手腕筋键都割断了。他是铁了心了。勘查现场的法医也看到了那朵郁金香，第一眼他惊艳了一下。勘验之后，他也就忘了它。

第二天，老林师傅和他的同事都赶过来了。没有人注意到小平台上那钵黄中带红拉丝的郁金香。它依然在开放，六厘米左右的花茎，矮矬矬的，就像那个矮小的小伙子。

老林蹲在郁金香面前，轻声说，这品种叫“国王的血”……孩子，你这比我种的黑郁金香，好看多了。

少许是多少

一

游兵在厨房里修菜罩子，他希望在老婆起来之前修好。

游兵的父母从外地来了，母亲一来就把菜罩子给弄坏了。她总是抢着做家务，见缝插针地抢，差错因此增多。

那个菜罩子看上去很简单，就像把开合的无柄洋伞。平时看见老婆，揪着伞尖，一拉一压，收放自如。母亲不知道怎么操作的，菜罩子竟收成了合不拢的冻鸡爪，合也不是张也不是。母亲已经是第二次操作失败了。

第一次是母亲刚来的第一天。母亲当时就很难堪，父亲在旁边像向主人献殷勤一样，强烈指责妻子：不会弄的东西，别想当然乱来。这不是你自己家！母亲讷讷，手里还想努力。可是那个冻鸡爪就是筋骨僵硬。游兵说“没关系，没关系，我看看”。游兵接过，看那白色蓝色的蕾丝网里面，有个无名指大小的白色塑料芯子歪了，显然是这个关键导致了菜罩子合不拢。可是，游兵颠来倒去摆弄了半天，那塑料芯子不动，菜罩子就是张合不得，死了一样。

游兵暗自惭愧。游兵是个一向被老婆伺候的男人。生活上，老婆照顾自己实在太多太周到了。就说菜罩子，游兵一餐一餐在饭桌上上下，竟从来没动手开合过它一次。依稀记得老婆有抱怨过："吃完你就不能顺手罩上它吗？"

游兵用劲掰，死劲拽，菜罩子都扯得变形了。母亲小心说，别把伞骨掰断了。

那时，老婆没有声音地从卫生间出来，一把夺过游兵手里的菜罩子，只听得咔啪两声，菜罩子就紧紧收好了，再一揿，伞腾地张开了。老婆什么也没有说，啪地一按，收了菜罩子，就离开了厨房。

餐桌边剩下游家三人。游兵的父母看着游兵，他们羞惭局促的目光令游兵难受。游兵说："没事，家里的事，她比我懂……"

母亲说："你也该学会体贴人了，家里的事互相帮忙做……"

父亲说："是啊，孩子一个星期才回来一次，家里也没什么事，不要总累着她忙里忙外……"

父母的声量很高，游兵知道，这些话是说给他老婆听的。

父母从来没有来过这里。这次，不是游兵坚持，母亲不会过来治疗结肠息肉。一说要在儿子媳妇家住四十天，他们就畏缩了。游兵打听到这个针灸专家非常有名，说国内外都有病人慕名而来。他还说，支玲也说来试试嘛，不试怎么知道。父母在电话那边听了，在揣测"不试怎么知道"一句是儿子加上去的意思，还是媳妇支玲的原话。如果前后句都是支玲说的，那么，媳妇看来是有些真心的邀请；如果后半句是儿子加的，那就说明，媳妇可能只是客气敷衍的话。

他们惴惴不安，担心给儿子媳妇添麻烦，担心自己不受欢迎。

现在，也就是父母来的第三天，这一大早的，母亲又把菜罩子使用坏了。支玲还没起床。游兵上洗手间，就被母亲悄悄叫住了，母亲表情很局促：“我们真是老了，又弄不好了……”

父亲低声斥责：“是你弄坏的！不是我们……”

游兵说：“没关系没关系。你们到小区下面走走吧，早晨空气好。”

可是，直到老婆睡眼惺忪地起床，游兵还在餐桌上摆弄菜罩子。一头细汗，加一嘴没刷牙的口臭，还有说不清道不出的闷火。他觉得这个菜罩子的设计有问题。

支玲在马桶上哗啦哗啦地大声说：“你告诉马老师、游老师，菜罩子再这么乱整，修好也白搭！”

游兵苦起眉头。

支玲说：“伞骨总弄歪，四边不平整了，蟑螂随便都爬进去了。还有什么意思？”

游兵想把菜罩子摔地上：大不了再买一个！可是，他不能。他知道，至少父母在这儿的这一个月，他要小心翼翼地看老婆的脸色行事了。

二

可乐鸡块。

原料：鸡腿四只，生姜两片。

配料：酱油、盐、柠檬片少许，可乐若干。

做法：鸡腿切块，用姜片炝锅，后下鸡块、酱油、可乐及少许盐，调好味。大火烧开可乐后改小火焖，待鸡腿酥烂后即可装盆。

备注：这道鸡菜甜香适口，没有勾芡却有黏腻的浓汁儿，即便没有调料的鸡肉部分也在浓稠的汤汁浸润下有滋有味，很适合小朋友吃。

中午快下班的时候，游兵问大家："少许是多少？"

办公室老蔡说："就是一点点嘛。"

张姐说："不是一点点，是刚好……差不多……按比例，有一点点的意思，但肯定不是一点点啦。"

司机小严说："我看到电视上说少许的时候，厨师都是用碗大的铁勺子，舀一勺子边那么多。那才叫少许。"

游兵说："那么，酱油的少许，具体是多少？"

办公室里至少有两个人同时回答：

"一调羹。"

"两汤匙吧！"

还有一个慢一点的声音说，"颜色变黑就够了"。

游兵就闭了嘴。一方面，他看得出大家想下班了，一方面，他感到问也是白问，他并没有比发问前明白得更多一点，而且，即使酱油的"少许"弄明白，盐（这个还好理解）、柠檬片少许，也都是令人疑惑的问题。少许到底是多少呢？

在收拾办公桌的张姐说："你家里不是有个能干的老婆？是不是父母来了，想亲自露一手？"

游兵说："小丫头晚上回来，固定要吃'可乐鸡块'。老婆最近旅行团多，没空回来，给我写了菜谱。"

"对呀，她就是大厨呀，'少许'你问她不就简单啦！"

张姐出门的时候，和奔进来的老蔡撞个满怀，老蔡都没空和她说道歉。老蔡说：“游主任！杨副总的江西老婆来了！还带一个孩子，在外面哭闹！”

游兵一时不明白，张姐说：“那带去找杨副总啊！”

老蔡不知所措地摇头，似乎要和游兵单独谈。这个游兵懂了，示意张姐先走。张姐知趣，一笑，走了。

老蔡这才说：“你不知道，接待台说，昨天傍晚那母子就下了火车，突然来的，直接到了公司，进了杨副办公室，好像吵架了，杨副就把母子俩带走了。刚才母子俩又来了，说，杨副昨晚把他们带下楼，转了两个街角就跑掉了。她们母子找了半夜，最后只好在火车站一个小旅馆住下。现在，那女人在骂，杨副是陈世美。我怕影响不好，把她领进接待室了。你看怎么办？”

“杨副呢？”

“早上根本没见人。业务处说，几个文件都没法签，龙总要后天回来。怎么办？”

游兵打杨副总手机。通了，没想到杨副总焦躁万分，说：“妈的，突然就来！搞突然袭击，不管她！你就说我出差了，要一个月！替我给她三百块，让她赶紧回去！回老家！下午就走！”

“你昨天怎么中途丢了她们呢？”

“她非要去我住的地方，这么突然！你说，甄娜往哪里躲？”

“孩子会不会……”

“顾不上了！只能让她走。你快替我打发了！越快越好！”

接待室墨绿色的地毯上，东一只西一只，是孩子的脏拖鞋，再里面，扔着一个陈旧的牛仔包，也许是当年杨副总上大学用的便宜时髦货，现在看起来又旧又脏，还有点笨拙可笑。孩子大约六七岁，正光着脏脚丫子单脚跳，他对这么干净的地毯发生了兴趣，可是，他的脸上还有眼泪和鼻涕的痕迹。而他的母亲，站在窗前，恨恨地哭泣。女人黑而矮胖，看上去很结实，染着猩红色的头发，却干巴巴、乱糟糟的，好像刚刚和人扯了一场架。因为哭泣，女人的胖脸更加肿大，看上去的确不好看。

老蔡说:“这是我们游主任。”

女人说:“叫良山来！我是他老婆啊！这是他儿子，他亲儿子啊！”

游兵说:“嫂子，杨总临时出差了，唔……要一个多月。下次你来，先打个电话……”

女人呜呜地又哭骂起来:“骗人！骗人！他的心怎么这么狠啊，他是陈世美！”

光脚丫的男孩子安静了很久，轻声说:“爸爸叫杨良山，不叫陈世美……”

红头发的女人，一巴掌打在小家伙脸上，孩子顿时满眼是泪，忽然嘴一咧，哇地大哭起来。女人索性扑上去扭打孩子，孩子钻进圆桌下号，女人把椅子放倒，往桌下捅。

老蔡把女人拉了起来。

游兵和杨副总的妻子恳谈了一个中午。其间，他让人给他们母子来两盒肉丝炒面，小男孩因为狼吞虎咽、动作过快，一不小心把饭盒打翻，油汪汪的面，毁掉了公司新铺的墨绿地毯。母亲挥起筷子，像打击扬琴一样，准确暴击了已经吓哭的小家伙的手指头，弄得接待室又是哭声号声一阵。

终于，杨副总的妻子，接过了游兵递上的三百元钱，提起牛仔包，让孩子穿上拖鞋，跟老蔡叫来的一个临时工司机走了——去火车站。

三

游兵父母都熟悉支玲。支玲原来一直叫游兵父亲叫游老师。游老师就是游兵和支玲的高中数学老师，当时支玲很怕他。支玲数学不好，家里很穷，哥哥还判过刑，所以，游老师夫妇坚决反对儿子和支玲恋爱。支玲狂追游兵，遭到了游老师夫妇“以学业为重”的严厉批评阻击。后来游兵考上大学，支玲不过成了亲戚餐馆里的打杂小内务。游兵母亲说，我们没有门第观念，可是我们游兵就是再不济，也是仪表出众，至少要找个看得过去的吧。言下之意，自然是指支玲相貌也差。支玲是比较黑，单眼皮的眼睛，还有两只薄薄的大招风耳。

但游兵坚决要娶支玲。

游老师夫妇没办法，谈判僵持了几轮，父母妥协。只当鲜花娶了牛粪，最终还是给了儿子媳妇白头偕老的祝福。小两口远离家乡，到了特区自己打拼事业生活，什么都不要游老师夫妇关照。结果一家三口，倒也生机勃勃。一年见个一面两面，大家都变得格外热情客气。游老师夫妇对支玲越来越好，越来越殷勤。每次回家，洗碗扫地什么活都不让支玲碰，支玲也会淡淡地说：“我来我来啦。”母亲几乎要勃然大怒，简直要打一架，就是不让支玲干。有时游兵看不过去，说：“妈，我们家都是支玲做，她快得很。”母亲就说：“难得回来，回来就让她休息休息！走走走，你们去看电视！”

一年一年下来，游兵感到，父母在支玲面前也越来越小心翼翼，简直连自尊都受到影响。母亲的大肠息肉很严重，一度被误诊为大肠癌，确诊后，家人都以为母亲失而复得，高兴得很。打听到游兵这里有个祖传中医世家，针灸消退大肠息肉有奇效，所以，游兵和妹妹都极力动员母亲来治疗三四个疗程。游兵支玲虽然只有两室两厅，但孩子寄宿，周末才回来一次，所以，多两个老人还是挺方便的。可是，父母都很退缩。直到游兵说，支玲也说来试试，他们才松了口。

父母真的被劝来了，而且要住一个多月，游兵心里也不是很踏实轻松。过去的日子里，支玲经常在背后嘲笑鲜花与牛粪的婚事，自嘲是早恋典型，在背后从来不叫爸爸妈妈或你爸你妈，而是伤痛性地叫游老师马老师（游兵母亲曾是幼教）。当时母亲被误判为大肠癌时，游兵赶了回去。支玲因为在“客家红菇鸡”当后锅大厨，忙而没有请假。

后来确诊是大肠息肉，母亲精神状况立刻好起来。只是依然吃什么拉什么，或者便秘、出血，人很干瘦，体质日差。游兵打听到有那么个神医，就想要父母来治。支玲不以为然。因为针灸是隔天进行的，一个疗程要十天，自然要常住一阵。游兵问支玲：“他们来了，睡嘉怡房间，周末嘉怡回来，跟你睡，我睡客厅好不好？”支玲说：“嘉怡不喜欢别人睡她的床。”游兵说：“自己的爷爷奶奶又不是外人。”支玲说：“一个多月可不是短时间，她会干吗？反正这事我不管。”

支玲不管这事，这事就拖了下来。反正父母那边也一直退缩，有时电话里游兵说“你们来吧”，他就知道，父母必定说，“再说吧，我们这里先吃吃中药调理吧”。

直到前一阵子，支玲弟弟要买房，向他们借走了三万元。支玲管家，她是先斩后奏把钱汇出了才告诉游兵。游兵很生气，说：“去年你哥孩子上大学借一万，你妈妈装修借一万，可都没有还哪！我妈住院我们才给了三千！”

支玲说："我也不高兴借，但他们也实在没办法。再说，有借有还，你急什么？那五万块永远是我们的。马老师那三千是我们的心意，不用还的。"

"三万可不是三千，你至少要跟我说一声对不对？"

"我知道你不是小气鬼，说不说你都不会反对。就像你妈要来治病，我从来也不反对。"

"那我叫我父母来？"

"她真相信那个'神医'，就来试试嘛。"

支玲在这样的情况下产生了这句话，游兵就把这样的一句话当关键词，一上班就打电话回家，催促父母来治疗。

四

游兵给老婆支玲打电话，说："你晚上真的要很迟回来吗？"支玲说："不是说好了吗？别忘了，嘉怡回来，一定要吃'可乐鸡块'的！鸡块在冷冻层盒子里，四个鸡腿。拿出来再冲一下，是洗干净的。"游兵说："知道了知道了，顺便问一下，少许——是多少？"

支玲说："问马老师去！"

"我妈根本没做过什么'可乐鸡块'。"

"那游老师总知道'少许'吧？"

游兵挂了电话。

下午下班前，他上新浪网搜了搜，输入的文字是"少许是多少？"，结果涌出了二十一万条数的量。连续翻了几页，好像所有的人都在问

“少许是多少”。好像绝大部分的人都不知道，大家都把握不住。因此，批评“少许”这两个字含义模糊的声音很多，可是，毕竟有个别聪明人，他们镇定又明晰的回答，让游兵很意外，赶紧把它们都复制下来：

3~4 钱。

我的经验是：一勺。

一撮——食指中指拇指合作一撮。

指甲盖大小的调味勺，平勺，四下。

筷子一拨拉。

模糊回答有：

少许的意思是，先少放一点，不够再加，再不够，再微微加。

味道偏淡一点就可以了。

比你预想的减掉一半即可。

…………

贴到最后，游兵发现依然不能完全理解“少许”的意境，便闷闷地下网回了家。他还没有来得及实践“可乐鸡块”的诸多“少许”，老蔡的电话就来了，说：“快回来！那个女人和孩子又到单位来啦！根本没走！”

“不是给了钱，送火车站了吗？”

“小李又没有押他们上火车。哪里知道她不甘心又杀回来了。杨副让我找你，他说他真的已经在出差途中了！”

“我刚到家，我要做‘可乐鸡块’呢。”

“哎呀，你‘少许’都搞不清是多少，还做什么做呀，我担心出人命哪！你想想，我们公司二十三层高，随便从哪个窗口跳下去，人都烂了——谁负责?！杨副指定找你呢。”

游兵把支玲的菜谱交给母亲，只好又往公司赶。

游兵后来知道，母亲倒是把“可乐鸡块”做出来了，但嘉怡一尝就哇哇尖叫：“难吃死啦，奶奶，你是做咸鸡块呀！”从小没在爷爷奶奶身边待过的孩子，感情上本来就比较生分。孩子一叫唤，爷爷奶奶就很局促，马上发誓明天重做，可是，这个初中小女生还是马上打电话给妈妈，要求支玲亲自补做。

结论：菜谱是正确的，但“少许”是很难掌握的，即使万一掌握正确了，母亲和老婆的“少许”，显然还是有区别的，因此，效果是不一样的，这样又推翻了之前掌握的正确性。

五

杨副总的妻子带着那个老被她揍的小男孩，又进驻了游兵他们公司的小接待室，就是有墨绿色新地毯的那间。踏进去，依然闻得到肉丝炒面的味道。游兵这才想，这条新地毯算是毁了。让杨副再批再买吧。

游兵和杨副总的妻子重新开始对话，直到大厦外夜色辉煌。

小男孩不再对地毯感兴趣，吃了手里的几块蛋黄派，就伏在桌子上睡着了。杨副总的妻子很亢奋，话很多，但内容十分重复，反复就那只点意思：一、我还给他输过血，没有我，他别想今天能这样出人头地；二、我就是不相信陈世美出差了，所以我回来了；三、绝不离婚，我要拖死他；四、我死也要等到他回公司。

游兵口干舌燥之余，打量小接待室那扇铝合金拉窗。他想如果外面有个碰窗（窗子护栏）拦拦就好了，就是说，她想跳也跳不出去。

但是，谁会在二十三层装碰窗呢？谁也不会。为什么就没有人在设计的时候，考虑选择“少许”几个窗子设有保护网，抵制有一天有人可能会利用这个设计失误而自杀呢？那么，这个“少许”是多少呢？至少应该是这样，哪个窗子出现有人自杀的企图，那个窗子就必须设有护栏。比如，现在，他们公司的这个小接待室的窗子。

游兵胡乱想着，踱到窗边往下探看。遥遥的下面，灯光稀疏，那是一个酒家的露天大阳台，散放有六张小的石桌石椅，四周隐约是盆景植物。他想，如果女人真要跳下去，可能不会砸中石桌，她没那么准。但是，阳台的地面也是花岗岩，也异常坚硬，就算扣掉两层，从二十一层下去，重力加速度下的脑瓜，和这样的地面接触，可能会当场爆掉的。孩子呢，这个女人傻乎乎、直愣愣的，会不会连孩子也推下去？

游兵决定让女人出来。他不可能一个晚上守着她，所以，她必须远离有窗子的地方。

“我哪里都不去！”杨副总的妻子断然说，“你赶也没有用。我不上火车，就是打定主意要等他回来！”

“我跟你说实在的，杨副真的是出差了。骗你我从这里跳下去！”

游兵说完这话，后悔得咬舌头，因此恍惚没有听清女人反击他什么，好像是抱怨他狼狈为奸之类。游兵说：“公司有统一管理的，办公室晚上都要清场熄灯。”女人说：“屁呀，我老公是不是这里的领导？”

“是呀。”

“那我是不是他的老婆？”

“当然是。”

“那你给我出去！”

游兵和老蔡互看一眼。

“你们都出去！”女人说。

游兵突然跨过一步，抱起那个睡着的小男孩就直奔门外。他指望女人追出来，老蔡就可以趁机关门锁门。没想到那女人，扑上来就给他一大嘴巴，她并不抢孩子。游兵迟疑了一下，还是奔向门外过道，女人像红毛女狼一样跃起，死死揪住了他的后领子，游兵顿时被她勒得呛咳，但还是死奔向门外。老蔡立刻提着破旧的牛仔大包，扑出门并砰地关门。女人扭头一看，怒火全部转向游兵。她张牙舞爪，指甲乱飞。游兵左抵右挡，脖子上顿时火辣辣的，眼镜也掉地上了。游兵放下那个迷迷糊糊的小男孩，猛力推开女人，想拼命抢起眼镜。女人又扑上来，一口咬住游兵的胳膊，游兵呀呀地叫，抓着女人的红头发死劲扯。老蔡帮忙拉。孩子做了噩梦似的惊叫连连，整个过道一片混乱。

女人终于被拽倒在地，游兵的胳膊出血了，眼镜也不知被谁踩坏了，镜片碎了，镜框歪了。女人号啕大哭。

六

大肠息肉导致了游兵母亲腹痛、腹泻，还有便秘和便血。没想到，这些特点导致了游兵支玲家洗手间的紧张。周末这一天，有了嘉怡这个喜欢在马桶上看漫画的女生，卫生间紧张情况大大加剧了。

虽说已经开始针灸了，还开了许多中草药每日配合煎服。但效果还没有出来。所以，母亲一天还是要上很多次厕所，有时是因为便秘，占用卫生间时间久；有时是因为腹泻，占用卫生间次数多。支玲不说什么，她什么也不说，厕所有人，她就退回客厅等。那天母亲出来她进去，小声说了一句，天哪，一卷筒纸才几天啊，怎么就用完了？

游兵父母次日针灸回来，就微笑地带了一提卫生纸回来。十筒装的。游兵没有注意到，后来听到妻子对母亲说："我们家的卫生纸都是买百分百的原生木浆纸，一提二十三块，贵是贵一点，可是干净，像这种十多块一提的再生纸，嘉怡根本不爱用。你们就不要浪费钱乱买了。"

游兵听到母亲说："哦哦，我不知道。这个也要十四块呢，不要紧不要紧，嘉怡不用，我和老头子用，反正我身体不好，用的也多……"

周末的早上，游兵起来迟了，去卫生间的时候，发现母亲在那里，似乎内急。游兵说："嘉怡，快点，外婆肠子不好。"

嘉怡在里面闷声说："快啦。"

又等了六七分钟，母亲脸色变白了，父亲也转了过来，似乎要上厕所，一看有人，他又掉头了。游兵感到自己便意更沉重了，他的生物钟很准，平时这个时间，在单位就是蹲大点的时间。游兵大吼一声："嘉怡！快点！"

嘉怡不吭气，外面人仔细听，居然听到翻书的声音。游兵愤怒地擂了门："别看了！出来！"

孩子说："讨厌！个破家，上个厕所都没自由！"

终于听到马桶放水的声音。游兵小松一口气，对母亲说："快去。"母亲的眼睛张望着，似乎还想叫父亲先去，也许她知道自己比较慢，但身子已经艰难地转向了卫生间。

游兵盯着卫生间的门，依然谨慎地提着气。肚子里已经浊气乱窜，七拱八翘，闸口就要垮了。他使劲憋着。这时候，他想起看过的一则新闻，说是有个乘坐长途汽车的乘客，车行途中，忽然要紧急出恭。千呼万唤司机停车方便，司机称没有方便点而疾驰不息。该乘客一忍再忍，终于忍无可忍，竟然攀爬到车顶上图方便。结果，那名乘客摔下车死了。

现在，游兵想着这则新闻，格外理解那个人。他猜测，那人死之前，到底把那泡要命的大便排掉没有？一泡大便不能决定他的生活质量，却无疑确定了那名乘客的死亡质量。如果那人还没有排出，就摔下汽车，死得就实在太委屈了，反之，如果排掉，哪怕是排了……少许……？那么，那人临终前的快感，恐怕是一般临终者不可比拟的。

支玲出来了。大厨师支玲昨晚十一点才到家，说是有客人投诉吃到小蟑螂，惹来卫生监督局官员。所以早上支玲比平时更迟起来，一起来，她就往厕所奔。她看到游兵站在厨房和卫生间之间，也看到平时不关的卫生间门关上了，但是，她还是直通通过去就推门，游兵来不及阻拦，卫生间的门嗵地发出很有威力的闷响，好像每个框边都在抖。可能是她用脚尖撞的。母亲在里面慌慌地说："好了好了！我好了。"

母亲看到游兵，似乎很惭愧。但什么也没有说，没洗手就去客厅了。游兵也说不出什么话，他咬紧牙关，全神贯注卫生间里面的一丝进展声息。他觉得支玲在里面太久了，而且正常的声息之外，不正常的安静太久了，什么动静都没有。游兵屏声静气，还是绝望地捕捉不到任何声音，他冷汗都憋暴了出来，怒吼一声："快点！我不行了！"

里面的声音说："催我，就会催我，你怎不催别人呀，我便秘！"

游兵掐死人的念头都有了。

七

司机小严在念他刚收到的手机段子：王科长和局长同进一电梯，局长放了一个臭屁。局长对王科长说："你放屁！"王科长说："我没有哇！"次日，王科长被免职。王科长叫冤，找局长申诉。局长说："你连一个屁大的事都扛不住，你还能干什么?!"

材料员小锦哈哈笑，说："我那天也收到过。太逗了。真是屁大事啊！"

张姐说："如果是老蔡，保证认下来。老蔡最会保护领导了。"

老蔡说："我为什么要认？说不定旁边有美女呢！"

"有美女，你就更要替领导认了！"张姐说，"你不认，那你的副主任就撤啦！不就是一个屁吗？老蔡，又不是让你替领导砍头。"

小严和小锦都说："是啊是啊！"

游兵进来了，配了副金边新眼镜，怪怪的。大家就对游兵嘻嘻哈哈地说这个段子，并要他参加测试。小锦还说："电梯里面没有人，就你和领导两个人。"

游兵说："肯定有人了，否则领导干吗推卸责任。"

大家说："对了，电梯里有美女，有更大的领导，有小报记者，等等。现在，你说吧，你放没放那个臭屁。"

游兵说："要是知道后果，我肯定会扛下这个臭屁。但是，关键是，当时我可能反应不过来呀……老蔡，你可能可以应付得好。"

老蔡说："我也反应不过来。但就算我明白后果严重，让我全面认下，恐怕也……有点……难。不过，领导既然那样说了，我想我可以含蓄地笑一下，不否认也不承认，笑笑而已。领导吧，可能认为我承认了，而电梯里的美女或其他人，则不一定认为我是在承认，说不定有人感觉我是肚量大，不和领导一般见识。反正吧，仁者见仁、智者见智，这效果就对了。”

“喂！游兵，”张姐说，“现在，你知道‘少许’的境界了吗？可乐鸡块你会做了吗？”

游兵说：“噢，我基本不明白。”

下午上班不久，龙总的秘书给游兵打电话，让他马上到龙总办公室去。听口气，好像有什么事欲说还休。游兵不知怎么的，心里有点不安。龙总是个从集团总部才调来不久的人，听说杨副总和他还没合辙。

龙总的办公室在走廊的尽头、一个什么招牌都没挂的豪华房间。铺的也是暗绿色的新地毯，这也是游兵和那个小接待室一起换的。游兵进去的时候，龙总没有抬头，一张报纸在他桌上。游兵走近龙总的大桌子，龙总突然把报纸拍在他面前：

自己看！

报纸上，杨副总的妻子，对着镜头示意她被抓伤还是打伤的胳膊。猩红色的乱发和手臂上的红药水都挺震撼人，孩子无辜地张大眼睛。标题是：陈世美老公抛妻弃子，丈夫公司对寻夫女拳打脚踢。

游兵的头嗡地大了。

“就在我们公司过道上拍的！游主任！”

“记者没有采访我们啊！”

“到底怎么回事？”

“她突然就来了，杨副出差。可能他们夫妻有了问题，唔，那个女的带着孩子在这里哭闹。杨副让我们给她几百块钱，让她回家。都送到火车站了，她又悄悄回来了，坚决赖在公司。我们公司二十几层高，又没办法一直看守她，怕她万一想不开，那不是出人命？所以，我们要她离开有窗户的接待室。她不干，推扯是有的，但怎么可能对她拳打脚踢呢？"

"为什么不报警?!"

"报了，警察就是不来。拖到晚上十点多，我和老蔡实在没办法，只好把她拖引到过道里了。直到昨天下午，老蔡通过熟人关系，找到警察，而且说，我们外商多，过道里住人影响不好。他们这才出警，把她请走了。"

"这期间给杨副总打电话了吗？"

"打了，手机不通。"

"我的呢，你们就不会给我来个电话吗？大家讨论一下行吗？"

游兵支支吾吾："以为……小事……"

"小事？小事都处理到报纸上了！小事！我告诉你，公司有陈世美，我未必管得着，可是公司'两名负责人'对被丈夫抛弃的妻子孩子，'拳打脚踢''轰赶出门''毫无人性'，我不管也得管。这事关公司的社会评价。我已经接到了十几个电话，其中有市分管领导的，问的都是这件事！我也了解了，报纸是同步上网的，就是说，我们这个'毫无人性'的公司要全国闻名了！小事！"

游兵把胳膊上的咬痕和脖子上的指甲抓痕给龙总看。

"不要给我看！"龙总说，"两个男人对付一个女人，还有脸给我看这个！"

"我们真没打她啊！"

"跟记者说去！跟我说没用！马上写份检讨来！"

八

兴元堂在游兵家一个小时公交车程的地方。第一次游兵让司机小严送父母过去，他自己也陪着父母去了头两次，之后，都是游老师带马老师自己坐 117 路公交车去针灸了。隔天一次，针灸约半小时。老人通常很早出门，11 点前，或者下午 4 点前赶回来，还会带点青菜豆腐什么的，回来做个饭。

马老师躺在白单子铺的针灸床上的时候，游老师就在旁边听小收音机或者看报纸。专家倒是亲自动手针灸，收针才让助理干。专家说，马老师是个感应度比较高的人，估计两个疗程会见效。每次，马老师的头部、腹部到腿部要扎二十多根不同粗细的针。进针之后有针灸灯烤着照着，一会儿后，马老师被扎穴位的那些银针旁边，会有晕红一团。专家说，这就是感应度高的表示。如果感应度比较低，针灸五六个疗程还不一定见效呢。所以，马老师、游老师都很高兴，对两个疗程后很有期盼感。

浑身是针的马老师躺着说，兴元堂下面那个果蔬超市有榴梿，回去记得给游兵买一个。

游老师说："你爱吃，我不爱吃。太臭了！"

"说什么话，轮不到你爱不爱吃。我是给儿子买。他最喜欢吃那个了。记得吧，以前你们童校长去马来西亚回来，给我们带的三角形的榴梿糖，就是他爱吃。最后一颗还天天闻着放口袋里舍不得吃。"

“好好，买就是了。”

“买多一点，放冰箱，嘉怡可能也爱吃。”

“好啦。买多一点。”

“儿子最近脸色不好看。你觉得呢？”

“哎呀，你让我把报纸看完好不好？医生不是说，针灸不要说话效果才好吗。”

“我怕他们两个是不是因为我们吵架了。他那脖子上、手臂上的伤痕，肯定是女人抓的、咬的，看了我的心……”

“儿子不是说，是单位里的人的老婆耍赖吗？”

“骗人！”马老师说，“这么幼稚的假话你也相信啊。他们是那么正规的大公司，都是高素质的人，怎么可能？我看是支玲弄的！她背地里发脾气了。你呀，不是我说你，人家那么贵的电水壶，你一下就把它烧坏了，三四百块的东西，你怎么不小心点呢。”

“怎么说是我烧坏了？只是刚好碰到我烧水罢了。我要修，那个工字形的螺丝，他家没有那种螺丝刀，拆不开我有什么办法？去外面修，他们自己又找不到发票。哎呀，年轻人和老人住在一起，就是不习惯。你看，你煮的菜，那么咸，支玲都说你几次了，你改了没有？”

“我现在放很少的盐了。再说，游兵从来没有说我的菜咸。你老是上了厕所忘记冲水，还不洗手，她是怎么提醒你的？”

“好了好了，不是你，求我来这里住我都不来。我自己家……”

“也不是我想来的——”

“好了好了，让我看完报纸。咦！——这是游兵的公司嘛！哎，哎！我的天……”

“说嘛！人家躺着不是！”

“还说你儿子骗你，都见报了！他就是被单位一个领导的老婆打啦，不不，他也推打了别人——啊?！打一个女人？还写检讨认错了？他们公司很重视，约记者采访了，表示要严肃处理——啊，我的天——决定撤掉当事主任游某的主任一职？——留职察看？”

马老师霍地坐了起来，护士小声尖叫着，把浑身是针的老太太摁躺回去。

“乱七八糟。胡说八道！不可能的事！”马老师气坏了。

老人回家的时候，真的买了个很大的榴梿。榴梿像一颗歪长的巨型花生，表皮布满瓜子大小的刺身。

游兵快八点才进门。进门也不说话，脸色看上去还正常。两个老人互相看看，便小心招呼他吃饭。游兵说吃过了，就进了卧室。老人在厨房悄声商量，要不要安慰儿子一下。母亲说可能连饭都没吃呢。她说她去问问儿子，是不是来一小碗面？游老师想了想，还是决定自己先和儿子谈谈工作问题。他说，在报纸上被单位撤职，心里肯定糟糕透了。吃不吃也没心情了。哪里有什么胃口？所以，游老师说：“我有必要先进去谈谈。”

儿子躺在床上，也没有开灯，只有客厅的灯斜了些光进去，使老人看清儿子和衣躺着的身影。游老师为他开了灯，儿子说：“我想休息一下。”父亲迟疑着，便说：“你妈给你买了榴梿，他记得你爱吃如命。你吃吗？”

儿子说：“好。等下吃。”

父亲看游兵皱着眉头，只好转身出去，但好像还是想说点什么，于是他说：“嘉怡应该也爱吃吧？”

儿子说：“唔。”

父亲说：“你妈想给你煮点面，饭已经凉了。其实，我们也没吃，在等你……”

“你们吃吧。”

“你……有什么不舒服吗？”

儿子说：“没有。累了。想休息会儿。出去把我的灯关了。”

九

老人就在厨房小心翼翼地剖榴梿，不时互相交换担忧的眼神。马老师说：“他知道我们没吃饭，也不着急哦？”马老师又说，“以前他不是这样。他是心细的人呢。对不对？”

游老师说：“对。《新闻联播》都结束了，快八点了哦。”

他们并不是剖杀榴梿的熟手，只是买的时候，马老师刚刚虚心地请教了售货员。剥开“刺身”外壳，榴梿里面是奶黄色细腻的膏体状物，有点像脑容物。

实际上刚扒开条缝，游老师就快窒息了。这个臭味不是锋利刺鼻，而是轰然灭顶的那种，磅礴而密致，胶汁一般，扑上来巴着你令你无处可逃，也有点儿像正在吞噬人的沼泽，越挣扎越淹没你。游老师被熏得大脑缺氧。马老师多少还能接受这个气味，所以，她表情要轻快活泼一点。

“他知道报纸上登他的事吗？”马老师勾着脖子压低嗓子。

父亲点头。

“我担心他憋出病来。”母亲窃窃的声音咝沙咝沙的，让人耳朵发痒，“你跟他再谈谈吧？也许谈了心里就好受了……”

“没用。”父亲也窃窃私语地对准母亲的耳朵洞，“我看他可能只想和媳妇谈。我们毕竟老了，又是客人……我们就当不知道这事算了……”

“我是绝不相信我儿子会打人的！”

“嘘——”父亲说，“小点声！唉，我实在被熏得头昏眼花，太臭了！我去阳台透个气。”

这时，门铃响了，支玲回来了。

支玲一进门就尖叫起来：“天哪！原来是我家！我在楼道里就要吐了！天哪天！你们游家人怎么喜欢吃这种臭东西啊!!!”

支玲扔下包，鼻子皱成花卷。父亲说：“这榴梿啊，书上说是水果之王呢。说闻着臭，吃着香。游兵爱吃得很。你要不来一份？”

支玲又一声尖叫：“拿开！就是长命仙丹我也不吃！恶臭！太恶心了！简直就是个恶性肿瘤，嘉怡叫它“坏人的脑子”！这哪里是人吃的！我的天，哎，别放冰箱！拿出来！拿出来！我的冰箱全搞臭啦！”

马老师哈哈大笑，笑声有点干，说：“你不知道啊，游兵小时候，别人出国带榴梿糖回来，他爱吃得要命。”母亲亲昵地走近媳妇，声音很轻，甚至很随意，好像她们两个关系非常铁，“快去安慰他一下，好像单位有什么麻烦事了，顺便把他爱吃的这个带进去……”

媳妇并不欣赏婆婆的亲昵，本能地避了避，但又被婆婆的叙述吸引，所以偏着脸，竖着两只薄薄的大招风耳朵注意听，可一听送榴梿，立刻哇哇大叫起来：“不行！还想把我卧室搞臭啊！还让不让人睡觉啊！我的天！简直是疯了！——游兵，要吃你滚出来！”

灰暗的卧室没有回音。

婆婆手里是一玻璃小碟奶黄色的榴梿果肉。婆婆说：“他肯定没吃饭，还是你劝他出来吃点这个，开开胃……”

“我也没吃饭啊！”媳妇说，“哎呀，我说，你们以后能不能在外面吃这种东西?! 我简直要吐了！”

游老师给马老师使眼色，示意她赶紧把那碟东西拿开。可是，马老师不懂，马老师追着媳妇讨好地说：“你不知道他小时候那个馋劲，过去我们那里又没有这种东西卖，我看还是……”

“哎呀，不要再说啦！我告诉你，早知道你们要吃这个，我就在店里随便吃。我根本不爱回来！”

婆婆笑嘻嘻的：“我们还说呢，不是一家人不进一家门，真不知道你不吃它……”

“好啦好啦！不要再说啦！反正，我们家从来就没买过这个！将来也不会买！”

支玲皱着鼻子，猛力打开了家里所有的窗子，由于用力夸张，家里各房间顿时暴响起一阵仿佛狂风袭来的响声。回到客厅，支玲对着大窗外深深吸了口气，又深深地吸了几口，回过头，表情就很决绝：“你们把这个恶心的东西拿到小区石椅上吃！吃光了再回来。”

可能实在是臭晕了，她又决绝地说了一句：“我家！永远永远都不会买这个！”

游兵站在卧房门口，没戴眼镜，一张脸因此微微变形。他什么也没有说，什么人也没有看，甚至谁有没有注意到，母亲手上的一碟榴梿，就被他打到了地上。所有的眼睛，看着小玻璃碟子在大理石地面上当啷一声，碎裂而起。看着奶黄色的榴梿膏子，完整无缺地跳离破碎的碟子，软在茶几脚边。

游兵依然什么人也没有看，他似乎在琢磨地上那团东西是不是榴梿，似乎在反省自己的行为。老人互相挨着敛声屏气，媳妇似乎也反应不过来。这时，所有人都看清了游兵最新的动作，他一脚踩在了那团脱逃的榴梿膏子上，猛地踏上，踩扁，脚心还狠狠地来回拧磨着，好像要把它踩没了。

臭气四散。游兵开门而去。

马老师和游老师互相看着，游老师看马老师眼睛里，泛起一层晶亮的光泽。他把妻子牵进了他们自己的房间。

支玲说：“神经病！”

十

老人并没有和儿子媳妇商量，就把火车票给买了。游兵和支玲都努力挽留他们。但是，他们说，针灸的效果不是很明显，专家正好也好出国访问。所以，已经和专家说了，下次再来做完整的疗程。

怎么也留不住父母。

到火车站送行的时候，母亲抚摸着游兵的手，忽然掉了大颗眼泪。游兵吞了口口水，说：“妈妈，对不起。”

母亲摇头，说：“我不是嫌你这里。我和你爸说好了，以后身体好了，你的房子大了，我们来住久一点。陪你。”

父亲说：“我有一点不明白，你为什么要打别人的老婆呢？”

游兵愣了一下说：“我没有。根本不可能的事。”

“那你为什么写检讨呢？”

“处理的分寸……掌握不好吧，领导之间的关系很微妙……”

“可打不打人，这个分寸很简单啊。”

“其实，很多事情，真的很难掌握。反正我没打人。”

“她头上、手上都青了呀。我和你妈都看了报纸。”

“我怎么知道，女人一碰就发青？”

父母都没有说话。

候车队伍站起来了，开始检票了。

提拉米苏

一

像钻进袋鼠袋子里的小袋鼠，老婆每次做爱舒服了，就用这种姿态延续幸福感。侧睡的巫商村和蜷在他怀里侧睡的老婆像一对大小括号。小括号说："你的误餐补贴呢？这个月的好像还没看到？"

大括号不说话。巫商村是累了，但是，老婆这个问题把他问得像突然被人往脖子里泼了杯冰水。可是，巫商村装着迷迷糊糊，只是闭着眼睛用胳膊把老婆揽紧了点。老婆却推开了他的胳膊，像爬出袋鼠腹袋的小袋鼠，把头拱伸到和他的头齐高。

"我记得你没有缴。每个月你都是十二号发的，今天都二十七号，不，二十八号了——喂，发了没有？发了吗？喂？嘿！"老婆开始胳肢巫商村。巫商村用困倦万分的语气说："黎意悯借走了。快睡吧。我累了。"

老婆不吱声了，安静得就像个侦探。

像被人在脖子里泼了杯冰水的巫商村，一下子就失去了刚才激烈的做爱换来的无牵无挂的疲倦。半个月间，他已经变得对误餐费这几个字有过敏反应——一种不太舒服的感觉，一提这话茬，他就睡不好了，但是，他没动，还轻轻地弄了点均匀的呼噜声出来。

老婆却猛推了他一把："她那么有钱？干吗借你的误餐费？"

"怎么还不睡啊？都几点了。"巫商村假装被推醒很不乐意的样子。老婆说："她那么有钱，干吗借你两百八的误餐费啊？现在还没还？"

"真烦人啊。"巫商村说，"不就这一点点钱吗？月初慈善一日捐，不是正好赶上印尼海啸吗，单位里领导把误餐费捐了。黎意悯出差，我打电话问她，她说代她把误餐费捐了。我就先替她捐了这个数。"

"后来呢？"

"什么后来啊。"

"她出差还没回来吗？"

"当然回了。"

"那还你钱呀！"

"……她一时忘了吧，等下个月领误餐费的时候，她就想起来了。"

"那她回来的这个月没领过误餐费吗？"

"……唔，领了……我估计那个马大哈一时忘了……唉，不就一两百块钱吗，睡吧。"

"什么？一两百块？嚯！你一个月多少个一两百块呀！两百八啊，就是三百块啊！"

"你烦不烦啊，"巫商村说，"这怎么都是我个人的事。快睡吧，睡吧，你不睡我要睡了！"

老婆使劲推了巫商村一把，彻底远离了袋鼠怀抱。老婆这一折腾，巫商村的感觉已经不是被一杯水，而是被一盆水泼到了，浑身不舒服，甚至就像被人提到气锅里焖蒸，但巫商村还是做出睡过去的样子。

其实，这两百八十元的误餐费，像条小蛇，已经在巫商村的心里活了半个多月了。

二

在公司的人力资源部，甚至综合部、技术开发部，几乎谁都知道巫商村和黎意悯是挺不错的朋友，在办公室里，总显得互相赏识和彼此维护。他们的友好而默契，就像资源部大凉台上那两盆硬朗的巴西铁树一样明朗无疑，可是，他们没有任何绯闻传出来，也从来没有人开他们的绯色玩笑。而实际上，黎意悯是个招蜂惹蝶的热浪美女，虽然她能力出众，业绩突出，关于她本身，在办公室男女们背后的嘴里，还是评说纷纭的，甚至有点不良。但就这样一个人，关于她和巫商村，还就是没有绯闻传出来。

巫商村看上去就是一个话语不多、善解人意的淡泊男人。公司里，巫商村对上上下下——不管是总经理还是厕所保洁员，也不论小人还是忠良，他一律非常谦和、非常尊敬，任何时候他都宠辱不惊。大家也知道，巫商村对黎意悯最不错，大家很容易看到他俩大大方方互相招呼着，到单位前面那条街的查箬咖啡厅吃中饭，或者看他俩一起顺道打的回去。在办公室，大家都看到黎意悯有时突然地蒙上巫商村的眼睛，意图制造一个没心没肺的惊喜；黎意悯没有当主任助理之前，大家还时不时看到黎意悯对巫商村花拳绣腿地踢打撒赖，但绯闻却一直没有出来，也许大家都觉得，和巫商村那样无拘无束是很自然的。巫商村其貌不扬，却有这样慈父仁兄的吸引力和安全感，而这样的动手动脚和爱和性是没什么关系的。

四年前，主任和巫商村在人才市场摆摊，要收摊的时候，黎意悯来到摊前。三四年过去了，至今巫商村回想起黎意悯来求职的面貌，都会联想起正在溶化的冰激凌，那流水行云般的美妙柔滑令人愉快而隐约着急。可以说，黎意悯是巫商村从人才市场挖掘来的，没有巫商村，就没有黎意悯；因为老主任不太习惯她半胸可见的透视装，尽管是黑色的；老主任也不能接受她一坐下就谈自己应聘这个岗位的劣势。这两步与众不同的险招，都正中了巫商村的下怀；而黎意悯能最后成为资源部新主任秘书，也是因为巫商村在来聆听意见的分管副总面前做了有分量的优势分析。事实也证明，黎意悯的确是个聪敏能干的工作伙伴。

在巫商村看来，黎意悯处在美丽与平凡、狡猾与纯真的混合地带。她总有一种轻微的夸张，无论笑容、语调，肢体动作，甚至眼睛——圆睁起来比狗眼还简单。巫商村觉得她因此充满吸引力。她打定主意要影响人的时候，就像一支正在溶化的可口冰激凌，她的真诚、信赖、无助、自信、自贬，甚至孩子气，就这样一股脑儿溶化在你面前，你难以抗拒，还要赶紧应承呵护。

成为朋友之后，黎意悯就会到巫商村家里来。巫商村老婆开始对她有些敌意，但禁不住她开门见山的、正在溶化的冰激凌外交，更禁不住她见面必送的大小礼物，还有女人间私密的悄悄话。有时，巫商村老婆甚至觉得黎意悯和她才是真正的好朋友，只是出于女人的本能，她对黎意悯背后扫视的眼睛，始终保持着一只冷眼。所以巫商村每次说，黎意悯其实是个很单纯的人，他老婆就说，我看未必！

三

查箬西餐厅据说是位海归派开的，就在巫商村所在的公司大厦的前面一条街。那里环境很不错，坐在里面藤蔓造型的白漆藤椅上，可以透过大幅的玻璃水幕墙看到五星广场；另一面通过大舷窗一样的绿箩窗，能看到白鹭飞翔的白鹭湖景。但黎意悯说，查箬有两大好处，一是那里的提拉米苏极好，二是洗手间极好。

第一次是黎意悯请巫商村和另外两个同事来吃海鲜自助餐的，大约是三年前了。那时，查箬咖啡刚刚开张，在报纸上打广告并有剪报八折的优惠。三年间，黎意悯吃掉了起码有五十水晶碟的提拉米苏了吧，反正，在巫商村的记忆里，她是有来必点的。而第一次发现这里的提拉米苏好吃，是巫商村请她吃的。那一次是快下班的时候，黎意悯倚在巫商村的电脑桌边，两人一个坐着一个站着，一个写一个看，就那么不知不觉聊深了。那是第一次深谈，开始是黎意悯看巫商村在旧报纸上练毛笔字，说起了自己父母在当地书法界的影响，之后就由父母说到了自己失败的婚姻和背井离乡只身来到这个城市的原因。说到难过处，黎意悯泪光闪烁。巫商村就说："一起吃饭吧，我请你。老婆回娘家了，我也没饭吃。"

那次，巫商村为黎意悯点了份意大利提拉米苏。他自己并不喜欢甜食，但是，他说："上周我老婆来这儿吃了后惊叹，说这是她吃过的最好吃的提拉米苏。我建议你试试。"黎意悯吃了，说："啊，真好！真的不错！"黎意悯没有奉承的意思，从此之后，她每次来都点，并没有因为是别人的老婆发现、别人的老公推荐老婆的发现而忌讳。

吃着提拉米苏，话题有时轻松，有时沉重，有时郑重，有时蛮无聊的。第一次吃，配送提拉米苏话题的是办公室话题的延伸——关于黎意悯的前婚姻。巫商村知道了，黎意悯的前夫是个个子不大嗓门大的家伙，已经离过婚；知道他在新加坡打过工、挣过大钱，回国后开过婚介公司，后来失败在家；知道了他老公嘴非常甜，颇得黎家父母欢心；知道住在黎意悯父母家时，因为他做爱的冲刺嗓门大得实在令黎意悯父母尴尬，因此被迫买房搬出；还知道他们离婚的时候，他连新买的一打洁柔卷筒手纸都列入婚后个人支出；还知道，离婚后，也就是黎意悯搬出后，忽然想起一笔自己“个人支出”买过一个 IBM 鼠标（其实是朋友给的）。电脑分给男方了，便牢牢记着要去讨回折价。跑回去讨了两回，终于讨回二十三块八毛。前夫说：“有你这么小气的吗？在法庭上你怎么不想起啊？”黎意悯说：“惭愧，下次再离，我就知道手纸也是要列入清单的。”

说到这里，黎意悯哈哈大笑。离婚进行曲，像有了喜剧末章。

四

提拉米苏的制作也不太复杂：先将意大利奶酪和蛋黄打成糊状，再慢慢地加入糖霜及香草精混合，然后，咖啡酒加上咖啡粉拌匀，将饼干两面沾上咖啡酒和咖啡粉制成的酱料，之后再一层饼干、一层奶酪蛋黄酱，如此重叠，最上面是一层厚厚的奶酪酱；完成后，盖上保鲜膜，放冰箱里冰六个小时。端出食用前，可以撒上一些细细的巧克力粉。

每次都这样，只要吃得陶醉了，黎意悯招手就问服务生制作方法，服务生无一例外就要去垂询意大利大厨。到了后面，巫商村已经能倒背如流这款意大利提拉米苏的制作程序。只要服务生过来鞠躬着说“对不起，我这就帮您去问问厨师”，巫商村就说：“不用，我告诉你，麻烦你再告诉这位小姐。首先将意大利奶酪和蛋黄打成糊状，其次……”

黎意悯吃吃大笑，向服务生摇手抱歉。她说：“我永远都不可能去亲手做它，我就是想用这个方式向制作者表示最高的敬意……”

意大利提拉米苏的确是很好吃的。巫商村偶尔也吃。更多的时候，他是看着黎意悯摆弄着查箬镀银的精美餐具，一点一点、一口一口地品尝。提拉米苏入口的时候，她有时会闭上眼睛，有时会嘀咕今天有点苦。通常她都很沉醉，沉醉了，就口无遮拦地说话。“喂，我上周末的一夜情，感觉真的很好。就跟这提拉米苏一样，真的好！”

巫商村搅着咖啡说：“比上次的更好？”

“关键是——这个特别能布置情调。节奏感也特别好，哎，哎，真是好啊！”

“嫁给他吧。”

“真想呢。”

巫商村嘴角一抹咖啡沫一样的微笑。

“唉，我跟你说，余副让我明天空出时间，要陪省公司的客人。上次我不是推托，你没早说，我有约了。你看，现在他就提前一天说。”

“那你就去吧，虽说余副不分管你，但老是推托，他有让你穿小鞋的机会。”

“我不想去。上次被他堵卫生间了，喝点酒简直就像个发情的畜生！你知道被他撕坏的衬衣多少钱！想起我就火冒三丈！——你笑什么?!”

“我一直看你和他很嗲呢，看你嗲得好像要倒在人家怀里呢。你何苦要让他撕坏名贵衬衫？自己解不行吗？”

“呸，你懂！”黎意悯用西餐刀背打击了巫商村的头顶，“我靠人家饭碗过活，当然要迎奉一点。这一点，你再聪明，也得到了我的处境你才懂。哼，万总在桌下把手伸到我裙子里，桌面上我不还是跟他媚笑吗？换你你大义凛然试试？你能说，拿开你的咸猪手?！那次在卫生间，我脑子里差点一根筋，要咬下余某的臭舌头，但是，我敢吗？不敢。我除了吐出来我躲开，我能干什么。第二天，我还要一见面就说：‘余副，你昨天喝多了’——你以为女职员好混哪。”

“要讨那么多人的喜爱，当然不容易。那你明天晚上别去。”

“去啦，要不今天请你吃饭？我就是想请你看我电话，大约在七点半多，你看我短信，就用固定电话打我手机，就说好友小孩跌伤了，急要帮助。我坚决不走，你怎么劝我都不走，就是不走。再过10分钟，你又打来，说急需送钱过去，我只好抽身走人了。估计我也吃饱了。”

巫商村嘴角又浮起咖啡沫一样的微笑。

巫商村给黎意悯就是这样的感觉，深沉洒脱、包容万象，毫不让人腻味。黎意悯非常感激，当年这个陌生的城市，老天竟为她预备了这么个成熟通达的朋友。关于这个认识，黎意悯早就告诉了巫商村：“我很幸运，有你这个什么都能谈的朋友。没有性，没有嫉妒，只有理解和爱护。女人是没有同性朋友的，只有我落难的时候，同性才会由衷地同情我爱我；女人也几乎没有异性朋友，因为我从不相信男女间会有真正的友谊。”

巫商村摇头。他并没有问“那我是什么呢”。

黎意悯看着他说：“你不一样，你是比性更重要的心血管。我的动脉啊。”

巫商村笑，并不顺势占她便宜。黎意悯补充说：“希望我有你的静脉地位。”

五

每个月的十二号，人力资源部的老丁就会造表，到公司财务部把部门的误餐费领出，然后大家到老丁那儿签名领钱。奖金是有系数级别的，两三千到万把块的梯度差别很大，而误餐费是固定的，每人二百八十元。公司这些年效益不错，误餐费和大额的奖金相比，实在不算什么。可是，就这么一个普通偏小的数字却令巫商村敏感起来。早上看到靠窗的老丁戴着老花镜在填写一张细长的表格，巫商村心里就咯噔一下，要领误餐费了。后来巫商村借着到饮水机接水，又特意到靠窗的那边睃了一眼，没错，今天要领误餐费了。

他扭头看黎意悯。黎意悯一直在自己的位子上接电话。近期公司准备新成立一个部门，人员要调整，于是，诉说自己调整岗位愿望的电话，在人力资源部多了起来。

巫商村听到老丁叫唤了一声：“小黎！”黎意悯也“噢”了一声，但黎意悯没有马上过去，好像电话又响了。老丁总是这么叫，大家都是心领神会地到老丁那儿签名数钱。老丁叫：“商村——！”巫商村说来了。巫商村走的是经过黎意悯位子的路线。他看她拿着电话一手在记什么，嘴里说着:“好的。好的。嗯，我记着呢。好的。好的。”

巫商村手里拿着误餐费——两张粉红的两百、一张绿色的五十、三张崭新的十元——他拿在手上，像拿扑克牌一样，经过了黎意悯的位子。她还没放下电话。巫商村经过她的时候，她夹着电话的半张脸，因为倾听而显得分外严肃，那目光停在巫商村手里扇状的钱上，并追随着它，但目光是透漏的，巫商村能明显感觉到，黎意悯的心思在电话里。

巫商村后来疏于观察，不知道黎意悯什么时候走了，等他忙完抬头找她的时候，她位子已经空了。拿着茶杯再去饮水机那儿的时候，巫商村踱到老丁的位子。老丁已经摘下老花镜在忙其他活儿了。“都领完了？”巫商村说。老丁说:“都领啦。主任的小黎代领了，她要赶到市人才中心开会，主任已经过去了。”

看来，这件事情在黎意悯记忆里已经不存在了。否则，这是个唤起两百八十元误餐费记忆的最好由头，巫商村一直认为这是黎意悯恍然大悟的时刻:“啊，天哪！我差点儿忘了，该死该死！你为我代捐了海啸捐款呢！”巫商村想自己肯定脱口就说:“谁给不是一样的吗？你急什么呀？”巫商村又想，也许自己会说:“没事，你请我吃饭好了。”可是，今天黎意悯把钱领走了，而且还帮人代领了，这是多么近似的情景啊，这时候该想起了。其实，在公司大门口，捐赠人员的大红纸光荣榜，是一直贴到了她出差回来的。那上面捐款人名字和捐款额都是用毛笔字写的，黎意悯 280 元，巫商村 200 元，高层领导人有的捐 600 的，普通职员也有人捐 20 元。巫商村不喜欢印尼人，但还是捐了 200。赈灾榜是红纸黑字，老远就能看见那么个东西。黎意悯自然一回公司就会劈面看见。后来当然是揭掉了。毕竟都快四十天了。

巫商村心中的小蛇又开始吐出分叉的红芯子。黎意悯为什么还不还这笔钱呢？她怎么能这么糊涂呢？会不会黎意悯认为她和巫商村是好朋友，巫商村替她捐点钱也没什么。不过，巫商村觉得黎意悯不会这么认为。这毕竟是捐款，心意不是随便可以代替的吧。巫商村又琢磨是不是自己在电话里没有说清楚，她以为他就是帮她出了，出了也就算了？黎意悯是个马大哈，经常丢三落四的。刚来的时候，让她去买活动用品，她老是会忘一两样东西，然后一拍脑袋再赶去补买。后来再去，黎意悯就将需要的物品写在字条上提醒自己。结果去了没多久电话就回来了——“喂，快看看我把字条是不是放桌上了？我可能忘了带出来啦！”。是吧，黎意悯就是个马大哈，不过，巫商村转念又想，其实黎意悯也是脑子清楚的人，大伙外出吃饭，她不会老占别人的便宜，虽说不是AA制，但基本上还是遵循轮流坐庄的潜规矩办事，比如以意大利提拉米苏闻名的查箬西餐厅。

六

黎意悯的笑声，在电梯口像冰花一样高高扬起，又像风铃一样，随风而入进了办公室。巫商村没有抬头，依旧悬着腕练他的毛笔字，他听到后面有个女声用鼻子发出反感的嘁嘁声。黎意悯这样夸张的德行，办公室几个女人似乎都不太欣赏，老少男人则好像并不反感，有时跟着她的格式逗趣调情。

笑声进了门，黎意悯直奔巫商村来，后面还跟着两个办公室的小伙子。他们叫嚷着请客请客请客！黎意悯冲浪一样摇晃着一边肩头，一推一推地前进，又像是探戈步伐，反正是一种得意扬扬得不行的步态：嗨——嗨——嗨——嗨——你——看！你看！

她把一张小纸片，重重压在巫商村练书法的报纸上。巫商村把它拿开，黎意悯把它更重地搵在报纸中央："喂——！我中啦！二等奖！就是我们前天一起买的体彩！我中啦！"

巫商村定眼一看，果然是体育彩票。"我要请你吃饭！"黎意悯旁边的小伙子已经在喊："见者有份！见着有份！五千一啊，够我们吃几餐了。"黎意悯说："大家都去！有福同享！就定在周末！杰克去荣记深海渔庄订桌。——哎，等等，商村，周末你有空吗？有空我们就定了？"

商村边写边点了头。

办公室里已经像发了红包那么热烈，一干人的话题全部是体育彩票：哪里哪里的人第一次买就中了一千万；哪里哪里两个退休女人，为了中奖的彩票撕破脸面打官司；哪里哪里有个疯子，随便说的号码，都布满玄机，你悟得出，绝对中奖；关于彩票的号码规律。说了半天，黎意悯发现，就是巫商村没有参加彩票讨论，回头看他，他还在一个劲地练狂草。黎意悯又到了巫商村桌边，看他练了一会儿字说："你这个'啸'字力量太过了，飞白这笔我觉得有些生硬。"巫商村唔了一声，继续写。"是不是周末不方便？"黎意悯低下嗓子，"你看上去不开心，和老婆打架了？"巫商村笑笑，腕上的毛笔，仍然在大写"海啸海啸海啸"。

"我可是希望你来，没有你帮我选号，我还中不了呢。你要来！"

"来。"

"'啸'这个字就是不好写，你写这么多'海啸海啸'干吗？嘿，'海'的写法比'啸'多多了。我来写一个！笔给我！"

巫商村就把笔给黎意悯。黎意悯写得很认真，"海"字写得墨汁饱满，很端正。但“啸”字，写得很拙劣，连结构都很幼稚。“嘿嘿嘿嘿，”黎意悯说，“愧对书法世家呢。”黎意悯不甘心，开始专攻“啸”字。巫商村到饮水机前打了水过来，黎意悯还在写“啸”字。黎意悯说：“集团竞聘下周就开始了，上次我跟你说的，总裁助理的岗位，听说会拿出来，那我一定要去争取。”

“好啊。你总是心想事成。”

“不知道有几个竞争对手。我是不怕的。”

“不怕就好啊。”

“到时候，我的竞聘演讲稿，你要帮我看看。”

“难怪请吃饭。拉票呢！”

“屁！你还不知道我啊！你和他们不一样，你一直相信我的能力的。”

七

荣记深海渔庄吃的都是珊瑚鱼。苏眉一斤三百五，东星斑和老虎斑也都是百元以上的价。包间桌上摆了两个电磁火锅，所有的珊瑚鱼，都是按部位片好端上来的，单调味酱就每人上了三样小碟。东星斑是鲜艳的橙红色，通身撒着小白点；昂贵的苏眉则是蓝色、湖绿色加烟丝色，尤其是老寿星一样的头部，全是迷宫一样似格子非格子的三色图案，顶部则布满美丽的绿豆细圆点。切开的皮有虾片那么厚，厚厚的鱼皮的截面都是蓝绿色的，带着透明的胶质感。老丁边吃边叹息，怎么能啊，怎么能吃掉这么美的鱼啊！怎么能啊，这种鱼只能放鱼缸里观赏啊。

两个女职员也像黛玉葬花那么叹惋着吃。但整桌热气腾腾十来个人都吃得很兴奋。巫商村爱吃鱼，他也和朋友来过这一家，看黎意悯点的鱼，他知道今天这餐至少两千打底，有意为黎意悯点点便宜的啤酒，却被几个家伙改成了大金门高粱和鲜榨果汁。因为喝酒，又是周末，大家疯得很厉害，黎意悯后来抱着巫商村的脖子劝酒："村大哥——阿—村——我的亲大哥欤——你就替我喝了这杯吧……"

第二天上午起来，巫商村的老婆就问："昨天怎么喝成那样？回来都几点了！"

巫商村说："吃了深海鱼，那些人又要去唱歌，所以晚了。"

"请谁啊？"

"都是办公室的人。黎意悯中了体彩，五千多块钱奖金，大家就吃大户了。"刚说完巫商村就后悔了，果然，老婆说："她请客？——她中了彩票？——她钱还你没有？"

巫商村走到凉台上逗小鹦鹉。老婆却跟了过来："我说，黎意悯她还你钱没有？就那个误餐费。"

"还了，还了！你什么时候变得这么计较。"

老婆跑到鸟笼边盯视巫商村。

"不对，她没还，肯定没还！我看出来了，你在敷衍我！"

"唉，就算没还，这一点钱又算什么呢？人家昨天请客，一请就是三千。那一两百块就算送她也不吃亏啊。你也知道，我就爱吃苏眉——我看我都把钱给你吃回来了。"

"这不一样！请客是请客，捐款是捐款。我怎么知道她为什么请客，这个人精得很。就算是中奖，她会舍得把钱全部吃掉？肯定是哪个领导去了？万总、余总，还是集团总裁？"

“一个领导也没有!!”巫商村狠狠地说。他只有对老婆脾气糙一点，除外，他对所有人都非常精细。现在所以糙，是老婆戳到他不愿意想的东西。实际上，他昨天也这么说过黎意悯，但在心里，他是不相信黎意悯是个拉票的人。

“那也一定另有所图！”

“人家不是老送礼物给你吗？她图什么？”

“我怎么知道？她心机那么深，你说她的礼物，我都不爱说，她给我的那些名牌衣服，全部是打折的！两千块的衣服，其实就值两百！”

“两百不也是钱吗？”

“可你心里不就还记着两千块的情嘛！这人不得了呢！”

巫商村开始给鹦鹉喂食面包虫。

老婆说：“有些女人哪，就是以为可以白吃白捞男人的，捞一点是一点，金钱方面就糊涂装傻，可是都是傻进不傻出。有的男人傻乎乎的，还以为这女人单单只对他好只对他撒娇，是喜欢他呢，其实，这种小算盘小把戏，别想蒙过聪明人！她还以为自己很高明很可爱，却不知道聪明的男人在后面根本瞧不起她！”

“嗬，我就是那种笨人了。”

“少来！除非你真是迷上她了！”

“你看我会喜欢那种‘八婆’吗？”

话一出口，巫商村自己暗暗吃惊。怎么会这样评价黎意悯呢？是为了让老婆宽心，还是误餐费搅乱了脑子？巫商村觉得自己很失态，并为此感到不快。

他开始吹口哨逗弄鹦鹉。

老婆说：“反正我算是看透这类女人了！有两分姿色就以为可以横行天下！我敢保证她不会还你钱啦！我看啊，你不如到你们工会把海啸捐款的名字改成巫商村得了。也算名至实归。”

八

如果要把蛇变成钱，最好的办法就是把它吃掉；如果要把钱变成蛇，最好的办法，就是把钱借给别人，而那个别人有意无意地——就是不还你。

巫商村看着五星广场上一对在旱冰场上双燕滑翔的青年。对面的位置空着，黎意悯去了洗手间。透过玻璃水墙汩汩薄薄的流水，巫商村看远处那个绿衣滑冰女的腰肢，越看越像一条小青蛇。而那显然偏瘦的黄衣黑裤的男子，也舞出了金环蛇的意思。虽然他们双双不时并肩，做出飞燕掠空的样子，但没用，还是像蛇。巫商村看了看对面的空座。总是这样，离去时，黎意悯要去洗手间好一会儿，等她再出来的时候，就像出水芙蓉一样清新了，雪肤红唇，神采奕奕，甚至比进去前还鲜亮动人。

公司的通告已经贴出来了，中层竞聘工作全面展开。巫商村不喜欢管人，身体也不太好，所有没有参加竞聘；办公室很多人都在为竞聘工作做努力，据说有人开始托找关系，上领导家活动。黎意悯对此很不屑，她需要奋斗的岗位就是总裁助理，整个集团已有五个人报名，就是说有五个竞争对手。其中有个女竞争者英语口语特别好，这是这个岗位的重要条件；还有一个竞争者，公司主营的三大业务都非常熟悉。黎意悯的外语和业务都不比那两位竞争者突出，但是，黎意悯的综合水准要比另外几个都强，比如她的亲和力、公关能力、天生的效率意识和对事物本质的把握能力。而且，她已经屡次受邀在客串该角色，这个岗位的经验，正在迅速积累中，而且，据说黎意悯还颇得分管市领导的青睐。但是，这次竞聘是场恶战，因为另外三个，传说都是有省里的天线关照的。

今天在查箬咖啡厅，黎意悯和巫商村就是讨论竞聘的诸方面问题。黎意悯希望在竞聘演说上赢得高分，因为演说时，所有受邀职员代表要当场匿名打分；集团还专门邀请了专家组成专家组，当场提问，最终形成专家分；会后，竞聘领导小组还要进行群众个别谈话程序。这些之后，再进入集团最高层研究。

巫商村帮黎意悯修改了演讲稿，逐项分析了她的优势。今天的提拉米苏没怎么吃，但黎意悯对巫商村说话依然没遮拦。她说："我对自己有信心，可是，我对结果毫无把握。"

巫商村知道她指的是总裁。黎意悯说："他的上唇左边薄右边厚，整个嘴巴看上去，像猪肝雕刻的牵牛花，一张嘴，一口歪牙，不干净，恶心。"

"那你就看他的眼睛吧。"

"他上午打我手机，问我竞聘准备情况，让我晚上去他家，把演讲稿给他看看。我说太打扰了，他说，没事，他太太去新西兰旅游了。我说不巧，我男朋友晚上的飞机要接。"

"那你就别竞聘这个岗位。"

"当然要！一人之下，千人之上。舞台多大啊。我知道我能干好。这是我才能杠杆的支点。我能撬起世界。"

"那凭什么嫌弃人家的'猪肝牵牛花'。"巫商村一笑，要奋斗就会有牺牲。

"我哪里牺牲得少呢。你以为我是超市吗？"

出门买单的时候，巫商村以为黎意悯会掏包。实际上每次两人都会争先恐后地掏包，但最终还是心照不宣地按轮流坐东的潜规则出牌。论潜规则，今天是该轮到巫商村，但巫商村认为办的事完全是黎意悯个人的，他还陪出了一晚上时间，按理黎意悯该主动地、歉疚地买单。巫商村这么想着已拿出钱包，说“我来”，并手脚利索地实施了买单。他的心思像小蛇一样分叉：“我现在是不是变得过分计较了？黎意悯是不是太精明了？”

九

黎意悯的竞聘演说很不错。实际上她一亮相就得到了挺高的印象分，棉质白衬衫，线条利索的烟色长裤；发型很漂亮，却不像另外几个竞聘者，个个都像是刚从发廊吹整出来的。黎意悯是自然的，透着些微女人的妩媚和自信；脸上很干净，化了妆但精致得看不出来，目光明亮纯净。这是巫商村的形象建议。

演讲稿也是巫商村拉大纲，关于集团的经营思想、状况的分析和所竞聘岗位的理解和任职设想，是两人讨论的，黎意悯写初稿，巫商村润色。黎意悯还是紧张了，尤其是她念了个别字。这个在预演的时候，巫商村已经纠正过她两次，没想到她一紧张还是念错了。但是，黎意悯可爱在，她怔了怔，羞涩地一皱鼻子，说：“喔，又错了！——我从小就只念它一半。这次我还专门查过字典，一紧张又忘了。”所有的员工代表几乎都笑了，几个专家小组成员也宽容地微笑。巫商村注意到，当黎意悯演讲完，他身边视力所及的员工代表，好像都给黎意惘打了“称职”栏的高分和较高分。

接下来的程序是，竞聘小组找竞聘者所在部门同事“背靠背”谈话。

小组成员在分头找人谈话，组长把巫商村请到小型会议室。会议室掩着门，组长和巫商村一人一支烟。组长说：“商村啊，大家都说，你是最了解小黎的人。而你的人品一贯沉稳，有口皆碑了。希望你能本着实事就是的精神，提供最负责的信息。”

巫商村微微一笑：“你们要了解哪方面呢？是我把她从人才市场招来的，当时感觉不错，后来证明我们没有看错，是个挺能干的女孩。点子也多，对事务处理一下就能把握本质和要害。这是一种天赋吧。处理问题也颇有创意，不抠死道理，不过就是有点马大哈，丢三落四的，这大概是这类人的通性。”

组长在记录：“唔，好，人际关系怎么样呢？”

“对人的相处，她把握得还是不错的。我看她颇有公关方面的潜质，应该说，给她机会，她会施展的。不过，可能你们已经听到大家会说她性情有些轻浮，个人生活比较随意；有人可能还会说，她在利用色相谋利，余总、万经理什么的都听她摆布，什么总助早就内定，老板早就许诺她大家是陪她竞聘作秀之类——你们听听就是了，有些人也是嫉妒，不一定客观的，再说，金无足赤人无完人，谁人背后不说人，谁人背后不被说？”

组长则说：“是，是，老巫你说得很客观实在。你看她性情稳重可靠吗？你也知道的，总裁助理毕竟不是其他什么普通岗位。”

巫商村说：“我知道，但我一直认为像一夜情之类的私生活习惯，和工作能力、工作作风、效率毫无关系。我不喜欢也不接受一夜情，但绝不影响我尊敬工作伙伴。”

“她经常发生一夜情吗？”

“这和我们的谈话目的有关吗？”

“唔，没有吧……但她怎么是……”

“总之，我相信她是这个岗位最合适的人选。”

十

竞聘结果很快揭晓，新岗位获胜者被张榜公布，进行最后的公示程序。公告上，没有黎意悯的名字。

黎意悯落选。

因为一直认为自己稳操胜券，黎意悯还无牵无挂地出了趟差。回来看到公示榜，呆得迈不开步，眼泪唰地就流了下来。巫商村请她到查箬咖啡吃中饭，照样为黎意悯点了提拉米苏。

“太苦了！还是苦！——换一块！”

黎意悯已经换了三块提拉米苏。每块都嫌上面的巧克力粉太苦。第三块，她干脆摔掉了水晶小勺子。“你们今天到底怎么啦?！”黎意悯指着领班的鼻子，“我从来没有吃过这么糟糕的提拉米苏！到底怎么啦！”领班唯唯诺诺，黎意悯把叉子狠狠扎在提拉米苏上，“为什么换了个该死的厨师?！”领班说：“没有没有，您是老主顾了，我不敢骗您，我这就亲自去问问厨师，对不起对不起。您稍后。”

黎意悯突然拉住领班的袖子。她看了领班好一会儿，说：“别去了……对不起，是我自己心情不好……”黎意悯汪然出涕。对面座的巫商村站起来，示意领班离去。黎意悯抬眼看着巫商村，忽然咬手而泣，无助得像个孩子。巫商村尴尬于餐厅里左邻右舍因黎意悯突兀的哭泣声而纷纷投来的视线，连忙在黎意悯身边坐下，挽住她哭泣的肩头，不断拍抚她的背。那一瞬间，巫商村从心底里泛出内疚的涟漪。

晚上回家，吃过晚饭，《新闻联播》快没了。看气象预报的时候，老婆说："喂，听说黎意悯那个大热门落选了？"巫商村说："嗯。"

"不是你们各级老板都宠爱她吗？"

巫商村没吭气。

"你那天还说，她演讲得分最高，专家组和群众评议的分，都挺不错不是？"

巫商村说："嗯。"

"那是怎么回事？突然失宠了？"

巫商村没说话。

"哪个小人这么厉害哦，居然破坏了这么牛的女官迷的美梦？"

"操那么多心你干吗?！"

"我才不操心，我操她的心干吗？嘿，我是操心我家的钱！我操心她当了总裁助理，就该更不还我们家的误餐费了！"

"拜托你，宽厚点好不好？那两百八就算我们送她的，请你不要再提了！"

"送她？送人东西你也要告诉她吧？哪有这样不明不白的？这种人皮厚，她根本不记得这回事，送也白送！就是她记得也装糊涂，这样的送，你有什么人情？被人家要了还不知道……"

"王子娟！你太俗气了！"

"我就俗，我还要打电话告诉她，'你那份海啸捐款，是我们家送你的……'"

巫商村把手里的遥控器，摔向老婆王子娟的脑门。

小学生王博浩文档选

一件小事

我外公每天买一份《参考信息》，有一天，他膝盖痛，叫我替他去买。我碰到小头，就一起玩他新买的滑板。那个滑板，尾部很灵活，让小头像竖起来的眼镜蛇一样，扭扭捏捏地前进。我也是。然后我肚子扭饿了，就回家。我外公一看我忘记买报纸，立刻要用手里的筷子抽我，他目眦尽裂须发怒张：又忘！又忘！你脑子里到底有没装脑浆?!

我仔细看他偷吃什么。这个很重要。外婆不喜欢那个不叫小姨夫的人，所以，在厨房煮了好料，总是贼头贼脑地招我外公和我去吃。外婆一个眼色，我们就魑魅魍魉地溜到厨房。不要有声音，如果你不蹑手蹑脚地吃里扒外，那个不叫小姨夫的人知道了，就会很不礼貌。这是他的家。我们要特别提防不叫小姨夫的那个人的两只狗，可是，小宝和小宝婆的鼻子超级灵，是我们人类的四十倍。所以，我们经常被它们捉奸在厨房。狗就大叫起来，有一次为了消除证据，我外公毅然决然地吞下滚烫的燕丸，食管都烫伤了，很多天不能喝热茶。但是，那个不叫小姨夫的人，过来牵狗只是笑笑。皮笑肉不笑的样子，我也看不出他是宰相肚里能飞船，还是傻乎乎的没有感觉。

有时候，我悲天悯人起来，就说，给他吃一小碗吧，这是他的家……外婆连忙嘘我噤声：他还不是用你小姨的钱！很奇怪，我外婆獐头鼠目时，总显得义正词严。

一阵黑风掠过耳旁，说时迟那时快，我外公的日本筷子暗器一样横扫我的头。你根本看不出这个老态龙钟的人是个孔武有力的暴力王。他原来是小学校长，我一直怀疑他杀人如麻，干掉了很多小孩。但我总是尊老爱幼地看着他，并不想跟他计较。外公反而怨声载道：一个男孩子！买份《参考》的小事都托付不了，长大有屁出息！女儿生得好有什么用，找个不成器的女婿，全部赔光！外公总是这样，我一惹他，我妈妈就会挨骂，我离婚的老爸也会挨骂，我小姨姨会被牵连，最倒霉的是不叫小姨夫的人。我外公最喜欢对他飞短流长，骂得大珠小珠落玉盘，飞流直下三千尺。每次都拿他总结他自己一生的愤懑。

不叫小姨夫的人，也活该挨骂。我外公请他玩回来的时候顺便在报刊亭带一张《参考》。他也忘记了！

可见，这真的是一件小事。

老师批语：

一件小事，主题不集中。

乱用成语的毛病依然严重。

检讨书

今天，我做了一件丧尽天良的事。班长喊起立的时候，我把一只死青蛙放在周黛诗同学的椅子上，全班全体坐下的时候，周黛诗突然发出毛骨悚然的尖叫，声音拖得像刮玻璃一样，刮伤了全部人的耳朵。她怎么把死青蛙的眼珠子都坐出来啦，我看了也很恶心。然后，何婷、关冰清她们也蒙起眼睛死鬼一样地尖叫起来，此起彼伏，日月无辉。最令人发指的是，我害得奔过来看的郭老师才看一眼就冲出教室，弯着腰拼命呕吐。她怀孕了。没想到，我差点害到祖国下一代。

我现在已经认识到，今天是我的错。虽然，周黛诗的长发总是弄到我的书本上，那么长，也不剪，整天在我的书本上溜过来滑过去，影响了我认真学习。但是，我的行为，因小失大，影响了整个班。我影响了一个班的优美秩序，影响了同学们在知识海洋里遨游的信心，影响了他们为建设特色社会主义而奋斗的努力拼搏。

我今天还认识到，我有很多毛病，上课爱讲话，爱做小动作，新来乍到就爱当老大，拉帮结派；还喜欢打瞌睡、上课吃牛肉干、跳跳糖。谢谢郭老师的宽宏大量，让我光彩重生。我一定文过饰非，好好学习，不打瞌睡不吃牛肉干，不讲话不做小动作，也不再把青蛙放在周黛诗的椅子上。我一定要把自己变废为宝，浪子回头金不换，好好报答郭老师，报答张段长，报答社会，报答有社会主义特色的中国。今天，我以二附小为自豪，明天，二附小以我为骄傲！

谢谢老师，给我一个把检讨贴到墙上公开发表的机会，欢迎同学们监督举报。祝郭老师身体健康，同学们学习快乐！

可爱的家

我的家是乌合之众。四个人四个姓。我爸爸妈妈在外地。我的家，有我外公、我外婆，还有一个不叫小姨夫的人，

我外公是个喜欢随手拿起东西变刀枪的人，粉笔用得最像小李飞刀——精准。没有退休的时候，他们学校的师生，每一天的日子都像恐怖片——我小姨姨说的。

我的外婆是个骨灰级的小气鬼。听邻居说，原来不叫小姨夫的那个人单独住在这个屋子里的时候，我们家总是灯火通明。那个不叫小姨夫的人喜欢明亮。现在，我外婆到处关灯，除了不叫小姨夫的人的房间她关不到，其他每个房间都是黑摸摸的，只剩客厅一个八瓦节能灯，我的书桌上还有个作业台灯。因为黑，我们全家在晚上都摔倒磕碰过，医药费合计超过我们家一年水电费，但听说，幸好改革开放，我们家有医保卡。

不叫小姨夫的那个人，黑黑的，是个瘸子。他的左腿被车祸废了，走路一瘸一拐。不过，他很帅。听说，他原来做什么高岭土生意，赚过很多钱。反正，这个房子是他买的。但我外公外婆不高兴。因为他已经多年不上班了，不务正业。玩狗。玩电脑。看书。听音乐。要不就出去和朋友喝酒、看电影、吃深海鱼。我小姨姨到广州交换岗位两年，就变成他一个人住。我们就是这时候过来的。

我外公外婆反对非法同居，但是没办法，一是我小姨姨赚很多很

多钱，现在有钱就是老大，外公外婆怕了她。二是，我要紧急转学。我转学有两个原因，一是我把张乾坤的大门牙打断了。其实，张乾坤的门牙谁都说偏大，打掉并没什么不好，但老师说，我的检讨书都可以出选集了，所以，我也万念俱灰，懒得在那个一般般的学校混下去了。第二，转学是为电脑派位做好准备。我现在转到这所学校，就有三分之一的可能被电脑派到一中，到了一中，我就比别人多了三分之一上大学的机会。我外公说，转了我这辈子就有希望了。

傲骨铮铮响的我外公外婆，原来不想寄人篱下，可是，他们那里忽然楼上和楼下一起比赛装修，就像疯人院失火一样，炒得外公心脏病、高血压、椎间盘突出乱箭齐发，他只好陪我转学过来借住。不叫小姨夫的人并不欢迎我们老少三口大举进犯，可是，他只能忍气吞声。尊老爱幼是我们中华民族的传统美德，再说，我小姨姨比章子怡漂亮，所以，他基本很礼貌。

我外公外婆看人脸色地过了一个月，马上就因为恨铁不成钢而趾高气扬起来。因为，不叫小姨夫的人根本没有人生理想。他既不上班，又肄业于一个什么名牌大学，就是说，他想不上班就不上班，想不念书就不念书了。胸无大志自甘堕落的一个货。有一天，在饭桌上，他和我外公辩论，说玛雅人造纸比蔡伦早，我外公怒斥他无知，顺势批评他游手好闲、坐吃山空、胸无大志、思想颓废。他嬉皮笑脸地说："我挣的够我自己一辈子用了。"外公说："你难道不要结婚？"他说："结婚也还是原来的我啊，而且我比以前饭量小。"外婆说："养小孩不费钱呀！"他说："我们说好不要孩子了。"那天，我看出我外公握筷子时手上的老筋直抖，他当然打不过不叫小姨夫的人了。

所以，我外公外婆叫我不要叫他小姨夫，我就没有叫。

还有，老师，你知道那次——周黛诗的长头发不肯剪，总是弄到后面我桌子上，害我没有办法写字，我只好在她椅子上放青蛙提醒的那次——案发后，外公外婆都不肯代表家长来学校。我外公说，他血压高不便外事活动；我外婆说，她要戴三副老花眼才能出门，而现在只剩下一副看远的，也不宜外出；不叫小姨夫的人就自告奋勇地说他来。外婆说："你不能说是他姨夫啊！"他说："那我说我是孩子父亲。"外公说："胡闹！"不叫小姨夫的人说："我要说是路人甲，怕老师不跟我谈。"

外公外婆你看我我看你，如丧考妣，最后一个挥手一个跺脚，号叫说："你去！反正不能说是小姨夫！"

这就是我可爱的家。

老师点评：

乱用成语的毛病，怎么一直改不了？

老师圈起来的成语，按词典解释，每个抄二十遍！

致贫困山区孩子的一封信

某某（老师你填吗？）同学：

你好！我是群贤小学六年级七班的王博浩。介绍一下，我是个超级帅的男生。爱好广泛，滑板、电脑、音乐、摄影、足球、羽毛球我都玩得不错。我的优点是调皮、有正义感、聪明。缺点是，有一点点粗心大意。今天，厦大支教老师给我们放了你们的DV。我们心潮澎湃、激动万分。没有想到，现在还有人一天只吃一个馍。没想到你们的桌子是用泥土堆起来的，凳子长短大小不一，还都是你们自己从家里带来的。而且，你们的本子，是写满了用橡皮擦擦掉又当新本子用。支教老师说，你们非常穷苦，可是一个个都非常想读书，渴望知识。

相比你们，我们无地自容。就说周黛诗同学吧，她有整整一个柜子的橡皮擦，有的像饼干，有的像果冻、像蔬菜，真是眼花缭乱、光怪陆离、神气活现。要是把她的橡皮擦寄给你们班，够你们全班人用到大学毕业。再看杨小头，他那个大波浪头的妈妈，已经给他买了六个滑板了，我让他借我玩一天，他还舍不得！像你们贫困地区肯定没有这样的小气鬼。这都是富裕惹的祸，完全不能志同道合。我们还有很多同学，用手机，算了算了，家丑不外扬。老师等下又无故扣我的分。如果你太有才了，在江湖上你就暗箭难防，尤其在我们富裕的地区。人心很坏。下次你来做客的时候，我会一点一点教你。

言归正传，说心里话，我们都是祖国的花朵。做你们贫困地区的花朵，就比较没有营养。我外婆说，投胎就要擦亮眼睛，要比投篮还要准。投不准有钱的，就千万要投准当官的人家。现在，通过我们的“手拉手”活动，我们真正能感受到社会就是一个大家庭，一人有困难，大家都应该去帮助。我寄一排铅笔给你，六支。希望你好好珍惜，头悬梁锥刺股，风餐露宿发奋读书。我外公说了，只有读书做官了，你才知道万般皆下品。就是想当贪官，也要读好书才有资格。一柜子橡皮擦算什么，六个滑板又算什么。你不要羡慕我们，等你实现了这些人生理想，你就再也不会一天吃一个馍馍充饥了。这是掏心窝子的话，我愿意做你真诚的朋友。请一定回我的信！

此致，敬礼！

王博浩

老师点评：

谁说读书就是要做官？你还想做贪官?!

请家长速来一趟学校！

王博浩竞选卫生委员发言稿

各位同学，大家好。

我是王博浩。我竞选劳动卫生委员。

我这个人最热爱劳动，不怕脏不怕累。我外婆说了，只有丢人的窝囊废，没有丢人的职业！我觉得，打扫教室、打扫卫生区、打扫走廊等等，都是劳动，尤其是打扫厕所的劳动是——最光荣的！

大家都知道，我们中华民族是世界上最勤劳勇敢的民族，在中华五千年的历史长河里，中国人的勤劳创造了璀璨的华夏文明和中华文化。也正是由于中国人的勤劳，才有了今天中国经济飞速发展的奇迹！

因此，同样的道理，我们小学生也应当热爱劳动、发奋学习、勤劳勇敢地健康成长。所以我们在家里只要有时间，就应该力所能及地进行家务劳动，比如扫地、擦桌子、倒垃圾、削苹果、帮老人买报纸、穿针、提东西、倒水，等等等等，我都爱做。我把这些热爱劳动的好习惯也带到学校里来了。

若我能够成功当选，我会做到以下几点：一、我会保持我们的教室玻璃像没有玻璃一样透亮；黑板，在上课前一个字也没有。二、我要让我们的卫生区内没有一张废纸，成为全年段、全校最干净的地区。三、保持我们的桌椅，永远成竖状一字形。桌子间的空隙要能使一个人轻松通过。四、监督大家回家每天做一件家务劳动。

这样，我就在大家的重用下，逐渐成为一个热爱集体、关心同学、有责任心的人。请同学们投我一票吧！

附：竞选失败的自我分析：我失败的原因就是好朋友背后下刀子。小头揭发说我在家从来没有帮我外婆做事，周黛诗才是热爱劳动的人，会帮她妈妈洗碗、倒垃圾，帮她妈妈涂指甲油。其实，他这是拍周黛诗的马屁！我并不反对周黛诗同学当选。我是反对为女人出卖兄弟的小人！

春天来了

今天我和不叫小姨夫的人一起去后山遛狗。我要亲自去观察春天。

春天果然到处一派生机、欣欣向荣，万象更新、道貌岸然。刚下过贵如油的春雨，很冷。地上湿拉拉的春寒料峭，两只小狗都穿着黄色雨衣，人模狗样的像下水道管里刚爬上出路面的童工。

后山坡有大片杜鹃花，白色的、红色的、粉色的、紫红色的。不叫小姨夫的人，一路走去，为很多花蕾脱帽子，真的是花的帽子，洋葱皮似的，像个铅笔套。它们自己也会脱，脱掉了才能开放。有时脱不好，小帽子就沾在花瓣上，像一小片烂枯叶。我也蹲下来脱，哇，果然是黏黏地巴着。不叫小姨夫的人，故作深沉地说：“唔，你看，花要开放到最美的时候，也要摆脱麻烦的。”我深沉地想了想：“是啊，我要当劳动委员，小头和周黛诗，不就扒拉在我身上，不让我开放？”

我终于找到了春天发臭的原因。春天的空气里，到处都是烂黄瓜的奇怪味道，原来是一种矮灌木。不叫小姨夫的人指给我看，就是那种白色紫色合伙混开的花，比一块钱硬币大点的花。臭得人想撞墙。不过，今年肯定是枇杷大丰收。满山坡的枇杷，不管是不是人种的，都果实累累。现在它们都是暗绿色的，比可乐盖子还小。等再过一两个月熟了，就变成黄澄澄的了。不叫小姨夫的人说，每年，枇杷成熟了，他遛狗的时候，都是看到老人家在树下跳跃，要偷枇杷吃。为什么呢？不叫小姨夫的人说，因为老人家运动惯了、拼搏惯了。那为什么小孩不来偷呢？他说，小孩太忙了。等做完作业，已经是月黑风高没有力气了。

我看到了鸡蛋树。不叫小姨夫的人说，那是泰国国花。很奇怪。有点恶心。它的枝干，怎么看都像断手断脚的残端，顶端稀稀拉拉几片叶子。不叫小姨夫的人说，等夏天叶子长多了就好了，它的花是黄白色的，像炒鸡蛋。我倒想，要是不叫小姨夫的人，到了夏天，脚也能长好，那倒不错。他说那脚没用了。我顿时故作同情。他呵呵笑，说：“还行啊，其他部分还挺好。上帝只是提醒我，生命是个瓷器。一不小心就碎啦。”我说：“所以你就把自己小心轻放，不上班了是吗？”他说：“不是啊，是我讨厌再赚钱啦。”

有个地方，长了四五棵肉松树，春天它就下肉松。满地一撮一撮的，绿褐色、毛茸茸的。好像每个新芽孢都有一团肉松垫着，然后肉松就掉下地了。那一带的整个地面和空气，都像是用绿褐色的水彩打过底。如果我们待久点，也会变成绿人。

最后，我们看到大叶紫薇的叶子啦，叶子全部通红。春天里，当所有的树都想变得更嫩更绿的时候，它偏偏就想变红。不叫小姨夫的人说，与众不同有两种啦，一种是为了与众不同而与众不同，另一种是骨子里的天性。说完，我们就在春天的烂黄瓜味道里回家了。回家开窗也是臭，唯一改变的是，我们知道春天为什么臭的秘密了。

老师批语：

春天是美好的，不是臭的。

树上也不会掉肉松，夸张要适度，不是无中生有。

罚抄“道貌岸然”100遍。

致台湾小朋友的信

亲爱的台湾同学：

你们好！

台湾和厦门一水相隔，我很想念你们。我们要团聚在祖国妈妈的怀抱，一起感受祖国妈妈的温暖。一想到这儿，我就忍不住给你们——不知名的朋友写一封信。

今年春节，我吃到了很多台湾水果，紫红色的大莲雾、释迦果，都很好吃，因此，我更加知道同胞情、民族义、统一理、反“独”志，是合乎历史潮流、合乎两岸人心、合乎中华民族最大利益的。我也更加想念自己的亲骨肉——台湾的父老兄弟姐妹。我知道，你们也无限怀念祖国和大陆的亲人。这种绵延了多少岁月的相互思念之情与日俱增。

春节我还吃到了很多台湾猪脚贡糖，我坚信，只要海峡两岸、海内外的中华儿女能携手共进，勠力同心，必能开创两岸关系和平发展新局面，实现中华民族的伟大复兴，并为全人类文明进步创造崭新的发展模式。

老师说了，我们这里和台湾地缘相近、血缘相亲、法缘相循、商缘相连、文缘相承，我们彼此有深厚的“五缘”关系。我们有个地方叫钟宅湾，因为思念你们，都改名叫“五缘湾”了。很多人不习惯，不改，的士司机就很生气，说到时不要怪我绕路！慢慢地，全体市民都改过来了，谁不改，就是记不住海峡那边的台湾同胞。

我在我家一个不叫小姨夫的人的电脑里看到一幅画，是你们台湾小朋友画的世界地图，说我们大陆是“黑心商品和诈骗集团出口国”这是不对的。我同意韩国是“自称发明了全世界”、菲律宾是“很多叫玛利亚的用人”，也同意欧洲是“每天喝下午茶，不用上班的世界”，你们画的我都同意，就是说我们大陆黑心诈骗国这点，我不同意。因为，一方面内销的更多，我们自己也是受害人，出口的真的不算多，没怎么害到别国人；另外一方面，我们这儿警察还经常抓到台湾诈骗犯，真的，前次，报纸上还登了个团伙的，还有照片。我听我不叫小姨夫的人说，现在，其实很多国家的骗子都到我们国家来了。

我现在在二附小六年级七班读书。我的学校，四面都是花草树木，好像戴上了绿色的花圈。老师在培育我们茁壮成长。

远方的朋友，让我们跨越大海等着我们团聚的那一天吧。信就写到这儿，如果你愿意和我交朋友，就请你回信，和我们共同描画21世纪的蓝图。

此致，敬礼！

六一儿童节快乐！

王博浩

5月30日

老师点评：

感情真挚、主题思想正确。有礼有节。

乱用成语的毛病缓解。有进步。

我最欣赏的人（博文）

第一篇博文，我决定写“杞人不忧天”。是他教我开博的，而且，他总让我用他的电脑。不小气是他最大的美德。

“杞人不忧天”是我的非法小姨夫，我外公说他，身残志不坚。但是，我非常非常欣赏他。他简直就是身残志不坚的神仙哪。

有一天半夜，小宝、小宝婆在冲着门乱叫，我外公外婆惊恐万状地听到院子里有动静，赶紧报警。结果，110警察和小区保安都冲到我家来，一看，“杞人不忧天”倒在院子墙下，呼呼大睡、酒气熏天。原来他第二趟出去喝酒，把钥匙手机都丢了，只好爬墙。瘸子翻墙多么不容易呀，加上喝多了，所以，他一翻进来就累得睡着了，吐了一地。

有一天，我抢他爱吃的最后一块烤鱼。他不干，提问说：“为什么北极熊不吃帝企鹅？答对了归你。两分钟。”我说：“帝企鹅毛太多，肉质不好。”“错。”我说：“帝企鹅总是团队作战，北极熊寡不敌众。”“错。”“帝企鹅会写日记，是知识分子。”“错。”“杞人不忧天”看着钟，慢条斯理地把烤鱼塞进嘴里。我情急智生：“我靠！一个南极一个北极哪，嘻！”“杞人不忧天”一听，狂吞鱼，结果，一根鱼刺卡得他呆若木鸡，后来，他把那天晚上吃进去的烤鱼全部吐出来，还是没有吐出那根刺。活该啊！最后，他十万火急狂奔医院去拔刺。

又有一天，我外公外婆去参加老人桥牌比赛。他史无前例地给我做饭。我放学回家一看，厨房做饭台前面，他围着围裙，身边一边一把餐椅，小宝、小宝婆一狗一边站着视察做饭，他还顺手喂它们还没加盐的菜。这狗毛肯定会到锅里啊。吃饭的时候，果然是狗毛炒排骨，我在排骨上随便就看到了四根狗毛！我大嚷大叫，这个身残志不坚的家伙说：“好啦，有毛的我吃。”结果，他吃掉了一整盘绿笋排骨！晚上胃暴痛，奄奄一息地打电话跟我小姨姨撒娇。

最后说一件“杞人不忧天”的糗事。那天，他游手好闲地在小区门口碰到一个推着自行车回收家电的人，是个老阿嬷。他就跟老阿嬷聊天晒太阳。聊呀聊啊，忽然斜刺里来了一辆摩托车，把老阿嬷的自行车撞倒了，老阿嬷刚收到的一个旧热水器掉下来，破掉啦。摩托车跑了。老阿嬷追不到摩托车，转而要“杞人不忧天”赔。她说：“你赔！不是你拉我拉呱，我早就走了，那我热水器不是好好的？”“杞人不忧天”还想争辩，阿嬷说：“你不赔，我跟你家去吃饭！”“杞人不忧天”只好给老太婆钱，给了一百块。阿嬷说：“车前面‘家电回收’

的广告牌子也摔裂了，再赔二十块重做。”“杞人不忧天”觉得没天理了，不给，老太婆说：“我这么老了，因为穷，还风雨里来雨里去，你大白天不上班，就是有钱人嘛。你为什么不赔我？”

“杞人不忧天”乖乖又掏出钱包。后来，邻居绘声绘色、添油加醋地告诉我外婆，我外婆一听就抓狂了：“什么?！一百二?！这跟他有什么关系?！我们家上次回收的热水器加微波炉，两样才五十块！”外婆气得小腿直抽筋。当晚吃水果的时候，外公就发火了：“你就这样游手好闲地糟蹋你的大好年华?！”

“杞人不忧天”嘿嘿笑着，一边地把芭乐一口口咬给小宝、小宝婆吃。他根本不看我气得要吐血的外公外婆。他总是那么平和、无畏、若无其事、置身事外。我是从他身上才知道，死猪不怕开水烫其实不是骂人啊，是神仙的境界！这个瘸子，简直酷毙啦！

我心目中的大海

我心目中的大海，比我父母还亲。大海就是我的故乡我的家。

第一次见到大海的时候，我忘记了是什么时候。反正我还不会讲话。海风一下就把我的宝宝帽吹掉了，我妈妈说，那时候我还没长什么头发，怕冷。我爸爸追风逐浪去捡帽子，我自己用小手紧紧保护我的头。

现在，我对大海已经爱到了生命里。我爱浩瀚无垠的蓝色大海，我爱你椰香阵阵的海风。我爱阳光下大海千帆竞发，我爱雨中的大海迷蒙幽深，我爱月光下大海深沉辽远，我爱夕阳下的大海金光闪耀；

我爱大海有广阔博大的胸怀，我爱大海深沉的思想。你仿佛圆了我记忆中一个遥远而触不可及的梦。是的，满视野的蓝色。无暇、透明，纯洁、安静，足以融掉自己的一种颜色，那是自然唯一赋予海的颜色。然而大海拥有的，不仅仅是一种色彩，更是一种精神，是生命。海风是它的诗篇，海浪是它的舞蹈。我们赞美大海的浩瀚，是否会想到江河奔流中的坎坷和执拗？啊，大海，我用我全部的热血赞美你，我把我生命的花瓣全部撒向你。

啊，大海，看着你海浪滔滔，我豪情满怀。我们勇战金融风暴、坚守报国理想。当我驾着疲惫的风帆来到你的面前，所有的煎熬都被你轻松地颠覆了。你用蓝色暗示我要有内涵，你用浪花告诉我什么是美丽，你叫海鸥提醒我在生活中应该自由地翱翔，你还说如果没有激情，心会成为死海。

大海啊！如果我离开尘世，一定把我的灵魂带到你的身边，去畅想人类的未来！

老师评语：

除了第一、第二自然段，都是哪里抄来的?!

文品即人品！这比乱用成语还要糟！

（王博浩辩词：上次我说春天臭，老师就批评了。现在我就不敢说大海水黄灰灰的，海面漂满了垃圾，所以上百度求别人帮我写了几段。）

家庭趣事

我外婆和狗不共戴天。

我外公说，我外婆前辈子是根打狗棍。我看也是，因为小宝和小宝婆都极端讨厌她。小宝是黄毛拉布拉多，是个瘸子。小宝婆是只银狐，被人齐脑袋剪掉了一只耳朵。它们都是不叫小姨夫的人的朋友送他的。那个人的动物救助站有很多被人丢弃的猫狗。

狗一下子就认出我外婆是根打狗棍。我们一进去，它们就像看见恐怖分子似的奓毛大叫。尤其冲我外婆。我外婆长得像青蛙，鼻子扁扁的、慈眉善目。她像外交官一样，似笑非笑地跟它们两个打招呼，结果，它们一低头都扑过来咬她的手。她就不敢挥手致意了。有一次，外婆在饭桌上，津津有味地讲述他们老家怎么杀狗剥皮、怎么大锅花椒桂皮炖狗肉的往事。小宝还是小宝婆突然发飙了，它们从客厅冲进来，排山倒海，我还以为是它们抢骨头打架。最终，我外婆是战争的唯一受害人，她被小宝撞得滑倒，额头磕到了餐桌腿上。她痛得老泪纵横了。

我外公不讨厌狗，他只讨厌狗毛。银狐小宝婆好像成天在换毛，一天不清扫，我们家就像要筹备圣诞节。小宝婆害怕“打狗棍”，每次我外婆一声吼，它就慌不择路、饥不择食地满地舔食它掉一地的狗毛，像吸尘器一样，一边偷看“打狗棍”会不会动武。外公趁不叫小姨夫的人不在的时候，踢过它们几次，因为他的眼镜、茶杯、呢帽、绿豆饼上总是有狗毛，他说，他的肺里，肯定积攒了很多狗毛。他相信那毛吸得进呼不出。有一次，他严肃地向不叫小姨夫的人说了毛肺的事，不叫小姨夫的人呵呵大笑，说："那你不就等于多了件狗毛背心？冬天你就不怕冷嘞。"外公勃然大怒："你脑子里怎么总是一点常识都没有！"

所以，就这一点，外公和外婆结伙反对狗。

不叫小姨夫的人有个大懒人沙发，形状像个水滴，可以满地放。他总是半躺在上面看书、看碟、听音乐。不止一次，我看他在上面睡着了，两只狗，一只睡在他左边，一只睡在右边。三个人一起打呼噜。每一次，我外婆外公看到了，都气得要命，感同身受，觉得自己沦落到与猪狗同屋。更令人发指的是，他们意外发现，外出多日回来的不叫小姨夫的人回屋子，竟然矮下身子对小宝和小宝婆说，嗨！来！亲一个！

外公外婆当晚打电话给我小姨姨。要小姨姨帮助那个人认识人和畜生的正确关系，没想到，小姨姨笑嘻嘻地说，她每次回来也亲狗。外公外婆听得七窍生烟、万念俱灰。他们互相鼓励赌咒说，迟早要让那家伙滚蛋！

老师评语：

大有进步。语言比较生动，乱用辞藻得到进一步改进。

但注意主题观点，人狗毕竟有别。

香喷喷的女孩（博文）

我打猪虾的时候，小头乐得花枝乱颤。但是，老师要我赔猪虾眼镜时，他又不肯替我分担了。我靠！这种小人忒不仗义。我是替他去教训猪虾的，是他说猪虾给Z写520（我爱你）肉麻情书的，Z根本讨厌他。小头说，Z说了，我们班，只有我对付得了猪虾。既然Z这么赏识英雄，我太低调也不对称，我当然两肋插刀了。所以，论理，猪虾眼镜是该小头和Z赔的，本来我就两袖清风，基本没有零花钱。要不是“杞人不忧天”暗中帮忙，我外公外婆又要大闹天宫了。

“杞人不忧天”冒充家长，替我赔了猪虾两百块，我轻车熟路地又写了深刻检讨，打人风波就过去了。没想到，Z开始明目张胆爱我。没有办法，英雄救美，美人赖上英雄，历史从来都是这样的。

她的头发依然在我桌上扫来滑去，香喷喷得令人心碎。她到我家的笑声也是香喷喷的，令人紧张。果然，我外婆外公警犬一样，很快就小题大做，审问我是不是早恋？笑死人了，现在哪个同学不是随口老公老婆地叫，谁也没有去领结婚证嘛。

我妈居然请专门假回来暴打我，完全受控于我外公的阴谋。这个更年期的女人，简直把我往死里打。我大喊：“我又不是你私生子，怎么下手这么狠哪你！不就是这一次语数没考好吗?！”我妈把电蚊拍挥舞如剑：“考不好！考不好！你也知道考不好！都什么时候了！还考不好！你的心思到底在哪里?！你怎么不学那浑蛋会读书，光遗传他花心大萝卜?！”“杞人不忧天”一脸坏笑。我外公明察秋毫，立刻把他揪了出来，说：“为什么你一直隐瞒这小子打架赔钱的事?！”瘸子成了众矢之的。原来，外公出席开家长会时，老师告状说我卷入三角恋的斗殴。

Z居然在我遭遇家暴的时候打来电话。外婆一接电话就对我妈狂使眼色，我妈一看就抓狂了，要扑过去骂人。我本人英雄气短、爱莫能助，千钧一发之际，“杞人不忧天”宛若天使拿起电话，温文尔雅地说我不在，说回头让我打过去。瘸子啊，我大恩大德的亲人，男人面子危亡时刻，是他力挽狂澜。

四个大人开了关于我堕落的紧急会议。最后，我被叫进去听决议。他们伪善地看着我。“杞人不忧天”依然是似笑非笑。我妈问我到底有没有早恋。我还是那句话，神经病！爱我的女生多得要命！我忙得过来吗！我妈忽然眼泪嗒嗒地来抱我，摸我头上的包。真是个没出息的女人啊，难怪她男人会逃跑。

我外公宣布：一、他们信任我；二、我从此不许和Z往来。

看我不表态，我妈扑通一声跪下来，我外公眼明手快，一把拎直她，让她保持老妈的理性和尊严。“杞人不忧天”皱着眉头说：“我还是那句话，你们别把孩子弄成大人了！”我外公说：“我倒看不出，你还有什么资格管教孩子?!”

“杞人不忧天”笑傲江湖地走了。晚上，我知道“杞人不忧天”在电话里和我小姨姨大吵。我在他房间玩电脑。他到阳台上接电话，但是我还是听出小姨姨在里面歇斯底里。他不断把电话挂掉，扔到床上、扔到沙包上，电话不断在床上、沙包上响起来，激励他再接着吵。

一句名言的启示

“细节决定成败”，这是我外公的座右铭。

他说世界首名太空人加加林，就是因为一个错误的小数点，至今尸飘太空。他自己就是因为自行车钥匙随手乱放，永远失去了进步的机会。那天省教育局负责人来学校视察，他迟到了，给对方留下恶劣印象。为什么呢？因为一直找不到自行车钥匙，他只好跑步到公交车站，又苦等公交车。最后，他们副校长就因为他自行车钥匙找不到，从此平步青云了。

我一个瘸子朋友曾告诉我一个更加触目惊心的故事。1485 年，英国国王查理三世在决定由谁统治英国的博斯沃司战役中被击败，而导致这次失败的根本原因是少了一枚小小的马掌钉。战前，查理的马夫去备马。这个马夫钉马掌时，少了一枚马掌钉，便勉强凑合。结果，两军交锋时，这匹战马在半途中就掉了一只马掌，国王被掀翻在地，成了俘虏。少了一枚铁钉，丢了一个马掌；丢了一个马掌，翻了一匹战马；翻了一匹战马，败了一场战役；败了一场战役，失去一个国家。

我也是这样。纵观我的考试情况，都是小数点、小马掌钉的细小错误，大不了就是自行车钥匙的失误。说起来，错误真的很小，完全可以痛加原谅，忽略不计。可是，加加林不是再也没有回地球？我外公不是郁郁不得志了一辈子？理查不是丢了一个国家？

所以，细节决定一切，细节决定成败，细节就是命运。

所以，这也就成了我的座右铭。

老师批语：

立意不错，选材精当。但是，有关自身，写得太少。这里是重点，要详写。字数也不够。退补完善。

博客小记

今天，小姨姨和不叫小姨夫的人又电话吵架了。他不承认。

本周测验，我的数学第一次超过 Z。这是历史的胜利。最近作文两次得到郭老师表扬。第五单元测试，有望超过Z。她就是风花雪月、唐诗宋词插花多嘛。“杞人不忧天”说，这一类作文，基本是花拳绣腿，不怕。

博客小记

今天不叫小姨夫的人，和我小姨姨电话大吵。手机摔黑屏了，所以他承认吵架了，但是，他不承认是因为我外公外婆的事。因为手机还没有彻底摔坏，重新开机，又能用了。不过，他也认为，这样吵架很不低碳。他不喜欢这样的折腾。

一件终生难忘的事

我家有两只小狗。男的叫小宝，女的叫小宝婆。

小宝和小宝婆有一项游戏，让我外婆外公非常恼羞成怒。有一次我外公顺手抄起菜刀，要刀劈鸳鸯；我外婆总是借口把我揪进房间，不让我看。其实，不就是爬跨运动嘛。是这样的，它们就是互相背对方啦。小宝的博美体形比小宝婆小，银狐出身的小宝婆凶悍顽劣，学富五车的小宝根本没有主动权。小宝婆一不高兴，就把小宝打到床下。嘴里经常咬下一撮撮小宝毛，都可以做几支毛笔了。

那天，我突然发现地板上有几点血迹，仔细看是小宝婆滴漏的。我一时反应迟钝，惊恐大叫，快来人哪！流血啦！我外婆从厨房里奔出来，说，去去去，去写作业！我外婆脸色古怪，充满了启迪，外公赶过来，欲语还休，也充满了不良启迪。我猛然无师自通，难道小宝婆也有了“量多的日子”？

事情就出在那天晚上。我放学回来就发现，小宝和小宝婆很坐立不安，它们时时刻刻站在一起，莫名其妙，顶来顶去，不断地步换身移，又定格发呆。有时同时起跳、闪开。我感觉它们今天要动真格了，所以，我一直借故喝水、小便、吃酸奶地观察进展。在客厅里看电视的外公外婆，毕竟是过来人，他们像猎狗一样警觉地盯视我，根本不许我在忙来忙去的小宝小宝婆身边停留。真是可恶之极。

在我第三次去卫生间时，我外公喝道：“你再出来一次，生日那套变形金刚礼物取消！”我只好折回房间，这时，不叫小姨夫的人回来了，我听到他的口哨声，非常热切地想和他交流，但是，凶神恶煞的外婆外公实在是断了我的科考念头。我听到不叫小姨夫的人洗澡出来的动静，蹑手蹑脚地拉开一小条门缝，想看看瘸子的感觉。了不得的事情发生了，小宝和小宝婆在沙发后面纠结时，不叫小姨夫的人竟然出手相助，帮助稳定了小宝婆。小宝婆尖叫一声挣脱，扭身又找小宝。事情还未重来，我外公已经像巨人一样挡住了我的视线，我听到他的低声斥责：

“你一个大男人，无聊不无聊?！你这让小孩子看了像什么！”

瘸子声音不大，听上去有点无所谓：“好不容易发情一次，成人之美、助狗为乐，应该的。”

外公大怒：“小孩子在长大，你懂不懂？你有没有一点责任感？”

瘸子说：“小孩子跟这有什么关系？”

外婆生气了，说：“这几天，我都害臊，不好意思跟你谈。你知道吗，博浩今天根本没心思做作业！像什么话，弄了两只不三不四的狗……”

瘸子说：“那我来告诉他小狗是怎么回事。我之所以再领养一只母狗，就是想让小宝它们有健康的生活……”

外公说：“我就不明白，我女儿到底看中了你什么！”

外婆说：“真是瞎了眼啦！”

瘸子说：“我想她看中我是因为，我视力很好，对她后面有这么麻烦的老人一清二楚，还能假装瞎了眼。”

你知道我外公炮仗脾气，他被瘸子噎得说不出话来，正好小宝小宝婆大叫，外公飞起一腿，想行刺小宝。不叫小姨夫的人挡住了我外公，他像黑社会老大那样，阴沉地、一字千金地说：“你要踢它们，我肯定，揍你女儿。”

那天晚上，我们一家再也没有人说话。我也赶紧写完作业，洗洗睡了。

但这件事情，我永生难忘。

老师评语：

作文颇具生活气息，观察仔细。但是，人称男女、狗唤雌雄，不可混为一谈。

乱用成语毛病，基本改正。又：一掷千金，非一字千金。

致“春光乍泄”生日快乐（博客回复）

我本来打算写作业的，可是我还是打开了电脑，顺手打开了我的博客。我也祝你生日快乐。说真的，如今人心不古，过生日都没意思。

我现在用的是我小姨姨给我的笔记本，原来用的电脑和它的主人，和他的两只狗都走了。这原来是他的家，现在，他不见了，不知流落到哪个女人手上，人海茫茫，我替我小姨姨忧伤失落。

生日那天，没有得到变形金刚。他们这些人经常一诺垃圾，言而无信。也不怪他们。全中国除了低龄儿童，谁还言而有信？一台二手电脑就打发我了，说是怕影响我学习。很明显，我的排名超过我老婆，他们还是叽叽歪歪地不给我买。算了。倒是生日那天，我们小区的两个保安老盯着我，还实施了一段跟踪。这就非常可疑，我迅速地回忆了一遍最近的犯罪记录，除了放了郭老师的车胎气，给邻居家的狗吃了块海绵，看了一次黄色网站，还逃过几次公共汽车票，并没再做什么。再说，我相信，即使那几件事，我做得应该是神不知鬼不觉的。所以，我转身大喝一声：“今天我生日，你们跟踪我干吗？”两个保安大笑：“恐怖片看多了吧小孩？——快读书去！”

毛毛虫

到现在，我依然觉得，这种毛毛虫，只有最急功近利的大人或者洪小军这样的白痴小孩，才会下手弄它们。在我复述这种毛毛虫的时候，我的鸡皮疙瘩就微微乍起。当年，每一次我看到它们，就无法克制地颤抖，而在单位大院里，我是弹弓打鸟的神枪手，是能用两条红领巾做出游泳裤的孩子王。

其实怕那种毛毛虫的人很多，比如我妈妈隋满芬，她曾经改名隋东红，后来我爸爸还是倒台了，她就自暴自弃不再强求大家叫她东红了。还是说毛毛虫。隋满芬不怕蟑螂，不怕老鼠，不怕普通的毛毛虫，不怕天不怕地不畏鬼神，但是，她怕我说的这种毛毛虫。在我们大院里生活过的人，说到六十年代，估计很多人脑子里都挤满了那种毛毛虫。

我们大院大门进去，就是灯光球场，球场后面是纵向排列的五六栋平房套房，直到城墙边。在每栋宿舍房中间，分别是一溜比房子高两倍的喜树、比房子高一倍的合欢树，还有比房子宽展很多的梧桐树和木梨树。但是，灯光球场周边和连接五六栋宿舍楼房的大道两旁，有好多棵像樟树一样的大树。我已经忘了是什么季节，应该是夏末秋初，那些树下就会垂吊着、爬行着绿色的巨大的毛毛虫。它们实在是比普通毛毛虫大了太多，匍匐在地上，就像一条条人的食指，每一条都有男人指头粗长，肥硕，鲜粉绿色的，体侧有蒺藜一样的毛刺。那个季节，我们院子里经常听到女人和小孩的惊叫声，有的是一打眼正面相遇了，就在你鞋子前面，也许不止一条；有的是“哔就”一声踩到了，毛毛虫被挤出一大堆令人恶心的内腔，与此同时，踩它的人，就惊恐地补叫。甚至是晚上，踩到它的人根本看不到它，光听到“哔就”一声，她们就没命地尖叫；我妈妈隋满芬就打黑布伞，她以为很安全地走了一趟，但是，回家一收伞，天啊，一根绿色的“食指”就扒在她的伞上，她就一声连一声“啊以—啊以—啊以—”地歇斯底里补叫。那时候，太穷了，要不她肯定要把伞丢了。她就命令我去刮掉，我用眼神命令我大妹妹去，大妹妹就命令我小妹妹去。小妹妹就厉声尖叫。我妈妈就过来狠狠拧我耳朵。强龙斗不过地头蛇，我只好去了。从拿起黑伞开始，我就开始打抖。我非常想控制自己，不是想到要撑孩子王的面子，真是怕那根绿食指被我自己抖下来，掉在我脚上。有一次，我拿奶奶的吹火棍，敲山震虎地打击雨伞，要它跌进台阶下面的水沟，它却扒得很紧，我只好用吹火棍的一头推它。那个肥大的绿色身子，一戳就软陷下去，身子上两颗蒺藜刺互相碰了一下，而头上倏地伸出两根鲜红欲血的触须。我哇地跳一边，吐出了刚吃不久的地瓜稀饭。后来我大妹妹英勇接手，把那绿肥“食指”狠狠打进明沟里，可是，我小妹妹忽然大叫说：“呀，你握的是刚才哥哥捅虫子的那一头！”我大妹妹触电一样，哇地甩手惨叫，也吐出了刚吃下去的地瓜稀饭。

我们在城墙上打野战、玩情景剧的时候，都不需要严刑拷打坚贞不屈的那些东西，不管哪一派被俘，只要说“给他一条大毛虫！”，对方立刻就把党中央，把至爱亲朋、昨天在食堂偷的馒头统统都交代整齐了。这种毛毛虫厉害到你根本不需要真的执行，光是一听，所有的坚贞不贰的心都没有了。只有一个小孩不怕，那就是洪小军。他也不算小孩了，比我们大七八岁，个子比他爸爸老洪还高，可是，他是白痴，动不动就歪嘴呜呜大哭，口水掉得很长；喜欢重复别人说话，喜欢打自己和别人的头。有时候打着别人的头，还自己感伤地呜呜长哭，好像吃了多大的亏。我奶奶说他傻进不傻出。

虽然他个子像成年人，但他只有五六岁的智力。所以，老吴老婆有时被他莫名其妙的、没完没了的呜呜呜呜弄得心烦，就央求我领她儿子去玩。每次都被我推掉。我是孩子王，手下有一个大院二三十个同龄男孩，呼隆来去的，谁也看不上洪小军。

其实，我妈妈隋满芬在任何时代都是漂亮的，只是我小的时候，对那个烂熟的老对手的认识一直混沌、迟钝，她有老年痴呆嫌疑后，我依然没有今昔对比的恍然大悟。这个状况一直延续到她死去之后的有一天，我翻家里的老照片，才惊觉隋满芬有着对时代而言的不像话的美貌。现在，倒回去回忆，难怪隋满芬当年可以有那么多不可思议的任性和霸道，那么嚣张、那么跋扈。说起来，有这个生命底子做支撑呢。其实不单是我，大院里的很多孩子，都吃过我妈妈的巴掌。比如那谁谁，上学的路上还在玩弹珠，我妈过去一屁股一脚，一声暴喝：还不上学去！两个小孩，就没命地抽着鼻涕往学校狂奔。比如，那个住水池边宿舍的艾卫星，那天趁各家午睡的安静时光，和妹妹艾小宝爬上土墙，忙着偷墙那边的老百姓家橘子林里的青橘子。我妈妈从厕所出来，也不叫，过去就把艾卫星猛地一把拖下，吓得艾卫星尿了裤子，艾小宝鼠窜而去。我妈妈把下巴磨破的艾卫星押到他家，对老艾斥责性地宣讲“从小偷针，长大偷钟”的做人道理，害得老艾叔叔中止午睡，狠狠抽了艾卫星一顿；艾卫星换下的尿湿裤子，被老艾老婆发现裤子又被磨破，她也参加了殴打；结果水池边那栋宿舍好多人的爸爸妈妈的午间休息，都被艾卫星的鬼哭狼嚎搞中断了。据我所知，在我妈妈发疯前，单位大院里的孩子，一看到我妈妈，不管有没干坏事，基本都是溜墙根走开的。

和他们相比，我挨我妈打的理由，根本谈不上需要像有他们这些开会也能使用的大道理。我挨打经常显得琐碎而莫名其妙。比如，穿球鞋的时候，后跟踩在鞋帮上，我妈妈手上的擀面棍就一棍扫在你大腿上；比如吃饭，不慎打了个喷嚏，有一颗饭粒奔出，隋满芬一筷子就抽到脸颊上，你脸上立刻暴起两条早晚会相交的红铁轨；打破碗碟，那你就死定了，你的福气造化就全看我妈妈当时手上是毛针还是拨火钳了。有时我端端正正地走在她身边，忽然脖子就挨了一掌，你摸着脖子东看西瞅，搞不清什么理由和原因。隋满芬已经走前面好几步了，匆匆的屁股写满愤怒。我只好猜是不是刚才踢了小石块，可是，鞋子也不是新的啊。

我父亲欣赏我的聪明，我奶奶疼爱我的机灵，我两个妹妹仰慕我一呼百应的孩子王气派。但是，我妈妈不这么看。隋满芬是我家、是整个单位大院我唯一的天敌，似乎我生下来的全部意义，就是为她整治和克复所专用的。我妈妈练我的时候，我爸爸不能救，我奶奶也不能救，否则战火会扩大，而且熊熊不息。

但奇怪的是，我妈妈似乎是个颇有人缘的人。除了我老了才看出她有力量的美貌之外，还有一个是我从小就知道的——我妈妈的手巧。我家的蝴蝶牌缝纫机帮助很多邻居缝补过衣裤，单身汉、有家的，我妈妈基本来者不拒有求必应；她能够通宵不睡，为结婚的新人赶织一件毛衣；单位很多叔叔阿姨的鞋子里，垫的是我妈妈做的鞋垫；来自北方的隋满芬，还会做包子、馒头和水饺。在南方，在当时，这简直是奇迹。我妈妈发面功夫高深，豇豆粉丝或者酸菜馅的包子，又大又松、香飘万里。隋满芬的馒头，结合当地人的习惯，放了很多碱，那个黄色的大馒头，我的天，一扒开，会香熏得左右人微微眩晕口水满腔，肚子像公鸡一样叫。水饺我们不轻易做，票肉供应得太少啦，洪小军妈妈在冷冻厂，有几次给我们家弄来一些冰冻猪头肉，我们就包了大白菜猪肉饺子，还送给洪小军家吃了一碗。洪小军妹妹吃得笑眯眯；洪小军吃得呜呜哭，之后，擅自拿着空碗擅自到我家说，还要。

那个时候，住在我们家附近的邻居，都是有福的。只要不是惹我妈妈隋满芬生过气，她会计划好的，轮流来，一次送一两家，一家送一两个，关系密切的，可能有四个，通常是菜包子或者黄色的碱香馒头。要知道，那时面粉有点金贵，都是我们家大米口粮省下来买的。

出事的那一天，是周末。前一天晚上，洪小军的妈妈给我家带了一些冻猪脖子肉，还有猪皮。她用报纸包着，夹在胳肢窝下，特务一样闪进门来。一进屋就示意我妈妈小声，一边还支棱着耳朵表示隔墙有耳。我妈妈感激得死命压抑自己的声音，表情就变得很夸张。妈妈扭着脸说："哎呀！你们干吗不留给小军小华吃呢？"小军妈妈像特务接头那样低声道："有，我们有。"

那个时候，大概因为物资匮乏，好像邻居们送东西都是鬼鬼祟祟、遮遮掩掩的，万一被第三方看见，就很不好意思。送东西的人家会使眼色，要求别声张，受礼的人家，会蹑手蹑脚地表示惶恐不安，万一那家人不谙世事张扬着推辞，对方就会急赤白脸地低喝：忒！难看不难看！赶紧收起来！

为了避免难看，这样，普通的礼尚往来的活动，家家户户都喜欢派小孩子来完成。一般情况，都是女孩子来承担的。我们家主要是靠我玲珑剔透的大妹妹。她能把我妈妈交代的外交辞令复制得惟妙惟肖，包括语气轻重的拿捏；小妹妹也派过工，但是，她的平衡感似乎有点问题，一次摔破了空碗，一次连烙饼带碗都摔明沟里去了，当然碗也破了。我妈妈气得暴打她一顿，当时她手上拿着纳鞋底的锥子；残暴的出手，迫使我爸爸、奶奶联手相救，结果，我爸爸也被锥了一下。小妹妹从此就失去参加礼尚往来的活动的资格了。

本来那一天，送包子是我大妹妹的活。但是，我大妹妹有自己的黑名单。凡是上了她黑名单的，她就拒绝前往。据说有些人家的人，惹她厌烦。比如，老洪叔叔家的洪小军——他老爱敲摸她的脑袋；比如老吴叔叔的老婆——她口臭极了，齿龈都鼓着红包，又喜欢呵气说话；比如阿心姑姑家——她的一只手有六个指头，接碗的时候，让我妹难受不安。

我大妹妹是我妈妈最宠爱的干将，一贯劳苦功高，所以有资格挑肥拣瘦。她不干的活我干天经地义。所以，那天，最后一笼大包子好了的时候，我妈妈说，快吃！完了趁热给老洪叔叔家送去。我妈妈说完，拿着草帽就走了。她要去加班送杂志。我奶奶已经用一只大碗扣着另一只大碗给我，说："小心点。烫。"奶奶还说，"包子倒出来，就把碗赶紧拿回来，不要拿人家东西！"我点头。我知道很多人家，讲究空着碗回来不好，要回点礼，最不济的放两块新生姜也好。

我抱着一对扣碗，像抱着西瓜，一路贼贼飞跑。穿过合欢树宿舍楼，来到前座的喜树宿舍楼。靠西头的第二间就是老洪叔叔家。他家也是一个套房，最外面是个大厨房。里面有一张吃饭桌，一排好大的灶台。灶上有三口大锅，其中一口锅堆放杂物，一口锅管生锈，最外面的一口大锅管煮饭做菜。老洪叔叔在单位比我爸爸的官小一点，总是心事满腹的样子，基本不搭理小孩，但是，也不太管我们。我有一次在他家玩大锅，假想着里面咕嘟着一锅红烧猪肉，和洪小华一人一把大锅铲奋力对炒，结果，我把他家的锅打破了，锅耳朵下面三寸地方，有了一个花生大的三角型小洞。洪小华当场挨抽了，她跺脚说是我干的，不赖她。洪小军咧着嘴，帮着她哭；但是，老洪叔叔没有骂我，事后也没有告诉我妈妈。不然我肯定逃不掉一顿暴打。凡是涉及别人家的事挨打，很多家长喜欢在家门口、过道、操场等公共地带进行，而且下手都特别狠，故意让我们鬼哭狼嚎的让大家都听见，告慰受害方，以示自己家教严格、管教有方。

对于我来说，他家的锅简直就是三口井，囫囵煮一个我们这样大小的小孩，肯定没有问题。后来，我才知道，他们家养过猪，那么大的锅用来煮猪菜。在我家，我奶奶是不会让我们接触厨房用具的，而且，我们家的锅只有他家一小半大，平淡无奇，激不起任何想象力。不过，即使老洪叔叔家的锅像井，那次把锅玩破之后，我也没有兴趣了。主要还是我烦洪小军那个呆子白痴。

我把大热包子抱进老洪叔叔家，老洪叔叔正要出门。洪小军和洪小华正在灶台上抢锅里的稀饭锅巴。我自己把四个大包子倒他们家桌上，摞好碗就要走。小军和小华立刻丢下锅巴，扑向桌子，被老洪叔叔一手一个捉住。老洪叔叔说：“谢谢你妈妈啊。”我说“我妈说不用客气”，就跑了。

一到家，奶奶还在洗碗。她说：“老吴叔叔家怎么说？”

我登时傻了。我盯着我奶奶，眼睛不由自主地眨巴。

奶奶说："不好吃？人家说？"

我吞了一口不存在的口水，说："你说谁？"

奶奶说："老吴家呀！"奶奶有点紧张了，她看出问题了。她停下手，轮到她盯着我。我一个转身跑进套间。我的两个妹妹正在一起开表扬会。我问："妈妈刚才说包子送谁家？"我大妹妹和小妹妹齐声说："老吴叔叔家！"

天旋地转。那次之后，我的作文立刻无师自通地学会使用诸如眼冒金星、五雷轰顶、气绝身亡等几个成语。奶奶进来，揽过发呆的我。我直愣愣地看着我大妹妹指着自己的脚趾说："你表现很好，我很舒服。"她又指着自己小腿说，"你们两个也要表扬。"最后，她拍拍自己的两个膝盖，说："我要重点表扬你们。去年你们不是这个跌倒、就是那个擦破，害我天天痛，还烂，洗澡都不能好好洗。今年你们多好了，和肚子、脖子一样，爱学习、开会认真，政治水平提高了，我一次也没有跌倒。忍嘚扔嘚扔嘚忍嘚——"我大妹妹站起来载歌载舞，她对自己的全部很满意，表扬会开得很圆满，我小妹妹也起来伴舞。她们一边对我做鬼脸。

奶奶搂住我悄声说："你送到哪里去了？"

"老洪叔叔家……"

我大妹妹立刻尖叫："是老吴叔叔家！"

这猴子精其实根本无心跳舞，她全神贯注在我这里呢。她知道我出大差错了。小妹妹不明就里地跟着大妹妹停了下来。

"看妈妈不打断你的腿！"大妹妹逼视着我，义正词严、气冲云霄，"明明说送老吴叔叔，怎么会瞎送到老洪叔叔家?!"大妹妹两手叉腰，一副小隋满芬的样子，"你知道一斤面粉多少钱吗?!妈妈的话，你也敢当耳边风！看你今天还要不要活！你就等着吧，妈妈很快就要回来了！她不扒你的皮才怪！”

大妹妹狗腿子的嘴脸固然可恨之极，不过，她说的话有现实依据，基本可以当成我妈妈风暴的预习。奶奶更是明了隋满芬的厉害，她安慰我说：“既然送了就算了。回头我跟你爸爸说了就是。”

“想得美！”我大妹妹断然说，“看吧，你们等着瞧吧！”她一指我，“哼，我看你还是自己找洗衣板先跪下，也许妈妈会下手轻一点。——真是笨得出奇！”

小妹妹说：“哥哥你穿厚一点。打不痛。”

这个时候，大家，包括后来要拯救我的爸爸，都一个思维惯性，我铁定要挨打了，一顿空前绝后的暴打才能让我赎罪让妈妈解恨。万万没有想到，我妈妈竟然只抽了我一个大嘴巴子。

她说——她说：“去！马上给我讨回来！”

——讨回来???

——讨？回？来？把送出去的包子？

全家人，包括猴子精的我大妹妹，全部傻呆了。

这个惊世骇俗的解决方案，简直让地球都不能自转，即使全世界的人一起做梦，也未必有一个能想出来！眼冒金星、五雷轰顶、气绝身亡、身败名裂，这类成语奔来眼底，当时我最大的愿望、最强烈的愿望，就是隋满芬暴打我一顿，怎么抽都行，死了算啦。但我妈妈毅然决然的脸色告诉大家，讨回包子是唯一的选择。

我磨磨蹭蹭地走向洪小军家。

我奶奶、我大妹妹、小妹妹、我爸爸都倚在门边目送我。

一路我是这样盘算的，如果他家把包子吃了——这种可能性极大——我就提也不要提，撒腿就回家复命，暴抽一顿是少不了的，但好歹保全了名节，再不济，怎么说我也是大院同龄人中的孩子王，这种窝囊事传出去，让人感觉太要命了；如果呢，老洪叔叔家还没有吃——这种可能性基本没有——我也只能实话实说了，送错了，我妈妈要我拿回去。这么直言，唉，其实，即使十来岁的我，也很替我妈妈替我们家尴尬，很不好意思，另外，我觉得特别对不起老洪叔叔家。我不明白我妈妈隋满芬怎么可以这么想问题。人家老洪叔叔会怎么想呢。临近洪小军家时，我才切骨感到，索回包子，比我在家里想象的还要恐怖一万倍。这真是一个非人折磨的疯狂方案。

老洪叔叔家里只有洪小军一个人。他就坐在餐桌上，一瓢瓢喝着什么灰溜溜的菜汤，流出来的黄绿色鼻涕沾在瓢羹上，每一次舀汤，鼻涕就吊桥一样拉长。我扭过头，去看他家的菜橱，也没有包子。桌子上没有，菜橱里没有，锅里也没有！看来是吃掉了。

我说："包子呢？"

洪小军一听就呜呜哭了。我很讨厌他的哭相，为什么他非要把上下嘴唇错开来哭呢。我熟练地进屋，找来一张草纸，给他抹掉恶心我的鼻涕。

"别哭啦。"我说，"包子呢？我前面送来的包子？"

洪小军抬头看天花板。那里吊着两个篮子。还有几包东西，一捆细铁丝扎的，看得出来是干茅草根、笋干之类的干货。两个篮子中的一个，有点干净，像是食品篮。我估计包子在那里面。我奶奶怕东西坏，要不吊起来通风，要不浸井水里降温，那时，生活老练的人，都这样存放东西。

"包子在上面？"

洪小军点头。过去的房顶高，我个子小，站在凳子上，还差得很远，即使踮脚触到了篮子底，也无法让篮子脱钩。我搬了个木凳子，跟洪小军说：“上去拿。”洪小军猛烈摇头。不知道他是不敢爬，还是害怕大人骂。我执意要他上去，他扯着嘴，又想哭了。我只好不再推他。这样看来，包子还在，我妈妈再抽我的可能性倒是变小了。

我坐在洪小军对面，手支着脑袋等他爸爸。我们之间隔着饭桌。他又开始兴致勃勃地喝汤，鼻涕也探头探脑地想喝汤。

我说：“你爸爸什么时候回来？”

洪小军这下没有再哭，而是笑了一下，笑得黄绿色鼻涕在鼻孔那里吹出一个泡。我掉开头，不看他，抬头盯着那个高高在上的吊竹篮。老洪叔叔到底去哪里了呢，洪小华又疯到哪里去了呢，她在就好了。不过，她可能更不让我把包子拿回家。这个事情只有大人才能决定，搞不好以后两家就断交了。我在他家痛苦地转悠。最后趴在他们家饭桌上，唉，我真是愁肠百结，怎么说，隋满芬都是一个太奇怪的女人。

——我为什么偏偏就听错了呢！

洪小军家的灶间，有个劈柴墩，旁边是劈了一半的柴火。想了想，也是百无聊赖，我站起来劈柴玩。斧头很锋利，可是我瞄不准，总是劈歪。劈了十多块以后，我有了感觉。人小力气差一点，每一块大柴火，我都要劈它三四下。很快我就汗如雨下了。这时，有一个好念头出现了：假如，我劈一半的时候，老洪叔叔进来，看到我劈的小山一样的柴火，会不会一感动，就不太介意我把包子拿回去了？这么一想，我豁然开朗，学着大人，往手心里狠狠吐一口唾沫，手里的斧子大起大落地大干起来。那个时候毕竟小，我不知道我在拼命履行我小小的补偿愿望。

呆子爬下饭桌，忽然过来把手臂伸进斧头区。吓得我一收手，差点跌倒。呆子说：“不劈。做钓鱼线。”

我不明白洪小军这白痴在说什么，但是，我很耐心地听，我今天绝不得罪他，绝不伤害他。我要让他高高兴兴的。我让他再说。他说：“毛毛虫。我要钓鱼。”

我还是不明白。呆子用手臂横擦了一下探出鼻孔的鼻涕，我恼恨地扭开脸，说：“你到底要干什么呢？”

洪小军指着我的短裤：“不然，游泳。”

这个我懂。我们城墙下就是护城河，大院的孩子夏天都会下水。我们偷过学校很多新红领巾，我偷偷用我妈妈的蝴蝶牌缝纫机，给大家做了好多条红色的游泳裤。一时之间，护城河里兜着红屁股游泳的，都是我们的人。虽然十多岁，我的手艺相当好。很多孩子的父母，都不相信那是我的作品。洪小军向我要过红领巾游泳裤，我根本不理睬这个呆子；他妈妈也向我要过，我推说他屁股太大，一溜烟跑了。没想到这个呆子，居然还记得这件事。

我又比又画地跟他耐心说，一是，他是大人的屁股，兜不住；二呢，我现在没有多余的红领巾。以后，等他积了四条，我再想想怎么帮他做。呆子听了严肃点头。可是转身他又说：“游泳。”

我发现我劈过柴的手心火辣辣的，拿起细看，红色手心里起了好几个水泡。抬头，我眼巴巴地久久地看着吊篮。我又搬过一把大椅子，哄洪小军站上去，我说，看他能不能够着吊篮。呆子一下就识破了我的用心。他说：“毛毛虫，钓鱼呀。”他竟然拉我出门，要走。

我不走。洪小军兴奋地比画着，忽然我明白了。太恶心了！我知道他要干什么，我看过有大人这样干过，把食指肥的毛毛虫剖开，从里面抽出棉线一样的肠子，可能有一两米，白白的，晒干后，大人说是用那个做的钓鱼线，特别好，在水里没有影子，鱼就会上钩。

大人蹲在地上搞这个名堂的时候，我都远远走开。其实，我一想到他们用电工刀，划破毛毛虫肥软肚皮的时候，我就胃部痉挛欲呕。洪小军把他的大手坚定地搭在我肩上，说：“毛毛虫。钓鱼。”

我不想离开我的包子。我不能够去找毛毛虫，更不能够给毛毛虫开膛取肠。我像傻瓜一样，扒着门框和洪小军角力。那呆子力大无穷，差不多要把我抱起来。我说：“你帮我把包子取下来，我给你一条红领巾游泳裤。”

洪小军说：“钓鱼。毛毛虫！”

“你不要红领巾游泳裤了吗？”

呆子说：“毛毛虫！钓鱼！”

他兴奋得呼呼笑。我说：“好吧，我们走。你敢不敢拿？”

洪小军凝重点头。我说：“我们拿一条到你家门口，再破肚子取线，好不好？”

呆子点头。我们就出门了。昨夜大雨，大树底下要找几条肥腻的“绿指头”，不是问题，问题是我对我自己毫无信心。我不想叫我的手下来干，我甚至不希望在路上遇见他们，否则我都无法向老洪叔叔开口要回包子。因为我觉得我妈妈的吓人想法绝对是丑闻，是一件极其丢脸的糗事。

在灯光球场上，有一些绿毛毛虫的肥硕尸体，不知是车压还是人踩的，内脏绿绿白白的一大堆。身子却干瘪像层绿皮。我和呆子走到球场边的草地上，“哔就”，呆子的大脚下就响了一声，我跳起来，呆子也笨重地跳起来，妈的，原来他也怕得要命。我跳起来的时候，就发现雷公草丛里，卧着好多条绿色的大毛毛虫。我浑身的毛孔立正一样，唰地全部奓起来。我克制不住地颤抖。后来我一直不能吃海参，我觉得满地那些比指头还要肥长的、毛刺刺的毛毛虫，晒干泡水就是海参的样子。

就像在雷区一样，我不敢再迈步。我对洪小军喊："你快拿一条啊！"

呆子扭着嘴巴，直瞪瞪地看我，又绝望地看看毛毛虫。

我说："你快拿呀，我们去你家取肠子！"

呆子想哭了。难怪他要我干这事！我已经胃部痉挛要吐了，可是，我害怕洪小军哭，他哭起来，声音很大，而且像刮大风那样呜呜得令人发慌。我只好就地捡了根细树枝，折成筷子。颤抖中，我左看右看，选了一条我确定死掉的。夹起来的时候，它软软的，没有动，可是，我的手在抖，腮帮子一阵酸水涌涨，我哇地吐了一口。

我一路抖抖擞擞的把那条毛毛虫弄到了洪小军家门口。我们俩蹲在台阶下。洪小军不知为什么，一定要我进厨房开膛取肠。可能是怕别人觊觎他的宝贝。我的胃部在强烈痉挛，这么近距离、这么长时间地和毛毛虫在一起，我几乎崩溃。我也一阵阵想哭，我恨我妈妈，恨到极点。我不知道如何开刀弄出虫肠，更主要的是，我一直在颤抖。我估计我没有办法拿起刀子。傻瓜往我手里塞了一把很长的西瓜刀。

这个时候，厨房门口进来的光线暗了一下，有人进门了，是洪小军妈妈。紧跟着，我的耳朵响起厉声刺耳的尖叫。是他妈妈对刀，对刀边的我和他傻子儿子的猜疑，起了剧烈的反应。

我迫不及待地说："包子！我家的包子我送错了。"

洪小军妈妈看着我。我抬头看他们家吊篮，我说："我妈妈要我拿回去。"

洪小军的妈妈，眼珠子真的从眼眶里掉了出来。我当时就那个感觉。洪小军的妈妈根本不相信我说的话，我也知道我的话，大概超越了人类想象的极限。她可能觉得我领着呆子在干恶心邪恶的坏事，或者正欺负她儿子。看出这一点，我语无伦次，我说："真的，妈妈要我把包子拿回去。我前面送来四个。”

洪小军的妈妈盯着我，努力消化我的话。她艰难地说：“没有了，吃掉了。”

我一下就抬头看头顶上的吊篮。我不能理解和相信她的话，但是，我觉得够了，可以结束了，这个白日噩梦。我转身飞也似的逃出她家。

我听到后面又是凄厉尖叫，应该还是呆子妈妈。也许她又看到我们扔在地上的绿肥食指毛毛虫，也许想到其他什么要命的东西。

那天晚上，我肯定是挨了打。但是我已经忘了打得有多壮烈。我只记得我大妹妹为了拯救我，自告奋勇、前仆后继地说，她再去讨包子，因为她相信包子还在吊篮上面。我爸爸尖叫着制止了她。后来我听说，那天，老洪叔叔之所以不在家，是他妈妈，也就是洪小军奶奶，在医院抢救，什么病不知道，反正他奶奶那天没有抢救过来，就死了。

慢慢地，我和我的妹妹们都长大了。我大妹妹有一次被误诊乳房癌又“平反”之后，在医院住院部惨淡的阳光中对我说：“怎么会乳房癌呢，应该是皮肤癌才对，因为我在梦里老是觉得自己皮肤下面，爬满了毛毛虫，每次在梦里噼里啪啦地自己扑打把自己打醒了。”

奇怪的是，我妈妈隋满芬根本不记得我们小时候大院里的毛毛虫。她说：“哪棵树下有毛毛虫啊！”我说：“那种像食指一样粗大的绿色毛毛虫，你不记得了吗？”她说：“有啊，但不是在我们大院。我在外面送信时看到过。很恶心。”

我妈妈更矢口否认她让我去别人家讨回包子一事。她说荒唐！因为她遗忘，我就努力帮她回忆。她很厌烦。有一次，我们再次就此争辩，她气得笑起来，笑得很哀伤，她对客人说：“小孩子的记忆，真是千奇百怪！”客人说：“是啊，要不怎么说小孩子可爱呢，他们是最有想象力的。”客人笑着看我，“现在让你想象也想象不出来了吧？”

我说：“我不是想象，是真的。”

我奶奶和父亲都死了，我小妹妹从来都两眼茫然说不记得了，大妹妹呢，每次都表情复杂，你根本看不出她是同情我还是同情我妈妈。那次，她死里逃生在惨淡的阳光里说到毛毛虫，我说：“小时候妈妈逼我去老洪叔叔家讨回包子的事，你真不记得了？”

“好像……有这回事吧……”大妹妹说，“可是，妈妈说没有，我觉得也对，怎么可能呢。也许，你把小时候的一个梦当成真的记忆下来了。”大妹妹说，“说真的，你小时候干的坏事实在太多了……要我们每件事都记住，是不可能的。”

寡妇的舞步

一

一盘手撕鸡，撒的是白芝麻；一盘老虎菜，撒的是黑芝麻。老虎菜里面的芫荽、尖椒、嫩刺黄瓜被麻油拌得鲜绿诱人。清锐的香气，几次挑破了厨房里弥漫的、煲了一下午的红萝卜牛蒡龙骨汤的醇厚；一条石斑鱼，已经用盐、香叶、海南花椒、料酒腌好。过丽蒸鱼是“一手鲜”。她蒸的鱼，起锅时，肉质在透明与不透明之间，极其鲜嫩幼滑，筷子重了都夹不起，而鲜味却深入骨髓。一瓶诺曼公爵梅洛红葡萄酒法国卡斯特罗红酒。柜子里还有一瓶她自己喝剩的，但她想还是拿瓶新的好。

餐桌布也是换过的，是一个朋友从日本带来的。白色的，有几条斜拉的淡咖色粗条，它看上去是钩针钩织的，白色细微的棉线圈清晰可见，但实际却是柔软的橡胶布。其实搬进这个新家，不过半年多，原来的餐桌布也是新的，黄绿格子图案。那是和平选的。过丽一直不喜欢它牛排馆餐桌的样子。和平死了后，她想过换掉，但拖着。当司马说要过来时，过丽就马上去柜子里找那块日本餐布了。

鱼要等司马进门再下锅。趁热吃口感才是最好的。过丽划开了一刀鱼肉最厚的部位。她拍了拍鱼。等司马一按门铃就开火。水开后，保持大火，七分钟就起锅。这个火候非常重要。

猫咪牡丹闻到鱼的腥味，跃上微波炉，盯着鱼看。过丽把它赶开。

更新的东西很多。沙发。这个也不算更新，但她把原来铺盖的沙发巾收卷起来了，露出了沙发本身漂亮的驼色。最彻底的更新是她的内衣。她一下子买了两套。一套黑色，一套粉紫色。黑色的是半罩杯的，能露出小半个乳房，它的蕾丝肩带也非常性感；粉紫色的杯罩是集中型的，能突显乳沟的丰美吧。但她有点犹豫，因为它配的内裤，其实就是丁字裤。有一次和平看一本周刊，兀自哈哈大笑，见过丽没有问他笑什么，便自己说了，他说，过去的内裤和现在的内裤差别在哪里你知道吗？一个是扒开裤子见屁股，一个是扒开屁股见裤子。过丽也呵呵笑了。笑了就过了，过丽压根不会想到有一天，她会买这种裤子穿；和平也没有激情地说，喂，你买条看看怎么样？这就是十年夫妇日益寡淡的情趣。但是，现在，过丽在和平死后三个月，买了这丁字裤。她心里并不承认是为司马买的，她和他没到那个地步；她也觉得并非抵不住黛安芬内衣店小妹的浮夸："哇，这么翘的臀部，这你不穿真太可惜了！"她犹疑地摸着自己正在松弛的屁股。她不过是个体重开始超标的普通女人。但是那天，她终于还是买了。一套黑色，一套粉紫，一下子两套性感内衣。

大雨欲下未下，天很闷热。这天开空调又太冷。她把风扇开到二档。一只苍蝇没头没脑地进了屋子，到处嗡吱吱地打旋。过丽追逐扑打了一下，便为它开了纱窗，可它就不懂得飞出去。过丽到阳台看看渐渐转黑的天空，她觉得天上积累了一场浩大的雨，迟早会下的。那时候，就凉快了。洗鱼的时候，她看过一眼天空，黑云压城的样子，没有一丝风。她还想司马的飞机会不会因暴雨延误，但是，马上她就想，云层上面从来都是晴空万里。应该没事。按正常时间，飞机应该落地了。司马的来访，已经显得越来越重大了。这个事实，过丽心里并不承认。可是，她不由老是看时间。再有个四十分钟，最多七点半，司马应该就进来了。

猫咪牡丹又蹿上灶台，对着那条石斑鱼勾头探看。它似乎对生鱼上涂抹的极其奇怪的调味品没有把握。过丽从阳台回头一见牡丹，跺脚尖叫。牡丹喵地逃跑。

过丽把鱼放进蒸锅。她闻了闻自己胳肢窝，又抖抖头发，决定利用这个空当洗浴一把。

二

房间里已经没有太多和平的痕迹，虽然这个新房子是他一手装修的。从设计草图开始。和平觉得自己很有美学修养，所以，关于房子的设计与装修，他的态度是当仁不让的强硬。只有窗帘和灯具，是过丽说了算，代价是吵了三架。过丽觉得和平这个男人，一辈子都很自负，其实本事一般。年轻的时候，过丽因为他用一支铅笔，三下五除二就把她活灵活现地画了出来而暗暗崇拜。女伴们都很惊羡，也要和平画。但和平最喜欢画过丽。画到三十张，或者更少一点，过丽就嫁给了他。那时候，她觉得自己是嫁给了一个玉树临风的艺术家。等一起过日子久了，过丽就感觉，和平不过就是个稀松平常的普通爱好者，自他在单位努力竞聘副科长起，画笔早不知扔到哪里去了。过丽有时觉得自己是嫁给了一个幼稚的梦想。有一次，她看到和平和水电装修工争吵，看他瘦骨伶仃，全身只剩下两颗大门牙还保持着年轻时的宽大，忽然就感到女伴们说的玉树临风，实际上是不负责任的客气话。看和平吵架的样子，过丽觉得他就是个玉兔干。

和平不该在装修完住进新房不久就死去。别说普通夫妇，就是如胶似漆的伉俪，也难免在装修中有意见对抗；何况和平过丽是一对比较一般的夫妇。所以，双方吵吵闹闹地熬过装修期，心都疲沓得还没恢复弹性，他就发病了。再把全家人累了一遍，他就死了。这个结尾，真的收得很不讲究。过丽有时怀疑，他们之间到底有没有过爱情。每次人家说，婚姻是爱情的坟墓，过丽就很深沉地用眼神追认。有时，过丽会举例控诉说，“那次我把中长发剪短，三天了，和平都没有发现”；过丽经常觉得，和平对猫咪牡丹比她更细心。

牡丹是和平姐姐邻居家的猫生的。和平从小喜欢猫，姐姐为邻居分忧解愁，说：“反正你们没有小孩，不如就养只猫咪。我去她家选只最漂亮的给你！”

猫咪果然漂亮。深灰、浅灰、米色、蛋黄，杂糅得像朵花。和平就叫它牡丹了。牡丹也最喜欢腻在和平身边，冬天依偎在和平膝头，夏天，两只前爪在和平瘦巴巴的软肚子上按摩；和平死于急性白血病。和平姐姐认为和平是累死的，言下之意有批评过丽的意思。过丽换了个机会告诉大姑子，和平那种自以为是、事必躬亲的人，谁也帮不上。除非你想吵架。大姑子有一次来，质问过丽：“你为什么把和平的照片收了？”

过丽说：“来打扫卫生的钟点工说害怕，我就收了。”

姑子说：“他是主人，有什么可怕呢？”

过丽说：“她说，不管清扫哪个房间，照片上的眼睛都盯着人看。她说要是老人她才不怕。可是那么年轻，一张大遗照……”

“你听一个钟点工的啊！”大姑子说，“和平为这个房子累到死。享受没有，放张照片也不过分啊。”

过丽说：“不是摆了好几幅他的画吗？”

大姑子走过去，一一拿起和平镜框大的素描，看着看着，眼泪掉在柜子上。一阵感伤强烈袭来，过丽也快哭了。她走过去，把手搭在姑子肩上。两人就一起吸溜吸溜地哭了起来。柜子的第一格抽屉里，和平带镜框的遗照反扣在里面。照片上，深色的西服领，衬衫雪白，眼镜使瘦削的脸形很秀气、很庄重，两颗兔子一样的大门牙，被闭拢的嘴巴包藏住了。

两个女人哭完，相持回到沙发上，泪眼婆娑地互相看了好一会儿，也没有什么话说，便互相把眼睛转开。过丽悲伤的泪水、红肿的鼻尖，让大姑子得到很多宽慰。大姑子说，是和平没有福气啊。

三

司马和过丽之间确实没有什么事，只有一次，酒后的司马，在酒店卫生间把过丽扑住强吻了一把。之后过丽独自漱口漱了好一会儿，还是觉得有乱七八糟的异味，隔天还觉得舌根酸痛。这事，她没有告诉和平。她只是在想，他是真醉还是假醉？

但司马是暧昧的。这种暧昧，扑朔迷离。

司马比和平大了六七岁，两人是一个院子长大的孩子。在这个城市的老乡会上，和平带过丽认识了司马。过丽一眼认出这个意气风发的大肚子男人，是她大学时和外校联谊时遇上的一个舞伴。过丽认出他，不是因为当年他特别高大，不是因为他自我介绍时比较少见的复姓，也不是他右手拇指有奇怪的弯曲，而是他的舞步。那时，过丽在学校疯狂跳舞，舞伴如林。直到司马出现，她才诧异地发现，原来这个世界上，会有一个人的舞步，会和你的步伐协调到有如一人，简直不分你我，只有阴阳合一。她裙角飘舞，感觉自己像浪花一样起伏飞旋，而他就像每一朵浪花的花托，移步换形贴切至极，她的力量被他同步转递，他们的步幅、节奏、身体的韵律，协调如双翼天使。她简直诧异自己在一个陌生怀抱里获得的妙不可言的无界恣肆。每一次曲终道别，他都会在她掌心，不动声色地抠划一下。就那个不像大拇指的大拇指，有点暧昧，有点肮脏猥琐。但因为他的舞姿，她更喜欢把它理解成特别的记号。

司马却不记得她了。她想，他也许和所有的舞伴都非常和谐，所以，他不可能知道，有一个舞伴把他的舞步铭记在唯一的位置上。

后来这个两房两厅是司马帮助和平过丽买的。当时，这个地处湖畔的楼盘还没有开盘，就被购房者登记爆棚了。后来，开发商开始拒绝登记。说是已经是十七比一，即十七个人登记，只有一个人能买到房子。在这样紧俏的情况下，和平过丽迷上这个临湖楼盘，和平便求助有权势的司马。司马说他试试看。之后，司马给过丽发了两条短信：你真想要这房子？第二个短信是，你真的要？

房子买成了。和平因为司马够朋友而踌躇满志。夫妻俩买了东西去谢司马。司马不收，反而送了他们很多东西。一年后交房开始设计装修，司马又让一个建材批发商，照顾了和平夫妇许多优惠材料。司马从来不发黄段子，短信也不密集，而且极短，比如：还好吗？或者：

最近别吃贝类。或者，今天我生日。

装修后期，司马去外地学习半年。所以，和平暴病身亡，司马还在北京。他让妻子送来了慰问金。那个时候，司马的短信稍微多了一点。在过丽生日那天，司马来了一条短信，比平时多了几个字：那天大醉，但我记得，你让我吻了你。

这就是最露骨的挑逗了。再就是几通电话。最后这个电话司马说，学期结束。他会提前一天回来，来看看朋友的新居。最后一天，过丽才知道，司马其实就是背着家人提早飞回，偷偷来她这儿一趟。

从浴室出来，过丽穿的是黑色性感的新内衣。外面是居家大衬衫、休闲短裤。在梳妆台，她犹豫了一下，还是放弃了香水。吹理头发的时候，电话响了。她心口猛然空了一下，头皮都紧了。接起来，里面有人在喊：“老板！——你们不要加辣椒！”

过丽把电话按掉。看时间，客人应该要进门了。她去灶台把蒸锅下的火打着，想想，又关断。她打航空问讯电话。她要掌握准确时间。你要吃到嘴鲜美可口的蒸鱼，就必须研究鱼的品种、鱼肉的质地、肉质的厚度，甚至死亡时间。即杀即蒸的效果，和死亡两小时以上的鱼一样，口感都不好。过丽在打电话的时候，忽然发现猫咪牡丹坐在电脑桌那里，仰头在盯视空中的什么，就像发现了苍蝇。牡丹喜欢抓捕苍蝇。它经常像人一样，直立身子，两爪合拍，扑击苍蝇。但是，现在，空中什么也没有。空无一物。所以，她在等候问讯处答复的时候，也盯着牡丹。这时，她发现，牡丹盯视的目标是移动的，它盯着过丽看不见的目标，聚精会神地转动着眼球。过丽忍不住叫了一声牡丹，牡丹嗽地跳下桌子，仿佛压根没有专注过什么。牡丹若无其事地向过丽走来，然后，跳上沙发，又用前爪搭在她胸口，慵懒地拉伸自己斑斓的身子。

过丽呆了一下。猫咪古怪的眼神让她有点张皇，虽然极其轻微，但心里还是空了一下。飞机没有误点。也就是说，客人司马随时要进门了。

四

客人司马似乎没有做好准备，他进门的动作，是笨拙别扭的，玄关一过，不知怎么的，自己磕绊了自己一下，他倒是利索地扶住了鞋柜顶。但这动静，让宾主都有点尴尬，客人穿着北方的两用衫，离开南方半年，他完全忘了这里还是燠热夏天；正在变稀疏的头发肯定不久前在洗手台抹过水，一副不自然的整齐。第一秒钟的问候，就让过丽滋生了一点幽微的、她自己也不愿承认的轻蔑和厌倦的感觉。

随司马进屋的，除中型拉杆箱和电脑包外，还有一束鲜花，一大束美丽而普通的鲜花。刚才磕绊的时候，司马手里的花束就自然地、像摔也像放，就磕到了鞋柜顶上，一个射灯照在它上面，很醒目。司马笑着说："祝贺乔迁之喜！"过丽感到不自在。她完全想不到这一节。客人司马也感觉到什么不对劲，他很快明白了，不该送花的。相会的激情，竟然让他昏了头，忘记了这屋子里暴病而亡的男主人。

他咳嗽了一声，又假装很严重地咳嗽了几声。

过丽笑说："你洗洗手啊，我蒸鱼。七分钟就好了！"

过丽在厨房，调整出非常关心的语气，说："北方很冷了吧，看你好像感冒了。是着凉了吗？"

司马在洗手台，又庄重地清了清嗓子，说："啊，没事。喉咙忽然痒了。”司马走出来，自己抽了餐桌上的纸巾，款款擦拭湿手。他的情绪越来越稳重自然，他说，“来，带我看看你的新家吧。”

过丽在厨房轻笑，那种咕咕咕的笑声，好像鸽子飞过。和平要是活着，就会听出这是过丽很不自然的、殷勤而谦虚的笑声。她说：“一般般了，我已经过了刚搬进来的新鲜劲啦！”她走了出来，边摘掉围裙。

她款款走在司马前面，一一把房间里的灯打开，一边手势优雅地介绍房子的情况。到书房，发现猫咪牡丹坐在一个新疆小姑娘的画框边。这是和平比较得意的作品。司马过去的时候，牡丹兀自跳下走了。司马拿起小画框，看了看，似乎有点感伤。他说：“小时候，和平喜欢跟我们大孩子玩，可是，大家都不喜欢小屁孩。他就远远地跟着。他爱流鼻涕，爱画画。在操场上，他吸着鼻涕，随手就能画一幅画。在报刊窗下的水泥地上，画过一个蒸年糕的人，我不许大家擦掉它。你看，这都几十年过去了。人生祸福无常，谁能想到最小的人，走得比谁都快……”

司马突然说，“你没有摆他照片？本来以为可以祭拜一下……”

过丽感到难堪，而且她看到司马虽然这么问，眼神却是我知道我明白了的样子，好像是他理解她为了他的苦心。她脱口而出，说：“不是的不是的，是家里的钟点工，她害怕……所以。你等等。”

过丽拉开抽屉，把反扣在里面的和平遗像框拿出来，把他竖靠在墙上。两人看着和平遗像，又互相看着。过丽对着和平遗像框说：“和平，司马先生来看你了！他刚刚学习回来。”

司马双手合十，冲着和平遗像框鞠躬，说：“放心吧小兄弟，和过去一样，只要你家人需要，只要我能做到，我都会帮忙的。”

这是一个计划外、突然横生的情节。宾主双方都陷入了一种古怪的凝重状态。两人往书房外撤退的时候，司马说："唔，你还是把他的照片收起来吧，免得钟点工来了不安。"

过丽转身，又把和平的遗照反扣进了抽屉里，关上抽屉。

吃饭的时候，司马把黑色的两用衫脱了，露出里面的米色翻领 T 恤，T 恤有点紧，凸现了司马的发福肚子，但是，他的脸色随之柔和了一些。过丽看他吃得热了，说："要不要开下空调？"司马说："不用不用，有风扇就行了。"过丽便把风扇挪得靠近餐桌。

司马又喝了半碗汤，连说"好，好汤"。对刚出锅的清蒸石斑鱼，司马一沾筷子，就看了过丽一眼。他赞不绝口。看得出他是真的爱吃鱼，也会吃鱼，连鱼刺摆放都有条理。这样精致考究的吃法，本身就是最内行的礼赞。过丽非常享受，直到看到他拿筷子那个细而弯曲的大拇指，她走了一下神，想起那些尘烟里的舞步。

司马也很敏感。他拿筷子的手，轻微地停顿了一下，他说："这儿原有六个指头。后来手术劈掉了一个。"

过丽很惊奇地："噢？这里吗？你不说我还真看不出。天生的啊？"

司马说："一出生就有啊。但是我爷爷奶奶都不同意做手术，认为去掉不吉利。所以，拖到一年级才去做，在我爷爷去世之后。那时，已经晚了，医生说，这种手术必须两岁前做。所以，这个指头发育很差，很难看。细得不像个大拇指。"

"我觉得还好啊。不注意根本看不出来的。"过丽说。

"看得出来。它又细又歪。"司马说，"小时候，因为六指，我被小孩子欺负嘲笑得很厉害。六七岁去劈指，手术很痛的，但我忍得住。多余指头去掉后，我把那些嘲笑欺负我的人，寻机打了个遍。和平没有告诉你吗？"

过丽说："只记得他说你小时候是孩子王。"

“报仇，打出来的。”

两人很雅致地频频举杯。小口小口地抿。高脚酒杯不断地、轻微地玎玲一响，氛围渐渐有了点抒情的意思。过丽说：“听说你大学时，国标跳得获过大学生什么奖。”

司马一下子端起了肩膀，梗直了脖子。那是一个进入舞池的男士标准上半身。

电风扇突然发出异常的动静，好像是什么东西阻滞了风叶。司马看了一眼风扇，风扇上什么异物也没有。司马接着刚才的话题，笑了笑，表情很谦逊，说：“年轻的时候，做什么都有激情啊。”

风扇异常呼呼了十几秒钟就过去了。过丽也听到风扇的异常，但她的心思在那个尘烟深处的舞步上。过丽说：“你是固定舞伴吗——获奖的时候？”

“比赛那个？她还不错。不过，我能带各种女孩。包括第一次下舞池的‘水桶’。”

这个回答，过丽几乎有点懊恼。这个对话再次证明，司马确实忘记了那个联谊的嘈杂舞会，他完全不记得曾经和一个女孩天衣无缝地起舞。过丽感到沉闷和沮丧。之前，她模模糊糊地以为，司马对他们夫妇，尤其是对她的好，多少和那个绝配的舞步有关。那个舞会，他两次在她手心不动声色地抠划，这应该是一个特殊的记号。可是现在，看起来不是这样。不知为什么，这个已经确凿的遗忘，她就是不愿意说出来挑明。也许说出来，司马就能恍然大悟，大家笑一笑更贴心，她也曾想用无所谓的口气调侃一下的，比如——嗨，我也和你跳过舞啊！我们当时风靡全场啊，可从来没有一个先生把我带到那个境界呢。——可是，她就是说不出。

两人又举杯。司马一口气干了，示意过丽也干掉。过丽有点沮丧地推诿，司马站起来，看那个姿势是要过来灌酒，也许是抚慰、呵护，或许是别的什么举动，反正他冲着过丽站起来了。就这个时候，书房里一声响动，啪的一声，非常突然，简直惊心，宾主一起往书房里看，猫咪牡丹安静地坐在书房和平刚才放遗照的位置。而旁边的一帧和平的画框子，已经高高摔在了地上。

应该是猫咪牡丹把它拨了下去。

过丽起身而去。猫咪端坐着，黑豆大的瞳孔外圈，灰绿色的虹膜云母般变幻，它眯缝着又睁大，看上去是迎接了过丽的走近，但又穿越了过丽。她盯着那对眼珠子，忽然感到空虚莫测，那目光，像是看到了人间以外。过丽打了个寒战，挥手把牡丹赶下了台。牡丹喵的一声，突地下地而去。

司马沉默了很久。他的表情平静，但一言不发。

五

回到餐桌，过丽也沉默了一会儿，但她很快意识到，没有人说话是不礼貌的。于是，她询问了司马关于北京、关于学习班的事。她举杯相邀。

两人再次举杯。司马说了一些学习班里的事。司马还给过丽看了自己手机里的两个政治段子。过丽笑着说："这么好玩！你怎么不转发给我呢？"司马说："乱七八糟的段子太多了，哪里看得过来。"过丽由衷地说："当领导就是好啊。"

两人都学聪明了，有些煞风景的敏感话题，都默契地避开了。在双方的默契和酒精的作用下，屋子的祥和浪漫氛围，一点一点又建立起来了，就像两个孩子，小心翼翼地搭高了积木。

司马的一支筷子被碰下桌，两人同时弯腰。

过丽说："我来我来！"捡筷子的时候，过丽在自己的脑海里，清晰地看到自己的半罩杯的黑色乳房。这个姿势弯腰，大衬衫的领口，当然是一望到底的。她却没有马上站起来，她保持着这个姿势，仿佛突然想起似的抬脸问，"对了，我腌的洋葱也很开胃，要不要我去冰箱给你拿点？"

司马说："唔，洋葱好，降血脂……"

电风扇再次发出异响，就像有布片被吸到了叶片罩上。很快地，它又消失了。司马和过丽都看着风扇，过丽站了起来。看了一会儿风扇，她进厨房给司马换了一双筷子。出来的时候，猫咪牡丹已经自己跳上一把空椅子，也是端坐着。这椅子在过丽身边。

过丽也坐了下来，又为司马斟酒。司马说："咦，你洋葱呢？"

"噢！真是！真是的！我的脑子有点乱！"过丽跳起来，牡丹以为她的剧烈动作是要驱赶它，所以，立刻避身要跳，司马连忙安抚它，想摸它的头，牡丹毫不客气地回咬他，司马吓得缩回手，手上还是挨了一下。过丽说，"啊！咬到了?！该死的！"

司马呵呵笑，说："没事没事。划了一下。我小时候养过猫。"

过丽拿了一碟腌制的洋葱，刚端上餐桌，电话就响了。手机还在充电座上。过丽走过去看到是大姑子的来电，心情有点暗淡。她说："喂，你好啊。"

大姑子说："老付明天飞兰州开会，东西都收拾好了，刚刚电视预报说，冷空气来啦。要降十多度，我得给他再塞件滑雪衫！你大拉杆箱要借我。"

“什么？这才几月啊？夸张了吧。”

“他问那边的人了，他们已经穿薄毛衣了。再降十度，我们南方人肯定受不了！”

“大拉杆箱……我可能要找找呢，现在这家里，东西乱得……”

“我知道，就在储藏间那个高柜子下面。”

“老付明天几点的飞机？要不我明天给你送过去，现在我不在家。”

“那你几点回来？现在快九点半了呀！刚才下过好大的雨，你在外面干什么？急事吗？”

过丽脸越来越长了，她说：“几个同学聚聚呢。回去早的话，我联系你。没事的，你放心好了。明天一定给你。”

“你在哪里？”

“哎呀，我回去找找啦，尽量不耽误老付的事啦。”

“那……”

过丽说：“好啦，别担心，我快没电了呀。挂了！”

过丽放好电话，看到司马和牡丹似乎讲和了，牡丹又坐到空椅子上，它和过丽坐餐桌一边。司马在对面，但司马开始给牡丹喂鱼骨头。

见过丽回坐，并没有提电话的事，司马说：“是有事吗？”

“没什么事，”过丽说，“有人要借我箱子，叽叽歪歪的，真是心血来潮。”

“你跟他说你不在家？”

“很烦她。一个包装不下，就两个包好啦。箱子有什么好借的。真是。什么人什么德行都有，她就是有事没事爱来我家，检查团一样……”

电风扇再次发出被什么东西遮挡的呼呼声。这回，宾主两人都一起看着它，没有说话。风扇在转动，看上去很正常，那上面没有任何遮挡物。但是，它确实发出了被什么东西挡住的呼呼声。司马说：“风扇电机可能有点问题。关了吧，你还热吗？”

过丽摇头：“不，一点也不。你不热就关了好了。”

司马伸手把风扇关了，但他起身去开窗。黑色而清凉的风，一下灌进了屋子。过丽说：“刚才下过大雨了。我们都不知道。这鬼天，憋了一个下午。早就该下了。”

司马说：“外面空气很好。”

过丽说：“小时候，一停电我们都很害怕。我也害怕白白的蜡烛，死了人似的。我爸爸就会划火柴，划一下亮一下，再划一根，再亮一下。我爸爸说，主要不是要亮，是硫黄的味道可以——”

过丽突然闭口，她停住不说了。她心里无比后悔，后悔到恨自己，怎么能在这个时候想起这么个话头。她假装去厨房里拿东西，离开了餐桌。

“可以什么？”司马在外面问。

过丽假装没有听到。司马说：“你是去找火柴吗？我身上有。我们住的酒店，都有这种红头火柴。我有带。”

“不要不要”，过丽否认着走了出来。而桌上，已经有一盒银色的、精致的酒店小火柴盒。司马拿着一根红头长棒火柴，准备划。他笑着说：“可以什么？说出来听听。”

“没什么，说出来很无聊了。”

司马笑．“别卖关子。”

“就是那个硫黄味道好，我爸他们老家人迷信，说是鬼怕硫黄的味道……”

司马哈哈大笑，笑得爽朗却掩饰不住的突兀。这样的笑，并没有宽解未亡人的心，反而让过丽感到莫名的不安。司马说：“是你爸爸舍不得把火柴划光啊。”过丽目光怔怔的，在走神，司马说：“喂，喂？

再给我点醋吧？”

过丽赶紧起身去厨房。司马说：“怎么像被点了穴道，跟你说话都听不见了。”

“唔，”过丽说，“我在注意外面是不是又下雨了，刚才……”

司马已经没有在听过丽说话，他的注意力被牡丹奇怪的表情吸引过去。正如之前过丽注意到的那样，猫咪牡丹全神贯注地盯视空中的一个点，它的瞳孔在集中和扩大变化中，那个点，却空无一物。司马什么也看不到，可是，他能从牡丹的眼睛里，看到它确实的存在，而且在移动，不断变换位置。牡丹有时整个脑袋都因此移偏了，但始终，它目光炯炯，里面的云母绿，色泽闪动翻转，那里面渺远虚空，深邃无际。司马这个肥壮的大男人，看得心里有一丝丝发凉，他想伸手揽猫，但又不敢伸手摸猫。牡丹的耳朵，因为目标的移动，因为极其专注，两只耳朵有时拧得像尖锐的红缨枪。也许，它们在变成异度时空的雷达天线。

过丽也注意到了异样，司马的，牡丹的。他和它，显然都不明显地屏住了呼吸。猫咪牡丹已经成为屋子的中心，它就像这个屋子里唯一的眼睛，一个清醒者，一个黑暗中的船长。过丽突然愤怒了，她“哇——”的一声，辅之以猛烈驱赶的手势，把牡丹从椅子上撵了下来。

“挺乖的猫，喂它鱼都不吃。”司马的声音也变得古怪生涩，他自己也觉察到不自然，便又咳嗽了两声。

“我还是更喜欢狗。你看猫的眼睛，就亲不起来。那里面一点感情都没有，深井一样，看不到底。我不知道和平为什么喜欢猫。”

又说到和平了。两人似乎都意识到有什么不妥当之处，因此，一起静默了半分钟。猫咪的眼神也恢复正常，它无所事事地在地上弓起自己的身子，然后在门边司马的旅行箱上磨爪子。“刮刮刮”的很响。过丽连忙过去驱赶。司马说：“在我们老家，说如果狗一窝六只，必定有一只是猎狗；如果一窝八只，必定有一只狗是阴阳眼——它能看到——”

玄关那边，有声音在响。是有人在开门，里面能清晰地听到钥匙串碰到防盗门金属的嘎哒嘎哒的响声。

司马和过丽都怔住了。只有牡丹若无其事。

过丽死死盯着门，一只手不由得去摸司马的手。司马也握住了她的手。

门开了。开得很有力。

和平姐姐站在门口。

看到里面的人，大姑子的脸，一下子暴红。她比他们更加惊讶，随即，愤怒，让她的脸形都改变了。

过丽放开司马的手，跳了起来：“你——！你怎么进来了！！！——”

过丽淡忘了，一搬进新家，和平就留了一套钥匙在他父母家，以备不时之需。现在，大姑子赶着要大拉杆箱，便自己过来了。

黑领椋鸟

一

有一种刚抽芽的嫩芦苇颜色，特别像黑领椋鸟的叫声。

在空旷无人的山岭中，春天的微风轻轻推动带着露珠的芦苇新叶，黑领椋鸟的叫声就在快要消散的淡紫色雾气里传来：唧唧，啾啾啾啾，唧唧，啾啾啾啾。有时候在梦中，宗杉不能分清是黑领椋鸟从铁塔上掠过，还是新抽出的青嫩芦苇在梦境里晃动。

黑领椋鸟是最早到高压铁塔上做窝的，三月它就来了，随后喜鹊、八哥，偶尔有灰鹭就相继来了。宗杉喜欢看黑领椋鸟，每一只黑领椋鸟都有一个黑色的围脖，它们大都白脑袋白肚子，翅膀上黑白相间的羽毛有如水墨画。老秦说喜鹊好。喜鹊飞过高压铁塔的时候，展开的黑边白翅膀的确很奇异美丽，但是，它响亮的叫声“cha-cha-cha”的不耐听，音色也粗哑。老秦比宗杉更不爱说话，他只说，喜鹊是吉鸟。乌鸦不吉祥，所以，老秦也不喜欢八哥，因为八哥也基本是浑身黑乎乎。在铁塔上，不会讲话的八哥，基本上就形同乌鸦了。

有一只八哥讲话的，在仁云变线 #171 铁塔。当时，它的窝建在绝缘子串上的斜铁架上。它们的窝有脸盆大小，里面有四粒带灰色斑点的蛋。宗杉把草窝托起搬移的时候，八哥夫妻要啄宗杉。但宗杉必须移开，不然，它窝里那些枯藤长草、布条、破塑料什么的，风吹悬挂搭到绝缘子串或者导线跳线上，就会立刻跳闸，发生断电事故。

宗杉只是移开，老秦上来就是一把掀掉，二十几年来都如此。很多老巡线工也都是这样对付“鸟害”的。而鸟们制造的大面积断电事故，后果也的确严重。老秦这两年不爱登高，他负责地面，高空作业都是宗杉来。宗杉从来不把鸟窝毁掉，宗杉把它们小心地移送到一个离绝缘子串远一点的地方，还是在高压铁塔上。但那对八哥夫妇很不高兴。一周后，宗杉巡线看到它们又搬回去了。宗杉只好再次登高拆迁。平心而论，宗杉每一次都是文雅施工。在接近它们的攀登途中和乔迁中，宗杉总说，早上好哦，早上好。

八哥夫妇，或者夫或者妻，总是对宗杉尖叫。它们竭力反对宗杉攀爬上来，反对宗杉接近、接触它们的窝。在宗杉轻风细雨的问候中，它们气愤万分地叫喊、振翅、顿脚、啄击宗杉。

这个你建我拆的拉锯战持续了四个回合，宗杉还是赢了。因为最后一战，宗杉把一个废弃的足球连同尼龙网兜，捆在它建窝的位置上，占了它死认的风水宝地，它只好愤愤地屈居在宗杉移动的窝里。没有想到的是，这对钉子户就在极度气愤中学会了“早上好哦”。它说得比宗杉快，有点像磁带快速播放。老秦不相信，他说，胡扯八蛋。他甚至没有好奇心爬上铁塔看看。老秦真的老了。

二

每一年的三月四月，是和黑领椋鸟约会的季节。

走在早春淡紫色的空气里，交错不息的鸟叫声，金属般穿透天际，很快地，山谷里，远远近近的铁塔之下，鞭炮花、迎春花、桃花，甚至雷公草尖、清明果草，都会模仿着各色青翠的鸟鸣声，尖细地、娇脆地、婉转地探出地面或枝头，然后在鸟鸣的鼓励下，一点点、一瓣瓣、一丝丝地绽绿爆红。山谷就鲜活起来，只有远山还是淡淡的灰蓝，宗杉他们知道，真正走过去，那里沉静的灰蓝就没了，其实也是春天的生鲜景色。

每年三月到八九月，都是高压线路鸟害最严重的时期，七八百座铁塔，一月要合计清理两三百个鸟窝。那也是巡线工汗流浃背的日子。鸟害严重的线路，一个小组有时是四五个人。宗杉和老秦是老搭档。他们这条线，鸟害一般般，有那么七八座铁塔比较严重吧。鸟害越来越重，老秦比较烦。老秦去向上面发牢骚要人，没有要到。老秦说："老二，就是你没有和我一致对外提意见，所以我们组就追加不到人。"

追加不到人，所以这一老一少，在寂寞的山冈上总是保持着两人行。

每一次线路出巡，从城市的尘烟、噪声和浑浊的颜色中走出来，宗杉就感到脑门子水凉清新，有时尾骨神经那里忽然一个麻颤，唧唧，啾啾啾啾，唧唧，啾啾啾啾，就是黑领椋鸟的叫声掠过耳旁了。当然，宗杉对老秦说，不是每一声黑领椋鸟的叫声，都这么厉害。是有的时候。老秦不屑地沉默着，宗杉就更想解释清楚，他说，就是很久没有听到忽然又听到的时候，比如，隔一个秋天冬天什么的，一听，尾骨神经就自动酥颤了。

两人一直走。年年都这么走。穿过深郊，隐身崇山峻岭，或者绕过长长的水库。宗杉年年都知道，黑领椋鸟在人迹罕至的山岭中、在高大的细叶冠木上、在高压电铁塔上，正等着它的对手或暧昧的朋友。

年年如此。

后来老秦的膝关节很酸痛不灵活，宗杉就让他在地面多休息。有时宗杉在铁塔上，看到下面老秦已经歪在蜂蝶飞舞的金色树桩上瞌睡过去。这个时候，穿着防护服的宗杉，独自坐在五六十米的铁塔上，心情就特别空旷无拘。他悠然地看东看西，看着春天绿油油的田野和淡黄浅绿的山岭植被。有一次，宗杉在望远镜里看到一对年轻的农家夫妇忙里偷闲，在玩猪八戒背媳妇的游戏，最后两个人都跌到大片的油菜花地旁的水田里去了。还有一次，看到几个背着茶篓的采茶姑娘在一垄垄的茶树间，野兽一样地疯狂追逐。

他们组的鸟害重灾区，都在云遥这一带。不爱说话的老秦说，他年轻的时候，鸟害没有这么严重，因为这里都是茂密的树木，很高大的乔木。木棉啊，大叶榕啊，古樟啊，落羽杉什么的，但是，现在，它们基本都砍光了，鸟就跑到高压铁塔上来了。

第一次认识黑领椋鸟的时候，是很多年前的三月的一天，它特别的叫声，就像春野上一枝忽然竞放的红杜鹃。宗杉站在铁塔底下，尾骨突然被电打了一下地颤动了，他仰起脑袋。唧唧，啾啾啾啾，唧唧，啾啾啾啾。像一串串水晶乐句，消散在万里碧空，空灵深远得令人惊愕。两只鸟站在电线上，一只颜色黑白，一只是深棕白，后来宗杉才知道黑白的是雄鸟，深棕白的是雌鸟。一个放牛的老人慢吞吞地经过宗杉的身边，后来又转了回来。他指着天上说，人家一窝原来是六只鸟，这两只是大鸟。上周村里把那几棵木棉和高大的什么树都砍了卖，刚孵出的小鸟，都摔死啦。它们拼命地叫，现在，看，只好住你们铁塔了。

很快，宗杉就能在百鸟争鸣中分辨黑领椋鸟的叫声了。在 #177 铁塔，有两只花脚黑领椋鸟敢栖息在宗杉肩上。一只浅色毛绒球一样胖的雌鸟，有一次在电线上横走到宗杉身边，轻啄问候了宗杉的为它而保持不动很久的指头。不过，后来，宗杉再也没有见过它。

夕阳苍茫、暮色渐起的时候，有时宗杉会特别想在铁塔上多待一会儿，宗杉不想下去。事实上，他们很少拖到傍晚收工，一般也就是一两点、两三点。这时，老秦就会喊，天黑走啦！更经常的是，他连喊都不喊，到铁塔基座用扳手使劲一敲，自己就往山下走。暮色里的所有小鸟，就和匆忙下爬的宗杉默别了，晚风有时把它们的羽毛吹翻过来，像一只只道别的小手。

爬下去的时候，宗杉在想，倦鸟归林啊，对于黑领椋鸟它们来说，到底是归高压电线好，还是树木丛林好呢？不过，无论怎么想，反正再疲倦的鸟儿，也已经没有什么林子好归了。

三

今年鸟害最严重的时候，宗杉开始牙疼。所以，关于“鸟害”，主战派和主和派商榷最激烈的时候，宗杉往往牙疼不在现场。主战派们个性相对直截了当，做事痛快，比如老秦。当年他说他还吃过毛鸟蛋，就是把铁塔上孵蛋的大鸟轰开，把快要孵出鸟的鸟蛋，在铁塔角铁上一磕开，就哧溜咽喝下去，老秦说他的师傅说这个——大补，壮阳。老秦后来不小心喝吐了，在一个山冈遍地狂呕，他就再也不能吃大补壮阳的毛鸟蛋了。后来，他就看一窝，踹一窝。窝里有待哺的幼鸟，一般都是连鸟带窝抓起，塞进事先准备的袋子里，封死丢弃。有些时候，老秦上午才解决了一窝，下午路过，勤奋的钉子户又再叼草抢建，老秦说，他气得隔周就带了气枪过去。他说，太他妈的挑衅人了！

塔基下，那天，他们俩在树荫底下吃早上带来的面包和矿泉水。忽然，宗杉左边大牙咬到什么硬东西，顿时牙骨剧痛而酸软，他痛得矮歪了半个身子。老半天不能说话，光捂着腮帮看着群鸟斜飞。宗杉用舌头摸索着检查到底吃了什么坚硬颗粒，没有。确实没有什么硬东西，口腔里最坚硬的东西，不过是一小片绿豆大的麦皮。

宗杉张嘴让老秦检视他的牙，到底是哪一颗坏了。老秦往宗杉嘴巴里看了半天，说哪一颗都好好的。老秦还比以往多说了一句话，张这么大，你他妈的还真像上面等喂食的小鸟。

听说主和派都是提拔起来的年轻人，他们尊重动物，认为在树木越来越少的历史时期，和小鸟的战争是徒劳无益的，他们努力提出要因势利导。鸟窝没有什么不好，不好就在于它们爱建造在绝缘子串上方和导线跳线上方的危险部位。引开它们到铁塔其他安全的地方就对了。主和派大都是思想大于行动的人，他们温和、谨慎，做事拖泥带水，但喜欢公布自己的大好想法。

在主和的思路下，老秦宗杉他们小组也被率领着进行了不少探索实验，比如，投入统一制定的三角箱，占据危险部位，令鸟儿被迫移居。（但鸟儿偏偏在三角箱旁落户，而三角箱不能做大，做大了会影响绝缘子串的检修）未遂；在铁塔安全位置赠送精美铁皮鸟窝，引鸟入室。（喜欢铁塔上安家的鸟儿，根本不喜欢封闭阴暗的窝，它们追求敞开、高空的阳光，拒进）未遂；购置太阳能风力驱鸟器。（鸟儿趁无风的时候，把反射阳光的三个叶片用草绑起来，令其不能反射阳光而失效）未遂；投入超声波模拟老鹰发出惨叫的恐吓装置。（刚开始几乎吓破胆子的鸟儿不久就识破，那不过是假老鹰）未遂；……

宗杉现在回忆起来，所有这些举措，像是不断在进取一气呵成中。其实，不是这样，每一个点子从想出来到付诸实践要一个过程，被证明失败也要有一段时间。在这些进程里，情势会发生变化，一些关键性的有志人员可能会提拔高升，“和鸟”工作就暂停一下；等接班人到岗后，又需要一点适应时间，就会再有一个“和鸟”的好点子出现，这就又开始进入了一个新的循环。这个努力一般会持续到有志者高就再暂停，但是，暂停之后，新的循环随着新人新构想的产生，也一样会慢慢再开始。宗杉抽空去治牙的这段时期，主和派打出的思想旗帜是和谐。人与自然的和谐，这样，上上下下都非常支持他们。“和鸟”工作好像又紧锣密鼓地展开起来。

老秦那些主战派脾气不好，资格老，就喜欢说怪话风凉话。老秦是惜言如金的人，只说了几句，什么鸟没少，官倒多了不少。那些积极进取的人也不高兴，他们批评说老秦他们就是工作思路传统简单、层次低。

四

宗杉躺在女牙医的怀边。口腔医院诊室里十几张就诊躺椅，都调得让病人的脑袋快比屁股低，以便牙医坐着，轻易就把有着烂牙坏牙的病人脑袋揽入怀中考察或者治疗。第一次就诊，女牙医就确诊宗杉左侧上牙的倒数第二颗大牙隐裂了。是严重的牙隐裂，必须立刻处理，否则宗杉的牙随时会四分五裂，宗杉就永远地失去了这颗牙。而这颗牙，女牙医介绍说，是宗杉整口牙齿的中流砥柱。她说，所有人都这样，倒数的第二颗、两侧上下对应的这四个牙，是主力牙。

把嘴巴张到最大的时候，宗杉就会想起老秦说宗杉像个等食的幼鸟。有一次，宗杉张得过大，或者是女牙医摆弄得太久，宗杉竟然下巴脱臼了。嘎哒一声，宗杉的脸颊顿时酸疼难忍，支吾难言，真像一只绝望悲惨的小鸟。女牙医咯咯笑着，后来，找来了一个老牙医。老牙医的手在宗杉下巴上，一按一转一托，咔嗒，好了。复位了。

牙医总是冷酷镇定的人。哪怕她长着温柔美丽的眼睛，长着白玉兰一样纤丽细腻的手。第一次，女牙医就奋力锉开了宗杉的一根牙根管，用一根绣花针大小、通身有电钻扭纹的针，掏刮里面的牙神经。这痛得宗杉像被电击一样，几乎弹离诊疗椅。在那根针的肆意刮拽中，宗杉看到自己的牙根管像象牙一样长，一直倒长向脑海深处。那根后来宗杉才知道的叫扩大针的东西，就在他脑髓里狠狠刮擦抽拽，又好像是刮椰子壳。宗杉充满了对牙根管里的牙神经的断想：它是直溜溜的一棵树，还有着丰富的树杈呢。

在云义变线的#161铁塔，有一窝新出的喜鹊。大喜鹊似乎很亢奋，看不出是不是攻击性增强了。对面，更低些的山顶、#162铁塔上，宗杉看到他熟悉的那只大花脚黑领椋鸟在看他。等一下宗杉会从这端电缆直接滑到那座塔看看它。它会听到宗杉带着毒杀残余牙神经的药棉气息的问候。他们已经是老朋友了。黑领椋鸟是怀旧的鸟，旧的树、旧的窝、旧的朋友、过去的风景。

喜鹊窝里有五只小喜鹊，也许妈妈刚刚喂饱了，幼鸟们懒洋洋地用暴突的半睁眼睛看了宗杉一眼，没有恐惧也没有饥饿感。有一只幼鸟，好像是习惯性地大张了一下喇叭一样的大嘴巴，看到小喜鹊巨大的嘴巴，宗杉才想起鸟们一生都没有牙齿吧。它们自然也就没有牙神经，它们的神经就是树了吧。

检查完这个塔座，宗杉通过高空电缆吊滑到黑领椋鸟所在的铁塔上。黑领椋鸟在那里等他。宗杉一挨近，大花脚的黑领椋鸟倏地腾空而起，划了道弧线又落在原位。这是一个友好的身体问候。宗杉跟它挥手，它略带警惕地再次小幅腾起，很快就理解宗杉的问候，停在了宗杉触手可及的铁塔角铁边上。宗杉说，你好吗。它歪着头看宗杉，宗杉向它伸出舌头。它又歪了一下脑袋。

宗杉模糊想起一首儿歌。兄弟五六个，围着柱子坐，什么什么一分开，衣服都扯破。宗杉说，打一食物。黑领椋鸟黑宝石一样的眼睛，听得眨巴了一下，它歪着困惑的头。宗杉说，你见过的，绿色的，像芦苇一样的叶子，没有锯子边，不割手，兄弟五六个就是它的根，老了的根，你再想想，噢，应该叫打一蔬菜。想起来了吗？

大花脚黑领椋鸟目不转睛地看着宗杉的嘴。

它说话了，唧唧，啾啾啾啾，唧唧，啾啾啾啾。宗杉觉得它的嘴巴几乎都没有张开，那一串冰清玉洁的声音，就在他耳边荡漾起来。

恭喜你！猜对了。没错，是大蒜头。哦，你不喜欢它的味道吗，我知道的。我是想跟你说，我的牙齿裂了，要分家了。昨天我很痛，痛极了。牙医用一根很细的电钻针，把我挑起来了，整个人都挑起来，她把我荡来荡去。因为她挑扭着我的神经。唔，没有牙齿当然不行。你可以，我不行。我要牙齿的。什么，一颗也影响吃饭吗？当然，影响，严重影响，因为它有神经。痛起来的时候，比一棵飓风里挣扎的大树还要痛。痛极了。

一人一鸟，很安静地站在铁塔上。

唧唧，啾啾啾啾。黑领椋鸟没有叫，是宗杉希望它叫而吹了口哨，但是，很不像。有点古怪。它就飞走了。起飞的时候，哨音就在宗杉耳边掠过，唧唧，啾啾啾啾，唧唧，啾啾啾啾……

黑领椋鸟掠过静谧的蓝而发白的天空。

峡谷那边，一只黑色的老鹰在高空翱翔。下面，粉白色的桃花、紫红色的映山红，在漫山遍野的灌木林中一丛丛竞放。

五

巡线工从一座山冈走向另一座山冈。单位内部刊物有人发表诗作：我们从一个人生的山峰，跋涉向一个更高的人生山峰。狂风和暴雨、阴霾和冷雾、炎热和严寒，都阻挡不了我们电力人向上的心……老秦用这个铜版纸刊物垫屁股，再后面的诗行，到了屁股下面，他就懒得挪开屁股念了。就停了。

山岭铁塔间的起起伏伏的高压线，就是他们的行走方向。一路查看线路，有没有枯枝乱草搭线，有没有塑料袋乱挂等各种潜在隐患，有没有线路歪斜、树倒线断、被盗被损等等。老秦说，他年轻的时候，巡线工都是骑车，骑到山边，撂下车就进山了，等到收工才出山。线路检护的效率很低，每次出山都人倦马乏，碰到心里有事，想死的念头都有了。有个大年二十九，在荒郊野外，故障突击抢修完，老秦爬下铁塔的时候，草丛里忽然窜起一条忘记冬眠的蛇，咬了老秦一口，结果是无毒蛇。老秦说，为什么不是有毒的呢？妈的，反正都咬了一口。

在宗杉和老秦结为师徒搭档之前，老秦被新官上任的安检组长严厉查处过。悄无人迹的山冈山岭中的很多铁塔，被那个聪明的安检组长随机挂了一些吊牌。巡线工到了哪里，巡检完，就应该把吊牌摘回来。这样的好处，是巡线工不敢偷懒。老秦有一个吊牌没有拿回来，他说，是忘了拿。可是，他和原搭档没有通好气，搭档辩称是来不及去。老秦硬说去了，还处理了一个鸟窝。这样，口供不一致，老秦就被严惩不贷了。后来，汽车用得越来越多，把巡线工送得越来越远，但是，山里的行走，一座座铁塔的检修护理，还是要靠人工深一脚浅一脚地进行。再后来，那个组长早已经提拔到外地挂职了，老秦还在山里行走。老秦有气，所以，鸟害季节，他下手特别狠也就可以理解了。老秦有个机灵的儿子，写过一篇《我的爸爸》的作文，说："我爸爸最大的愿望就是驾驶直升机去巡线，为大家送来光明。"但是，这篇作文被老师表扬不久，儿子就在夏天溺水而亡了。老秦还有两个女儿，她们都不喜欢写作文。老秦说她们像她们的妈妈，又贪吃又丑，没有出息。

二十多年过去了，现在，真的开始有直升机巡线了，据说一架飞机两小时，等于六十个普通巡线工的两天工作量。不过，老秦已经彻底没有斗志了。有一次，宗杉把一窝鸟用外衣兜着，一路提回去，他也没有讥讽。那是一只被气枪打伤翅膀的灰鹭妈妈，守护着它的刚出生却无力喂食的鸟宝宝，它们都奄奄一息地在窝里。而过去，老秦是很烦这些婆婆妈妈的事的。这些鸟最终还是死在了宗杉家里。老秦这才淡淡地嘲笑了他。

在巡线的时候，他们需要望远镜。每人都配有一副性能不错的望远镜。老秦不喜欢用它来查看线路上妨害安全的鸟窝、树枝、塑料袋什么的，他喜欢在家里看别人的家。但是，老秦只有看到特别有趣的东西，才会跟宗杉说上两句。有一次，他说他看到对面一户人家真正的“床头打架床尾和”的精彩故事，具体怎么精彩法，他没有再说。

宗杉也望到一个有趣的故事。有一个秋天的公休日，宗杉望到一户人家的客厅。盘腿坐在地上的男主人，在点地上的生日蛋糕上的蜡烛，和他围坐在蛋糕旁边的是三只狗、一只花猫。其中一只狗和猫差不多大，第一眼看去，宗杉还以为是两只猫。

宗杉看到那个人合掌祈祷、念念有词的样子，看来是他自己过生日。再下来就是分蛋糕。每只狗还有猫面前，还有他自己面前，都有一个纸碟子。男人把蛋糕切了，在每个纸碟子里放了一小块。两只狗站了起来，离去；小狗和猫嗅了嗅碟子，望远镜里，看不清它们两个有没有品尝，后来小猫也走开了，只剩下一只小狗坐着。男人自己吃了几口，然后像是在大声招呼，宗杉以为会有人过来吃蛋糕，但是，没有。不管是人还是狗，都没有再过来。男人寂寞地把蛋糕奶油点在自己鼻子上一大坨，又迅速点在唯一坐着陪他的小狗鼻子上。小狗跳起来，男人也跳起来，奔跑追逐就要点，大狗小狗顿时沸腾叫闹起来，宗杉这边都隐约有声，而小猫则飞速蹿来蹿去，男人呵呵大笑。宗杉也笑起来。

第二天宗杉告诉老秦，老秦说，脑子有病啊！再没人给他过生日，也没必要拉猫狗过啦！神经病。

想到那个欢乐的场景，宗杉嘿嘿直笑。老秦说，小子，你他妈也是二百五！

后来，宗杉在山岭中告诉老秦，那个屋子里还是有其他人的，只是不常看见。有时，能看见晾晒的女人内衣。有时还有很多个男女在客厅里。偶尔还有老人出现。不过，看上去，男人和猫狗，是最容易出现的。

六

宗杉申请打麻药，但女牙医不鼓励宗杉打。她说，没有感觉神经，会使人不知深浅；在操作上没有呼应，这样不太好，甚至危险。宗杉苦苦哀求。女牙医就往他牙龈上恨铁不成钢地戳了一针。很快，宗杉就感到自己口腔发凉发苦。舌头有点木。女牙医随后就叮当操作起来，宗杉还是感到抽神经的痛，挣扎着摇手示意。女牙医似乎很高兴他还有感觉配合，得了大便宜一样地大干快上地说，好了好了，一下就好了！

牙根管要一根根地抽。每颗牙齿四根牙根管，像鼎一样吧。牙根管里的每根神经，在宗杉现在感受起来，都是参天大树。宗杉被女牙医抽得阵阵哆嗦，不由短促呻吟。这时，好像在十多张诊治床之外，一个大约刚会讲话的孩子的哭叫声传来了，那个声音像从水里冒出来，晶莹剔透：放开我呀，放开！回家！回家！接着是更加响亮有力也更加晶莹剔透的请求：不打针！不打针！回家呀！

宗杉猜不出孩子在接受什么治疗，他在孩子的哭叫请求中，老是想到和他对望的黑领椋鸟。他趁女牙医换针的功夫，直起脑袋搜看一眼，就看见一堆人中，面对他的护士在温煦地笑。宗杉也觉得有点好笑。只有孩子可以这样肆无忌惮地提出反对意见。成年人不行，要么忍，要么选择麻痹神经。宗杉后来觉得黑领椋鸟空远清冷的叫声有镇定作用。

唧唧，啾啾啾啾，唧唧，啾啾啾啾……

女牙医其实挺好，她大度自然地默许宗杉的脑袋抵在工作着的她的胸口。宗杉在剧痛中也能不时感受到她的弹性和温暖。有一两下，他甚至感到他的脑袋触动了她的乳头。这使他有点震撼。但神经剧烈的扭痛，并没有因此淡薄。女牙医认为宗杉的神经太过娇气，直到最后被允许漱口时，宗杉抱怨说舌面麻木，一嘴发苦。她才恍然大悟："我说推针怎么没有阻力，原来麻药都推到你嘴里了。你怎么不早说呢？"宗杉说："你绞着我的神经，堵着我的嘴，我怎么说呢。"

女牙医在透明面罩里面微笑。宗杉觉得即使是阴谋，现在看来也是有点美丽的。

宗杉说："你喜欢鸟吗？"

女牙医没有说话，表情回归职业化的淡漠。她摘下面罩，起身到电脑面前操作什么。她说："先交钱，然后下去拍个牙片。"

在桃花谷，漫山遍野的桃花已经剩下花朵的胡须，一大批小小果实正在诡秘地生长。满地的桃花瓣已经烂成泥，或者随风远逝。地面不再绚烂。天空也不绚丽。桃花谷中间和靠近茶山的尾端有两座高压铁塔，这花海之间的铁塔，一般是喜鹊的最爱。喜鹊是爱美的鸟，它在空中展开的尾巴，一路翻飞着桃花的妖魂之舞。

那一年的这个季节，宗杉和老秦在桃花谷中央的高压电塔上发现一个鸟窝，里面竟然有五只猫头鹰幼崽和两只喜鹊共七只小鸟。当时，老秦抖开随身的行刑处置兜，就要往里面塞鸟封闭。宗杉死死拦住。

老秦说："还想养啊，你养死了几只啦！"

宗杉打电话给他动物园的同学。对方说要。

没想到，动物园因为猫头鹰不易人工饲养，只接收了稍大的两只小喜鹊。宗杉通过动物园的同学又找到农林水利局。农林水利局林业站的人，立刻派出专车，把五只小猫头鹰寄养在一个农庄式的绅士休闲俱乐部，俱乐部表示待小猫头鹰能够自立生活后再放飞大自然。不料半年后，俱乐部负责人报丧说，由于附近有许多居民偏头疼，或是有人偏头疼四处找买猫头鹰，结果，五只猫头鹰相继被人偷偷盗猎了。

这之后，老秦经常叫宗杉老二，意为二百五的简称。

七

在宗杉最后一根牙神经被杀死后，单位的“和鸟”工作又上了一个新台阶。新一轮的“和鸟”运动正在展开。听说多家报纸都登了，长篇报道了他们与鸟和谐相处的追求过程。老秦说，里面没有点名地表扬了宗杉多次救鸟、护鸟的事迹，歌颂了巡线工的整体素质。老秦看报说事一贯很闷不精彩，宗杉又基本不看报，回家只上网，因此，他也不知道这事到底走到哪一步了。对于他来说，每天还是和过去一样。那一天，在铁塔上，他顺便把口袋里的牙片亮给那只大花脚黑领椋鸟参观，黑领椋鸟认真看了那个黑乎乎的小底片，但不以为然。

“你不认为这里面有过一棵树吗？”宗杉说。

宗杉把底片对准亮光：“看，这真的不是你的老家形状吗？”

黑领椋鸟礼貌地啄了一下那张黑底片。一只棕色白色相间、毛感松软如球的黑领椋鸟飞过来了。看来最近它们俩关系紧密。飞过来的棕白色雌鸟，嘴里衔着一根蕨草类的枝。宗杉有点吃惊：“你们又要造新房吗？”

两只黑领椋鸟偏着脸看他。

拜托，绝缘子串上、跳线上面，是不可以的。铁塔的其他地方，随便了。

两只黑领椋鸟都谨慎地看着宗杉比画的手。雌鸟更加偏头，明显保护着自己嘴里的草。

旷野风高，远处传来“嗝嗝嗝嗝——嗝嗝嗝嗝——”的鸟鸣声，很像一个孩子在有节奏地敲打什么铝制品。还有一种像人把舌头侧卷起来吸气的声音，不知是什么鸟发出来的。声源方位都定不下来。铁塔下面，老秦在草地上使劲擦自己蓝色塑料头盔上的鸟粪，他大声咒骂，他妈的他们要秀给谁看?！这么重的鸟害，只有靠直升机来洒农药啦！

铁塔上，黑领椋鸟伉俪还在听宗杉说话：“……棕色的……它们没有你们这样的黑围脖，它站在那里，怎么像练劈叉一样，两根细枝，它一脚抓一根；另外一只鸟呢，更逗，爪子一上一下抓着一茎芦苇，简直像撑杆跳似的起跑，哪有这样的鸟啊！我第一次看到，可惜我忘记了它们的叫声，不然我可以模仿给你们听……”

很快，新成立的鸟害防治研究小组副组长就邀宗杉一起去农贸市场，寻找一种竹编的筐子类物品。他们理论推断，这些喜欢高大疏叶乔木的鸟们，可能会需要这种容易洒满阳光的敞口筐子。宗杉想，副组长能致力鸟害事业儿大呢？就像多级火箭一样，鸟事业助力后，被一级级退下，火箭头就向着更高更远的地方去了。

看来，副组长研究过不少鸟，一路给宗杉讲述鸟类知识。他说宗杉看到的那种练劈叉的鸟，可能是棕扇尾莺；还说市鸟类研究所有个美女专家，大笑的时候，身上会发出植物的香气。他兴致勃勃，说：“已经约好了，如果我们今天找的这个筐子可行，省电视台一套就要到山里的作业地进行现场采访。”到时，他会建议宗杉和那个美女鸟类学家一起参加采访，谈谈感受。

宗杉摇头。一方面，他害怕镜头对着自己；还有一方面，他觉得这事张扬地拍摄采访起来，是件滑稽古怪的事。

农贸市场没有他们要的东西，在一个贩子的指点下，他们又驱车在一个郊外的老竹器社，终于找到了这样的东西。有两种备选。浅口的像脸盆那么大，深口的就是一尺深的普通箩筐了。最终，他们深口、浅口的各选了三个。

在他们来之前，几个编织老头挥舞着关节粗大的手，在唾沫顿挫地辩论，论题是十二生肖里有没有一个好东西。说没有一个好东西的反方代表说：“牛——老实，就是傻瓜；说猴，滑头、不可靠；马，当牛做马，因此等于牛；猪，又懒又笨；兔，没有前途；虎，狠、恶霸；鸡，鸡头、妓女；蛇，阴险；老鼠，人见人厌；狗，贱骨头……”

辩论交锋最厉害的时候，组长和宗杉进去了。正方老头说：“龙，就是没有缺点的。龙就是好东西！反方老头说，龙，最假！世上根本没有，有，就是假冒伪劣……”这样就等于捅了马蜂窝，所有的老头都生气了，有人摔了编织一半的筐子气势汹汹地去小便。

几个老编织匠听说宗杉他们是给鸟买窝，还要放到山上求小鸟住，就一起呵呵笑起来。有个长得挺像麻雀的老头说：“现在到处洒着浸过毒药的红谷子毒老鼠，结果，老鼠没毒死一只，麻雀喜鹊全部药倒，它们不懂，飞下来啄。你看，我们村以前麻雀最多，不怕人，现在都看不见了，天上树上都很安静了，都没有了。”有个对辩论意犹未尽的老头说：“鸟也不是好东西！”一个老头愤愤地站起来：“什么生肖，何止生肖！在你们眼里，哪一个动物是好东西？通通都不是！就是要吃！”

宗杉和副组长不明白老人为什么那么激动，就讷讷地赔笑着。

几个老工匠互相看着又笑起来。他们替宗杉他们失望，也为他们的努力有些兴奋好奇。

这时，外面传来了鼓乐队动静，鼓声由远而近。愉悦、热烈的旋律，宗杉以为是结婚喜庆。

两人抱着筐子才走到竹器社门口，就看到一队人马从村里迤逦而来，嘭咚——嘭咚——嘭咚——嘭咚——前面是白色咔叽制服鎏金的军乐队阵势，半人高的白色大鼓，小号、唢呐、钹。后面一长队人马，打头的捧着一幅照片，医生一样的大褂、少数民族特色的白帽子，安然平和地走着。

竟然是出殡！在这么激越、昂扬，高亢、达观的军乐声中，他们在为一个老人送行。

宗杉愣住了，忽然眼眶发热，泪水差点掉下来。

副组长拍了宗杉一下，两人穿过小马路走向汽车。

他们的汽车跟在这支像喜庆一样的出殡的队伍后面，慢慢地开，直到大路口，和队伍分手。分手的时候，副组长才说了一句话，希望我死的时候……也有这样了不起的音乐相送……

宗杉就对这个人有了一点认同感。

八

九月中旬，在漆树微微发红的时候，漫山遍野的近千座的高压铁塔上，都高高地放置了一两个浅口竹筐，远看就像塔上安了个接水的脸盆。试用了一个月多，看起来，八哥、黑领椋鸟、喜鹊和灰鹭还是比较喜欢浅口的那种，所以，浅口筐就被推广试用。

随着媒体报道，许多单位来拍照、取经。防治鸟害小组非常忙碌，赶写了不少调研文章和试用情况汇总，听说局里也在筹备全国丘陵地区护线经验介绍会。

老秦和宗杉依然两人一组，在深山浅滩里逛。那一天，老秦说：“老二，好像很久没有看见你的花脚黑领椋鸟了吧。”见宗杉没有搭腔，老秦说，“天凉喽，八成是被人弄去进补了吧。”

宗杉正在暗自思忖这个问题。凡是在大花脚黑领椋鸟喜欢落脚的区域，尤其是云遥变 #177 铁塔，他都留心过，的确都没有看见它，也没有看见它的新妻子。#177 铁塔绝缘子串上的浅口筐，已经被一对八哥占据，里面居然还有两只晚育的没有睁眼的小八哥。

大花脚黑领椋鸟去了哪里？是真的不喜欢别人赠送的鸟巢无处落脚而浪迹天涯？宗杉想起它歪着脑袋听他说拔牙故事，以及像牙医那样观看他牙片的样子，就在铁塔上无声笑起来。极目远望，山高岭长，一座座铁塔，骑山镇水，连接天涯。

大花脚黑领椋鸟去了哪里呢？

那天晚上，宗杉梦见大花脚黑领椋鸟所钟爱的 #177 铁塔严重跳闸，其他地方也频频告急，满脑海都是紧急呼叫、紧急救援信号。接下来全城一片黑暗，死沉沉的黑暗，密不透光，一丝光也没有，黑得稠滞沉重，黑得令人窒息。所有的声音和光，都被吞噬了。

比地狱还黑沉。宗杉看不见自己的手。他翻转着手掌，一直想看到。

唧唧，啾啾啾啾，唧唧，啾啾啾——

宗杉感到尾骨一阵星尖的酥麻。

很轻微、很清亮的第一声鸟叫出现了，晶莹、纤细、透明，如流星滑过。

是黑领椋鸟。

唧唧，啾啾啾啾，唧唧，啾啾啾啾——

每听见一声黑领椋鸟的叫声，就能看到一点针尖大的星光从黑色的穹窿下透射下来。

唧唧，啾啾啾啾，唧唧，啾啾啾啾——

唧唧，啾啾啾啾，唧唧，啾啾啾啾——

宗杉想辨别哪一声是大花脚黑领椋鸟的，可是，鸟鸣声越来越多，晶莹闪烁，后来就像银河飞瀑，无数的水晶颗粒在天宇激荡翻飞。抬眼望去，满天星光璀璨，一道、两道、无数道细长如十字、米字的银亮星光，穿透黑色的穹窿，温暖地洒了下来。

梦中，宗杉知道大花脚一定在里面，它是最清新的那一道星光。

醒来时，宗杉发现自己泪流满面。

雨把烟打湿了

从第二审判庭偏高的窗口，望出去是林德叉车厂的办公楼外长走廊的一角。透过长走廊的钢筋护栏，可以看到更远的、不知哪家的红砖烟囱在冒烟。青烟不大不小地冒出来，雨不大不小地打在它们上面，但烟还是轻轻地腾起。看是看不清楚，但烟肯定都湿了。

审判长说，被告人，请做最后陈述。

被告人在看着第二审判庭偏高的窗口。法庭上很安静。检察官在偷偷嚼口香糖。辩护席上，律师和助理都看着他们的委托人。助理忍不住对被告人轻轻“喂！”了一声，他们的委托人才收回了看窗外的眼光。最后陈述！助理曳着脖子低声提醒。

被告人声音很轻:“雨把烟打湿了。”

审判长说:“大声点！不是嘴巴说给鼻子听！”

被告人点头，然后轻轻摇头。

审判长说:“说什么都行，也可以请求政府宽大处理。随便。陈述吧。”

被告人摇头说：“没有了。”

律师有点重地把便携电脑啪地合上了。这个声音像名律师发出的动静，他也的确是个名律师。助理在轻轻地、利索地收拾桌面的纸片、香烟和红蓝铅笔。

法官宣布休庭。

名律师在书记员的庭审记录上签完名，就看到委托人的妻子钱红就站在他身边。他们一起走出第二法庭，下楼。名律师才知道她身边还跟着她的哥哥和一个姐姐。她父亲太老了，想来来不了；她母亲也想来，但临时心绞痛。名律师注意到，他的委托人无论在上庭还是被法警带下法庭，都没怎么看妻子，更别提他的舅子、姨子们。他什么人都不看。整个审理过程中，他只是时不时看着窗外，目光模糊。

“我们要重新申请精神鉴定！”钱红哥哥说。听口气是钱红哥哥在决定一件事，但实际上，他看律师的眼神是征询的。名律师开始点烟，然后吐烟，看到助理把车开到法院门口，他就走下了扇形的大楼梯。律师不愿吃钱红的饭，在拉开车门的时候，他瞥见钱红眼睛里有泪光，他就停下，似乎思考了一下，他说：“他没毛病。非常正常。”

钱红抓住了名律师的外衣：“水清不可能杀人！”

“对。我也希望这样。先等一审判决吧。”

44 天前的晚上，也是下雨，下非常大的雨。实际上是下了 49 小时的全程暴雨。气象部门说是台风过境带来的暴雨，日降水量达到历史最高纪录。蔡水清接到棋友电话时，正在菜场买鲢鱼头。他本来是不需要冒雨来买胖头鲢的，冰箱里有鲜虾、排骨还有两包钱红爱吃的鲜黄花菜，也有儿子爱吃的土豆。可是，昨天晚上，钱红说，好久没吃你做的剁椒鱼头了。

当时，窗外是瓢泼的大雨。陶土色、纸质罩的床头仿古台灯下，钱红在看一本《家庭文摘》杂志。蔡水清更早就洗了澡，检查完儿子作业，安置他睡下，就在客厅等钱红。钱红在浴室。钱红出自高级知识分子家庭，红树林专家的父亲和大学教授退休的母亲，还有钱红的哥哥姐姐们，都不喜欢看电视，所以，蔡水清也不开电视，他拿着蚊香拍在客厅寻找蚊子。他已经注意到，他家的蚊子只有几只，一般栖息在黑色的博古架上。

钱红从浴室出来的时候，直接往卧室走。蔡水清定睛一瞧，知道钱红又没擦脚。生活中钱红是个非常粗心的女人。蔡水清搁下电蚊拍，到洗手间拿了一条白蓝条的松软干毛巾。钱红咯咯地笑着，怕痒一样说："我不是故意的。下次改。"蔡水清蹲在床前，把钱红的一只脚包在松软的毛巾中，一个趾缝一个趾缝地擦过去，然后检查一下，再换一只脚。

蔡水清很整洁，除了长相，你看不出他来自连正常的苹果都没见过的贫困农村。但是，他是有教养的。虽然在大学的时候，钱红因为这样的人追求自己感到非常丢脸，虽然钱红的父母兄姐，起码有两年多无法接受钱红这样的男友，但是，蔡水清一点一滴、滴水穿石地改变了这一切。

蔡水清开始擦浴室地上和墙上的水渍。这是他每天的工作。因为有个同事家的浴室不好好打整，湿气闷在浴室，浴室的木门发霉不说，还透到客厅的墙上、木地板上。它们都变黑了。钱红开始也擦，后来蔡水清说你做事太不清楚，还是我来。所以，从那以后，无论钱红什么时候用毕浴室，蔡水清都会再进去，擦天抹地，完成整洁干燥工作。

甚至蔡水清已经在床上了。

闷雷和闪电都在家的外面。暴雨啪啦啦啦下得很痛快，蔡水清喜欢这种淋漓痛快的暴雨。心情很好。没有暴雨骤风，还真的感觉不到家有那么温馨。蔡水清上床后抱了抱钱红，钱红在看那本《家庭文摘》杂志。钱红把身子转过去，说“挠挠背，痒”。

当然是骗人。蔡水清知道，这是钱红姥姥从小给钱红养成的坏习惯，是钱红妈妈有一次喝茶的时候告诉蔡水清的。当时，蔡水清已经每天晚上在挠钱红的背了，而且起码要挠10分钟，动作要不轻不重，范围要疏而不漏。不挠，钱红就撒娇说睡不着。但是，岳母在阳台上揭露钱红的时候，蔡水清笑笑，没有说什么。其实，是钱红悄悄告诉了自己母亲，为了证明自己嫁给了一个多么体贴人的男人。

挠背的时候，钱红还在翻杂志。她突然就说：“好久没吃你做的剁椒鱼头了。”

蔡水清说：“想吃？”

钱红说：“想吃。”

44天前的白天，也就是暴雨如注的时候，蔡水清挤在印关大菜场潮乎乎的人群中。很多人的雨伞水、装菜塑料袋里说不清楚的什么水渍，都滴擦在蔡水清的身上。蔡水清自己也是潮乎乎的，自己的雨伞也把雨水滴在别人的身上。

卖鱼的摊主换了个小姑娘。本来蔡水清都是在这里买鱼，今天还是习惯地到这里停下。小姑娘跟他笑笑，看来知道他是老主顾。蔡水清就等。小姑娘在帮前面的顾客剖鱼，一边招呼他要什么。蔡水清指着胖头鲢说：“原来那个，是你……”

小姑娘说："是我妈妈！下雨天关节痛，来不了啦。"

蔡水清也觉得自己的腿关节有点疼。他弯腰按摩了一下，果然，更明显了。小姑娘业务水平不如她妈妈，她妈妈总是把鱼杀得很干净，而小姑娘把鱼杀得乱跳。一个挑拣鱼的瘦女人被溅了鱼水，很生气地咒骂小姑娘，然后，愤愤甩手离去不买了。这时候，蔡水清的手机响了。就是那个棋友。他说："晚上到我家吃饭！"

蔡水清大声说："下雨呀！"

棋友说："哎，晚上就不下了。大家聚聚吧，好久没见面。我太太现在会做韭菜摊饼了。"

蔡水清说："还有谁呀。"

棋友说："就我们几个，你、老付，林与基，周卫东。你要不要带上太太？"

蔡水清说不要，蔡水清说："有什么特殊的事吗？"

"屁事。就是想聚聚。饭店里请不起，家里来吃点家常菜，你不嫌弃吧？"

蔡水清说："我就爱吃家常菜。"

"那还不是！好！ 6点半。"

蔡水清收好电话。他心里老大不快。棋友的太太是蔡水清的老乡，老付他们是围棋爱好者培训班认识的，分在一个小组，互相对弈比别人多了些，谈不上什么深交。蔡水清甚至不太喜欢他们。可是，钱红一直认为蔡水清没有朋友做人未免太失败，虽说蔡水清在这地方如今也算小有名声，可是，名气之外，钱红觉得他有点寂寞，就是说，似乎从来没有人想结交他，比如，春节几乎没有人会来电问候他，更别提别人一到节日，那种热闹非凡的手机短信了。本来有个他们老乡会的蔡芬芬理事，知道本城来了这么个领政府津贴的人才老乡，主动联系上门，用流畅热情的乡音土话，要请他参加老乡会，甚至让他出点钱当副理事，蔡水清一口拒绝了。后来蔡芬芬又来说不要他出钱，也请他出任老乡会副理事，蔡水清还是拒绝了，而且是用普通话拒绝的。蔡芬芬后来知道他其实连老乡会都不乐意参加，从此就不给他打电话了，当然，老乡们的任何活动，他也就更不搭理了。蔡芬芬留下的老乡联谊会通讯录，他直接送给儿子做了草稿纸。也可以说，除了被迫和蔡芬芬老乡交流，他从不搭理什么老乡会。

钱红说："这样不好吧？"

蔡水清说："天下最无聊的就是老乡会。都是些什么人啊。有这时间，不如自己搞点学问。"钱红不知道他们那老乡会里到底是些什么人，但她倒是不喜欢蔡芬芬那么大年纪了，还是扮可爱装天真的样子。所以，她就不再坚持立场。但是，她一向鼓励蔡水清多交朋友。因此，当蔡水清和围棋培训班——受训围棋，是因为钱红爸爸和钱红哥哥他们都喜欢下围棋——小组棋友搭上时，钱红就热情撺掇他请这些棋友在月亮桥吃饭。蔡水清只好请了。如果有人请蔡水清吃饭，如果蔡水清说，今天晚上我有应酬，钱红就非常高兴，高高兴兴地带着儿子去吃洋快餐。

蔡水清买菜回到家，先把一身透湿的衣服换下，然后修伞。因为一阵狂风把伞全部翻了身。蔡水清在暴雨狂风中将它们用力翻回来的时候，动作太急，可能把伞骨扯断了。这是一把新伞呢，伞面是棕色和黄色相间的暗格子。

胖头鲢鱼头洗净抹上细盐，本来最好是腌到晚上烧，味道透，可是，晚上要出去，钱红肯定不会烧，因此，只好中午做出来。然后，蔡水清把新鲜的黄花菜从冰箱取出来。他把花心中的黑蕊一一摘掉。这个活很费时，可是，如果他不处理好，钱红是绝不会去一朵朵掰开花瓣，去除黑蕊的。据说，黄花菜通常是吃晒干的，如果你要吃鲜的，就有中毒的危险，除非你把黑蕊去掉。蔡水清每次都这样办理。因为钱红非常爱吃新鲜黄花菜。黄花菜炒肉丝，软腰条的肉已经划好丝，和摘好的黄花菜一起放在一个盒子里。盒子上贴上留言字条：合炒。放盐、味精，起锅时喷点绍兴老酒。

晚上的菜如此一一收拾好，置冰箱；中午的菜也一一洗净切好，蔡水清就换了一身干净外衣，出门接儿子了。儿子上小学一年级。

蔡水清的第二双皮鞋又湿透了。还是雨，是大雨和暴雨交替着那种下法。全城的人相向而过，互相都闻到了彼此雨水汗水互相作用的潮馊的味道。

钱红吃到了剁椒鱼头很开心，一个人几乎吃了一大半。趁儿子不注意的时候，她亲了蔡水清一口。蔡水清心情挺好，听外面的暴雨狂风，想自己家如此温馨，真是挺好。蔡水清说，棋友老辛要他晚上去吃饭。钱红先是高兴，后来也发愁，说，下雨呀。

蔡水清闷闷不乐，晚上也许会停了吧？钱红跑到窗边观察了一下天象，说，可能停不了。昨天的天气预报有四条雨线呢。老辛也是好玩，什么天气不好请客，挑个台风暴雨天。

蔡水清更不想去了。钱红说，他倒是第一次请客，下雨天还不改变，是真心诚意呢。争取去吧。多个朋友多条路，别那么孤独样。

2 点 05 分，送走儿子和钱红，蔡水清又湿了一身。这暴雨还是没停的意思。蔡水清估计老辛午睡起床了，就打了个电话。蔡水清说：“我看这雨不会停呀。”

老辛说：“哎呀，等一下就没雨了。让你带老婆你又舍不得，不带老婆你又舍不得家。来来来！少啰唆啦！”

蔡水清只好放了电话。心情惆怅。他不知道为什么经常有一种惆怅的感觉劈头盖脸地打来。它甚至不是非物质性的，他能清晰地感觉到这种东西的性状，包括气味、颜色、质地，可是，他表达不出它任何一种的物质特性。4月份的GRE考试已经考过了，成绩应该要出来了。他知道成绩不会好，感觉依然不理想，可是，面对钱红父母，他只好顺水推舟，说普通考试和去年10月考得差不多，专业考试应该比去年好一些吧。他知道钱红父母早就托人在国外找关系。钱红家里的人，非常鼓励他出去，他们也坚信他一定能够出去。可是，连续三年，蔡水清的GRE，也就是研究生入学考试，成绩都不行。其实三年前，他倒是通过了托福考试，成绩阴差阳错地好，639分，可是签证被拒签了。当时，签证的两个窗口，大家都说，左边窗口的那个美国男人好说话，右边那个台湾籍女人非常倨傲，十个过去几乎就是十个被拒签。蔡水清非常紧张，但是，按这样正常的六七分钟一个，他应该是轮到那个左边的，也就是容易签证的那个美国男人；可是，右边那个厉害的台湾女人，居然一分钟不到，就把蔡水清前面一个信基督教的年轻女孩给拒签了。一分钟不到啊，当时排在蔡水清前面的那个女孩不断告诉他，说她的英语不太行，非常非常希望不要碰到那个台湾女人。蔡水清看着她反复地、那么虔诚地祈祷着，很担心上帝真的帮了她，那他就死定了。可是，没想到，上帝没有帮助她，转眼之间，竟然被人以如此羞辱的方式拒签。蔡水清方寸大乱，这当然意味着上帝也抛弃了他。他对右边的窗口，怀有更深刻的恐惧心理，因为他知道自己的口语只会比女孩更烂。原以为这样的排列，他可以避开那台湾女人，没想到那个信教的女孩，是那么地不顶事和不走运，这样就变成他也要到右边窗口过招了。这一天是他生日，一早上排队的时候，他就构思了要好好利用这个特殊日子，加强与签证官的印象，可是，一看到那女孩抽泣奔出，他就一脑子乱码。硬着头皮走向左边窗口时，他几乎停止了任何思维。我肯定完了，我肯定完了。他就这么想着，就看见了窗口里那个面貌冷漠、化妆精致的台湾女人。

那狗娘养的台湾女人，竟然一句中文都不肯说，而且脸上一副鄙夷混着刻毒的表情：那个表情就是明明白白地告诉你：我早看透你！不就是想移民嘛！

递上材料，蔡水清在她看自然情况的时候，按构思就应该很自然地说，今天是我生日，希望能得到你的祝福。可是，才讲了半句，蔡水清就结巴了，而且是完全结巴，他因为自己的结巴，更加狼狈。窗口里面的台湾女人就轻蔑地抬了抬银色的眼皮，冷冰冰地说，生日快乐。

蔡水清私下跟钱红交换过意见，温柔而顽强地告诉她他其实并不想出去，他觉得现在挺好。可是，钱红不这么认为，钱红认为他现在还不够好，因为他们家里都认为他这种人才应该出去。钱红爸爸妈妈现在逢知识圈的人，就畅谈小女婿的前途。大家都一致看好蔡水清的前途。钱红家人和所有他们知识圈的朋友都认为，外面做学问的环境好，将来做海归派也挺好。所以，蔡水清就只好把这列入规划中。钱红其实也知道他大学毕业时的英语四级是做了小弊混过的。钱红知道蔡水清的英语讲得像日本人，普通话讲得像英国人，他确实有点语言障碍，但是，钱红还是说，不是有志者事竟成嘛。

今年的 GRE 成绩肯定比去年差。当然，即使成绩真的不理想，钱红父母也不会说一句重话的，他们会安慰他，鼓励他。他们一直能够在任何时候保持教养和风度。这是很了不起的。

蔡水清站在窗前，痴痴地看了好一会儿天崩地裂似的暴雨。十月份再考吗？还得考，就像这没完没了的雨。

蔡水清打开电视。虽然真的没什么事可做，虽然家里什么人也没有，可是看电视还是有做贼的感觉。因为钱家人太鄙视电视了。他们坚持认为，那是没文化的小市民生活。蔡水清突然想起岳母最近心脏不太好，赶紧关了电视，打了个电话过去。

“妈你今天怎样？”

王母说：“唉，我很好，就是这雨下得烦人哪。”

“天气变化很大，妈，你和爸注意别受凉了。”

“会呀会呀。你爸爸有点咳嗽啦。”

“那我晚上过去看看？”

“这么大的雨，你跑什么跑，好好在家里待着，我随口一说，你就急，这孩子！可别告诉红儿。没事。你们自己小心。这边有晓丽他们哪。”

电话放下。蔡水清再打开电视，不知道是什么片名，挺逗，古装戏，说一个混混当官的故事。

6 点的时候，暴雨还在继续，有时候极其剧烈，像是全国爱打腰鼓的人都跑出来狂敲滥打。蔡水清就又打了电话想说不去。棋友老辛说：“就等你啦！老付他们马上就要到了。”蔡水清就给钱红打电话，要她下班去接儿子。然后他又给钱红和儿子分别留了字条。

蔡水清的家在响泉山，空气很好，市政府是为了引进人才专门给引进的人才们留的房子。从山上的林荫小道盘旋而下到公园西路，要 15 分钟左右。很多引进的拔尖人才喜欢在清晨或黄昏在这条林荫弯道上散步，寒暄；蔡水清从来不散步，他总是来去匆匆。他还抱怨过交通太不方便。要是打的，总要走到山下，就是说，至少是 15 分钟后的事了。而且路口一个工地在施工，马路在修补，到处都是旧木板、石头和水泥，很不好走。蔡水清早上的雨伞就是在那个地段被刮翻的，当时，他提着鱼头、茭白、芫荽等菜，在建材和积水中间，青蛙一样跳跃，光顾着寻找下脚点，雨伞就遇难了。

蔡水清打了出租车电召电话。占线。蔡水清打了 20 多个电召电话，还是占线。一直打到 7 点 10 分，棋友老辛的电话打过来了。“这么样啊？酒都倒上就等你一个啦。”蔡水清说：“就来就来！我在打召车电话。”蔡水清本来想说，“我实在不方便哪，腿关节酸疼得很。我明天去你家吃剩菜吧。”可是，蔡水清不习惯这样放肆。

老付、卫东他们都出来接电话，咋咋呼呼的像梁山好汉一样说话。蔡水清很有些不好意思。

蔡水清说“就来，就来”。

召车电话还是打不通。

蔡水清在暴雨中徒步下山。其实不要 15 分钟，只是 2 分钟，他的外衣长裤全湿透了。一直没车，蔡水清满心希望邂逅空车，但一直没有。到路口，没想到早上还能以蛙跳的方式行走的地段，已经全部是不知深浅的汪洋一片。极目左右，到处是水雾茫茫，迷茫的车灯和黑暗的雨水在远方交战。蔡水清想了想，决定把皮鞋、袜子脱下来，他赤脚淌过路口工地的至少 300 平方米的积水场。

凶杀案不是这时候发生的，这时候，一切都没什么异常。

通过路口，蔡水清终于拦到了一辆出租车，他像是从水里直接爬上了车。司机怨气冲天，粗话连篇，竟然是个强悍的东北女人。她用最下流的话咒骂市长，说全市的排水管都像市长他娘的尿道炎。女司机一直骂到棋友老辛家附近的时候，不骂市长了，因为撞上了一个在风雨中狂奔送货的小四轮车。

两个司机互相冲出汽车，在狂风暴雨中互相揪住对方的胸口衣服。蔡水清在车里喊：“我还没到啊？”

东北女人一扭头说：“滚！我不要你的钱！”

蔡水清受到了朋友们的热烈欢迎。棋友老辛的妻子温柔地给了他擦头发的毛巾。蔡水清说对不起，对不起！雨实在太大了。大家都说没关系，这种天喝点白酒最爽。主人的贤妻在厨房进出，忙着热莲子猪肚汤。屋里都是汤的香味。

桌上果然有三大盘韭菜面饼。这个蔡水清会做，很简单，只要把面粉调成蛋汁一般稀，加入盐、韭菜碎、味精，也可以加肉末，入锅出锅就成。很简单。桌上还有一盘炒花蛤、炸花生米、干煎带鱼、醋熘土豆丝、豆干丝，还有一盘不知是鸡还是鸭的三杯东西，是三杯鸡还是三杯鸭，蔡水清没记住。

喝酒，这种天气喝酒兴致容易上来。蔡水清看到大家那么豪爽，一点都不受暴雨的影响，就隐约觉得自己有点小气。他就想对大家每一个话题都做出热烈反应，以掩饰自己对友谊的不忠。后来他发现自己坐的椅子太湿了，有水滴出现在地上。他非常尴尬，怕人家误会，所以，从那时候起，他的话开始少下来。而且他一直找巧妙的机会，低头观察自己的椅子是不是还在滴水。

9 点多的时候，蔡水清想走，不好意思提出；10 点的时候，蔡水清说想走了，大家异口同声，都说，还早！快 11 点的时候，蔡水清说：“我家那边路不好走，还是我先走一步吧？”

男人们还是不让，说不行！来得最迟又走得最早，岂有此理！还是女主人说，是啊，响泉小区太高，让小蔡先走吧。

名律师接到这个案件之前，就在报纸上看到了相关消息。消息说，出租车司机频频被害，春节以来，已经有四名出租车司机遇害，三辆出租车被劫。全市河南籍的3000多名司机正在串联准备停止营业罢市一天，以表达对这个城市缺乏安全感的强烈愤慨。出租车行业协会一方面配合政府安抚司机，一方面以协会的名义，郑重请求政府尽快查获凶手，以平民愤。

和前面四个遇害司机不同，这起凶杀案破得很快。报纸上又发消息,《48小时闪电破案　杀害的哥的疑凶落网》《引进的人才是凶手？》律师平时不太看这一类无聊消息，像他这样的大律师，几乎是不做刑事案件的。收费太低。当嫌疑人的家属通过很多人找到名律师时，名律师开出了当时两万元的天价，可是，并没有吓倒当事人，对方还是感激涕零地写下了委托书。

蔡水清的家属反复说:“请一定救救他，绝对、绝对是冤案！”

警察是在凶杀案发生的第三天晚上十时许，突然进入响泉小区蔡水清家的。当时，钱红在床上看《女友》，儿子刚刚入睡。蔡水清在洗手间刷牙。一只比米粒粗一些的小蟑螂在雪白的盥洗池上溜达。蔡水清向它吐了一口牙膏泡沫，没淹到，小蟑螂还在快乐地爬动。蔡水清又瞄准吐了一口，这回吐准了，小蟑螂惊慌失措地挣扎，细胳膊细腿终于挣出了灭顶的泡沫。蔡水清赶紧又刷了些泡沫，再次吐淹，小蟑螂终于不行了，动了两下，所有比他儿子自动铅笔芯还细的腿们，统统蹬直向外张开，稚态可掬地死了。

警察进门了。都是便衣。是钱红开的门，因为叫门的是居委会的阿婆。同时，那一瞬间，在盥洗室的蔡水清笑了笑，他第一次觉得蟑螂也有可爱的时候。看来什么东西小，都是非常可爱的。他换下起居服，和警察一起下楼的时候，还在想小蟑螂伸出所有细胳膊的可爱样子，还想笑。他还想到了小蟑螂可能在牙膏泡沫中有过拼命的咳嗽。

钱红记得他站在客厅，说的最后一句话是“嘘——”，他竖着食指，眼睛看着已经入睡的儿子的房间。

名律师没有亲自到法院阅卷，助理将卷宗摘抄回来不少。刚从学校出来的助理非常认真。助理回来说，奇怪极了！没道理啊！人家是高级人才，马上就要出国了！名律师毫无反应。助手怀疑发生了冤案，怀疑蔡水清可能遭遇了刑讯逼供。但是，名律师第一次会见被告人的时候就明确了，并没有助理渴望的冤情发生。蔡水清对自己实施的杀人行为非常清楚。

隔着会见室铁窗，律师说：“起诉书收到了吗？”

蔡水清说收到了。

“你对起诉书的指控，有什么异议吗？”

蔡水清看着律师。律师又说：“你对起诉书有什么意见吗？”

蔡水清说没有。见律师没有马上反应，蔡水清说：“我没有任何异议。”

名律师闭着眼睛点头。律师说：“既然你同意我做你的辩护律师，那么你把那天晚上的全部情况告诉我，最真实的，不要有任何隐瞒。我必须知道最真实的，不管有多糟糕，剩下的事由我来做，包括在法庭上什么该说、什么不该说，我都会告诉你。现在，你必须对我说真话。真话！只有这样，我们在法庭上才能主动，我才能救你。”

名律师第一眼就感到，他的当事人长得太像民工了。和到律师事务所找他的家属们完全是两个世界的人。他的妻子以及妻子的家人以及家人的朋友熟人，都是知识分子阶层的模样，从情况介绍上说，名律师也以为他的当事人是个儒雅纤弱的书生。你看，任职于研究机构，学术成果也有，正在联系留学加拿大事宜。

律师见到蔡水清的时候，暗吃一惊。蔡水清最多只有一米六七，黑壮粗实，头发不知为什么还没被剃光，卷曲得像非洲居民，其中夹带了很多白头发，这肯定是少白头。蔡水清的上下嘴唇像两个叠在一起的饼子侧面，厚而鼓出；鼻子宽阔，每个鼻孔都有自立门户的意思；眼睛却细小，上眼皮厚重，好像压得眼睛挣不开，眼睛开合间，又能看到极长的稀疏的眼睫毛。

看到律师，蔡水清平静礼貌地点了个头。名律师说明是家里人请他做辩护人的。蔡水清笑了笑，轻声说："太浪费钱了。"名律师很敏感，马上说："你可以撤销委托。"蔡水清抱歉地笑笑："我只是说说而已，请你别介意。"

蔡水清离开棋友老辛的家的时候，是11点05分，还是暴雨如注。他在暴雨中艰难走到了大路口。他在等出租车，一直没有空车。在树下等车的时候，他全身几乎又湿了。还是要等。回家的路太艰难，他一定要汽车带他越过积水场、带他穿行15分钟的山路。他还担心今天晚上的膝盖会酸得睡不着。热水袋有用吗？没用。现在膝关节在雨水中已经酸疼不已了。

一上车，他就闻到了浓重的味道，就像是一碟蒜蓉醋碟，放置在一个狐臭的密闭空间。蔡水清掀了掀他的鼻子，看了司机一眼。他觉得司机个子很矮壮。司机说到哪儿，他就判断蒜味就是从那张嘴里出来的，酸味和狐臭味就不好判定，也许是前面的客人遗留下来的。

到哪儿?！司机很不耐烦。蔡水清说了，突然也非常烦躁，他使劲地摇下靠自己这面的窗。可是，与开始方向错了，他又用力地倒摇回来。司机猛地踩了刹车，一声大吼："关上！不知道在下雨吗？"

司机不容蔡水清反应，倾过身子就摇上玻璃。事实是，这一开，蔡水清的右边身子马上被雨打湿了。蔡水清说，"开条小缝"，边说边再度摇窗。

司机一把拽开他的手："不坐下去！"

蔡水清真的去拉开车门。暴雨猛烈地斜打进来。司机暴怒了：你他妈下呀！就他妈有这么不爱惜人家东西的？蔡水清把手收了回来。他不下，不是听到司机骂什么，而是他明白这个天气，拦出租车太困难了。

司机重新发动了汽车，恶狠狠地拧着方向盘："这是新车你看不出来？才买七个月，传送皮带就坏了，三四千块钱，一个月白干！还哪一家都不管，推来推去，技术监督局也不给鉴定。我们跑的就是时间钱，我耗得起吗我？今天自己掏钱刚换好，就碰上这狗娘养的大暴雨！这世界，谁他妈把别人的钱当钱啦?！"

蔡水清说："你这车里味道太臭了！"

"臭？谁臭？谁他妈臭？不就是你们这些上上下下的人?！我闻不到，闻得到我也要忍；你受不了，下去！给我离远点！我可告诉你，出租车都是臭的，有本事你自己买奔驰宝马去！别来挤我们这些臭车！"

蔡水清以势不可挡的猛烈姿势，又要摇窗。司机并不停车，他就那么把脸整个转过来死死盯着蔡水清。昏暗中，蔡水清突然有了一种照镜子的感觉。他觉得司机的脸似曾相识：卷曲得像非洲居民的头发，上下嘴唇像两个叠在一起的饼子侧面，厚而鼓出；鼻子宽阔，每个鼻孔都有自立门户的意思；眼睛却细小，上眼皮厚重，好像压得眼睛挣不开，但即使这样，它还是金属般地射出了猛兽一样的目光。在这样的雨中，出租车简直成了诺亚方舟，茫茫大雨中，到处都有人在急迫地、哀求式地招手。

蔡水清把玻璃摇了上去。司机轻蔑地弯腰在哪儿摸出一块布，用力擦着雾气白白的车内玻璃。蔡水清感到膝盖关节疼得非常厉害了，那种酸到骨头深处的、你摸不到的酸。蔡水清把掌心使劲搓热，然后紧贴在自己的膝盖上。汽车开得非常慢，不像是开在马路上，更像是开在水中间，像 007 的交通工具，游在河流的中流层。

汽车太慢了。钱红会不会湿着脚丫已经上了床？

汽车突然就停了下来。“对不起，”司机说，“下吧。我过不去了。”司机说“对不起”的语气，就像签证官员台湾女人说“生日快乐”。

蔡水清往外仔细一看，已经到了响泉山山脚的路口了。蔡水清说：“过去吧，不深的。你靠那边开。”

司机说：“对不起。请下。”

蔡水清说：“我刚刚赤脚走过，真的不深。”

司机说：“下去！我的车底盘低，万一熄火生意泡汤了不说，进水后一修，我又他妈要花三四千。下！”

“那我怎么办？”

“我管你怎么办！快！”

蔡水清突然看到里面一辆出租车开出来，它慢慢地开过积水场，水深大约在它的轮胎中部。蔡水清说：“看，它不是出来了，它也是桑塔纳 2000 型不是，我们过去吧。”

司机说：“对不起了。下！”

蔡水清说：“你知道吗，我今天已经湿了三双皮鞋、四套衣服；我穿过这一大片积水，还要走 15 分钟的山路，如果不是这样，我干吗坐出租车，我坐车就是要过这一段路啊。你看这雨大的！”

司机说：“这跟我说，屁用！我还要做生意！”

蔡水清只好打开自己的大提包。这包很大，平时能装杂志。蔡水清看到昨天买的、细长的蓝色纸刀盒。那刀有 7 寸长，刀刃上有细小的锯齿，像加长的水果刀。推销小姐说是切冻肉、切西红柿的。可是，昨天他忘了拿出来了。所以，现在他找钱包的时候看见了刀。

“你知道双立人牌吗？”蔡水清问司机。司机以为蔡水清在找钱，他边擦着玻璃边说：“不知道。什么双立人？”

蔡水清说：“是世界名牌。德国人用最好的钢制造了世界最著名的厨房刀具。质量上乘，做工非常考究，虽然看上去有点笨。一整套要 2000 多元呢，单一把菜刀也要 600 多块钱，但是，好用极了。”

在擦玻璃的司机非常敏感，听到一个“刀”字，就猛地转过身来，蔡水清就在这一瞬间，准确地把刀子插进了司机的第五根和第六根肋骨之间。他很利索地转了两转，抽出刀子的时候，还是非常吃力。后来他就着昏暗的车灯研究了一下，果然，没有出血槽。

暴雨依然如注。蔡水清看着计价器，数出 21 元钱，放在脑袋歪一边的司机身上。他脱下皮鞋，揉了揉膝盖，然后拉开车门，慢慢走入积水中。

律师说：“你为什么想杀了他？”

蔡水清说：“雨太大了。”

律师说：“他说了什么吗？”

蔡水清说：“下雨天，大家心情都不好。”

律师说：“你为什么会用刀？”

蔡水清说：“我忘了把刀拿出来。”

律师说：“为什么扎他胸口？”

蔡水清说：“顺手吧……我不知道，雨太大了……”

律师助理说："被害人长得和你很像，注意到了吗？"

蔡水清说："我还以为是汽车里面、昏暗中看着有点像。连你们也觉得很像吗？"

律师助理点头："我看到的是他照片。你们就像孪生兄弟，太相像了。大家都这么说。"

蔡水清不好意思地笑起来。

钱红是个安静和顺的女人，一种脱俗的气质，使她普通的身材和容貌有一种干净的魅力。这种美丽是需要慧眼的，不是一般急功近利的男生随便一瞥就能发现的。蔡水清在进入大学生活一周后，就把眼光停留在这个和顺宁静的女生身上。他感到了她与众不同的光辉。当他意外得知钱红出自知识家庭时，他为自己非凡的眼力骄傲。

钱红也很快注意到了新生蔡水清，和其他女生一样，蔡水清以其严峻挑衅文化人的天然粗糙，锁定了许多鄙视的眼光。同宿舍的女生说，丑不是他的错，可是，丑而恶，分明就是不可原谅的啦。

蔡水清的问题不只是在丑而恶，更在粗鄙。有人当你的面猛咳一声，或者在鼻腔里猛吸一口鼻涕，然后偏偏不吐，就那么兜在口腔里，然后，含混不清地和你说话，甚至说好几句话，他非得和你说完全部想说的话，才扭头把口腔中的黄痰和绿鼻涕狠狠吐射出去，你受得了吗？还有女生说，蔡水清有时说着说着，口齿又恢复清晰，八成是把鼻涕或痰又吞下去了。

确实谁也受不了。

而蔡水清还恃才自傲得很，一年级后，不知受哪些艺术家影响，他就把他那头萨达姆一样的头发留长，强硬梳成兔尾巴头，有时扮酷，不扎，蓬乱如炸方便面的长发，更是粗鄙得像在工地挖沟的民工，笨重的脑袋下，你根本找不到脖子。他就那样神情严肃傲慢地扛着一颗比贝多芬难看一万倍的头颅，在校园里不可一世地走过来走过去。大家都说，那时候的蔡水清，简直张狂极了。

蔡水清公开、热烈地开始了对钱红的追求。钱红避之唯恐不及。钱红还感到了脸面尽失。室友们也感到钱红相当于遭遇了劫匪。但是后来发生了两件事，可能是这两件事合起来征服了钱红，至少那是一个转折，钱红不再拒绝蔡水清和她长时间说话了。

第一件事，钱红被开水烫伤了脚，在痛苦的救治疗养中，蔡水清挺身而出，无微不至、任劳任怨地全程照顾着钱红，前后一个月。开始，最有教养、从不出口伤人的钱红，也忍不住视他为走狗，但后来还是慢慢地接受了这只走狗的披肝沥胆的帮助；第二件事，在大学新生楼刚竣工不久，突然有一天，三栋大楼的侧面，全部被人喷写了巨大的字——生日快乐！钱红！钱红，我真的爱你。校方非常愤怒，追查肇事者。蔡水清站出来说，“都是我写的”。

鉴于他成绩过于优良（除了英语），学校严厉教育后，放了蔡水清一条生路。那些天，蔡水清像蜘蛛人一样，在风中，孤身登高清洗公共财物时，在众女学生仰视的眼光里，简直像个英雄。

钱红是认为已将蔡水清改造得差不多，才敢带他见自己家人的。之前，蔡水清绝不再把浓痰吊含口腔里说话，半天不吐；蔡水清定期修剪指甲，并能保持甲缝的洁白；蔡水清不可能吃饭再发出猪嚼食的欢快动静；蔡水清绝不再像父老乡亲们一样，继续打出整个村庄都能听见的、歌咏似的喷嚏；蔡水清和女性走在马路上，会自动体贴地靠外边车行道护行；蔡水清已经能很自然优雅地为女士实施拉门、拉椅子等绅士服务；蔡水清开始看英文报纸；蔡水清在公共汽车、飞机等任何公共场所，只使用细语轻声或耳语；还有，当然还有诸方面的很多很多的进步。

之前，钱红与父母兄姐的通信中，对蔡水清的才华浓墨重彩地宣传，也提前预防地再三说明，那是一个卡西莫多。但是，在毕业工作后回家的第一个国庆节，钱红感到家人面对蔡水清，简直就是措手不及的反应。尽管他们都始终保持彬彬有礼。

蔡水清还是慌乱了。这一趟出访，他花掉了参加工作后的全部积蓄，还背着钱红借了单位2000元。最好的冬虫夏草、最好的野生洋参，还有一些托人弄来的香港台湾出的书。但是，看来这一招并不奏效，钱家毕竟是高层次的人家，是不会轻易为金钱打动的。而钱红看到那么昂贵的进贡物品不加阻止，完全是恋爱女人的虚荣心。

钱红父母态度很明确。他们找到一个机会，与钱红个别交换了意见。他们始终和颜悦色。他们说："我们不是嫌他丑，更不是嫌他穷。但是，我们想告诉你的是，西方人认为培养一个贵族需要数百年时间是有道理的，一个农民（我们是指一种劣根）恶劣的基因不可能读了几天大学就彻底改变。你要谨慎考虑。随着生活的展开，你就会看到很多你忍受不了的东西，这还不单单是影响你，还将关乎你的后代。"

钱红的哥哥、姐姐态度要比父母激烈一点，尤其是姐姐，她说："你是昏了头吗?！"兄姐们直截了当地说："嫁给他你不可能幸福！"

国庆一过，钱红和蔡水清走了。之后，钱红父母和兄姐们到处找关系，要把钱红调回来，远离蔡水清。结果，钱红的单位不好落实，而蔡水清一联系，好几个单位愿意引进这个人才，他反而先调到了这个城市。钱家人暗恨钱红不懂事，又不知如何是好，紧急托人介绍了数名小伙子，钱红根本不搭理，勉强搭理了也不来电。

蔡水清的学术成果比较突出。本地政府不仅给予特殊人才津贴，年终的时候，还因为一个科技成果转化为生产力项目发给了他一个四万元的小红包。可能是钱红不在身边，蔡水清学术业务和感情投资两手抓，两手硬。他经常到钱家看望老人家，开始，钱红父母很排斥他，礼物都谢绝了；有时他在客厅，半天没人和他说什么话，大家都体面地忙碌着。但是，蔡水清很宽厚。再说，高级知识分子，碍于面子，从来说话和气文雅，从来不会直截了当地令蔡水清难堪，更不会下逐客令。蔡水清就还是常去。有时只是一个人在沙发上看掉一本杂志，逗逗猫，就说，“伯伯、伯母我走了”。

大约只是过了一年半，钱红的妈妈突然在电话里对钱红说，小蔡这孩子其实很上进。农村的孩子，就是淳朴厚道啊。再下来，有关蔡水清的表扬，一点一点、一滴一滴地多了起来，最后竟然是钱红爸爸问钱红：“如果感情确实好，是不是就办了？好早点调回来。”

钱红就和蔡水清结婚了。钱红就回来了。

回来后，钱红才知道，今非昔比了。蔡水清已经征服了钱家世界。现在的父母、钱哥钱姐都向着他，钱红抱怨蔡水清什么，家里任何一只耳朵听了，都会为之热诚辩护。

有一次，钱父遭遇车祸，母亲当场血晕，子女们又凑巧都联系不上。那时，刚出差才下飞机的小蔡，一接电话就像救火一样赶过去。正巧医院电梯坏了，是小个子的蔡水清把大个子的钱父，一层一层硬是背上了15楼手术室；小蔡一个人又是挂号又是看护，楼上楼下飞奔，挥汗如雨，等钱红兄姐赶到，父亲的手术都快完成了，蔡水清又赶回去为钱红父母做高汤点心了。

当然，这是很多人都可能做到的事。但是，钱红对律师助理说：

“你不知道，还有很多你无法想象的事。比如，我父亲爱吃山胡桃，那时还没有撬出来卖的品种。蔡水清呢，总是一买三五斤，然后在家里戴着一次性手套，用专门购买的吃螃蟹的成套工具，一小块一小块地将山胡桃肉撬挖出来，然后，用保鲜袋盛着放在冰箱，等去看我父母的时候一起带去，有时撬多了，就叫我和儿子送去；我父母过意不去，可是，蔡水清他说，老人吃点坚果类的东西好。你们牙不好，我呢，正好喜欢做这事，我把它当游戏呢。

“我想我父亲可能吃掉了几十斤的山胡桃。现在，我母亲看着冰箱里没吃完的胡桃肉，就抹眼泪：那都是水清一个一个撬挖出来的啊。

“我姐姐后来非常羡慕我。她说我现在明白了，什么出生、地位、家庭背景、文化程度、外表都是没用的，最重要的是人，是你嫁给了哪个具体的人。我姐姐为什么这么说，你知道吗，蔡水清每次去她家，离去时总是主动把她家门外的垃圾带下楼，你说，这事哪个客人能做到？我姐姐相信，天下恐怕除了蔡水清，谁也做不到，连猪八戒也做不到。你说，这样的好人会杀人吗？”

律师助理在眨眼睛。他没有表态，但是他心里在大声呼应：是啊，怎么会呢？这么好的人都会杀人，这世界不疯了才怪。

钱红从嫁给蔡水清的第一个晚上开始，她就进入了难以置信的甜蜜生活中。开始的时候，她会和单位的女同事不经意地聊到一些，比如，那次，几个女人不知为什么说到第一次剃腋毛。钱红说，有一次，蔡水清在公共汽车上看见一个陌生女人，因为穿着无袖衫，手拉着汽车吊环，暴露出浓密腋毛时，他受到刺激。一进家门，他就到钱红跟前。当时钱红在躺椅上看小说，蔡水清推起钱红的胳膊。钱红的腋毛并不多，但蔡水清温柔地说："我帮你剃整洁吧，不会弄疼你的。"

钱红很快就发现，诉说这些事的时候，女同事们看她的眼光是复杂的，那种感觉真的很难说清楚，好像是不相信，好像又有点厌恶，好像有点酸，有点呛，说不清楚，但那种意味深长的眼光，让钱红感觉她们可能会在她背后就这个问题，展开更多的讨论和分析。钱红是个聪明的女人，后来，她就再也不说了，她有比这甜蜜得多的事，但再也不能说了，因为她明白了，周围的怨妇那么多，她也觉得自己的幸福不会有人相信的。

蔡水清的母亲从乡下来了，钱红是个有教养的女人，她欢迎婆婆住下来，亲切真诚地请求婆婆多玩一些时候再回去。钱红从来没去过蔡水清的家，蔡水清说，他家的老屋总是闹鬼，他说他自己也见过两次鬼，都是同一个长辫子的长腰女人。钱红就很害怕，她就告诉她母亲，她母亲也很害怕，说农村有的地方真的有脏东西。钱红父亲严厉斥责了母女俩，说思想丢人。但大家就不再提钱红去他们家的事了。实际的情况是，蔡水清家太穷苦了，煮猪食和煮人饭的只有同一口锅，甚至没有切猪草的板，翻开草席切菜，盖上草席就睡觉了。

母亲去世的时候，钱红小声地说："我要不要跟你回去？"蔡水清说："别请假了。我去就是了。"钱红害怕脏东西，蔡水清叫她别去，心里就松弛下来；蔡水清不愿意钱红去。因为钱红去了，没进门就会看见水田边，一栋爷爷的爷爷传下来的昏暗房屋，已经歪斜向右边。如果在城市里，早就被房管部门贴上危房标志，不许人居住了。一进门，钱红就会踩在他家三合土的泥地上，有水的地方就泥泞起腻；钱红马上就会看到右手边的地上，像城里蹲式厕所一样的黑地灶，几口不圆的黑旧钢筋锅歪在上面；昏暗和陌生中，钱红想拉灯，马上就感觉到细细的红塑料电灯拉线和四壁一样，黑乎乎、黏腻腻的，那是近百年老灶火燎烟熏导致的；钱红还会看到他们家根本没有餐桌，碗筷摆在一个老式的啤酒木箱上；钱红还会看到左手这边，他们家的不知哪里传下来的黑漆窄长木橱，只剩三只腿了，还有一边用石头顶着，菜橱里几十年都一样，里面有咸豆角、酸菜头、前一餐剩下的煮茄子或者半个剥皮地瓜什么的；家里最鲜亮的，可能是垫在这个菜橱里的去年的漓江风景图挂历。

钱红还会走进里屋，她马上就会看见一个到她大腿那么高的大尿桶，当然是积了至少半个月的量，因此上面浮着一层带点粉质感的膜。她会惊异，闻不习惯，但这是肥料。她还会看见他母亲的床。用了几十年、根本看不出什么颜色的乌灰的被子，从来不叠的，蚊帐也是从小记忆中就那么吊着，乌灰得也看不出原来是不是白色。如果钱红再敢蹬上大尿桶边的那架歪斜的、悬空的粗木梯，她就上了阁楼。她就会看到蔡水清和兄弟姐妹都是睡在草铺上，每个铺位一摊稻草。分家了、出嫁了、上学了、走了的兄姐的铺位，稻草就很零乱，像是老鼠搬弄过了。

母亲去世的时候，赶回家乡的蔡水清号啕大哭，不断以头撞墙，以致哥嫂们姐妹们认为他在演戏。后来看到蔡水清一下掏出 5000 元，兄弟姐妹才放弃评论。可是，有一个厉害的嫂嫂还是觉得他这人没意思：人活着不孝敬，死了做给谁看。是啊，蔡水清自从上了大学，就好像背叛了家乡。甚至很少寄钱，过年总不回家，寄个两百三百的就完事了，可是，他母亲一直非常为他骄傲。

钱红觉得蔡水清是个孝子，她也鼓励他寄钱。可是，蔡水清说，她母亲自给自足的挺好，不愿意他老寄钱。钱红说："你过年给我父母两千一千的，至少也要给你母亲寄个五百呀。"蔡水清笑笑，还是寄个两三百元。他说："农村开销小，不需要钱，还不如什么时候我接母亲来玩玩吧。”钱红说：“好啊！”

有一年，他母亲就来了。蔡水清真的对他母亲很好。但是，做母亲的第二天就发现她的儿子太伺候老婆、太由着老婆了。这要传到村子里，简直就是丢光了蔡家祖宗脸面。母亲心里又气又心疼，但是嘴上不说。她害怕城市里的儿子，害怕城市里的媳妇，害怕城市里的一切。因为心疼儿子，她就想做一点家务，想减轻儿子负担，结果麻烦就出来了。

她把钱红应当干洗的衣服，全部泡在洗衣粉中，用力揉搓，那些高档衣服当然死的死、伤的伤，那件钱红在正式场合最喜欢穿的、两千多元EPISODE的黑西装，在太阳底下变成了梅干菜的模样；她不习惯客厅、厨房、卫生间的不同的拖鞋更换要求，甚至把卧室里三十多元一双的日本草拖鞋，一双双穿到卫生间洗澡，然后一双双报废；她经常开冰箱忘了关门，把微波炉使用得像放置爆炸物；她总是分不清生肉熟肉菜板、生肉熟肉器皿，更分不清生肉熟肉用刀；她上街的时候，偷偷用菜油涂抹头发；她喜欢在菜里加很重很重的盐。

问题确实很多很多，有教养的钱红有时憋不住，比如EPISODE西装那次，她就轻声慢语地批评了婆婆。婆婆很多皱纹的黑黄脸上都是歉意的笑，一直点头，表示懂了。

这种时候，蔡水清经常紧紧皱着眉头，但是两个女人他一个也不会批评。钱红不怕蔡水清眉头紧锁，因为他可能会以延长搔背或者别的方式赎罪；可是母亲看着儿子紧锁的眉头，心里非常难过。蔡水清脸色可能是不好，他会挽起袖子重新做。能改正的，他默默改正过来。有一次，下班回来，他又闻到了满屋油烟味，同时进屋的儿子和钱红一起用手在鼻子面前挥扇，好像闻到了毒气：这么重的油烟味啊！钱红一叫，儿子就大嚷：“熏死人啦呛死人啦！”

晚上，蔡水清到母亲房间婉转地告诉母亲，烧菜一定要开抽油烟机，这不是乡下。母亲不安地笑了笑，低下头就擦了一下眼睛。

蔡水清坐到母亲床边，搂过了母亲肩膀。母亲说："眼睛不好，有灰尘进去了。"蔡水清不说话。母亲低声说："我想早点回去了。"

蔡水清摇头。蔡水清那天晚上就一直搂着母亲肩膀。

钱红有时还是会撒娇，钱红说："你妈妈身上为什么总有一种奇怪味道？"

蔡水清说："什么味道？"

钱红说："要是你也有这种味道，我绝不嫁给你。"

蔡水清说："什么味道呀？"

钱红说："一种像……太阳底下、草丛中……狗屎被晒的味道……"

蔡水清第一次把背转了过去。钱红很乖，钱红说："你生气了？呀，原来你也会生气。我是逗你玩的。她没有味道。"

蔡水清知道钱红撒谎，母亲身上是有一种不太好闻的味道。蔡水清听了钱红的话，就转过身子，继续为钱红挠背。蔡水清说："我怎么会生你的气。"

钱红悲伤绝望。当律师告诉她要有思想准备，他可能无力回天，就是说，蔡水清最终可能被判死刑时，钱红就回家一直掉眼泪。名律师没功夫听这类婆婆妈妈的事，但因为收的钱蛮多，就叫助理陪听。助理比较顽强，听了一些，就把自己的想法告诉钱红，然后再向名律师汇报。助理的意见是，蔡水清的精神一定有问题。建议精神鉴定。名律师并不上心，他认为他的当事人什么问题也没有，实在有问题，就是他太好了。好得他自己也受不了啦。

助理为成功翻案的想象所鼓舞，名律师又接手了一个标的六百多万的经济案件，因此，就没有扫助理的翻案兴致，由他自己玩去了。与此同时，钱家动用知识界的威望，串联了许多知识名流、学术权威联名上书，要政府从爱惜人才的角度考虑，给蔡水清一个自新再生的机会。

他们真的成功申请到了再次重新进行精神鉴定。律师助理借会见机会，暗示蔡水清配合鉴定。可不是嘛，有人为了逃避责任，不是吃屎喝尿的，就是语无伦次。有个被告人，开庭的时候脱下鞋子就像啃烧鸡一样，啃得津津有味；很多被告就像天下最傻的傻子，和精神鉴定医生认真拉着家常。比如医生说，你几岁了？那人会说，我曾经29岁，后来15岁，现在7周岁了。比如医生又说，你为什么要杀某某呢？那人说，没杀他啊！我只是杀了一条五步蛇；或者，我听到有人对我说，不杀他，他准备炸我们新大桥。我是为民除害呢！

但是，蔡水清挫败了辩护人的阴谋，蔡水清使所有想帮助他的人都失败了。蔡水清以最不破裂的学者思维，以最流畅、最准确、最具结构感的语言特征，再次协助完成了关于蔡水清是否具有刑事责任能力的精神鉴定。鉴定专家不得不再次认为，被鉴定人的认知、情感、意志行为反应完全正常，符合逻辑；其行为意志不受任何幻觉支配、病态支配、错觉支配。

结论：被鉴定人完全具备刑事责任能力。

鉴定完毕，操劳过三次的司法鉴定的专家们，火烧屁股一样，斩钉截铁地在鉴定结论签下各自大名。本次主持鉴定的精神病院林副院长，竟然把鉴定纸给一笔挑破了。

二审裁定下来的前几天，律师和助理又会见了一次他们的当事人。蔡水清态度依然很理性，始终保持文质彬彬的眼神。名律师通过省高院的同学，提前获悉了大致结果。收了一位社会名流人家那么多钱，心里总有点那个，再说这个当事人也太不把杀人当一回事了。

临走，名律师问了委托人两个问题。律师说："你内疚吗？"

蔡水清说："从刀子捅进去的那一秒钟起，我就感觉空荡荡了。"

"一点都不内疚吗？"

"也许……就像杀了我自己。"

"你当时真的非捅不可吗？"

"是的。"

第二个问题，是名律师站起来问的。准备走了，律师说："今天也不想给家里人带什么口信吗？"

蔡水清歉意地笑笑："也没什么。"

站起来的名律师和助理，拿出红色印泥给蔡水清在会见记录上压指模，并让他签名。其实已经没必要了，只是好给当事人家里一个交代罢了。

蔡水清签着名，突然说："有两个词我不懂，可是，我在家老是忘了翻字典，有时在家翻字典玩，又想不起来是哪两个词。今天我想起来了，你们愿意帮我查查吗？"

名律师和助理说："什么词？"

"一个是骊歌，一个是丁忧。我不懂它们的意思。很久了。"

2001年9月29日上午9时，蔡水清伏法。全国人民欢庆国庆。

海鲜啊怎么那么鲜

自端午丢失后，小陶就经常被 506 的东家想起来。

女东家坐在沙发上用细瓷汤匙吃红枣燕窝，吃着，忽然莞尔。男东家听到妻子有笑的动静，便回头看她。妻子已经嗔怒：“那浑蛋再来，我还是要炒了她。”

18 岁的小陶，在他们夫妻眼里，的确很浑蛋。这个浑蛋是个超级电视剧迷，在他们家里做了一年多的保姆，至少偷看了 20 部连续剧，当然是利用东家上班时间。东家一出门，电视就打开。大白天，地方台播连续剧，三集四集没命地放，小陶就利用广告时间，风驰电掣地拖地、洗衣服、做饭、熨烫衣物。一心二用，损失惨重。只能干洗的衣物一股脑塞洗衣机了；海鲜萝卜煲、猪脚花生煲莫名其妙烧煳了，还烧裂过三个砂锅、一个电水壶，蒸老蒸木过多次清蒸鱼；烫坏过女裙、女西裤各一次；男东家最喜欢的一件棉质衬衣后背，还有一个隐约可见的熨斗焦印子，好像被人踢了一脚。惩罚了多少次，一样，小陶还是如毒瘾发作一般，争分夺秒地偷看电视。

还有，极其贪吃。

幸好，东家对付保姆，早有丰富经验。在“巨贪”小陶进门前，他们就养成锁食品柜的习惯。但有两次，离家匆忙，忘了带走钥匙，回家，男东家发现，柜子里的所有食品都短缺了一圈，台湾豆沙麻薯明明是六个，怎么变成五个？澳门肉松蛋卷；起码少了三分之一；朋友送的瑞士巧克力，根本没拆包，怎么透明薄膜就被人撕开了，有块巧克力也像有被舔过的痕迹；东家决定审讯小陶。小陶说：“我才没有那么傻！你们是故意忘了带钥匙，好考验我。我不上当。我再想吃也不吃，我只是把食品柜擦了灰。”

东家被小陶噎得互相翻白眼，差点怀疑自己是不是记忆有误。

有一天，碧根果忘记锁进食品柜，回来发现少了一小半。这小陶酷爱吃。每次，东家晚上看电视在茶几上剥着吃，都会发一两颗给她，她总是把缝隙里最细小的果肉敲打出来吃掉才罢休。吃完，还假装入迷电视，不走。东家就是不着她的道，偏偏就不请她吃了。小陶意犹未尽，还想坚持，东家就说：“喂，证券啦，你又不爱看。到你自己房间看看书嘛，你不是要考会计证？”

小陶伸腰长叹一声，离去。

碧根果突然少了那么多，东家憋不住，还是绕着弯地试探小陶。小陶矢口否认。而且，小陶说，涉嫌诽谤。这是个新词，连东家夫妇这辈子也没有使用过的新词——涉嫌诽谤——新学来的。这样，东家夫妇就猜测最近小陶又偷看了哪部电视连续剧，女东家还专门查阅看了电视报。上一次食品柜事件，小陶嘴里也出现了一个新词：犯罪陷阱。男东家后来查明有个地方台在播香港的一个电视有关证人保护的连续剧。

这一个多月，端午被新保姆遛丢了。男女东家无聊难过之际，就零星想起浑蛋小陶的好玩之处。小陶手脚麻利，交代的事情，只要没有电视剧干扰，就干得利索高效，要再辅以美食诱惑，那结果简直卓越；小陶烧一手好菜，山货海鲜无师自通（有几次，偷看连续剧被抓现行，她都抵赖狡辩说在看烹饪，以期提高业务水平。但最终被揭穿）。男东家有买菜谱的习惯，而小陶有心无心地翻一翻，总是强过他折角、标记号、背诵、反复实践的烹饪努力。

最重要的是，小陶爱端午。非常爱。

端午是流浪狗出身，银狐串，土狗和银狐的混种。当时，东家夫妇从车库里出来，看见显然是被遗弃的端午，瑟缩在车库外一个废弃的边三轮底下躲雨。端午的圆眼睛和东家的车灯对了一眼，发出绿莹莹的光。女东家下车后就过去看。端午冲她摇尾巴。但男女东家都不想带走它，因为端午太丑了：脖子上有个绿色的肮脏颈圈；身上的毛稀疏得能看见皮肤，几乎成秃狗；那根短短的、基本没毛的尾巴，倒是热情洋溢，对着两人使劲摇。

男东家叹息说，太他妈丑了。女东家说，别靠那么近啊，肯定有跳蚤！

他们就走了。端午就在后面跟着。他们不知道，一直到楼道防盗门前，感应灯亮了，他们掏钥匙的时候，才发现端午还跟着。嘿，你这丑狗！一个说。另一个说，肯定是饿了。两人上去，厨房里也没什么吃的，找到一个肉粽。女东家让男的下楼送狗吃，男的说，刚才把它踢出楼道门，可能早走了吧。就不送。两人洗了手，泡上茶。女东家看看外面的雨，说："饥寒交迫呢。我说那丑狗。"男的说："那我从窗户上，把粽子扔下去吧。"

粽子啪地从五楼窗户扔下，楼道防盗灯砸亮了。就在防盗门感应灯灭掉的前两秒钟，石阶那边一个小身子奔向那个肉粽。楼道前又黑暗了。不能确定是狗还是猫扑食。女的让男的下去，男的懒得动。女东家忽然性起，自己趿着拖鞋下楼了。

端午就在那里，肉粽连叶带绳地吞吃得差不多了。这一次，端午比前一次他们拒绝它进门时更有力气、更坚决地表达了它要进楼道的意愿。它用力挤进防盗铁门。女东家使劲把它往外赶，又怕它脏了自己衣服，就这一点退缩，端午大半个身子就进了门。女东家还惊叫了一下子，这毫不影响端午的决心。它进来了，欢欢喜喜地冲着她大摇尾巴，眼睛亮晶晶的十分友爱。

母狗小端午就这样进了 506 室。接着，洗澡、检查、打预防针、去势。慢慢地，慢慢地，端午恢复了自己的宠物身份。

一年后，小陶来了。那个时候，端午已经换出了一身天然好毛，脖子下一圈浓密的白毛，向身体两边飘张着。端午黑眼睛、黑鼻头、黑嘴唇，通体雪白矫健，带出去，引来许多青睐和赞叹。男女东家十分满足，对端午更是日益喜爱，他们一进门，端午欢跳、摇尾、叼拖鞋、咬报纸，乖巧热闹得不行。茶几上，夫妻俩谁的手机响了，端午都分得清，马上叼起找主人去接；但前两个保姆都不太喜欢狗。小陶进门的时候，东家也担心她怕狗，没想到，小陶一看到端午就大叫："哇，像我舅舅家的旺财！"端午毫不犹豫，甚至比小陶更快做出了一见如故的举动，它冲着小陶就起立作揖，小陶也嬉皮笑脸地给它作揖回礼。

在东家眼里，小陶长得真像个黑脸汉子，健壮有力；小眼睛大嘴巴，笑起来眼睛找不到；满脸都是无序的大白牙，脸颊上还显出两个大长酒窝，破相似的，但小陶引以为豪。在小陶眼里，东家夫妇也长得令人不服气。完全像两粒东北米，一对胖胖的、矮矮的男女，哪有电视剧里那些男女主人的派头。女的，虽然也算五官整齐，但是矮矬矬的黑乎乎的，走到菜场超市，根本看不出是什么多有钱的人。男的，更糟，头发也少，白、胖、小、圆，像个阿福，又戴一副黑框眼镜，怪头怪脑。而且，一对小气鬼，天仙配似的绝配。每次吃鱼，夫妻两都一唱一和地把鱼头鱼尾贡给小陶，一个说，唉，我爸爸妈妈最喜欢吃鱼头了。一个说，会吃鱼尾巴的人总是聪明过人啊，因为鱼尾巴是一条鱼最灵活的部分。小陶每次吃得都想大吼、大哭。

小陶当年跟二哥从偏僻的山区出来。走在这海滨都市的大街小巷，随时随地地——只要一小丝丝——从锅里飘逸出来的海鲜鲜香，都会让她战栗兴奋。她深深呼吸着，拳头紧握。她以为在城里打工，就等于时时有鲜味，餐餐有海鲜，就意味着海鲜生活的全面开始。没想到，不管是眼镜公司车间，还是电子厂的流水线，一天忙到晚，连海带都吃不到几次，虾皮竟然比山区农村还难见。这算什么世道？如果这样，根本就没有实现一丁点人生理想。小陶是在二哥暂住地玩，听二嫂的一个老乡炫耀她在她东家吃穿享用的鲜美事迹的，真是眼界大开。主要吸引小陶的，就是海鲜。海鲜哪海鲜，你怎么能这么鲜。

小陶也陪嫂子去小菜市，嫂子根本不会在海鲜摊停留，最多买一点小花蛤或者尾市不太鲜的小鱼、断头虾；有一次，在超市，看见海鲜池那里写着：菜蟳，十元。小陶和哥哥嫂嫂急慌慌捡宝似的选了三只最大的，拿去过磅。一磅才被告之，是一只十块。如果不是促销，一只起码十七八块，因为一斤五十八元。二嫂当场扔了菜蟳，骂道："抢钱啊！这么小，还一只十块！"二哥说："就是，掏干净了，统共没有一口肉！"

小陶深长地叹气了一声，说："我要去、做保姆。"

小陶做保姆的第一个东家，居然不吃海鲜。因为家里老人、小孩有海鲜过敏症。小陶气得要命，虽然那家人很不错，忍了两个月，但为了理想，她还是辞工走人了。再找东家的时候，小陶有了经验，人家问她有什么要求想法没有，小陶开口就问人家：“你家吃不吃海鲜？”人家傻了半天，说：“呃……吃啊……”

结果，小陶还没有上任，人家就炒了她。说：“哪里能要专门挑海鲜吃的保姆呢。”

东北米家的好处，是慢慢品出来的。首先男女东家都爱吃海鲜，好像也有这个实力，比如螃蟹、虾、鲜贝、鲍鱼、象拔蚌等大海鲜，个把月能盼来一次两次；不过这个时候，他们都会告诉小陶，这些是他们当补品服用的，相当于用药。比如，治疗头疼、眩晕，比如清理血管里的垃圾、降低胆固醇，比如减肥、补钙、调整激素。既然是药品，小陶就不要理解成菜肴，他们请求用小灶小锅煮了当消夜，也是顺理成章，谁把药拿到饭桌上吃啊。因此，小陶也没什么太多抵触情绪，有时隔天有剩，小陶也很乐意帮忙吃药，此外，男东家应酬多，鲍鱼捞饭也打包回来过，都是诚心给小陶带的；而小海鲜，在东北米家就更为常见了，什么金线鱼、赤鯮鱼，小管（小鱿鱼）、秋刀鱼，什么苦螺、油蛤、海蛎、淡菜、甲锥螺。这些海里的东西，酱油水一炝，或者干炸粉油锅一拖，甚至沸水一焯，真是，鲜香万里啊，搞得人清鼻涕都要鲜淌出来。食用小海鲜也有讲究，东北米总是积极客气地轮番夹菜给小陶，这样部位和数量都被控制了，小陶有时自己动手，可是，男女东家的眼光就跟在小陶筷子上，粘着，半天都去不掉，小陶讪讪地强咽下去，心里郁闷无比。

小陶从心底赞美海鲜，反对海鲜管制。所以，她在烹饪起锅前，就大肆品尝。东北米看见了忍不住嘀咕，还要尝啊，都看你尝三次了！

再尝，只剩半盘啦呀！小陶镇定自若，说：“一开始太淡了，加盐；后来又太咸了，加水和酒，不再尝，又不知道是不是刚刚好，所以，又尝了一点点。”女东家说：“那你尝汤汁就行了嘛，每次都吃菜，空口你咸不咸啊！吃了太多盐，会高血压的！”

小陶舍身取义地微笑。

很快地，小陶发现东北米家的另外两样好处。有这两样，有明显缺陷的海鲜生活，还是可以忍受的。

一是，自在。东北米孩子上大学，家里没有警察一样的老人，他们自己又上班，经常早出晚归，家里三房两厅，她一人独大，实在自由清爽。

二是，端午。端午真是一条好狗，贫富无别、有情有义。

端午对东北米和小陶一视同仁。后来可能相处的时间更多，端午似乎更依恋小陶，比如说吧，它喜欢自己把狗垫子拖到小陶房间，放在小陶床前，睡在小陶床下，再后来，干脆跳上小陶的床尾，一起睡。开始时偷偷地，后来是公开地。女东家不太高兴，有失落感，可是，端午以前也跃上东家大床，两东北米都嫌端午脏，毕竟是狗。但小陶大度地默许了。这样，保姆房就是端午天堂了。而端午，一碗水基本端平，东家每天下班回来，它都表达出撼动人心的久别重逢的狂喜。因为默许端午上床，小陶每次遛狗回来，都洗得更加仔细。四爪还要用洗手液、水龙头冲，嘴巴、狗脸、背腹，都要彻底用清水擦拭。然后全身的毛要彻底擦干、梳通、清洁。

虽然那么洗，东家看得呻吟：“水啊！小陶，开小一点！这可不是乡下的水不要钱！”说是这么说，但端午干干净净，受益的倒也是全家人。当小陶嚣张离职的时候，东家才感到那浑蛋的这点好，她至少把狗收拾得很干净，不像后来的保姆，出门遛狗闷闷不乐，回来洗狗敷衍了事，搞得端午身子灰拓拓，爪子臭烘烘的，连它自己一闻就熏得打喷嚏。东家送宠物医院洗澡只好更密集了。

因为端午，小陶有一次被罚款五十元。

那天，是个周末，东家夫妇和同学去乡下考察一块地，好像是想一起搞绿色蔬菜农场，走前交代说，晚上可能不回来，并叮嘱：浇花、喂狗、看家、锁好门。小陶满口答应，东家前脚一走，她后脚就打电话力邀二哥二嫂来做客，以前她也这样干过。一家人在东家放肆团聚之后，小陶再消除所有痕迹。但那天二哥要加班，反邀她过去，说二嫂生日。小陶一听说吃红肉焖蛋老家菜，立马就决定去了。端午想跟着她，小陶也觉得端午这么帅，带给二哥二嫂以及那些老乡工友看，是很有面子的事，就神气活现地出发了。

那一天小陶真是风光无限，连最势利的公交售票员都主动搭讪，对端午嘘寒问暖。到二哥家，整个暂住地租户都来看端午。端午很听话地对大家直身作揖，表演了握手、打滚、起立、趴下等才艺。小陶富足而炫耀地告诉大家，端午平时吃什么、用什么、洗什么。语不惊人死不休，让还在奋斗温饱的老乡们羡慕得要休克。大家频频惊骇：什么？一斤狗粮比十斤大米还贵？——什么！狗眼药水，一滴五块半?!比花生油贵多了嘛！惊呼阵阵，小陶乐不可支，小小的虚荣心，就像树林里一大群叽叽喳喳、阳光照耀的小鸟。

晚上八点多，小陶和端午凯旋进小区，忽然惊见东北米家窗子有了灯光。小陶头皮一奓，一人一狗狂奔上楼。

家门口，东家一看端午浑身灰突突的，乱毛纠结，就八分不悦，因为端午昨天才从宠物店洗澡回来，白毛如雪云蒸霞蔚，怎么一天工夫就如此邋遢了。

东家问小陶去了哪里，小陶说：“哈，遛狗啦……”

男东家犀利，半眼就看出小陶眼神的躲闪，说："出去多久了？"小陶说："不到一个小时吧。我锁门了呀……"

女东家沉着脸："你一天都在家？"小陶慌了，但是，她很顽强，说："是！我一天都在家！就这会儿去散步。你们怎么……"

"你到底去了哪里?！"男东家说。

"哪儿也没有去啊，真的啊！"小陶理直气壮地大嚷大叫起来，"你们怎么啦？丢钱包了还是怎么的，找我出气啊！"

男东家大喝一声："上午、下午，我们不断打家里电话，都没有人接，你到底在哪里?！你看看，家里的卫生，一点都没有搞！我们现在还饿着肚子!！"

女东家说："还把狗也带出去！昨天洗得干干净净，我还没怎么抱，就成了这个样子回来，嘴里还没有一句老实话！"

小陶彻底傻了眼。她后悔没有把电话提起来。真是百密一疏。不过，她转而又想，就是去玩，也没有什么，唯一的问题，就是走前没有把卫生做掉。这个有点……去的时候还想，反正回来赶紧弄一把来得及，没想到去玩了这么久，而他们本来不是说不回来的吗？这么想着，小陶觉得又被东北米欺骗了。要是他们老老实实地说，要回来吃晚饭，这不就结了吗，你先不老实还怪我不老实！

"怎么不说话啊？"男东家说。

"说出来也不会死！"小陶发狠地，"我就是去我哥家了！"

男东家说："怎不事先说一声?！"

女东家一听就站了起来，她本来摸着端午的，端午也在舔她的手。

女东家说："我说呢！野狗似的！赶紧带到宠物店再洗一次！谁知道是不是带了一身跳蚤螨虫回来！那城中村，人臭狗脏的……"

小陶气愤万分，这么说，好像她哥哥家就是跳蚤螨虫窝。不过，端午是有点脏了，因为，它和那里房东的两条狗玩耍，在施工的沙地、碎石堆里追逐打闹，是有点那个。小陶没有再抵赖，但心里还是堵。

“哟！这狗不洗上不了沙发！下来下来！端午！”女东家又大叫。

男东家说，扣五十块洗澡钱！——先给我们下面条去。人都快饿死了！

小陶噘着嘴到了厨房。她狰狞着眼，抽冷子地摔锅打碗，一会儿嘭哒一声巨响，竹菜板滑到洗菜池，再过一会儿，不锈钢漏瓢，当啷一声跌下料理台，她不好意思连续弄出动静，毕竟自己理亏，但又实在需要泄愤。她觉得假装失手地摔打，东北米也不好发作。五十块，去玩一下就扣人家五十块，五十块，可以买到促销的活菜蟳五只了。有钱人真是不要脸！什么跳蚤、螨虫，全部都是胡说八道！

在厨房里，借拍蒜，小陶又使劲拍出了几声凶杀案似的狠动静。渐渐地，心气顺了些。想到自己已经吃饱喝足，装满红肉焖蛋的胃安逸又快乐，而东家还饿瘪瘪的，她的心就被熏香似的得意缭绕起来，再慢慢地，又起了一点点内疚。但是，小陶鼓舞自己说：“加盐！再加一点盐！扣我的钱，咸死你们！”

有一天，东北米夫妇下班，看到小陶的身形好像很回避他们的意思，转过来转过去低眉侧脸的。女东家拉过小陶，说：“哎，是不是哭了？家里出事了吗？”

小陶扭捏摇头，转过身子，忙着擦油烟机。女东家又拉了她一把，说：“眼睛都肿了，发生了什么事？说出来啊，我们可以帮你呀！”男东家也看清了，小陶头脸卤猪头似的红肿，肯定是大哭过一场。可是，任你怎么问，小陶抿着嘴，抿着大破酒窝，就是不说。

东北米夫妇互相交换眼神，心神不定。他们暗地里猜测小陶是不是打破了还是搞坏了他们家里什么贵重物品，紧急搜索了一遍，倒也看不出，后来就肯定是小陶家里人出事了。奇怪的是，小陶吃了晚饭好像就神清气爽起来，拿一根猪大骨逗着端午有说有笑的，也不像是有心事的人。

双剑合璧的精明夫妇，这个时候，还是没有想到小陶偷看电视的问题。这个像男孩一样的女孩，动作风快，效率极高。发现她偷工减料，的确需要精细的考察。后来东北米下班回家，又发现几次小陶眼睛鼻头红肿，仿佛经历了一场感情大冲浪，而每次问她，照样答没事。后来还发现小陶有时候显得过分神采飞扬，看上去似乎是很深刻地经历了什么，有精神方面的富足感；还有几次，女东家发现小陶的说话方式变了，变得爱噘嘴，总是嘟嘟囔囔委屈而倔强地说话，小可爱的样子；还有一段时间，她目光变得深沉执拗，就是看人的时候，很阴郁又自感洒脱的那种。对于东北米来说，这些变化，简直是完全彻底的陌生化，令他们别扭不安，尤其是那一段噘嘴嘟囔的说话时期，东家觉得她在模仿一个娇憨任性的公主。他们当然不知道，那个时候，小陶正在疯狂地偷看韩国片《浪漫满屋》，满脑子都是漂亮的女主角宋慧乔的小样。

又一次邂逅小陶严重眼如烂桃、如丧考妣的模样，他们也还没有往那方面想。饭后，女东家突然犟劲上来，使劲刨根问底，从小陶身体，到小陶爸爸妈妈，一直问到堂哥表姐。小陶总是抿嘴摇头，有一次，被问急了，竟然眯着烂桃眼咧嘴傻笑。东北米夫妇莫名其妙，心里有点发毛。两人就不着边际地宽慰了几句，想告一段落，不料小陶又嘿嘿笑。男东家灵光一闪，起身就去摸电视机——喂，看电视了你?!

小陶马上摇头。坚决摇头。

“你过来。”男东家说，小陶迟疑地走过去。男东家让她摸电视机壳。从这以后，小陶知道，原来电视机看了会发热，这是没有办法抵赖的。之后，她想出了对策，看完后，用湿布擦洗急速降温。没想到魔高一尺、道高一丈。有一次，她拍着电视机外壳猖狂地说：“你摸摸！这么冷！谁看电视啦?!”

东家说：“如果我打开摸里面的管子，管子是冷的，你就没看，管子是热的，扣你半年工资。怎么样?!”

小陶张口结舌。她直了半天眼睛，嘀嘀咕咕地说：“我不知道……反正我不知道……你们昨晚看就不热了？……”说到后面谁也听不清她说什么。

小陶真正惹毛了东家，是祸起女东家的眼霜。

那个时候，小陶在偷看一部写医生的日本电视剧。好医生坏医生的斗争，让她每天生活在激烈的情感冲撞中。东北米不知道，小陶洗菜已经不泡洗米水了，而且，洗得很粗糙；原本该手洗的衣服，都进了洗衣机，时间最危急的时候，连内衣外衣也不分了，小短裤和牛仔裤，一股脑儿统统下去搅，捞起来就晒，反正东家也不知道。每一部连续剧终结，都让小陶失魂落魄好几天。这个时候，她也会反省自己工作不认真，小小的良心像爆了米花，空洞洞的隐隐不安。这样，她就会加倍细心干活，翻阅菜谱，做点新花样哄东家开心；东家不知道，服务品质最高的时期，就是电视剧断档的那些小日子。很快地，小陶又会通过电视报、通过晚饭餐桌上东北米对某电视剧的反应，扑迷上新的连续剧，又投身其中，工作又回到敷衍了事的状态。

被东家用管子揭穿偷看电视的劣迹后，小陶憋了很久，没敢开电视。开得时间也变短了。后来，《潜伏》来了。她先是发现东北米夫妇吃饭的时候，议论别人的大力推荐；后来夫妇每天晚上看得出神入化，有时小陶路过，依依不舍地偷瞄，他们都忘记督促她回屋去学习会计学。小陶就在房间里偷听，每次听得猫爪挠心。终于在一个地方台搜到白天播放《潜伏》时，小陶大喜过望。

事情就是这样乐极生悲地来了。那天，搞卫生的时候，她打开电视，边搞清洁边看。女东家的梳妆台，都是瓶瓶罐罐，本来就擦得令人生气。小陶不记得手上在擦一件什么，就听到外面传来电视里紧张对话后的音乐，无比紧张。她拿着擦布就赶出来看一眼。这一看，就一看看到一集完。等待发现端午嘴里咬出一个小瓶子，已经晚了。冲过去，夺下来。一个深色带滴管的小瓶子，没有五号电池大。滴管已经被端午咬破，里面清油状液体，满地都是。而且，还有一个药瓶盖大的小扁盒子，镀金过的，被端午咬得歪斜，扭不开，还满是牙印。

小陶知道后果严重，所以，晚上打死也不承认偷看电视一节，她否认得一干二净。女东家说："那么高的位置，端午叼不到，肯定是你拿了放在它够得着的地方，要不，绝对不可能！"

"那你问端午！反正，我有拿给它玩，我就是狗！"

"是不是你擦灰，什么事岔了，随手放哪里？——你不会是又偷看电视了?！"

小陶狗急跳墙，眼泪汪汪："谁看电视了！谁看电视啦?！送我还不爱看！这事情跟我无关，你要审问，审端午去！又不是我咬坏的！我不知道！"

女东家也狗急跳墙了："简直是无赖！你知道这眼部精油多少钱？一套三千二！"女东家吼完就被男东家瞪了一眼，她也就后悔了，因为，他们夫妇说好，绝不用家里物品价格刺激保姆的。可是，覆水难收，已经晚了。小陶愣怔着，呆若木鸡。她似乎难以置信女东家的话，一半是狐疑，怀疑自己听错，怀疑东家诈她，还有一半是气愤。

最后愤怒占了上风，三千二！三千二！三千二！我四个月的工资，等于她一鼻屎大的眼霜！三千二可以买多少梭子蟹多少斑节虾多少黄翅鱼啊！

东北米夫妇看着小陶的脸白了又黑，黑了又青，乱云飞渡，眼神凌厉。小陶说："它三千二？"女东家艰难地吞了口水，她是想改口说三百二的，她知道安抚人心的重要，可是，到底忍受不了小陶的嚣张，不压她一头，不敞开事情真实的损失后果，她永远不知死活轻重。女东家大叫一声："你自己上街看好了！"

小陶扔下洗碗围裙："老子不干了！你另请高明吧！"

小陶真的走了——晃着肩膀，像少男一样潇洒地走了。

506东家在小陶走了之后的半年间，请了三任保姆。端午是第二任保姆带出去给遛丢了的。东北米一气之下，当场炒了那个煮菜死油、笨头笨脑的乡下妇女，女东家思念端午，天天以泪洗面，黯然神伤，登报寻狗也没有结果；第一个保姆倒不笨，也不贪吃，好像也没有偷看电视，可是，是个天生的外交家，成天到下面和小区其他保姆扎堆，货比三家飞短流长，连倒个垃圾也能和四楼人家搭好几句；第三任保姆刚来一周，就被炒掉了，大手大脚，小偷小摸。

当端午骨瘦如柴地出现在小陶二哥二嫂暂住地时，小陶正在跟二嫂吵架。因为她把二嫂准备请客用的卤猪尾巴吃掉太多，二嫂在气头上，破口大骂她是蛔虫。端午走进来时，二嫂尖叫一声，小陶也尖叫一声，马上和端午抱在了一起。小陶哭了，先是冒眼泪，后来干脆大哭。她认定端午是专门来找她的，所以，她就跟端午说："走！端午，姐姐带你去浪迹天涯，要不我们去北京，京漂！"

听说端午走了十几公里路来找小陶，很多老乡工友都来看端午。

看过端午雪白风采的人，看到端午这份憔悴艰辛，都为端午和小陶的伟大友谊感动。忽然有个人说：“哎呀，我看到报纸呢，好像就是它！主人悬赏五千块酬谢哪！”大家却找不到报纸了，的确，快两个月，太久了。那个人甚至连什么报纸都想不起来。没有报纸，就没有电话。可是，二哥说：“反正你认识路，赶紧送去，五千块啊！”

小陶大怒：“送什么送？端午是来找我的！”

二嫂说：“神经病啊，人家的狗，五千块不送，还养着啊?!”

小陶说：“来找我，就是我的！我就养！”

二嫂说：“都三四家保姆干不了了，还有本事养狗？你还以为你是富人呀！”

小陶哭叫起来：“端午是来找我的！”

端午感到小陶被欺负了，立刻冲着大家大叫，一副保护小陶的样子。小陶一见，更是委屈万分，觉得天下只有端午好。她蹲下去一把抱住端午，呜呜地哭。

四天后，小陶就明白，她真的养不了端午。别说洗澡，端午连剩饭都吃不饱。更别提肉骨头。二嫂二哥也都嫌弃它有跳蚤，晚上都是赶到门口睡。保姆公司又安排小陶去一户有两个老人的人家，小陶后来连见工都没有去，因为去了，端午和她就分开了。二嫂很不高兴她这么挑肥拣瘦，两人又大吵。二哥烦死。小陶就考虑要不要去工厂，或者在哪个服装店、文具店、小吃店当个店员什么的。二嫂说：“算了吧，文化不高，你长得也不适合抛头露面，还是做保姆实在。”

果然那些小破店、小工厂还很挑人。而且去应聘的时候，端午老跟着，也不是办法。一个炒板栗店女老板，一看到端午远远地就大叫，这么脏的狗，狂犬病！快赶走！

那个周日，小陶不知不觉就和端午走到了东北米家的小区。来到熟悉的小区，端午异常兴奋，简直像小鸟一样在小陶前面打圈跳跃，赶前跑后。在中庭小桥流水的亭子里，小陶坐了下来。她要想清楚怎么办。把端午给东北米吗？如果是她家的悬赏，要不要收她五千块钱呢，也不知道他会不会给，我要先说，我是看了报纸的。或者，我可以便宜一点，要一小半吧，两千块，哈，两千块买螃蟹，红红的焖一大锅，放葱段、姜丝，一点盐——不要太咸，会破坏它们的鲜味。开盖了，红色的螃蟹吐出鲜香的白糊糊，提起，忍住手烫，使劲揭开一个盖子，一股海鲜的鲜味，直冲天灵盖，把灯芯一样的东西拔掉，然后，抽腿，要有技巧地抽：用劲、轻旋，慢慢地，雪白的蟹腿肉一缕缕就抽出来啦，啊呀！那个鲜啊——

小陶大大地吞了口口水，从口袋里拿出一根火腿肠。端午一看火腿肠，立刻在她对面坐直。“端午，”小陶咬开了火腿肠，自己先咬了一口，说，“端午，我尝尝，你其实是不能吃太咸的，你的皮肤没有汗腺。”端午急得站起来，又被小陶挥手让坐，小陶又咬了一口，端午连忙又站起了，它扑向火腿肠。小陶站了起来：

“急什么！这就是我送你的嘛！真是！马上，你就回家了，你要吃什么没有！这火腿肠，我也爱吃啊。啊你看看，十一点了快，我难道不会饿吗？别动！一人一口！再不坐下，我都吃啦！”

端午赶紧坐下。小陶喂了它一口。一人一狗你一口我一口吃完那根火腿肠后，小陶决定了：如果，东北米一定要给她五千块，那就拿了；如果，不给呢，他们家否认自己登过广告，那也就算了，他们本来就是小气鬼。反正，端午回家，总是舒服的了。算了。

小陶拍拍手，站起来，和端午往东北米家的楼走。端午一下就跑到楼道边，回头看小陶。端午的问题就在这里，它按不了防盗门按键。小陶过去替它按了，咦，里面却没有人开。这一按，小陶忽然涌起了生离死别的情感，听到没有人开门，心里一阵轻松。她退到楼道外的公共石阶上，东北米大概还没有回来。快中午了，应该等下就到了。

端午也跟着小陶退到石阶上，小陶坐下了，端午一直在嗅她的裤袋。里面还有一根火腿肠，小陶是准备她走的时候最后送给端午的。所以，现在，端午还不能吃。但端午一直在拱口袋。“你真不懂事！”小陶有点恼火，“等一下下，你就上楼吃香喝辣的了，蟹黄你都有的吃，你还忍不住。就是给姐姐吃，也是应该的，你什么都有，我什么都没有。我的钱也用差不多了，回去我要是坐公交车，起码要两块！你真不懂事。”

小陶支着脑袋，看着路口。东北米一般就是从雕塑那条小路过来的。端午看没有希望吃了，也坐在小陶身边。小陶摸着它的脑袋，摸着摸着，又涌起了生离死别的情绪，她把端午搂近了一些：“端午，姐姐走了，你还会来找我吗？我是要浪迹天涯四海为家的，你再逃出来，是找不到我了……”

小陶眼泪冒了出来，她想到自己哭了，就更加难过，眼泪就更多了。一个人走了过来：“小陶？是小陶吧？”是四楼的女人，忘记名字了。小陶笑了笑，说：“阿姨啊，我是小陶。”女人说：“真是小陶啊，这狗……是端午吧，怎么这样，你把狗狗带走了？”

“不是，”小陶说，“是端午去找我了，我现在送它回家。”

“哎，小陶，那你现在在哪里做？要不，到我妹妹家做吧，她正在找保姆，她婆婆摔骨折了……”

小陶眨巴着眼，摇头。

“他们家人很好的！我看你不错，端午妈妈都夸你的。”

“她才不会夸我。”

“上次同车，她说你很好，手脚快、干净，菜也做得好，就是玩心重孩子气。”

这么一说，小陶就有点生气了。但她还是坚决拒绝了“四楼”。“四楼”走了之后，小陶开始回想东北米家的时光了。分手七八个月了，现在回想起来，东北米家好像没有以前那么可恶了。小陶摸着端午的头，说：“你老爹老妈，就是小气鬼，就是这点很不好。”端午被她摸得闭目打盹，把头放在小陶的腿上。

在东北米家之后，小陶又去了三家做保姆。都不开心，就不干了。现在想想，东北米家还是不错的，小气是小气，不过，还是有点尊重人，一起吃饭，水果也都让她吃。不像后来有户人家，让她必须在他们家大吃之后才能上桌，有的菜盘子，根本只剩汤汁了；还有家人规定她只能在厨房吃饭，分的菜很少又很差，说他们家不习惯和保姆同桌吃饭。东北米还鼓励她读书学习，还说考了会计证，帮她找工作，如果不是吹牛，这个也是为她好吧；还有一次，她半夜急性腹泻，东北米夫妇都起了床，虽然脸色不好，但后来还开车送她去医院，还陪打点滴了很久。

小陶想得有点眼泪汪汪，打了端午一巴掌。

端午被她打得睁开眼睛，马上抖抖耳朵，又闭上了。“天下乌鸦一般黑，端午，你老爹老妈就算不怎么黑了的吧。唉，你说老实话，你是想姐姐逃跑的呢，还是贪玩溜走的？是不是后来回不了家，你才来找姐姐的？因为你按不到楼道防盗门，对不对？我看啊，你闯了祸，两个东北米肯定难过死了，要不然，那对小气鬼，怎么舍得酬谢五千块。五千块，那是要他们老命的钱了你知道吗?!”

十五米直上，506室内，东北米男主人在厨房做饭，女主人病恹恹地斜躺在沙发上，电视开着。没有保姆的日子，他们每天为吃的搞得忙碌不堪。要不是女主人身子不适，周末照例他们外出吃饭。这个普通平常而繁忙的周末，他们谁也想象不到，楼下，防盗门外的石阶上，端午和前小保姆小陶，在那里已经坐了两个多小时。

是楼道防盗门铃维修的时候，他们把门铃关静音的。当时一直响，很烦人；而没有保姆，他们自己用钥匙开门，也没有想到防盗门门铃未恢复。日子就这么一天天过着。女主人眩晕病又犯了，她百无聊赖地拿起物业夹在门上的那张催缴费用通知单，看着水费，就想起小陶来。

小陶进门，东家告诉她，城里的水费贵，要把洗菜、洗衣机的水，都接起来放卫生间大水桶里。教了一次，小浑蛋就记住了。每次看到她嘿嘿嘿地从阳台跨过大客厅，把一桶桶水拎进卫生间，他们就心里一阵欣然。

吃饭的时候，女东家吃了两口清蒸皇帝鱼就放下了；沙虫西芹也是吃了两口，很克制地叹了口气。男东家则用力叹了口气，说："明天让那个湖南大姐来上班吧，反正我煮的你也不爱吃，省得我累了。"

女的说："你想起来没有，那个浑蛋把所有的肥皂头都装到我的旧丝袜里用，她说，她二嫂教她的。"

男的因为菜饭做得不好，情绪不高，三口两口吃了，准备离桌。

女的说："其实一个保姆好不好，最好的鉴定方法，就是她拿你家当不当她的家。自热而然地会节省你家的东西，肯定是好品行的人。"

男人喝了最后一口汤，站了起来。

女人说："我对那个湖南人感觉不好。真要她来啊？"

男人说："你是不是觉得还是小陶好？"

"她有她的好，唉，算了，天下乌鸦一般黑。看她每天那个馋劲我也发晕。"

男人离开餐厅，回到客厅。女人突然又叫唤他："哎，那个浑蛋，想起来就好笑，你看她偷看电视哭成那个样子……"

男人躺在沙发上剔牙，听到女人这么说，他也无声地笑起来。半年多了，距离一拉开，回头看去都是温馨可爱。男人没有说什么。女人也安静下来，没有再说那个浑蛋了。

石阶上，小陶不甘心地又到防盗门那里按了两次门铃，里面还是没有人应答。她不断地张望雕塑那边的来路，心里愤愤不平地咒骂起来。二楼一户人家一家三口可能从大超市回来，提着抱着许多用品。他们认识小陶，打了招呼，过去了。小陶看得出是东西重，他们没有办法停下来问她许多问题。她啦，狗啦，为什么在这儿啊，刚才她已经回答好几个人了，而且越回答越精练，后来干脆微笑点头了。又回来了？她就点头，说是呀。大家都笑笑，客气地来来往往地走过她和端午了。

小陶肚子饿得咕咕乱响，端午听得头偏过来偏过去。小陶哈哈大笑，说："吃红肠！"小陶在石阶上剥红肠——咬开，顺着黏合线，一下撕到底。这个她很有经验。和前一根一样，人一口狗一口地吃。

把塑料肠衣扔进垃圾桶的时候，小陶忽然像被电打一样，一阵浓郁的海鲜味道穿过鼻子。小陶闻得发怔。海鲜啊海鲜，至少半年没有闻到这个幸福的味道了。端午不知小陶为什么呆立，也站起来，忠实地走到她身边。

海鲜阵阵飘过，小陶的肚子交响沸腾。

小陶蹲下搂住端午，紧紧搂住端午，她有点哽咽……你真幸福啊……

老的人，黑的狗

一

一只狗和一个扛着锄头的老太婆往村口走。橙色的朝霞，满天泻红。

身后的村庄还很安静，只有几户人家的烟囱在冒着白色的炊烟。雨后变黄变粗的小河水，得了暴病似的，发着狠巴巴的响声。老人和狗走过小河石桥，就走到村口那一段高地上了。这一段路坏了，被那些乱挖高岭土挖得路面坍塌了一小半，路面变得很窄，前两天大雨，把路的一侧又淋塌了些土石。路面就更窄了。

狗停下来。老太婆说，“我不怕”。

老太婆小心地走了几步，她就听到拐弯的前面传来突突突的声音。老太婆哦地就退了回来。不一会儿，那种拖拉机改装的当地人叫“土炮”的车，就从路前面的山脚突突突地拐出来，如果老太婆和狗不让，就会被“土炮”轰挤下这条路。

“土炮”开过去了。老太婆和狗又上了道。老太婆往西走。连续几天了，老太婆一早就带着狗往西走。村里的人以为老太婆是去挖笋，但没有人知道，老太婆之后就往东折了。那边只有毛榉林，有老太婆死去六年的丈夫增啊的墓。那边没有一根毛竹。

老太婆快七十岁了，个子不到一米五，腰身干瘦，满脸皱得就像竹匾纹深深压过的格子，一只耳垂上贴着火柴硝止血纸；狗是黑色的，眼睛水晶一样水亮，目光温和。它一只腿是瘸的，尾巴也断了一截，左边的耳朵还被人剪开了小叉。这些都是它小时带来的伤。它胸脯上长而浓密，像个倒心形的毛，显示了它和这村里的土狗不太一样。

老太婆走得慢，腰杆像折过的纸片，头颈往前伸。她把锄头换肩头的时候，黑狗就跑远一点，张张腿撒点尿，又急忙赶到老太婆身边。一大一小的就那样慢慢走着，走了差不多三刻钟，折进了一个向阳的山凹坡地。矮小的杂木丛中，混杂着七八个坟包。清明已经过了，很多坟包像被剃了头，杂草除了，有新培的土，此外还有些没烧干净的黄色锡边的纸钱，被雨水打烂在地上。地上还插着一些熄灭的蜡烛头。

老太婆在一个平常的坟包前坐下，锄头放在一边。这个坟墓前面的墓碑比较矮壮，方顶，写着“陈荣增之墓”。这个坟包旁边还有一个新挖的小坑，一个衣箱大小。这是老太婆连日来挖掘的成果。老太婆挖坑的时候，黑狗就站在旁边，它听到老太婆的腰骨要粉碎似的嘎嘎响，前两天，老太婆边挖边抱怨岩石太多，它觉得是这样。

早上的火烧朝霞和蔚蓝的天空都变了色，云灰了，天低矮下来。老太婆说：“是不是，我说要下雨的。朝霞不出门，出门带蓑衣。嗳，动起来动起来哦。”老太婆不敢歇了，挣扎起来，黑狗到老太婆跟前，老太婆撑着黑狗的背，吃力地站了起来。挖了几锄头，老太婆觉得腰好像要断进坑中，她没有办法直起来了。她只好跪了下来。跪下来挖得不得力，老太婆叹了一口气说：“有什么关系呢，浅就浅吧，是不是，没有关系的。”

老太婆看了看更加灰暗的天，把一个陈旧的尼龙布袋打开。老太婆从里面拿出一件水红色的毛背心、一把透明的月牙形的牛角头梳，还有一个用挂历纸包的纸包。老太婆把它轻轻打开，里面是一张陈旧不堪的彩色照片，全家福，人头很小，镜头还偏了；还有一张像书皮一样的硬纸片，老黄色，仔细看，是一张小奖状。

老太婆把尼龙袋里的东西摊出来的时候，黑狗一样一样嗅了过去。

老太婆说：“这个是大媳妇给我的；这个头梳是小的媳妇送的；这是我们的家，那时候还没有你；这个是什么呢——是奖状！老大的。小时候你不知道他的书读得有多好啊，老师都喜欢他。”

老太婆像黑狗那样，把每件东西用鼻子嗅了嗅，又用脸蹭了蹭，再一样一样小心地包起来，然后她拿出一个厚厚的尿素袋，把它们通通装进去。老太婆折来折去，包得非常紧实，最后，老太婆把尿素袋放进了坑里。黑狗马上跳了下去，要去咬袋子，老太婆喝了一声：“喂以！”黑狗在坑里看老太婆，老太婆手一招，黑狗喂以跃出坑外。老太婆开始埋坑。雨开始下了，不大。迷迷蒙蒙的。老太婆似乎也不在乎。雨水把老太婆没有全白的头发，打得满头细雾全白了。黑狗喂以在使劲抖毛。老太婆跪在这个新堆的小坟包前，摸着狗说：“这个就是我了。以后你想我们，就来这里坐坐，坐增啊和我中间。坐一下就可以了。你要自己养活自己了。不能光坐在这里，不然你会饿死的。”

黑狗喂以眼睛一眨不眨地看着老太婆。老太婆摸它的脸，它被迫闭了闭，马上又偏脸睁大了那双温存清澈的眼睛。它看着老太婆。

老太婆说：“你什么都懂，可是你从来不生气。以后也不能生气哦。你也知道是我错在先，对不对？我们都不生气。”

二

老太婆觉得自己理亏的。四个月来，老太婆经常和喂以到增啊的坟上叨叨絮絮的，自怨自艾，有一句没一句。所以，这事情增啊、喂以都知道，但是，老太婆还是非常难过，越来越难过。前几天，二媳妇扯掉了她的金耳钉，大媳妇奔过来揪着她另一只耳朵的金耳钉，但不知道是想扯还是不敢扯，拧着，另一边耳朵——二媳妇手上的给生生扯下来了。出血了，耳垂却没怎么痛。老太婆吃惊地看到耳钉在二媳妇手上，茫然地抬手捂耳朵，手心里就有血迹了。大媳妇也松了手，老太婆有点急，把这边的耳钉也慌慌取了下来，把它放到大媳妇手上。大媳妇手缩了一下，愣愣地看婆婆交到自己手心的另一只碗形耳钉。二媳妇也在傻看扯下来的那一只。一时之间，婆媳三人没有人说话，老太婆感到腰骨要酸爆了，移到床沿坐下。喂以过来前肢搭上床沿，又试探地搭在老太婆身上。可能闻到老太婆耳朵上的血腥，喂以拉直身子，凑过去添老太婆被撕裂的耳垂。

两个媳妇同时“拆”的断喝，喂以夹着半截尾巴，一瘸一瘸逃了出去。

老太婆和衣躺了下来。她想让两个媳妇出去，又不便说；又想自己为什么不早想到这两个值点钱的东西，真是老糊涂了，弄得要人家来讨；又想怎么扯下来都出了血了，怎么耳朵还不痛呢。乱七八糟地想着，忽然觉得撕裂的那只耳朵热热麻麻的，一扭头，喂以不知什么时候又在床前，探着脖子在轻轻添老太婆的伤口，冰凉潮湿的鼻尖，一下一下碰触着老太婆皱巴巴的脸颊。屋里空无一人。

老太婆的老泪，曲里拐弯地流了出来。

“增啊，你是害死我了。”老太婆说。

喂以轻轻地舔着老太婆被撕裂的耳垂。

老太婆摸着黑狗说：“增啊，你真是害死我了。”

祸根就在七年前。

增啊，就是老太婆的丈夫陈荣增。在这个地方，叫人名一个字十分常见，也不是专事亲昵，是有那么一点乡里乡亲的亲切，但更多是简洁随便的意思。胡啊，财啊，标啊，满村人这样叫来叫去，就是习惯而已。老太婆和丈夫陈荣增夫妻关系也是一般的，增啊个性强硬霸道，老太婆大儿子都比较怕他。增啊先是做蘑菇赚了些钱，看到日本工厂的打工妹打工仔经常过来问有没有房子可租，就赶紧借钱盖了三层粗坯房子，果然非常好租，很快把债还光。村里人这才醒过来纷纷筹钱建房子，学当房东。增啊赚得不错，先后给两个儿子盖了婚房，自己和老太婆仍然住旧房子，盘算着最后搞个好地，再起个大房子。不料有一天，租住的打工仔煤气使用不小心，一场爆燃大火，烧光了增啊的三层楼房，万幸的是半夜里十几个打工者都逃了出来。增啊元气大伤，雪上加霜的是，新国道紧跟着就从他三楼的废墟上通过，增啊的补偿安置费就极其有限了。村里人都说，增啊亏大了。

陈荣增就补偿款跟村里吵了几次，后来就气偏瘫了。拖了半年多，在又一次补偿会议消息传来的半夜，增啊就气死了。但是，增啊在死之前的一个多月，告诉老太婆在屋角裂开的咸菜缸下，他放了一千五百块钱。他让老太婆自己好好藏着，不要随便拿出来，以备不时之需。

增啊死后，老太婆把钱悄悄取出来，看了摸了仔细数过了，又加封了几个旧塑料袋继续藏好。后来又转移过几个地方。总是提心吊胆、担惊受怕的，怕被儿子媳妇们发现。后来，也是经不住村信用社信贷员胡啊的介绍，就把一千五百元偷偷存了进去。胡啊很守信用，七年来没有泄露一点秘密，直到死去。胡啊死去，老太婆还有一点轻松，觉得村里再也没有人知道自己的秘密了。不料，她藏在床下破胶鞋里的存单，四个月前，竟被喂以咬了出来。喂以喜欢捉老鼠。破胶鞋里有只破线袜子，里面还有塑料袋。想到这儿，老太婆就暗暗责怪自己。本来喂以是从来不动那个东西的，估计是她新近加了个装过虾米的塑料袋招的。虾米是二媳妇娘家人送二媳妇的，二媳妇包了一点过来。老太婆看那塑料袋质量好，舍不得丢，盘算那加上去更防潮。结果，喂以追老鼠的时候，可能闻到怪味，把它拼命咬了出来，衔到院子里。喂以是下了死力气要把层层包裹的家伙弄开，就这么巧，二媳妇和大媳妇正好过来送老太婆的生活费。一捡起地上粉色的存单，再看清是老太婆的名字。两人脸色都变了。两人对看一眼，转身就折回各自的新家，告诉自己丈夫去了。

这无人知道的七年的秘密，就这样彻底败露了。

三

老太婆就两个儿子。两个儿子相差三岁，像老太婆一样，矮矮的个子眉清目秀。两个媳妇也生得端正，个子看上去都比自己的儿子高。当初增啊赚得好，多少女孩想嫁来，增啊比较开明，没有嫌贫爱富，这两个基本都是儿子们自己看中的。感情应该是不错，小夫妻都会吵吵闹闹，增啊赚得好的时候，是这样，增啊赚不好也是这样。两对小夫妻吵来闹去的也没有更大的事，后来再各自有了孩子，虽然经济条件不好，可是，两个勤劳的媳妇把家都整得说得过去。总之，老太婆对自己的儿子媳妇都很满意。

增啊死了的这七年来，老太婆每天帮两家放放牛，煮煮饭，心情颇好。身体舒服的话，也会出去捡点牛粪捞点猪草。捡了牛粪晒干一百斤卖28元，虽然难，但多少也是份收入啊。老太婆把零钱像牛粪一样一点一点积攒起来。平时每个月，两个儿子媳妇都会给她送米送油，每月各个儿子家还分别给老太婆10块钱生活费，让老太婆买盐巴、味精等日用品。老太婆省点，隔两个月还能买一点猪肝或者五花肉吃。但老太婆一般舍不得吃肉，买了就要送孙子们吃；自己改膳伙食的时候，煎两块抹盐豆腐就挺好了。她知道两个儿子的经济条件不宽余，两个儿子媳妇除了种田，在绿色蔬菜基地拼死拼活地干，从早忙到天黑，每天也就是十多块钱。那活还不是天天有，人人抢着要，所以，媳妇们还要巴结管工的人。

老太婆对自己的生活十分满意了。但是儿子媳妇的负担比她重，长孙去年夏天考上大学，开学前的前一天，学费还是筹措不齐，老大借遍本村，不够，媳妇就赶回娘家去筹，最后又赶到城里去求有钱的亲戚。老太婆当时有想，是不是把一千五的存款拿出来，犹犹豫豫着走到老大家，在墙根就听到里面小夫妻的说话。大媳妇说：“老母那边应该还有钱，你爸爸当时蘑菇生意和出租房子，不是都赚得很好？”儿子说：“不是盖了我们的房子娶老婆了吗。老爸老母自己还没住上新房，大火不是把什么都烧光了？”

“那也不是一点老底都没有呀？村里的人都说不相信呢。”

“肯定没有了。老爸那个人，有点底他就不至于气死啦。他会去翻本重来的。他是那样狠的人。”

媳妇不吱声了一会儿，说：“也是。”

老太婆心里一松，扭头就悄悄回家了。

考验老太婆秘密存款的机会还有。比如那次老二家。老二头胎、二胎都是女孩，再生来了对兄弟双胞胎。兄弟俩非常野，经常是八方惹祸四处告状。六七岁的时候，兄弟俩竟然弄死了村尾哑巴家的小母牛，其中一个小子被哑巴急吼吼地拧架到家里来，家里的房子都快被狂怒的哑巴给拆了。哑巴比比画画又吼又跺，大意是母牛长大生小牛，小牛再生小牛，损失非常之大。农村人当然也知道牛的金贵。老二当场把两个小恶棍吊起来暴打，最后两小子鬼哭狼嚎半死不活，父母还是要赔人家 300 块钱。老二家孩子多，条件本来就比老大差，有时给老太婆的生活费 10 元钱，还会拖几天，不过从来没有不给过。赔牛这事，老二倒没有去借钱，当时老太婆到他们家帮忙做饭，就知道一家人是在嘴里硬抠钱出来，有时桌上就是酱油拌饭。当时，老太婆也偷偷犹豫是不是取出 100 块，她也心疼孙子们。但最终老太婆还是没动存款，而是把卖干牛粪积攒的二十五元拿了过去。没想到儿子不让。老太婆心里更加有愧，坚决把钱塞给二媳妇。不料，第二天，儿子和媳妇过来送米，又把五块钱悄悄放米里了。

四

喂以是条来历不明的狗。增啊怀疑它可能是城里人丢弃的狗。增啊在村口见到它的时候，一只鞋子长的小狗几乎快饿死了。它可怜巴巴地看着增啊，后小腿上是都是新鲜的血痂，尾巴像被人割了穗子似的，留下一小截，上面也是血痂，还有一边耳朵，显然是被人剪开了。伤痕累累的小狗在寺庙大水缸下瑟缩发抖。增啊走过去好奇地看了一眼，小狗就往他裤管上靠。增啊并不喜欢狗，一边想是谁害了这么小的狗，还是谁家丢的狗被人害了，想着，小狗就越挨越紧，用舌头舔他。增啊说："算了，你跟我去我家吃饭好了。"

增啊就走。走了几步，回头看小狗正迟疑地看着他。增啊大喝一声："喂以，走！吃饭去。"小狗听懂了。

老太婆也不喜欢狗。黑狗就更不喜欢了。增啊先喂了一个刚出锅的热地瓜给小狗，小狗被烫得直龇牙，但老太婆看它吃得很欢，小小的脖子都抖了起来，一边吃一边还拼命给增啊摇那一小截可笑的尾巴。大家吃完晚饭，增啊要老太婆把大家的剩菜剩饭拌在一起，让小狗吃了。老太婆虽然不爱伺候狗，但从来都不敢不听丈夫的。老太婆喂了小狗，又把厨房都收拾好，看看小狗也吃够了，就把喂以赶了出去。增啊说："等等，给它涂点药。"增啊就自己拿了红药水用破布蘸了，在小狗的腿上、尾巴和耳朵上涂了。涂了，增啊说："你可以走了。"老太婆就把小狗赶了出去。第二天早上起来，老太婆开门抱柴，喂以竟然就在门口蜷着。老太婆很生气，去去去，吃了就不走啦！

喂以还是经常回来。不久，增啊因为大火烧房、争补偿款，再也没心情理睬喂以。喂以野狗似的饥一餐饱一餐地到处流浪，饿极了就又来找增啊。增啊有时让老太婆喂它一点，有时心绪恶劣就叽它滚，并作势踢它，有一次真踢到了，喂以就赶紧夹着短短的尾巴逃走了。但喂以还是会回来，有时在门外怯生生地看着屋里的增啊，不敢进来。增啊一招手，它就欢天喜地地摇着短尾巴，奔蹿进来，直往增啊身上蹭，甚至要舔增啊的脸。增啊不吃这一套，挥手厉声呵斥，喂以就讪讪地躲到桌子底下去了。

增啊死的时候，老太婆就更不会注意喂以这条野狗了。忽然有一天，老太婆上坟，远远地看见一条小狗坐在坟墓前，走近一看，竟然是喂以。喂以直直地坐在增啊的坟墓前，偏着脑袋，不知道在想什么。看到老太婆，喂以警惕地起身，似乎要溜走。老太婆一时泪眼汪汪的，想这死狗是不是来送过葬呢，怎么这么通人性呢。

老太婆就和喂以和好了。她带黑狗喂以回家，也像增啊那样，叫它"喂以"。从此，喂以就没有离开老太婆的家，它和老太婆形影不离。老太婆就到坟墓上和增啊说，你是专门把它领回家来陪我的吧，死鬼，你是知道自己没有多少日子了吧，死鬼……

几个月后，喂以就长成了一条大狗。它成年了。现在，它已经陪伴老太婆七年了。因为增啊死了七年了。

五

两个儿子和媳妇都来了。他们神色严肃地踱进老太婆的旧屋子。

老太婆猜他们这么早可能是刚收工，还没吃晚饭；老太婆自己也没有吃，老太婆正在热中午的剩饭，听到儿子媳妇们进屋的声音，老太婆就赶紧迎出来，问他们吃了没有。儿子和媳妇四个人没有一个搭腔，他们的脸色都相当不好看。喂以感觉到了，它赶紧挨着老太婆站着，有点怯场。老太婆也紧张，但是，她知道，从媳妇们捡了存款单一声不吭转身离去，老太婆就在等待这个时刻。她是逃不过去的。整个下午，她也想不出任何分辩的理由。所以她也忐忑不安。可是，她又能做什么呢，只有等着了。她知道他们一定会来找她的。

老太婆想起刚收的刺青瓜，想洗几条给儿子、媳妇解解渴挡挡饿。但是，大儿子很粗暴地制止她往厨房走。老太婆本来是由衷心疼儿子、媳妇，被儿子一喝，好像自己就是诚心巴结讨好的意思。老太婆讪笑着说："嫩着呢，尝尝，尝尝呢。"老太婆还是步履别扭地去了厨房。

小儿子把老太婆捧上的水灵灵的刺青瓜一掌全部打落在地："尝个鬼！"

老太婆听不清，好像老二是这样骂的。大媳妇倾身想去捡，后来却改成踏上一脚；二媳妇见状，把其他刺青瓜全部踏烂，她踏踏踏，使劲踏，像是很不解恨。气氛更加恶化了。老太婆讪讪地站着，手足无措。

老大说："我们对你怎样？老母你凭良心说话。"

老太婆说："好，很好啊，你们不信去问村里人，我都说我儿子、媳妇好啊，是上辈子烧了高香呢，我不是……"

"好！好！好个鬼去！好就光放在嘴巴上！好！"老二说。

老太婆说："我也不是，我是这样想的……"

没有人想听老太婆真好假好的分辩。大家关心在后面。老大把那张有点扯破的存单，重重拍在桌子上。你现在到底还藏了多少？我们是亲儿子，知道一下家里的事情不过分。

"没有了，就这些……"老太婆说，"真的没有了……"

四个人互相对看着，看得出，他们对老太婆的话，非常恼火也非常轻蔑。他们没有任何顾忌地交换着对老太婆毫不信任的眼神。

老太婆感到难堪。大儿子说:“我告诉你,村里谁都知道,老父那样厉害的人,不可能两手空空地走。这里都是他的儿子和媳妇,老母,我们不是外人!是一家人!你这样东藏西藏,丢了烧了被狗叼了,是我们陈家的钱啊!我再问一句,老父到底给我们留下多少?!”

老太婆拼命摇头。

“把自己的儿子当小偷防!听都没听说过!真是知人知面不知心,我们做媳妇的,也跟着儿子寒心!”大媳妇说话了。二媳妇说:“寒什么心!我们就是贼啦!以后少来往就是,省得人家当贼防!反正给她吃给她用,以后都不如喂猪去!”

老太婆说:“不是这样想啊……”

“少啰唆!”老二大吼一声,“到底还有多少!快点!趁大家都在算个清楚!”

“我们一定要知道。这个不过分!”

老太婆掩面。喂以想,老太婆哭了。它去舔老太婆的手,老太婆把它的头狠狠摔开。喂以知道,老太婆只能跟它发脾气了,所以,它毫不介意地又靠过去,小心翼翼地舔老太婆。老太婆忽然蹲下来,抱着黑狗呜咽起来。

老大又在重重拍桌上的存单,要老太婆正面对待问题。老太婆说:“你们把那个拿去吧,一家一半分了,”老太婆呜咽着,“我不要了,一分也不要了。这是增啊给我的,是防老用的。我本来也不想要,是他叫我不要乱用的。我只有这么多了,没有了,真的没有了……”

儿子媳妇们交换着仇恨和失望的目光。在媳妇面前,儿子们显得更加沮丧。老二走的时候,把老太婆的凳子连续踢翻,最后使劲摔上门,摔得力气之大,使门下面的蝴蝶扣松脱,门就再也关不拢了,只能斜斜地挂着。

儿子媳妇们走后，老太婆站不起来，她是在喂以背部坚定的支撑下，慢慢直起了身；休息了一下，老太婆去收拾地上的烂青瓜，还有倒翻的凳子。老太婆这才知道，自己老了，弯腰和下蹲的动作，没有喂以，她已经难以做到了。

老太婆最后到门口看门，原来想试着修复，但是老太婆改变了主意。老太婆说："不要了，喂以，我们不要了，已经没有钱了，要门干什么呢？再说，我有你，有你呢，我还要什么呢？"

六

第一个月，在儿子、媳妇们还没有把生活费十元拿过来之前，老太婆就有些紧张，怕他们不给了。第一个月过去了，真的没有人过来送生活费，也没有人来看她；那几天，喂以看到老太婆时不时地对自己点着头。到了第二个月该送钱的日子前后，老太婆又紧张了，但比第一次好，她知道不大可能了，所以心里只紧了紧，就过去了。从第三个月起，老太婆就慢慢变得踏实了，她知道生活费是不大可能了。老太婆不再盼望，但是，不到第三个月，油和大米也相继没有了。老太婆不敢向儿子们提，用鸡蛋向邻居换了一些，这些蛋，是一只不怎么爱下蛋的乌骨鸡下的。断断续续的，平时老太婆也都是攒了送给两家孙子吃。

老太婆看看自己攒在增啊老花眼镜盒里的钱，数来数去就是二十九块七毛四分钱。老太婆把钱给喂以看，说："你知不知道他们什么时候回心转意呢？他们什么时候才会相信我们没有骗人呢？”

喂以无声地看着老太婆。

“不能坐吃山空啊，我都看到你又吃人家大便了。老太婆数落喂以。你怎么也是城里的狗吧，怎么也是增啊救回来的狗吧，你怎么可以吃人家的大便？野狗啊那是野狗啦。你以为你舔干净嘴巴我就不知道了？我知道，我什么都知道。”

喂以陪着老太婆到处求短工。绿色蔬菜基地那边的人，一看到老太婆和狗，就让他们走远点，他们很烦，因为季节性短工已经多得令人头疼，那么老还想来挤；老太婆又求那些种马铃薯的承包人，让她来挖马铃薯。终于有一个承包人同意让老太婆去试试。他包的地很偏远，村里的人不爱去。因为马铃薯是抢租东家农闲三个多月的闲地，时间一到，就要还给东家种粮食。因为偏远，老太婆每天和喂以四点多就起来。早饭中饭一起煮好，就上路了。马铃薯地里都是比老太婆年轻很多的人。他们很有力气。正常工一天可以挖六七百斤的马铃薯，厉害的可以挖到八九百斤，甚至还多一点。一百斤工钱是三块，老太婆一天最多也不能挖到两百八十斤，因为她的膝盖和腰都不好使，如果不是喂以，在马铃薯地里，她的弯腰下蹲都是难以完成的。喂以很好，老太婆一叫，就赶紧跟着，好让老太婆撑着自己的背，起起落落，调整劳动姿态。这个当然是很慢的，喂以有时还会溜远玩耍，老太婆看不到喂以，基本上是以趴在地上的姿势挖掘的，她爬着、匍匐着挖，一起下地的人都走了老远，老太婆和喂以还在后面吃力地刨土豆。

小管工开始就不要老太婆，后来看到忠心耿耿的喂以，就摸了摸喂以的鼻子，什么也没有说就算了。喂以后来一看到小管工，老远就摇它那短了一截的尾巴。

老太婆的腰越来越糟糕，回家以后，经常一身土泥就直接躺到床上去，半天都爬不起来；春天的雨水多，老太婆感到腰和膝盖都太痛了，动一下，骨头就碎成刀片了。每天晚上听着屋檐下的雨水声，想到黑摸摸的四点爬起来，到十几里外的雨地里挖马铃薯，老太婆就发怵。“喂以，”老太婆说，“死了就一了百了了。增啊舒服了，他留下你和我受苦呢，喂以……”

老太婆说，“喂以，锅里还有粥啊，我实在不想起来了……”

喂以当然无法取到老太婆放在锅里的粥。老太婆听到喂以到院子里的水井槽喝水的嗒嗒声。老太婆挣扎起来。老太婆说：“嗳，讨债鬼啊，就不能让我就这样睡死过去，就不能让我舒服一点吗，讨债鬼啊……”

老太婆以为可以干满最后的六十多天，但是，承包人在赶着还地，催命似的，所以，其他快手，就回头把老太婆的活做掉了。老太婆心里很急，但也实在快不起来了。全身的老骨头都散成刀片了，一天也最多挖个两百六十多斤，也就是七块多钱。

而这些钱，都是要全部刨干净交地以后，最后才结算的。

七

四个月来，儿子和媳妇都没有再过来，只是有一天，大孙女过来，借了个漏瓢。孙女说，她哥哥的大学学费又涨了，哥哥都快读不下去了。老太婆不知道孙女是有意还是无心顺口说的，但因为没有能力援助，老太婆就假装没有听到。老太婆想，如果是媳妇派来试口风的，她也只能装傻了。

已经四个月失去生活费和粮油了。老太婆就经常煮些地瓜、芋头和紫薯吃。放一点盐和青菜而已。还有七个鸡蛋，老太婆没有舍得吃。增啊的眼镜盒里还有十一块八毛多，老太婆认为只要坚持到马铃薯结算就能转危为安了。

但是，老二出事了。

坏消息传来的那个中午，老太婆没有听到坏消息传来时二媳妇尖厉瘆人的哭号。老太婆和喂以晚上收工回来，都快八点了。刚进门，老二家双胞胎中的一个少年，满头冒汗地闯进来说："快！老爸的右手被机器咬掉了！大输血！要救命钱！快！"

老太婆就蒙了。

孙子大喊一声："钱啊！阿奶！"

老太婆也跟着说："钱啊……"

"老爸这下面都没啦！阿奶！孙子用手砍着自己的手腕，你还藏着钱干吗?！"

老太婆在微微摇头。

孙子说："快点！我这就赶进城去！我妈说，先拿五千！快！快点！没时间啦！"

老太婆转身到厨房，孙子跟了进去。老太婆把手伸到一个粗瓮里，孙子以为是钱，却看见老太婆手里是鸡蛋。少年困惑了一下，马上就愤怒了，劈手就把老太婆掏出的三个鸡蛋扫到了地上。

"钱啊！"孙子怒吼，"我老爸要死啦！钱！等你去救命的钱啊！阿奶！是救命啊！"

老太婆似乎要跌到了。她疼惜地看着地上打破的鸡蛋，老人微微摇着头说："没有了，阿奶真的没有钱了，哦，还有十一块钱。我去拿哦。蛋也拿去呀，给他打蛋汤。”老太婆怕孙子再扫掉她的蛋，迟疑着，把手伸向瓮子。

孙子觉得自己没听清老太婆说的钱的数目，他一边努力在老人的消失的音调中追想余音确认数额，一边看见老人把摸出的四个鸡蛋用碗装好，抖抖擞擞走到屋内。老太婆翻起垫絮，从一个眼镜盒中拿出了十一元，还有毛票。

冒汗的少年觉得被狡猾的老太婆戏弄了。孩子愤怒地呸了一口，转身，又转身，他一把夺过老人手里的十一元钱，踢门而出。门外，少年恶狠狠地诅咒了一句什么，喂以赶出去看明白。老太婆没有听清。但她自己给自己点头，不断地给自己点头，像是检讨自己。她让孩子生气了。让儿子媳妇失望了。什么忙也帮不上。老二的手被机器吃掉了？再也没有了？可不可以接？老二会不会把身上的血流光了……

老太婆不知不觉走到了厨房。她看到喂以在拼命地舔吃地上的破鸡蛋。喂以的脖子因为难得的荤腥而兴奋地发抖着。它舔着，一边着急地吐着蛋壳。老太婆忽然就恼了，她抓起桌上的瓮子，就往喂以头上砸去。毫无防备的喂以的心思完全在地上，而按老太婆的目标，她是砸喂以的狗头，但是，老太婆没有如愿以偿，她苍老疲惫的手，砸偏了。瓮子擦过喂以的头，在灶头四分五裂，喂以“嗷——”地逃了出去。

老太婆一屁股坐在地上。

不知道过了多久，坐在地上迷迷糊糊的老太婆感到有毛在蹭自己的脸和手。老太婆没有睁开眼睛，她知道是喂以。老太婆伸手摸了摸，喂以满是蛋腥气的嘴就开始舔老太婆的脸。老太婆也用老脸反蹭着喂以的脸。她感到喂以站起坐下，坐下又站起。反反复复，老太婆知道，喂以是在问她要不要扶它的背脊站起来。

老太婆哭了起来。

八

老太婆一个晚上睡不着，心里惦记着老二，很想去老二家，又怕被媳妇或孙子们赶出来；去城里吧，老太婆觉得不行，没有一分钱，去医院干什么呢。“我和喂以也找不到老二的医院。”想来想去，老太婆想唯一的办法就是，让马铃薯承包人提早给她结算。老太婆算过了，有三百六十九块钱呢。

一早，老太婆就和喂以往马铃薯地赶。小管工倒是来得不晚，老远看到喂以，就学着喂以一瘸一瘸地晃动身子迎接喂以。马铃薯地里，早来的短工们，都在招呼喂以。马铃薯的田野上，到处是“喂——喂——喂——”此起彼伏。老太婆和喂以直接向小管工走去。小管手里把玩着一个巨大的马铃薯，看到喂以走近，就像投篮一样，吓唬喂以。

老太婆说：“我儿子手断了。我要先结账。”

小管工摸着喂以说：“这我管不着。找老板去。”小管工又说，“找也是白找，多少年了，都是清完才结。他现在只有土豆没有钱。”

老太婆说：“不行。我要。他在哪里？”小管工说，“在城里联系土豆怎么卖个好价钱呢。今年土豆多喽！”小管工幸灾乐祸地逗着喂以玩，眼睛都不看老太婆。

“不行。我一定要先结算。我儿子等不起了。”

“没用。他现在哪有钱给你？你问他们，”小管工指着地里忙碌的人，“你才做一次。不懂。好了，快下地吧，你本来就慢，钱都给人家挣光啦。如果不是喂以，你连这一点都挣不到。老板要你，还不是可怜你。真是！”

老太婆没心思搭话。她要钱。就到处找人。但老太婆到底没拿到钱。承包人的老婆说话了，当然是卖出马铃薯才有钱。老太婆说：“我先借好不好？”人家说：“有钱还说借不借吗？”

当天晚上，老太婆和喂以在收工回来的路上，就看到自己家的灯亮着。老太婆心里暖了一下，很快就猜不是好事。两个媳妇在屋里站着，看那样子还翻腾过屋子。老太婆有点不高兴，马上觉得翻了也好，越彻底越好，这样你们就知道我真的没有钱了。

大媳妇说：“阿母，都到这时候了，你再藏着钱是没有良心的。我们阿锡好不容易考上大学，没有学费差点念不成书，你舍不得就算了。阿锡现在边读书边打工，没有钱他让同学瞧不起，不念又出不了头，你亲阿奶都不帮就算了。我不说话。但是，我今天要说话，老二救命钱，你再不出，你不得好死！”

二媳妇说：“五千！多也不要！先来救急！”

老太婆都没有力气说“我真的没有”。她觉得她说了也是没人相信。现在，连她自己都觉得这些听起来真像瞎话。老太婆神经质地摇晃着头，看上去像个理屈词穷的冷血财奴。

“你藏！藏！藏棺材去吧！”二媳妇突然就暴怒了。她扑向老太婆金耳钉的时候，喂以也反应不过来。大媳妇扑向另一只耳钉的时候，喂以冲了上去，挡在老太婆和大媳妇之间。

九

老太婆摸了摸自己耳垂被撕开后微微渗血的耳朵，老眼中浮起一些感伤，但老太婆马上咧了咧嘴，像是有了笑的意思。她去摸喂以被人剪开的耳朵叉，老太婆说："一样呢，我们一样呢。"

老太婆事情做得很有条理。她把撕开的耳垂用火柴盒皮贴好，就去找小管工。她千叮万嘱交代说，结账的工钱交给她大儿子，请他代她处理这些钱；之后她回家把自己一辈子最珍爱的物品找出来，头梳啊什么的；然后，老太婆就开始领着喂以到增啊的坟边挖坑做自己的坟墓。坟墓虽然小，只是个意思，但对于老太婆的体力来说，也是个持续三天的重大工程。所以，竣工后，老太婆给自己和喂以放假一天。

假日过得很认真。老太婆用最嫩的芥菜叶煮了最后的几个红芋子，把味精的瓶子洗了两遍，也洗了小磨麻油的香油瓶。还在锅里，老太婆品尝的它时候，就大呼小叫地对喂以说："哎哟！味道好得不得了哇！"老太婆还蒸了一个葱花鸡蛋，倒下了最后一点酱油花，"香呢。"老太婆说。剩下的三个蛋老太婆连壳煮熟。其中一个弄碎了黄黄白白地拌在了芋子饭里，这是喂以的假日大餐。

老太婆和喂以面对面，在桌子上吃饭。老太婆还没致辞，喂以就一头扎到碗里"呼哧呼哧"地吞咽，老太婆批评喂以吃相上不了台面，结果自己一口芥菜芋子吞得急，把舌头给烫狠了，老太婆慌忙把黏糊糊的芋子吐回碗里，张着豁牙的嘴拼命吸气。"嘿嘿，"老太婆难堪地说，"增啊要是看见，就丑死喽。"老太婆声音粗沉下来，"赶去死啊赶这么急！”喂以知道是老太婆在学增啊骂人。

老太婆又用自己的语调说：“不赶的，迟早都要做的事呢，谁去赶它。是不是？慢慢吃，喂以。”

老太婆把自己的芋子芥菜饭又拨了一点给喂以，因为没有鸡蛋，喂以意思了两口，没有再发出“呼哧呼哧”的声音。

老太婆就骂：“一下你就刁嘴了，好，我看你明天吃什么！你刁。”

十

什么都想明白了，一夜就很踏实、很快地过去了。昨天说的明天，就这样春风微醺地到了。

这是一个春天里的好天。和春天万物花开潜含的力量一样，喂以似乎精力旺盛得无处发泄，在山道上沙沙沙地奔跑，飞速地转身，又奔跑，引颈嚎叫，活像一匹快活的狼。

有心人就会发现老太婆今天没有带锄头，不像是去挖笋，而且老太婆头发梳得整齐，衣服穿得干净，老太婆还穿了一双平时很少穿的新鞋子。喂以走走就低头去闻闻它，因为它散发着樟木箱子的奇怪味道。

地方是早就选好了。当地人叫它天龙角山，非常的高，巨石多、草多、矮松古藤多，因此，除了采药人，当地人绝不到那里去放牛打柴。每年冬天，还不太冷，那个鸡冠形的山顶，就白茫茫地有了微雪。

山路越来越深，空气越来越清凉湿润。老太婆不允许喂以撒欢一样地乱跑了。也许到了不熟悉的地方，喂以也老实安静下来。它跟着老太婆慢慢地走，听着越来越深的山中，交叠着各种清脆而空阔的鸟鸣和鸟翅膀扑腾起飞的动静，还有，老太婆一路叨叨絮絮的说话声。

上山的路越来越陡峭，老太婆气喘吁吁，却还在说话。一句话，有时喘得断断续续，喂以不明白，老太婆怎么话那么多，有几次老太婆都被雨后的草丛滑倒了，哎哟、哎哟叫着。喂以过去帮忙，让她慢慢爬起来，老太婆还没站稳，又开始说了。

“……老二你不要看他凶，他就是脾气急，从小就急。那一年，他还小，还没上学。蚂蟥你知道不知道，吸人血的。村里祠堂那片水田里最多了，吸到人腿上，刮都刮不下来。他们两兄弟也在田里抓泥鳅玩，我腿上有了一条。我叫老大拿镰刀来刮，老大握着镰刀，快跑到我前面的时候，不知怎么绊倒了，一刀刮在我的腿上，天喏，那血啊——给你看看这条疤，这么长——老二一看到我出血就火了，扑过来就打他哥哥。两个人就在水田里厮打起来，打得像泥猴一样……”

…………

老的人，黑的狗，就这样往天龙角山高处而去。

天龙角山向阳的这一片，包含阳光的细雾氤氲着，巨石和其间隙的矮松树、古藤在阳光下蒸腾着潮热的气息；而背阴的这一片，白色的雾透着青光，这白色的青光一路洒向深不可测的渊底，刀尖一样的大大小小的山峰，若隐若现。

老太婆爬到半山腰的一块像风帆一样的巨石下站着。

风帆巨石一边是背阴的山崖，一边是阳光薄亮的缓坡。背阴的山崖中，山势陡峻如插笋、如刀尖，青雾缭绕其间；向阳的这边，坡势稍缓，巨石圆润。老太婆的眼睛，左右看着，最后停留在向阳坡上。老人衰老而疲惫的眼眸，反射着古藤、松枝、草叶上太阳清新的光辉。“……你怎么能知道呢，喂以，他们是好的呀……你不要生他们的气，你不懂啊……又没有孩子，你又没有父母亲，你怎么知道他们对我的好呢……你不懂啊……那个女人，一直是我的死对头呢……”

老太婆似乎决定不往上走了。她抚摸着那至少五人高的风帆形巨型整石，然后，扶着石壁慢慢、慢慢地躬着身子坐了下来。喂以目不转睛地看着老人。它拿不准老人是不是马上要往上走。

“……她一贯地，经常偷引人家辛辛苦苦从山上引下来的水，我把它堵回来，她就不高兴了，骂呢，怎么难听怎么骂呢。我也骂她，她就打人家了。女人打架男人不好劝。她个子高人家很多，力气大。把我摔到田里去了……老大和老二，你想得出吗，晚上跑到她家门口，扔了一地西瓜皮哟，还真的把她老公摔了。腿摔坏了。他们家说被人害了，我们也不知道。到了很久以后，兄弟才说，摔死她！替阿母报仇呢……”

老太婆和黑狗坐在风帆巨石下浅金色的阳光中。快到正午了。

老太婆从布包里掏出一个显然是旧的、有点瘪的矿泉水瓶，她倒了些水在瓶盖中。老太婆对无法控制自己的手抖而抱怨：“你看还有什么用呢，真是什么用也没有了。”老太婆说着把瓶盖水给喂以，喂以伸着舌头，吧嗒、吧嗒舔着喝。它渴了。老太婆让喂以喝够，再举起瓶子自己喝。

黑狗趴在老太婆的旁边。它也累了。老太婆终于停止了叨絮。一老一小安安静静地坐着。放眼杳无一人的山野，在无言的人眼和狗眼里，看不尽的是漫山遍野远远近近的深绿浅绿，春色连天。远处，在如织的灰蓝云雾下面，是听不到声音的喧闹人烟。

“……可是，我们离那边已经很远呢……”老太婆说，“你记得住吗，过了土地公庙要往毛竹林那边拐，那是你回家的路啊……”老太婆说。

风帆巨石上还有很高的山崖。按老太婆最初的构想，是一直要走到天龙角山最高的地方去的。现在老太婆已经知道，不可能了，就她的体力已经到了极限，越歇息越感到全身像泡软的米浆。“累了，累了。我累了哦，累了……现在，只有躺到云里才舒服了。喂以呀，躺到雾里最舒服了。喂以哦，累喽，累喽。这样就好了。这样就好了。你不能生气，谁也不要生气。这样就好了。这样就好了。能省就省吧，我是不讲究的。你不要生气。你们都不要生气。这样就好了，这样就好了……”

老太婆一直抚摸着黑狗喂以。喂以在老太婆的抚摸下，渐渐昏昏睡去。老太婆还在抚摸着喂以。等喂以一觉醒来，太阳已照到了风帆巨石背阴的这一边。原来发青的山岚雾气已经消失无踪。大大小小所有嶙峋的笋石，都露出了狰狞原貌。

老太婆看喂以醒了，把两个煮鸡蛋拿了出来。一看到鸡蛋，喂以嗖地站了起来，它直往老太婆手上的鸡蛋而去。老太婆挡着它把鸡蛋壳剥了，自己咬了一小口，递给喂以。喂以迟疑着，老太婆对它点头，受到鼓励的喂以，张嘴就是一口，把鸡蛋全咬进嘴里。

“噎着！”老太婆说，“你慢慢吃，这个也是你的。”

老太婆把另一个鸡蛋也剥了。她把煮鸡蛋刚刚捏成两半，喂以就扑到她手心“呼哧呼哧”，两下就全部吃光，连老太婆手心都舔干净了。老太婆说：“好了，喂以，这样就好了。老太婆指着远方烟霭深处，那是我们的家呢，记住啊，过了土地公庙往毛竹林那里拐，竹桥过了再往南，你记住了吗……走吧，你可以回了。以后啊，喂以要是想我们了，就到增啊和我中间坐一下，坐一下就可以了。你要养活自己了，光坐在那里你会饿死掉的——来，扶我站起来哦。”

喂以不知道老太婆撑它的脊背起来的时候，为什么要蹭它的脸，蹭着蹭着老太婆站了起来。喂以也不知道老太婆抖抖擞擞的为什么还绕着风帆石走，不知道老太婆走着走着怎么就不见了呢。好像有动静下去了，喂以试着绕着巨石走了一圈，老太婆还真是没有看见了。

喂以转了几圈。最后面对深谷坐在地上等。

喂以一直坐在哪里。太阳斜得厉害了，但喂以坐得很直。先是黑狗坐在夕阳红霞里，后来夕阳慢慢转青转灰，喂以成了一道剪影。再下来，黑狗渐渐溶进黑暗的夜色中了。

三天后，有人采药经过，看到一条黑狗坐在风帆巨石下，面对着嶙峋如刀的深谷，一动不动。采药人嘘了一下，黑狗转头；采药人做出捡石头的样子，黑狗跳起来就跑了，一瘸一瘸的，但是，走远的采药人，无意中回望，那条奇怪的黑狗又坐在原地了。

黑狗的背影很直。

灶上还有羊肉绿豆汤

一

如果不是想起来，瓦罐上的羊肉绿豆汤可能没关火，文小明就不大可能回到金星苑小区。他是不可能为了老婆周小杰回去的。当时，也就昨天晚上，周小杰比他早四十分钟摔门而出，四十分钟后，文小明觉得自己火透了，也摔门而出，连钥匙都没带。

今天在姐姐家喝早餐豆奶的时候，文小明忽然被电击一样发了呆。姐姐看着他。文小明说，灶上的汤……不知道关了没有？姐姐知道周小杰横征暴敛的个性，就大惊失色地赶文小明回家。文小明根据以往的吵架经验，也猜测周小杰肯定不会轻易掉头回家，所以就打的赶回了金星苑小区。那时，太阳刚刚出来，浮在雾气上面照耀着小区。

虽然没有钥匙，文小明还是一路狂奔，他想象家里烟雾弥漫、门和窗火舌黑烟乱蹿的样子。文小明是从小区侧门的铁栅栏翻进小区的，那样到他家要近很多。文小明像有钥匙一样，飞奔上楼。楼道里没有人，文小明站在他家 303 门前。他贴着 303 的门缝闻了闻，又贴着一圈门缝仔细嗅了一遍，确实没有烧烤味道。是不是周小杰回来了？是不是她把绿豆羊肉汤喝掉了？或者，周小杰摔门而出之前，先把电源拔掉了？反正，里面没有任何异常气息。文小明又把鼻子贴在门缝里，闭着眼睛连续抽气，焦味是肯定没有了，但是隐约是不是有点羊肉花椒味游丝？文小明再使劲抽气，好像又什么都没有了。

文小明顺着小区中庭花园草径，从小区正门出去。如果文小明还是违章攀爬铁栅栏出去，他就远远离开小区，什么事也不知道了；但是，他回去的行走路线是文明正确的，结果，他这一整天都待在这里了，他不是失去行动自由，是他自己走不出去了。

小区正门出来就是小区通往外面世界的主干道，也是外面世界进入小区的唯一正道，能并行两辆小车呢。从正门出来往左，两旁的店铺就多了起来，拐过一个缓坡浅弯，就能看到文小明家的那栋楼。远远的文小明就看到十来个人，一律向后仰着头，往楼上瞧着，看那些身影好像有点焦急的意思，文小明不由就想起羊肉绿豆汤，但他马上就否认，当然不是他家的问题，他已经勘察过了，安全；就算汤还在灶上，你想那么一钵子的汤，就他这走出小区的这一小会功夫，就马上烟熏火燎起来了？不可能。刚才不是还隐约好像有些汤香味吗？说不定才是靓汤正入佳境时呢。

这么想着，文小明就渐渐接近了那些身影有些焦虑的人群。

二

前天晚上，周小杰下班回来带回了半个黑羊脖子。周小杰是哼着小调回来的。家里钱不多，周小杰把自己练成了淘金式的购物狂，周末的晚上，她总是淘到七八点甚至更晚，买回不少便宜货。文小明就饥肠辘辘地等她给他带的快餐。文小明是个懒惰而不爱生事的人，周小杰是个嘴勤脑勤身子勤的人，这样自然成为家里的实质掌门人。周小杰虽然看上去飞扬跋扈，但是，在卧室里撒起娇来，却是流水行云，每一句话都讲得哼唧哼唧的，酥人骨头。文小明拿她没有办法。周末的晚餐，往往非常潦草，但是，周小杰一定会弄点什么好料做精彩消夜，为一个销魂的夜晚铺垫，比如，昨天的羊肉绿豆汤。

但是，昨天晚上，那羊肉汤没有达到目的。

起因是，周小杰竟擅自买回了一部手机。

搬到金星小区差不多半年多了。搬来时本来不打算再装电话，反正周小杰手里有个小灵通，而文小明单位办公桌上就有个人电话，下班回家周小杰也回来了，不需要。可是，周小杰打听到移机比新装机要便宜，就坚决要移；没想到的是，移机要改号，一改就发现，这个新电话老串号，五花八门的电话天天都有，因为设置的是，铃声超过五声，就自动转入周小杰的小灵通，几个月来千奇百怪的错误电话令周小杰不胜其烦，一气之下把小灵通扔给文小明。文小明还以为她单纯，没想到才憋了半个月，她就不经商量，给自己买回了新手机。刚装修完，还没缓过劲来，好不容易存了点钱，计划好是文小明父母国庆来做客的开销，怎么擅自买了大件呢？文小明非常恼火。周小杰辩称，是存了三千元话费白送的手机，非常合算。文小明说，总共就那么点钱，存死了，你让我父母来喝西北风吗?!

这样批评反批评了几个回合，他们就吵起来了。文小明在看电视，边看边吵；周小杰在厨房洗羊脖子，边洗边反击。等羊肉放进瓦罐，投好佐料，插上电，周小杰就到客厅开始看手机使用说明书，边看还边吵，文小明被刺激得气不打一处来，吵架忽然就升级了。

三

在雾气里虚白的阳光中，文小明往大拐弯那里的人多处走去，不算太喧腾，但显然比较焦灼的声音就渐渐进了耳朵。文小明听到一个提着水果篮的男人挥动着胳膊说：“不行的不行的！我去打过这家的门啦！没人！”一个像咳嗽过多的苍老男声说：“什么时候了呀？这不是故意给我们文明小区抹黑吗？”另一个很大嗓门的女声响起，她的腔调更加焦急：“不行，赶紧弄下来！不然我们这个小区真要给市长丢大脸啦！一定要弄下来！”

那一堆人用共同的焦虑的声调交叉说话，他们摇晃着后仰的向上看的身姿。文小明还是不当心，因为他老远就看出，他们家的阳台没有任何烟火，不过，等他渐渐走近那焦急的人堆，嘿，怪了！他们竟然个个都在观察他文小明的家！不只是这些马路中间的人，文小明家对面的这边楼里，楼下所有店门里的伙计、老板，店门以上的各家各户不同楼层的人，都在往他家看。周末阳台上的那些男女，有的在晾晒衣物，有的在侍弄整理花草，有的在运动身体，反正大家半停半做地关注着他的家。显然，这里发生了比较重要的情况了。

文小明顺着大家的眼光，从下往上打量着自己的家。这里看到的是 303，也就是文小明周小杰家的阳台。阳台上能有什么呢？一角堆着搬家过来后未及清理的硬皮纸箱；阳台上有几盆花，茉莉和绣球，绿中发黄的枝丛，没多少生机，唯一比较鲜活茂密的是一盆同学祝贺他们乔迁之喜的粉色杜鹃。猛然，文小明明白了事情的严重性：阳台上悬晒着一条棕绿的大浴巾！这么隔着距离看上去，那个图案和颜色老旧的浴巾，有点像一面肮脏的旗子。

但文小明又充满疑惑：浴巾有什么值得这样关注呢？

文小明和这条浴巾的感情非同一般。这是文小明的随身宝贝。大约从幼儿期起，文小明的母亲就发现，文小明就必须捻着这条浴巾——当时是他的小盖被——的一角才能乖乖入睡。他母亲说，哪怕在睡梦中，你给他换一条，他马上就知道，就大哭大闹。所以从小到大，文小明无论跟父母出门走亲戚，还是读职业中专，什么行李都可以忽略，唯独不能遗忘那块可笑可亲的大浴巾。

他们是嫌我的浴巾难看吗？

平心而论，这条棕绿色的浴巾是旧了点，成其为浴巾的小毛圈圈其实几乎都磨光了，剩下经纬细线格子，忽大忽小，筋筋连连，烂猪肺似的，外缘也磨得像毛纸浆，有的边已经垂挂下来，远看就像张杂色破渔网。扔在垃圾堆，都不能肯定乞丐一定要它。虽然它是洗干净晾上去的，但它真的有点像火车上的拖把，陈旧而肮脏。

现在，站在人群边的文小明，看着看着暗自惊异起来：他的浴巾原来已经那么破旧了。如果不是借着大家的眼睛，他从来没想到它已经是那么的破烂不堪。它老了。老了。毕竟那上面承载了他二十多年揉捻搓擦的痕迹，遍布着他童年、少年、青年期不同时期的心思和梦想。要知道，任何时候，只要他回到床上，它就在那里等着他的身体。它的温润的带着洗之不褪的母亲皮肤的好闻气息，它的绵软的、弥漫着无边安宁的舒适手感，通过他磨动不已的指尖，电磁波一样向他全身放射，随时抚慰着他从尘嚣中返回的身心。

可是，没想到，它竟然已经这么衰老了。看上去，它简直不再具有浴巾的身份。不过一个高悬的、烂糊如纸的、废旧如渔网且颜色可疑的布状物。大家叫它“肮脏的破单子”，谁能理解它是一条心底宽厚的大浴巾呢？现在，怎么看，它都更像一个丢人现眼的丑闻。一个不自量力的疮疤。

文小明有了点羞惭的感觉。

在文小明看来，那个大嗓门的妇女情绪比较激烈，她的语调有点像电视里的演说。她说，情况已经非常严峻了。周一，也就是明天上午，全国的文明卫生之城专家考评组要来了。这些专家厉害啊，区里说他们一到这里，根本不要工作人员陪，他们自己打的、坐公交车，他们要自己到处走动啊。他们在整个城市到处走啊，随便向市民提问——也不知道我们居委会发的问答提纲，大家都会背了没有——唉，现在也顾不上了，这个！这么醒目的丢人烂布单子，如果被专家看到，我们小区还有什么文明可言！一票否决呀，大家懂不懂？有的人是不知道这次活动的厉害呀！

文小明知道这个厉害。相当长一段时间以来，报纸上紧锣密鼓地宣传争创文明之城，全城早就总动员了，还发了百万份“争创问卷”，文小明所在的单位也贴了人人参与重在夺标的倡议书，只是，文小明不知道已经到了最后冲刺阶段了。以前，区里、市里、省里创卫检查组一到，居委会就会连夜通知说，各家各户——尤其是临街住户，千万不要把拖把挂在凉台上，要藏到卫生间，等检查组走了再恢复正常地位，等等等等。这些，周小杰一贯挺配合的，怎么到最后这一关，也是最高级别的检查，反而出了这个差错呢？

文小明掉转脑袋，看着这案发现场。这马路中间，马路两边的楼房、一楼到七楼，几乎上上下下、家家户户都有从窗户和阳台上探询出的脑袋，有人还叽里哇啦地打着手势，帮助楼下的准备行动的人群出什么主意。显然，文小明的浴巾成了小区周末早晨的最大关注。它就像一张巨大蜘蛛网中间的令人不安的大毒母蛛，太阳还没出来清楚，它就把小区的人们给一举网住了。简直看不出这是一个星期天的休闲的早晨。

现场挺乱的。人们高一声低一声、七嘴八舌。文小明能感受到，大家是发自内心地对那个破布单有意见。有人批评户主不顾全大局，缺乏公民的起码觉悟；有几个人来去奔走，在分头寻找户主，更多的人在自发性地分组磋商，商量要把这个小区污点解决掉。

人们忽然蚁动起来了，原来有人弄来一根长竹竿，似乎要把破布单直接挑落在地。

四

人群中，文小明的小灵通响了。文小明希望是周小杰，但同时肯定不是周小杰。周小杰是多么要强的婆娘啊。果然，是陌生号码。文小明一按，对方说，今天呢？今天路政他们查哪一段？文小明没有像以前那样，不理睬地挂掉，或者咒骂一句：打错！他思考了一下，深沉地说：殿崽尾。还有那个佛光山隧道和懒人弯！

哇哦！对方哀叫起来，这生意还叫人怎么做?!

文小明把电话按掉。他觉得自己像个日理万机却关注公共事务的人。事实上，他看上去，和人群中任何一个热心分子没什么两样。他时不时仰着脖子，眼光里有公允的焦虑，看上去也万分操心着三层楼上 303 阳台上的那块破烂肮脏的浴巾样布匹。

灶上的羊肉绿豆汤怎么样了呢？

算算搬进金星苑小区也半年多了，文小明谁也不熟悉，这和他经常翻铁栅栏不走正道有关系，小区保安对他的脸就比较没印象；居委会上门入户登记，都是周小杰接待。周小杰本性是个好交朋友的人，但是，他们家从三月份搬进来住，邻居关系就没有发展好。现在入住半年多了，提起邻居，周小杰总是既愤懑又不屑的表情。

有一次，文小明加班回来晚了，听到周小杰在楼上吵架的动静，还有用什么东西敲打楼梯铁扶栏的空洞而激烈的声音。文小明从来是个喜欢用浴巾抚慰自己伤口和梦想的人，不喜与人争锋，甚至总是怯场，自然就不愿上楼参加周小杰的斗争。后来才知道，起因是他们家晒的高弹棉絮，被楼上浇花的水淋到了。楼上四、五、六、七层的邻居们，没有一家承认是他们干的；周小杰提着金属衣叉，咣咣咣猛烈打击着铁栏杆，一层层叫嚣着审问上去，就是无人认账，更没有人出来表示歉意。未遂的周小杰把火发在已经回家而躲在家里玩电脑的文小明头上。

周小杰仰天长叹说，就是家里男人不像个威猛男人，所以被恶邻欺负。文小明并不这样看。他觉得，周小杰自己就很威猛了，可那又怎样呢，事实上，比男人还威猛的周小杰今天就是提一把尖头红缨枪，也未必有人买她的账。

还在装修期的一天晚上，文小明和周小杰的两个同学一起过来参观他们家的装修，回去的时候，路过金星苑唯一的带电梯高层时，忽然一个啤酒瓶子从高楼坠下，准准砸在同学的脑袋上。同学不出声地倒下去的时候，大家还没反应过来，他们也听到玻璃瓶的声音，但没明白怎么回事。扶起同学，才发现他已头破血流。当时这事也闹得很凶。周小杰声嘶力竭地往楼上喊，喂，谁他妈的乱扔酒瓶子?！喂喂！——砸伤人哪你还龟缩着?！另一个同学还吼了粗话，还是没人搭理，从窗口往下看的倒不少。值夜保安听到动静过来了，一看情况就愁眉苦脸了，呃……那个，您让我们找谁赔呢?！

本来这事没那么便宜收兵，后来发现头破血流的同学在一直摇手，大家这才赶紧往医院撤退。后来，周小杰就把那天晚上的急诊挂号费、CT 费都打进装修成本了。因为没有人表示对此事负责。周小杰执意让文小明拿着医院发票去找物业理论，文小明不去。他说，谁理你呀。

文小明承认自己不喜欢邻居，周小杰的斗争也是有道理的，但是，周小杰那么厉害，都很少取得胜利，文小明也就更没有信心和邻居发生关系。楼下“川味大王”的油烟麻辣呛，文小明出过力，打过了两次环保举报电话；还有楼下 203 每天要使用两次的养生按摩机，文小明被要求去亲自和那个退休会计对话，文小明按开门，刚说，你们家那个“嗡吱、嗡吱”的环绕性震撼，实在太扰民了……老会计“砰”地就把门关上了。

还有空调滴水。这是夏天才发现的痛苦事。503 家的。他家五楼的空调水，高高地跌落在三楼的文小明家的钢塑雨披上：咚—嗒，咚—嗒！白天吧，声音嘈杂，不太突出；晚上就要人的命了。大暑天的，本来就指望晚上能开窗睡段好觉，可是，“咚—嗒！咚—嗒！咚—嗒！”的声音，就像有人用凿子凿你的天灵盖。周小杰也上去理论过，没用。文小明有时觉得，还好有羊肉绿豆汤之类的美好生活因素，要不然周小杰怎么过呢?

文小明自己就是靠着那条浴巾，慢慢慢慢地摆脱各色侵扰，走进自己的梦乡的。

五

雾气渐渐退去了，太阳光慢慢变黄变得强硬了。现在，不但小区来来去去的人在操心303室的破烂事件，看得出，连小区满地上来来去去的人影子、狗影子都充满焦灼感。在明亮的太阳照耀下，文小明更加感到，自己的浴巾，确实比火车上的拖把布有过之而无不及。它就那么棕不溜丢、癞皮狗一样大张旗鼓地挂在那儿，楼下的人们越为它操心，它似乎越显得神气活现，在小区的阳光下，它简直就是一面挑战文明的旗子啊！

文小明不止一遍地问自己，如果我有钥匙，我愿意开门取掉它吗？令文小明困惑的是，开初的惭愧期过去后，他发现自己并不很想把它收掉了。他越来越清楚地发现，他原来并不太想开门藏那份丑。就是不太想，反复问自己，再问也是没感觉。是的，不太想。那不太想就像没事一样，拍拍手走吧，反正也没人认识你。可是，文小明又发现，自己其实也很不舍得离开现场。是灶上的羊肉绿豆汤吗？是吗，好像是，又好像不是。牵挂是有的，有时候还蛮强烈，但毕竟到现在门窗也都还没冒烟；那么，为什么还是不想走呢，文小明最终没有想清楚。

文小明站在报刊栏前，边看报栏的《南方周末》，边和众人一起焦虑地看看303阳台上的烂浴巾。他看到，长竹竿拿来的时候，人们先是从对面楼伸过来捅，不够长；人们又吭哧吭哧分别跑到文小明家的左右隔壁去捅，好像都因为有个奇怪的死角，破坏了竹竿的灵巧和力量；连续无数趟都失败了，捅得保安和奋勇的几个居民胳膊发颤、脸冒虚汗；居委会的女人唉声叹气，说："我死了我死了，好不容易才借到这么长的竹竿哪，这么长的竹竿全城也就这一根了吧！怎么你们还不能用好它呢?！我死了我死了！"

文小明看着想了想，就对旁边的人说，可以加绑一根钓鱼竿试试。

那人说对，对对。文小明的建议立刻为现场指挥接受了。

人们开始新一轮努力的时候，文小明走到对面卖铁观音茶的小店，一屁股坐在树根雕的椅子上。隔壁开灯具和性用品店的男女店员，眉来眼去地好像在恋爱。男店员对对面楼的那条浴巾，一直牙疼一样地掀着半边脸皮，对那条浴巾表示出十分夸张的不屑，一直说，这年头，这年头！

文小明的小灵通又响了。文小明接了。

昨天晚上，陈处、王处都还满意吧，嘿嘿。嘿嘿。

文小明也嘿嘿两声，气定神闲：陈处、王处什么人哪？

那——可不！所以我们不敢有一点点随便不是。嘿嘿，要知道，那些小姐可都是专门挑的。那个……呃，我们的质检报告……呃，嘿嘿，是不是请陈处再……

文小明响亮地咳嗽一声：你以为事情就那么简单吗？

对方说，那是！那是！

文小明就把电话摁掉了。

外面发生重大喧嚣，文小明起身出店。果然出事了，竹竿从三楼失手掉下来，砸到一个追小孩喂饭的妇女。那是个小水果摊老板的老婆，老板去进货了，隔壁日杂店的女老板就风风火火地拿了一瓶老茶油，给被竹竿挂破耳朵的妇女涂搽。那个三岁的肮脏宝宝站在人群中哇啦哇啦地哭。

风来了，文小明的浴巾，笨重地、高高招展在小区的主干道上。

居委会的女干部气愤地为那个被竹竿伤害的妇女拿着暗绿色的老茶油瓶子。她说：“你不对，是你不对！你没看到这里在处理这么大的事情吗？喂饭的孩子不长肉！你还满街追着喂呢——还哭！还哭！再哭警察就来了，把你妈妈抓走！这叫破坏小区精神文明建设！”

一大堆人都吃吃笑起来。居委会的女干部，回味自己的话，觉得是有点幽默，又自己补笑起来。但她和大家马上就不笑了，都不笑了，一堆人愁容满目地抬头看303阳台上那条糟糕的浴巾。大人的腿丛边，那个臭宝宝还真不哭了，显然，他对那老茶油瓶子发生了兴趣。

六

已经快中午十一点了。小区主干道上现场的人群始终没有减少。而且至少保有十来个核心分子。警察和消防队员来的时候，围观的人数陡增了三四倍，后来警察和消防人员撤退的时候，人数变回原来的那么多。坐在小店里喝茶的文小明看出来了，核心人数虽然不变，但核心成员是流动变化的，比如现在这拨抓耳挠腮、赶前忙后的奔忙者，绝对不是太阳刚刚照耀小区时忙碌的那一拨人，那一批人很多人是提着油条豆奶袋、菜篮子加入操心行列的；也不是十点左右的那一批人，十点钟的那一拨热心居民中有两个双胞胎中年胖子，就是他们——搞不清究竟是哪一个失手把竹竿掉下三楼造成险情的，用居委会女干部的话说，要不是居民们深明大义，水果店的妇女，肯定要去医院拍片子。

太阳时隐时现，风一阵阵大了起来，看那浴巾，那条烂猪肺一样的浴巾，不算轻盈地飘动起来，简直有点放肆和挑衅的味道。

坐在小店里的文小明，不时抬头看看天上的浴巾，又看看地面上焦躁的人们。他想周小杰如果看到这个场面，会怎样呢？她是不是能认出哪个热心居民是他们同楼道的人，哪个又是她企图吵架的对手呢？

灶上的绿豆羊肉汤怎样了呢？文小明时不时闪过这个问题，下意识地嗅嗅鼻子，搜索着羊肉绿豆的香味，或是焦煳味的游丝。从阳台上看，家里依然是没什么异常情况出现。周小杰这个土匪，果然又一次离家出走了，这次糟糕在，因为文小明还不知道她那该死的新手机号码。不然，文小明真愿意介绍她回来看看，看看她在现场会有些什么反应。作为一贯想纠正别人不端的她，看到他们家的浴巾，轻而易举就成为这么多人纠偏的对峙力量，她是不是暗自欣喜？

文小明对自己没有带出钥匙这个问题，有阶段性的复杂心理。一开始，也就是清晨他喝豆奶时突然想起灶上绿豆羊肉汤的时候，那时候一路狂奔中最锥心的就是懊悔没有钥匙进门；后来他从小区正门出来发现自己的大破浴巾在公众面前丢人现眼时，他也有一闪念：哎呀，有钥匙这不简单多了？但是，天知道什么原因，看着小区热心居民们狼奔豕突的焦急模样，文小明就是越看越兴奋，越看越投入。他后来竟暗暗佩服自己褴褛不堪的浴巾，多么镇定飘洒啊，这条令人恶心的浴巾，它完全超越了周小杰的生活姿态。它毫无顾忌，多么自由自在啊。文小明开始为自己没有钥匙而轻快起来。它帮助自己排除了作案嫌疑，可是，随着时间的推移，那条始终恬不知耻的浴巾，似乎过于强大了，以致文小明慢慢觉得，自己可能有必要参加群策群力，强化公众势力。

正是这个心理，当看到发生了竹竿伤人事件，文小明就到居委会女干部身边像侠客一样轻声说，叫警察。

热心的居民们恍然大悟，冲着居委会女干部一起点头，对对对。

居委会跟警察关系还是不错的，两名警察马上就来了，但是，他们很快就一起摇头了，他们说，这种事，警察还真不好管，强制进屋没有法律依据，搞不好就被老百姓提起行政诉讼了。结果，俩警察就陪居委会女和热心居民们站了一会儿，小区主干道上，因为有穿警服的警察在，马上聚拢了很多人。警察调侃了一下那条大浴巾伟大的尊严，就用夸张的爱莫能助的表情，和居委会女干部辞行了。

一个在中午的太阳底下操心得满头汗的居民，悻悻地进茶店喝茶，他抱怨说警察现在像羊羔一样，一点用都没有，要他早就一脚破门而入了。警察这么维护浴巾的自由和尊严，文小明颇为意外。想来想去，文小明说："我看可以打119看看。消防队员好像比警察更能爬楼。"另一个喝茶的热心居民一听，马上奔出小店，用奔走呼号的身段喊："对啊对啊，"他喊，"我们打119！我们打119啊！"居委会女干部和现场所有核心人员都赞许地交换热烈的眼色，说话之间，已经有三个人掏出手机，按出了119号码。

电话一通，他们就把电话给了居委会女干部。可能对方的受理态度不明朗：女干部冲着电话嚷：你们不是有求必应，有难必帮吗？——当然是不得了的大事！谁还有功夫开玩笑！——要知道这里有多少群众在盼着你们来啊！明天一早考评组专家就要到啦！

十分钟不到，119红色的战斗车，拉着"呜——呜——呜——呜——"由低变高、循环不息的警笛从小区主干道那头出现，结果，它的出现，几乎使小区再没集体荣誉感的人都离开了午睡的床。大家穿着汗衫拖鞋，陆续聚拢现场，在多云而风高的正午，小区热忱的人们，就那么在路边高高低低仰望着它。文小明觉得大家就像是户外电影场的观众，屏幕当然就是他的破烂浴巾了。

消防队员最终还是走了。他们的中队长承认说，那的确是一块很不文明的布，应该取缔。但是，中队长又说，除非浴巾的主人同意，否则他们擅自架设云梯登高、擅自处置群众室内财产，更是不文明的。一张有主的、在自己阳台上飘荡的浴巾，哪怕再破，那也是合法的。它毕竟不是一个马蜂窝。

人们都十分失望。有人模拟专家出题考中队长和他的队员，争创全国文明城市的精神实质有那三大核心？国民文明的素质构成基础是——？物质文明和精神文明的关系？市民守则的最根本原则是——？

中队长说：“你们不要考我啦，我们昨天晚上还到三个居民家摘了三个大马蜂窝啊，我们教导员脸都被叮肿了——还半夜一点爬上七楼，为一个忘带钥匙、进不了家的居民开了门呢。我们是一支文明的战斗力量。但那个，”中队长指指周小杰的浴巾，“真的不是马蜂窝啊。”

消防队员在居民的嘘声中撤退了。居民们的情绪也被自己嘘进了最低谷。

七

文小明兜里的电话响了：“两份鲍鱼粥！胡椒少放点，油条两根！银行中心 19 楼 1910。”

文小明说：“好。就来。”

“再加份红油腌豆角！”

文小明说：“好嘞。”

电话又响了。对方是个女声：“你到底还爱不爱！”

文小明脱口而出，说：“爱。”

对方说：“那我问你，你——还是不是原来的你？到底还是不是?! ”

文小明说：“这是不可能的，每一天，每一个人都在变化中……”

对方啪地把电话挂了。

这个雄赳赳的质问，文小明想起了雄赳赳的周小杰。周小杰在哪里呢？这个恶婆。凭良心说，周小杰没搬进这个小区，就是个脾气不好的东西，搬进这个小区，使她的该死的脾气大大地恶化了，一天到晚像吃了摇头丸，逢人就赌咒痛悔搬到这个金星苑来。搞得借钱给文小明买房的姐姐疑惑地说，自己当时真的手上不宽裕，不然她一定资助他们买周小杰看中的万星湖景。文小明跟姐姐解释，和房子没关系，是和邻居不好相处的问题。姐姐说，是啊，金边银边不如好厝边（好邻居）。但是，说是这么说，周小杰一来诉苦骂娘，说高尚住宅区和普通住宅区人的素质就是不一样云云，姐姐就硬是听出弦外之音，听出有责怪文小明家人不鼎力相助的意思，害她虎落平原被狗欺。这样来听听去听听，文小明劝人不成，反而不由得把两边的人心都往不良心机里猜，猜得自己非常沮丧。

现在已经是下午两点多了，灶上的绿豆羊肉汤怎么样了呢？插头拔了？没拔？汤干了？没干？快熬干了？或者，根本没来得及通上电？还是冷冷一钵头清水生肉？——可能性不大，热爱生活的周小杰是多么热爱消夜的美妙好料啊，这是生活的高潮啊——绿豆羊肉汤有充分的理由，在灶上文火中微微地翻滚着。

八

金星苑小区的热心公民，大约从三点多一点，又开始三个两个地出现在周小杰的浴巾楼下的小区主干道上。物业的负责人也来了，居委会女干部挺负责的，下午她是第一个回到这里的，而且带回一些不愉快的消息，比如，经查：303户主在居委会登记簿上留下的电话，确认是一方单位的，假日里怎么也打不通；比如，楼里面的居民都自发轮流去按他们家的门铃，有人还放弃了午休。不完全的统计表明，从上午七点到现在的十五点十分，已经陆续有十七人次去按了303家门铃。里面还是没有人。

专家检查组明天肯定会经过这里；经过这里，专家们就肯定会看到这条要命的浴巾；看到这条浴巾，那么小区所有的工作肯定就白做了；整个小区工作白做了，那么精神文明红旗单位也就垮了；标兵都垮了，市里的其他小区还有什么文明可言？全市的工作可能就垮了，那么，最后冲刺全国文明城市就成了泡影。可以这么说，现在全市能不能夺魁，就看这浴巾能不能拿下！可是，竹竿已经是指望不上了，警察也指望不上了，消防也指望不上了。怎么办呢？

天阴沉下来，风更大了。有人说，风如果再大一点，那条破浴巾说不定自己就被吹到地上了。有人说，那就是老天爷也看不下去啦。

有人建议把小区后门打开，说，反正很多不自觉的居民喜欢爬后门，后门不开就翻爬围墙栅栏呢。干脆把后门打开！赶紧打开！

马上就有人替居委会批评了这个奇谈怪论。专家是微服私访，你有没有搞错啊？难道人家还要走你制定的路线么？

有人说，有了！干脆在他们家阳台上钉一块封闭式遮羞广告牌，上面就写“热烈欢迎创卫专家团来我区视察！”有人不同意，说应当写体现精神文明的句子，好显示小区人的精神境界，“有朋自远方来，不亦乐乎？”有人说，你们都是胡说八道，讲不讲法啦？人家的阳台私人财产——再没素质的居民也有财产权，宪法规定的——你想钉就钉啊？退一万步说吧，就算大敌当前，我们特殊处理，那又怎么爬上三楼去钉呢？

所有人都泄了气，人们又开始愁脸相对。

文小明的电话又响了。

爸爸，我今天可不可以吃比萨？我虽然没考到98分以上，但是全班第一！

全班第十就可以吃啦！让妈妈带你去！

噢！喔！喔！太好啦！——你是……爸爸吗？

是！当然！

文小明刚把电话合上，那居委会女干部和一个大伯站在他面前。文小明一小惊，以为发生了什么对他不利的情况。但看女干部和老伯表情和蔼、有恳求笑意，就放松下来。居委会干部说，没办法了，只能派人踩着二楼的雨披，翻上去挑。因为雨披不吃重，我们要选个灵活的上去，个子要小。看你这么热心，都待这里一天了。你愿意来爬爬吗？我们弄到了一个老百姓的老竹梯。

文小明张口结舌。没想到他们奔忙不息，还注意到他已经在现场待了一天了。群众的眼睛真是雪亮的。这使他心虚心慌起来，为了克服心虚，所以，文小明立刻说：“噢，可以，我来试试。”

因为底层是店门设计，挑高有四米高。一字竹梯长度只到202室的阳台底边下半米的地方。文小明要灵活地攀上 202 阳台，阳台里面有几个男人，固定控制着攀爬绳子，文小明抓住绳子，再往上爬上 202 碰窗顶部，再轻轻踩在雨披上，然后，用一把红缨枪一样的合金铝衣服叉子，探入 303 阳台碰窗铁栅栏里，把 303 室的破浴巾挑掉。

居委会女干部做事还是很细心的。她派三个人扶竹梯，护着基础；四个汉子在 202 阳台敷设攀登绳，接应文小明由此向上攀登；又安排了两个男人在 402 阳台，悬放并控制着文小明腰上的安全带绳子，防止文小明踩空踩塌掉下来。一米六五的文小明，个子是比较让大家满意，但是，显然，文小明不是那么灵活的人，等爬到 202 阳台底下，他自己在冒大汗，护手们也在冒汗。这个环节，他三次努力，不能顺利地抓住 202 汉子们敷设并牢牢控制住的攀爬绳。大家手都酸了，啧有烦言。文小明又吞了口口水，镇定地说：

一个人一辈子要几条浴巾呢。一个人怎么能没有一条浴巾呢。

说着，他就蹬了上去，等他站稳在 202 碰窗顶时，202 的接应护手们递给他一把红缨枪衣服叉子。文小明调整好身子，拿起叉子，很快他就可以接近 303 那条破烂大浴巾了。

这时——也许是叉子和铁碰窗的磕碰动静太大——303 的阳台拉门，沙地——沉稳又轻巧地拉开了。

周小杰豁然出现在阳台门口，脸上涂着绿褐色的深海冰泥面膜。

文小明吃惊得差点掉了下去。

周小杰两个黄黄的眼圈里，看不出是否惊奇或恼怒。

文小明说："门铃……你？……羊肉……？"

在绿褐色的面膜里面，周小杰看上去不动声色：

"门铃我早关了！——有本事，你就爬呀！"

丰满的一天

一

母亲打来电话的时候，陈幼红正在开早会。上周业绩不好，经理在骂人。她是内勤，不跑业务，所以，经理骂人和她没有关系，但是，这时候，她也不想招惹经理，想等会儿再打给母亲，可是，母亲执拗地说："大事！快出来听！"

陈幼红在经理的虎视下，夹着尾巴离席出了会议室。

母亲说："不得了，我刚放下报纸，中央电视台收藏栏目的鉴宝专家来啦！"

陈幼红不明白母亲为什么语气这样，但她从小就知道母亲是有主见的人，所以，她哦了一声，心里有点急，想快点听明白进去开会。

"你家的那两个古董，还在不在？"母亲说。

陈幼红随口又哦了一声，脑海里也出现了那两个碗碟的样子，但她还是反应平淡。这是她和魏一伦结婚蜜月旅行时，在河南北部一个同学家乡的小集镇买的。当时也是买着玩，其实他们两个都不懂收藏，看小集镇人家摆地摊似的，塑料布上放了好多很古意的东西，东西都很便宜。陈幼红就有点大地方人应对小地方人的优越心理，蹲在那里仔细翻看。同学说，这里挖出过不少古墓，说不准就买到个千年宝物呢。所以，她一半是好奇，一半是博弈地要买。魏一伦说不要，现在到处都是刁民，刁民这样身段低地摆摊，吃准的就是城里人占小便宜、自以为是的心理。但魏一伦语气婉转，说，哪有那么多古董啊，肯定是假的！

陈幼红还是买了。新婚蜜月，丈夫还在随和期，何况陈幼红遗传了母亲很有主见的个性。她狠狠砍了价，自己掏钱就把那两个东西买了。那俩东西一个像碟子，另一个应该是古人的碗了。

之后多年，魏一伦一想起来就调侃那两个宝贝，后来就比较明显地嘲笑。陈幼红有一次翻脸了，说这和你魏一伦无关。再后来，大家就不谈古董的事，慢慢地小两口就淡漠了这件事。随着时光流逝，陈幼红从纤细苗条的新娘子，变成了个倔强而容易心慌的胖子；魏一伦在股票挣过相当一些钱，又变成了街上非常一般的穷人中的小康。两人偶尔吵吵架，魏一伦脾气不好，尤其是股票不好的时候，但陈幼红很沉静倨傲，魏一伦就渐渐安静下来，就像溪流奔流到了大海，生活慢慢复杂平静下来了。这些年，他们一直没有孩子，查来查去，各负其责，因为医生一致认为是女方输卵管不太通畅，男方的精子活力又弱一些。就这样十多年过去了，当年见证新婚蜜月之蜜的两个宝贝，早就退居到了柜子里的什么角落，几乎被人遗忘了。生活就这样把人们的想象力和激情都打磨掉了。

陈幼红母亲却记得它们。早上读报，一看这鉴宝会的消息她就激奋起来。报上还说，前一次举办的华东六省鉴宝会，过境本地时，专家就发现当地民间宝藏很多，真品率高达59%。专家吃惊地评说，这和当地人个性保守有关。

陈幼红心有点活络起来。

母亲说：“上午来不及了！下午还有半天鉴宝会。你赶紧请假！机不可失。我陪你们去。”

一开完会，陈幼红就给母亲打了电话回去。母亲正在去“的话”家的路上。所以鉴宝话题和展望，说得也不是很透彻。主要说到了魏一伦要不要去鉴宝的问题。陈幼红的意思是，还不知道真假，干脆不要告诉他。母亲沉吟了很久，最后说，我看还是告诉他。假的，他也没什么想头，万一是真品，难不准很多人惦记，一路有个男人护驾，有安全感吧。

陈幼红没有吭气。这显然是个重要提醒。陈幼红和母亲，从她少女时期就呈现出强强相惜又强强相斥的关系。她们一致不大瞧得起陈幼红的父亲，所以，在两个温和强硬的大小女强人相惜相斥中，备感孤独的父亲，在陈幼红结婚不久就辞世走人了。魏一伦就代替陈幼红父亲的观众角色，轮到他经常观看两个胖女人，今天相斥、明天相惜的母女亲情。陈幼红有时候真挚地挽留母亲在书房睡一夜，有时候含蓄而又决绝地让母亲快回自己家。那个“的话”，能够和母亲好上，就有陈幼红的努力，也有魏一伦的推波助澜，他觉得岳母还是有自己的小家，各家都比较安逸。母亲开始并不喜欢“的话”，她天生喜欢牙齿整洁、说话利索的男人，唇齿不清、满口官腔的“的话”令她生理上不悦，但是，“的话”是个效益很好国企的处级干部，虽然退休，有房有车，家境不俗，子女经济条件也不错。

二

陈幼红谎称母亲便血，跟部门经理告假回了家。

魏一伦照例在家，在书房的电脑面前。电脑里面是股市行情，或者股吧讨论区之类。每周他外出两到三次，他同学开的一个不死不活的投资咨询公司，他每周二下午要过去开个会，他有个虚职，叫投资顾问；周四下午几个球友固定要去体育中心打球，羽毛球。

陈幼红提着一份快餐往家赶。

她知道魏一伦在家，但她没有按楼道防盗门门铃，而是咬住快餐袋提耳，自己掏钥匙开门。上了6楼，到自己家门口的时候，她不知不觉就越发轻微地转动钥匙，门悄悄地开了，家里像无人般安静。她有点为自己隐秘无聊的心思害羞，所以，一进去就大声咳嗽，动静很大地把手袋扔在鞋柜顶上。埋头在电脑前的魏一伦被她的喧哗惊扰，抬头看了她一眼，又埋头继续了。陈幼红走进厨房。厨房里是他吃剩的方便面汤，菜板上都是切碎遗漏的白菜葱段，还有鸡蛋壳。

陈幼红坐在餐桌上吃自己的快餐。本来她都是一去一天的，魏一伦知道她朝九晚五，可是，她进门，他只是看了她一眼，就算是打了招呼。他真是一点好奇心都没有：你怎么突然中午回家了？为什么不叫我多做一份饭？魏一伦都没有问，当然，问了陈幼红也不一定就告诉他下午有个不得了的鉴宝计划。她还要再想想看。夫妻本是同林鸟，反正他也不相信那两个破碗。

陈幼红看了下时间，她大约能在家里待四十分钟。她和母亲约好，在鉴宝大会的新时代广场花圃大钟那里见面。买快餐的时候，她特意买了报纸，母亲所报的内容，她又看了几遍。现在她又边吃边看。在专家眼里，他们当地好像还真是未经开发的处女地，无论是收藏之心，还是收藏现状，似乎都很混沌。民间藏龙卧虎，到处是被忽略的、漫不经心的宝藏。这个推断，让陈幼红想象力飞驰起来。她想，说不定她的宝贝一亮相，专家眼睛都直了。他们围过来、愣怔唏嘘、难以置信、痛苦叹息而又爱不释手。想到这儿，陈幼红莞尔。

魏一伦已经路过她，进了卫生间。听动静在洗头。他总是这样，一出门，必定洗头。果然，他出来拿着干毛巾在镜子前大擦湿发。

陈幼红说："要出去？"

"外地有个同学来。准备陪他转转。"魏一伦说。

"女同学你就去吧，男同学就别去了。"她说。

魏一伦没有解释说男女，而是说："怎么啦，下午有事？你今天突然回来了。"

陈幼红有点淡淡不快：他现在才关心啊，如果真是稀世珍宝，和这种男人分享有意思吗？她说："你要不要跟我去？要陪同学你就别去。"

"你什么事啊？"

"当然有事。你陪我还是陪同学？"

"到底什么事？我和人家约好了。"

"那你就别跟我去。我的事和你没关系就对了！没事的。你去吧。"

"哎呀，我和人家约在先不是，你现在才说有事。"

"所以你去啊！我又没有反对你去！我随口说的。"

魏一伦使劲擦头发。他随后去了卧室，自己在衣柜里找衣服。陈幼红把快餐盒扔进垃圾桶，就看见魏一伦已经衣冠整齐地出来。魏一伦不胖，一直保持运动，看起来还是年轻。多年前，他曾经建议陈幼红减肥，但是，陈幼红三天打鱼两天晒网，最后干脆放弃。这个模式就像他们的睡觉方式，陈幼红以前喜欢握着魏一伦的小鸡鸡入睡，后来，就渐渐地三天打鱼两天晒网起来，再后来，就全面放弃了，再后来，就分床睡了。

魏一伦在找手机的时候没话找话地说："你今天跑回家到底什么事啊？要不你叫你妈陪你去嘛。"

"就是我妈要你去的，我是无所谓。"陈幼红脱口而出。说完了，她有点莫名的后悔。她现在完全清楚自己的心思了，她根本不想让魏一伦参加什么鉴宝，很清楚，这个宝贝是她个人的。离婚这两个碗碟也是归她的。

魏一伦果然停止了寻找动作，说："你又要去疏通输卵管？"

陈幼红做了个"呸"的表情。魏一伦困惑地走了过来，说："算了，我已经打定主意，我们不生了。别遭那个罪了！"魏一伦说得其实很轻淡，陈幼红还是有了点触动感。她说："我要把那两个碗碟拿去鉴宝。"

魏一伦显然没有明白，他的记忆里已经没有那趟蜜月旅行所购的所谓古董了。陈幼红站起来，把报纸推给他看，自己到卧室大柜子里翻。魏一伦拿着报纸跟了进来，等看到陈幼红掏出破黄报纸里包的破碗，他轻蔑地大笑起来。

她不动声色地让他笑完。魏一伦知道陈幼红和她母亲一样，越平静表示事情越重大。所以，他把报纸拿起来看了看。无非是礼貌，他的心已经出门了。要见的是个网友，当然是女性。他觉得自己也没有什么暧昧的东西，那个女人听起来有不少闲钱，很崇拜他，想寻找一些好的理财建议。女的在岛外，说做完一个美容项目后想约他一起喝喝咖啡，谈谈股票。听声音，还是挺好听的，不过，上次有个类似的交友，却遇上了一个年纪起码大他半轮的女人，虽然有钱，可是，很烦心。声音甜美年轻是有欺骗性的。相反，有个嗓音粗哑的女人，和他下网聊天见面时，却给了他大惊喜。美貌随性，喜欢爱抚，叫床尤其放肆动听。只是，在魏一伦连续推荐的股票都不怎样后，那个嗓音粗哑的女人就隐身了。

等魏一伦看完报纸，陈幼红说："你忙你就别去了。我无所谓。是我妈担心它们万一价值连城，说有个保安总好些。"

魏一伦的心，隐隐活络起来。他第一次对那两个旧碗，有了一点期待。

他找到手机，跟女网友发短信说，临时有个重要的投资洽谈，恐怕抽不出身。

三

陈幼红心里也并不十分愿意母亲掺和进来，但是，这事是她发现、热心促成的，她要参加，也是理所当然的。可是，她居然迟到了。

陈幼红在新时代大厦前焦躁地来回踱步。

"的话"有辆小别克，自己也会开，第一次约会就用小别克载了她母亲去超市买大米。可是，母亲和"的话"有点意思的时候，那辆小别克就经常被他在本地读大学的外甥开走了，气得母亲问："这车是你自己买的吗？""的话"说："如果不是我的车，那小子的话还有车开吗？"今天，母亲照样指望不上代步别克。她原想建议魏一伦早点出门，拐到新村来接她，可是，陈幼红想起"的话"的车子越来越有名无实，有些不高兴，觉得母亲被轻慢了，就偏要看雪上加霜的效果。她说：“我从公司赶回家，煮煮吃吃完怕是时间很紧。”母亲立刻说：“没关系没关系，我这儿有直达公交，你们在大厦前面的花圃大钟那里等我好了。两点半！”

其实陈幼红和魏一伦也迟到了。路上一个小剐蹭，两个司机当街理论半天，把整条路搞得像便秘。陈幼红和魏一伦到的时候，已经过点了，他们以为母亲会在那里焦急等待，结果却空无一人，大花圃上的钟已经是两点三十七了，其实已经是两点四十一。陈幼红觉得母亲不该迟到，她做事一贯是安稳有序的。打她手机，却没有人接。她猜她在公交车上，她的耳朵一贯不太好。陈幼红踟蹰着。因为一直无人接听，心里也知道她不会有什么意外，盘算先进去，可是，魏一伦说：“我们先进去，她肯定快到了。”陈幼红又不干了，说：“不要。除非电话通了。”言下之意，就是怕母亲有什么意外。魏一伦感到了她不动声色的谴责，便袖着胳膊，在花圃大钟的另一头来回走着。陈幼红手袋里放着那两个旧碗。

大约在三点十分的时候，她母亲远远地赶来了。她像块大胖发糕，沉重而虚晃地跑过新时代广场大门。等她气喘吁吁地跑近，其实已经没有速度了，但是，她的身形还是做出了奔跑的动作，沉重而抖动，见到他们几乎喘不上气，一个劲地挥手，表示快进场。

陈幼红说：“迟就迟了。怎么电话不接也不打一个呢。”

母亲说：“特意要充饱电，没想到走得急，偏偏忘了拔下。赶紧赶紧，十九楼！”

母亲看出陈幼红不高兴，但还是进了电梯才抖包袱，说：“公交车真是不能坐了！突然有人钱包被偷，大喊大叫，说是两千多美金，非要司机开到派出所。都不知道什么时候被偷的，小偷可能早都下去了，拉我们这些人去派出所有什么用?!”

“那你们去了？”魏一伦说。陈幼红没问。

“这么多美金坐什么公交车啊。”魏一伦又说。

“那还不是！很多人都这么骂。那个失主闹得太厉害，司机只好把车子开到派出所，大家都很生气。有一个赶着上班的人，简直要夺那个方向盘了，车子都要扭翻了，司机大喊，失主就站起来保卫司机，说：‘你又不是小偷，怎么这么没有同情心？抓到小偷我赔你十美金好啦。’更多的人喊起来：‘我们迟到也要扣钱的，你要赔就都赔！’失主快哭出来了。真是！我还没开口，我心里想，你耽误了我家鉴宝，你就是两千美金全部赔我，也不过是我家宝贝的一个零头——哎呀，那车里呀，真是那个乱七八糟啊！”

“最后还是去派出所搜身了？”魏一伦说。

母亲注意到陈幼红没有被这么生猛惊人的意外吸引，她一个问题都没有问。母亲觉得她是生她迟到的闷气。因此也有些意兴阑珊，便敷衍地对女婿说：“去了。警察还不是随便问问，大家又吵着赶上班，赶做事。几下子就算了，留下那人自己在那里了，有什么用。”

四

因为迟到太多，沿途引路岗都撤了，三个人摸来摸去到了鉴宝大会门口，却被两个穿蓝色西服的先生礼貌挡住，要鉴定通票。说没有票请到左手拐弯的第一个办公室去买。魏一伦说他去买，回来就脸色不开朗，原来一张鉴定通票居然要一百。这鉴宝的边还没有挨到，就去了三百块。三个人都心照不宣地脸色有点不开朗。不过进去就好了。屋子里气场强烈，充满暴富的隐喻。无数梦想的翅膀在诡秘地飞旋。

里面一个可容五十人的会议室里，乌烟瘴气，居然都是怀揣宝贝的人。通票上有号，叫到了才能进到里面一个自动玻璃门后面的房间，里面的灯光似乎特别明亮清爽，好像能让所有的宝藏现形。偶尔有穿浅蓝色工作褂的人严肃进出，不知道忙什么。恍惚间，一屋子好像是医院里等候专家看病的人。

陈幼红和母亲在一棵系红带的发财树旁的一角坐下，她们身边有两个男人在讨论一对豁口陶质破烛台。魏一伦没有位子，就在等候室里走动。看有个角落几个人在品赏什么，很热烈，就踱了过去。一个穿白色唐装的清瘦长者，在仔细看一个旧瓶子。一位老太太期待地看着他。清瘦长者轻微地叹了一口气，说："漳州窑白釉筒瓶。明代的。"

老太太急问："值多少？"

清瘦长者说："估计在百万。"长者指着老太太包裹宝贝的报纸和提来的塑料袋说，"你看这条裂缝，太可惜了！不能这样对待它，这样随便的包裹，怎么还敢挤公交还转两三次车？"清瘦长者发自内心地摇头痛惜。老太太很惶恐。

有人问："如果没有这条裂缝，那它值多少？"

老者看了发问者一眼，似乎懒得回答，与此同时，有个干瘦男人怯怯地问："周老师，您可不可以帮我看看这面古镜，要是……"

清瘦老者说："古镜我不是太熟悉，看是可以看一看，你不用当真。"

干瘦男人从一个黑色大书包里小心抱出了一面用童毯包裹的、有很多绿锈的铜镜。老者一看，想说什么欲言又止。随后又拿出放大镜，看了几个细节。大家都屏声敛气。魏一伦发现，岳母不知什么时候也过来了，手里拿着一纸杯的水。发财树那边，只有陈幼红一个人掖着有宝贝的手袋平静地坐着。

干瘦的老人体贴而巴结地笑着，说：“周老师，您直说，没有关系的。我只是爱好，并不指望它发财的。”

清瘦老人笑笑，说：“我说过，我只是对各代陶瓷有点造诣，所以那方面把握性大一点。你这个古铜镜吧，我看是魏晋时代的，品相虽然差一些，但我估计价值在30万元以上。不过，还是要到里面让真正的专家看了才算数。我是说着玩的。呵呵，大家不必认真不必当真啊。”

清瘦老者随意翻转着铜镜，说：“这几年，古铜镜价格倒是翻番了。我有个朋友弄到一面从德国回流的西汉铜镜，竟然身价到了三百多万。想想‘大跃进’的时候，多少行家到废品回收站和炼钢厂去捡宝，什么铜镜、铜香炉、铜烛台等，最多的是铜钱，数也数不清。知道吗，我认识的一个人，从那里捡了一百多面从战国到唐宋的铜镜回来。”

人群中唏嘘感慨声如潮水拍案。更多的人围过来了。

清瘦老人站起来想走开了，陈幼红的母亲笑吟吟地说：“老先生，可不可以劳驾你也帮我们看看？”有个小伙子抢说：“周老师，你刚答应要看看我这个烛台的！”清瘦老先生无奈地看了陈幼红母亲一眼。

等清瘦老者终于移步到发财树这一角时，陈幼红已经对他充满期待了。因为母亲不断把最新鉴宝情况通报给她，有这么一个对各个朝代瓷器都如数家珍的老人，母亲和陈幼红的崇拜之情油然而生，不由梦想飞翔。魏一伦的兴致也高涨起来，眼中的热切不亚于岳母。在很多人争抢清瘦长者时，他用坚定有力的身姿，把老者迎请到守着座位的陈幼红跟前。

陈幼红把报纸包住的两个破烂掏出，正在解开时，清瘦老者眉头皱了起来，说："怎么能够把两件瓷器叠在一起呢？互相碰撞会刮坏的。"

全家人惶然惭愧。母亲和陈幼红急忙把两个宝贝分开，清瘦老者拿起一块，说："古越窑的。"老者眼神自信，"你看，这外面的褐色是沁进去的脏东西，里面的青绿色才是碗的本色。这个色泽，就是很难得的秘色瓷。"

一个旁观的男人小声惊异："秘色瓷?！不会吧？胎质不白呢。"

母亲和陈幼红目光温柔地轮番看着老者和那个惊异表情者，只有母女俩自己知道，这个温柔文雅的目光里，暗含着多少警惕和精明的疑虑。

老者不回答，他在专注地看那只碗，兀自微微摇头。魏一伦假装内行地说："周老师，你确定它真的是秘色瓷？这我是十几年前在河北乡下买的。"

陈幼红说："那里被人盗挖过好多古墓……"

老者谁都不看，微微点着头，说："秘色瓷以前一直是个传说，直到后来打开法门寺地宫，人们才终于揭开了秘色瓷的秘密。"

陈幼红和母亲温和淡定地微笑着，胖胖的大方脸上，是赞许的意思。只是她们一式绞握手掌的镇定方式，泄露了她们共同的激动。母亲不时看着陈幼红，想交流一下沉着的兴奋，但陈幼红不看她，也不看魏一伦。她只是认真地看着周老师。

清瘦老者的食指，很怜惜地轻轻划过着那个碗的两个大小不一的缺口，他说："秘色越器是唐代创烧的，它的釉含铁量在0.70%左右，正是秘色越器的创烧成功，才使越州的越窑成为唐代的一座名窑。其实真正的秘色越器瓷也只是烧造了一批就停止了。如果这个通过里面鉴定，价格，我实在不敢随便估量……”

人群里有个男声低语：“秘色瓷起码值两百万……”

清瘦老者不语。这种庄重的神态，让陈幼红一家人立刻感到那个男人的估价的轻浮。显然，他们家这个秘色瓷，价格远在两百万之上。清瘦老人轻轻打开了另一只碗的包裹报纸。

他怔住了，两眼放光：“哥窑！这是哥窑瓷啊！”

一直很矜持淡定的周老师，居然出现了不能自持的亢奋表情，这个失态的眼神虽然稍纵即逝，但几近贪婪，陈幼红夫妇及母亲全身过电一般，忍不住互相看了一眼，那一时刻，简直千钧一发。魏一伦也不装了，连忙不耻下问：“什么叫哥窑？”

老人仔细看着那只像碟子的碗，说：“如果你这是宋代哥窑，至少价值千万。至少！即使是明清仿制的，也值不少钱。”老者又在微微摇头，他的手指摸遍了那只碗的每一毫米的地方，他甚至闻嗅了一下，这个莫名其妙的动作，连外行都破译出他实在爱不释手。

魏一伦没有注意到，家里的两个女人的双颧在微微发红，陈幼红在给清瘦长者递纸杯的时候，居然被魏一伦碰翻了，他正在给老人递烟。水打湿了两个宝贝，报纸全部湿了。周老师的前襟也溅上了水花，陈幼红连忙掏出纸巾，要帮他擦。母亲敏捷地把碗捧护在胸口。

魏一伦说：“那个秘色瓷，是不是就是绝版了？后人再也烧不出了吗？”

清瘦老者想离去了，魏一伦急忙递上名片，说自己是搞金融投资的，但隔行如隔山，敢问老者什么时候方便，一起坐坐？老人客气地说，自己闲居在家，没什么名片，听说这里有鉴宝盛会，特意从外地过来开开眼界的。讨教就不敢当了。老人又要离去，旁人也在急切拉他。清瘦老者顺势站起来，这时，鉴定里间门口，一个黑西装的工作人员出来了，他使劲拍了下巴掌，全场顿时肃静。

“对不起，我们很抱歉地通知大家，今天下午的鉴宝活动结束了。领了鉴宝通票尚未完成鉴宝的人，可以选择退票，也可以等明天上午再来。主办方决定延期半天。如果大家都不再需要，那么，今天，现在，本次鉴宝盛会就此落幕了。谢谢大家参与！”

有一个声音说：“我不退票！”

魏一伦喊：“明天几点开始？”

五

会议室的人开始散乱了。魏一伦立刻把两只碗包起，放进陈幼红手袋，然后，不由分说，把手袋横挂在自己胸前，然后，警觉异常地环视众人。两个女人一下就认识到，魏一伦的反应是恰当的，这些人可不比街上盲流，全部都是开了眼界的识货人，甚至那个清瘦老人，他最后看到哥窑瓷时眼睛放光的那个贪婪劲儿，回想起来都令人不寒而栗令人后怕。这个世道，能帮你的，只有你自己，可信任的，只有你自己，不是吗？

陈幼红和母亲，自动分布在魏一伦两侧，形成护翼。

三人小心翼翼地撤出人群。进了车就比较安全了，但母亲还是环顾四周，看有没有追兵，幼红和魏一伦也不由得在车里大睁眼睛，严谨扫视路面各类可能伪装的闲杂人员。

“我们分两路走吧。”魏一伦说，“这样目标比较分散。妈你打的走。”

傍晚了，陈幼红本来还是想送母亲回家，但是，魏一伦镇定果决的语气，让她们一下就强烈感到坐拥价值连城宝贝的沉重。母亲深明大义地点头。幼红要给母亲打的费，但母亲坚决拒绝。

魏一伦和陈幼红慢慢驶离新时代大厦。这辆超期服役的二手的宝马，除了车标，已经没有几个地方还像宝马，但魏一伦实在没有力量再买新车，一个投资顾问，你总不能买十来万的薪水阶层的车自毁形象吧。

老宝马似乎载不动这两个连城之宝，老熄火。要不等红灯停车，从停车挡就扳不回D挡，搞得很多车在后面鸣笛抗议。待了一会儿，又可以扳回来了，继续开。一路这么磕磕绊绊地开。魏一伦说："我们还是换辆车吧，那种新款宝马，也就七十多万。"

"也就？"陈幼红微笑，"看你那口气，就像也就七十多块钱的意思。"

"现在，七十万在我眼里，确实和七十块差距不大了。我们是上千万资产的人。"魏一伦迷人而自信地微笑。

幼红撇了下嘴角，她想表达对魏一伦的不屑，她记着他十几年前对她购买古董时的反对态度，记着他对它们一贯的嘲笑而淡漠。她觉得他几乎没有资格用"我们""我们"的口气来谈她的两个宝贝。正如之前母亲迟到后，张开闭口说"我家宝贝""我家宝贝"的口气，这些，对陈幼红都构成了微妙的侵略。说起来，这两只碗的钱，都是她个人出的啊，这和别人有什么关系？

不过，陈幼红心情非常恬适，非常非常恬适。她总想微笑，而且，久违的魏一伦的笑脸和健谈，平心而论，还是有些男人魅力的。他们在汽车里，在磕磕绊绊的汽车里，谈笑风生，带着一点点羞涩。生活，品质一般的生活，打磨销蚀了多少人的温存爱意，到后来，还剩下多少多钙有力的骨头、蛋白质弹性肌肤、青春结实的身形呢。基本都消逝了。

“黄润西不行了，”魏一伦说，“他期货做砸了，很惨。就剩下一辆发财时留下的奔六。现在还开着，还是要维持那个有钱架势啊。夏天的时候，一个熟人的孩子顺道搭他的车，三十多度的大热天，没舍得开空调。里面热得跟桑拿房似的。润西自己也一头猛汗，前胸后背都湿了。孩子不好意思要求开空调，自己就伸手开窗。别别！润西大叫，赶紧把窗关上，说：‘哪有开奔驰的人，大热天开窗开车啊！别让人笑话！’孩子热得实在受不了，说：‘叔叔，我先下去吧。’”

幼红笑，魏一伦也笑，腾出一只手哥们儿一样拍着副驾座幼红胖胖的肩。

“幼红啊，我们的新生活就要开始了。我们要好好规划一下。”魏一伦说。

魏一伦的笑声里有种真诚惜福的感慨，有感染力，他的动作也是大方温暖的。以前，在多年以前，他们是有这些亲密举动的，后来，就被生活简约掉了。甚至连正常交流也简约掉了。比如，刚才这个令人捧腹的假富人故事。黄润西幼红认识啊，可是，魏一伦已经不会再回家说了。如果不是今天，两块瑰宝像强心针扎进生活，他们是绝不可能这样谈笑风生地唠嗑这些甜蜜废话的。他们俩在一个屋子里吃吃睡睡，也真是没什么话想说了。一想到这儿，陈幼红又有点被人侵略的感觉。做人真没意思啊。陈幼红心里这样闪念着，依然是春风满面。她心底确实是快乐的，她也暗暗检讨了自己后来不是也懒得和魏一伦多说什么，单位里匪夷所思的事啦，好笑的八卦啦，都懒得说了。彼此不过吃喝拉撒简单征询，奋力生小孩的七八年前那段，有过杀鸡取卵似的疯狂性事，结果，彼此彻底倒了胃口。不亲、不近、不谈、不性、不即、不离。他们也不知道自己需要什么。现在，两个宝贝要现真身了，就像卤水点豆腐一样，他们突然被激活了。生活性状要彻底改变了。

六

超期服役的二手宝马，似乎在寻找自己的接班人，在汽车城附近，它不明不白地再次熄火。魏一伦笑道:“我看，我们就直接进去开了747出来好了。”陈幼红深沉地抿了下嘴角，似笑非笑。魏一伦密切注意她的反应，立刻说，“我们要开始习惯以百万为单位思考生活数据了。嘿嘿。”

陈幼红还是抿了抿嘴角。她其实内心轻盈，美好的遐想已经在云蒸霞蔚。但是，她天性能克制情感，她一贯是缜密稳妥之人，再说，万一两个古董最后一钱不值呢？当然，现在这个可能性微乎其微，简直像个无力的笑话，退一万步说，一件是假货，至少还有一件价值连城，这是跑不了的。可是，她遗传了母亲为人处世留后路的习性，永远不会得意忘形，另外，她对魏一伦张口闭口“我们”“我们”的用语，敏感而反感。这东西，溯本求源，是我的，是我陈幼红个人的，是我用自己口袋里的钱，在他人的反对下执意买下的，不是什么“我们的”。魏一伦有意模糊所属强化共有，实在令人隐隐不快。如果当初，是他执意要买，并从他钱包里掏钱，这个“我们”才能够成立。

但是，陈幼红一再感到另一种舒适甜润。这是夫妻之间的感觉。这行将就木的夫妻之情，忽然像冬日的蜡梅，毫无绿意的过渡，就爆出了绚丽的生机。魏一伦的魅力，真是久违了，他也像枯木逢春，机智温存、妙语连珠，生机勃发。虽然这归程一路熄火，后车啧有烦言，但没有影响他的情绪。他不时摇下车窗，宽厚幽默地说抱歉，自嘲人穷车破路挤。

商业中心灯红酒绿奢侈激越。定力过人的陈幼红也难免走神，经过磐基酒店的名品专卖玻璃幕墙时，内心里像美人鱼一样沉睡的愿望苏醒了一个：多么想要一个 LV 的包啊。那些业务员，来行政办这里领提成的时候，要么讨论着名品，要么肩上挎的、手上戴的、脚上蹬的，上上下下都是让全球潮人心里有数的奢侈大牌。陈幼红一贯衣着得体，但能感到大牌业务员投资性的夸奖，她们无非想一团和气手续顺利点罢了。陈幼红心里是不服名牌的气的，有什么呢，凭什么那么贵，她们用了，也未必漂亮。现在，当她和自己价值连城的千万宝贝在人流车流里穿行时，她猛然醒悟，那些唾手可得的大牌，那些遥远缥缈的奢侈，其实一直蛰伏在她生命的冬季，比如，LV 那个大包，那个不变的稳重图案，和她自信沉静的气质，再天然协调也不过了。现在，春风吹起了。

“我喜欢 LV 的大包。”她脱口而出。

“买呀！”魏一伦说。

“你送我啊。”

“没问题！”

“一万四呢。”

“便宜！我们买！”

“你送我啊？”

“等估好价，就给你买！第一件事就给你买包！”

“是你送我的吗？”

“是呀！”

“是用你自己的钱给我买？”

“咳，我的钱，不就是你的钱吗？”魏一伦笑，“我的什么，都是你的！”

“我就要你——自己的钱——给我买！”

“行啊，没问题！”

陈幼红几次要脱口：我的不是你的！但是，她忍住了。她到底抵抗不了魏一伦的温暖喜悦，抵抗不了他久违的、生机勃勃的美妙。

二手破宝马终于把他们送到了家。这期间，母亲已经来过三个电话，关于今晚古董安防问题、关于明日出行安全、关于未来资金规划。陈幼红看出母亲小题大做的深层心思，有点不悦，故意轻描淡写说：“拉倒吧，没那么严重，到时没准就是两个破碗！屁也不是。你省省啦！我看就是两个破碗。”

魏一伦说：“你妈那个财迷，今晚该睡不着觉了。对了！让她别跟‘的话’说！”

“废话，她是什么人！再说这跟‘的话’有什么关系！”

魏一伦笑：“虽然她精明，但女人说不准，交代一下总好。”陈幼红其实也不踏实，便打母亲电话，她老占线。“可能电话没放好。”她说。魏一伦说：“是太激动了，嘿嘿。”魏一伦又说，“也可能正跟‘的话’汇报呢。”

陈幼红狠狠白了魏一伦一眼。

自从母亲和“的话”有点意思以来，“的话”的三个女儿，看幼红母亲就像看横空里杀出的抢匪，没一个给母亲正常脸色，不是伪善礼貌的虚假客气，就是明显的冷淡或公然的猜疑，有个女儿甚至借别人家一个黄昏恋争夺财产的故事，说：“还是咱爸省心，咱爸的财产可都给了三个外孙了！他自己什么也不留。”另一个女儿就接腔：“咱爸要的是真感情。”最后一个女儿说：“真是，人家未必都是图老爸的钱来的。”

母亲把这些对话，转给陈幼红听的时候，陈幼红很生气，说：“那你怎么说？”母亲说：“我能说什么？我又没有和他明确关系！”陈幼红说：“那‘的话’怎么说？”母亲说：“傻笑！——天知道真傻还是假傻！”

“我就不明白你为什么一定要跟他？”

“谁说我一定要跟他？”母亲说，“现在还不是跳舞练剑唱唱歌？”

七

魏一伦今天的脾气特别温存典雅。

车子拐进他们小区要经过一段正在翻新的水泥路，路面比较狭窄，人挤车、车挤人地通过不容易。但这会儿下班的高峰期已经趋缓，人不多，前面有两个老人在慢慢走，一个拄着四脚拐杖，拖着条腿移步，另外一个也许是他老伴，搀扶着他。魏一伦的车慢慢地跟着他们，没有按喇叭要他们让道，这么地居然走了十来米，两个又聋又慢的老人，显然没意识到身后有辆汽车跟着他们在慢慢移动，依然慢慢拖擦移行，陈幼红焦急之后忽然感动。魏一伦基本是个车怒族，有一次，陈幼红母亲搭他们的车，事后说，七公里的路，他按了十二次喇叭，两次摇下窗，挥拳痛斥和威胁路人或其他司机，还在车里说了四次“我操”。母亲这么说，是佐证陈幼红控诉他是个急暴性子。母亲笑着说，陈幼红听了也忍不住笑，立刻想起来魏一伦开车还摇窗啐过他车唾沫的丑事。母亲笑道，人说开车最见真性情。挑女婿挑媳妇，你跟他跑一天车，什么德行，一清二楚。

如果母亲今天跟车，就会发现她的女婿其实蛮有绅士情怀的。比如，现在。

等老人移行的当儿，陈幼红困乏地打了个哈欠，魏一伦扭脸，就在陈幼红的嘴巴不可遏制地张到最圆最大之际，魏一伦的食指，直指她的嘴巴正中心，看上去就要直捅喉咙。陈幼红笑了，但还是有些紧张。这是热恋新婚时玩的游戏，第一次魏一伦剑指她哈欠时无法闭关的嘴巴时，她吃惊得无以复加，以为手指要入侵，致使哈欠匆忙潦草。但很快明白不过是惊险游戏，两人一起大笑。之后，无论谁打哈欠，另外一个一定赶将过来，剑指十环。那个动作总是带来两个人的无限开怀。

一对老人终于发现后车已陪他们移行多时，赶紧让道，同时点头致歉。魏一伦和他们挥手道别。陈幼红却在想刚才历险的呵欠，不知不觉，他们至少七八年没有玩这个游戏了。

这个晚上，说不出的甜润、宽广。

尽管表面上看，和近几年来的彼此相对常态，他们彼此话不多，但他们都感受到了对方脸上的宁馨，感受到内心的轻盈，双方似乎都在力图镇定淡泊，表现出对天大惊喜越来越淡定。这期间，魏一伦轻描淡写地提醒："给你妈去个电话吧。"

陈幼红出于对母亲智力的充分信任，直到厨房收拾好才打。这个电话，让她不舒服，母亲居然跟"的话"说了他们家的惊天新闻。

陈幼红说："妈，你这是怎么想的？不是八字没一撇的事吗？"

母亲做了分辩，一是"的话"主动打电话的；二是，她本来压根也不愿说这事，主要是被“的话”二女儿气的。母亲说：“我要图钱，找比他父亲大的官，别人也介绍过的。我和那老头成不成，我都必须告诉她，我们是有千万财产的人，睁开你们的狗眼，看看清楚！”

“你跟他怎么说的？”陈幼红问。

“我就说我们参加鉴宝会了。那里，成百万上千万的东西，多的是！”

“你说我的两个破碗了？”

“说了。我就要让他们一家眼红！我们不是穷光蛋！”

“妈，这碗可能一钱不值。万一真值点钱，我什么人也不想说。我不要人笑话，也不要人羡慕。我只想一个人安安静静地过日子，我不要打扰。”

母亲听出了女儿的批评，也听出了女儿从来不说“我们”，而是说“我”。电话因此静了音。陈幼红想挂电话，到底不敢。母亲说：“‘的话’说，他和我结婚，最好还是先住我这边，省得他女儿们以为我真要谋他的三房两厅！那个嘴最尖的老二，更是狗眼看人低，说什么我的退休金不过比最低保障线多了二百五……”

陈幼红听了非常恼怒，但她此刻不想声援母亲。等估价出来，那个时候，生活任何方面的主控权都在她手上，那个糟老头子母亲不嫌弃他，是他的造化，那几个精明势利的女儿更不过粪土三堆，走着瞧吧。走着瞧。

陈幼红说：“妈你明天还要去吗？”

母亲显然已经感受到女儿微妙的语气，她审慎而委屈地迟疑着。陈幼红意识到自己的残忍，笑着说：“你不累就再陪我们去好啦。”

母亲释然：“累什么自家人，你需要我就去。这节骨眼上，自己家人才是最可靠的！”

魏一伦在网上紧急恶补古董知识，关于秘色瓷，关于青瓷、哥窑。他手里拿着放大镜，不断用新知识来观察当年蜜月所购的地摊货。因为心里已经被清瘦老者打了底，所以，他现在是越看越狂喜，越对照越亢奋。最后他宣布："这两个宝贝，保守估计，价值两千五百万！老婆啊老婆，你真是仙女下凡啊！这样的慧眼，完全是天生无智师啊！和你的智慧相比，我们这些学问、经验满肚子的投资理财顾问和你相比，简直就是行尸走肉。惭愧啊，老婆，谢谢，我们家多亏了你啊！你是我们魏家的神仙！"

陈幼红鄙夷地接受了这个甜腻的马屁。

傍晚起的大风，阵阵敲击拉窗，大好生活里，月色喜人。

浴室里，陈幼红喊："一伦，帮我去晒台收下浴巾！"

魏一伦拿了浴巾，敲门，陈幼红伸手，却拿不到浴巾，伸头一看，魏一伦像天使一样张开翅膀，浴巾在他怀抱前铺展。魏一伦笑，说："进来。我的城堡。"

陈幼红居然有点羞涩，魏一伦上前一步包起妻子，一个深呼吸，把肥胖的妻子抱起，直接进了卧室。很久都没有练习了，彼此的身体有点认生。但好在他们的心已经宽广辽阔如月色，包容下万水千山。

缱绻完毕，各自睡去。睡意蒙眬间，魏一伦咕哝："我就知道你妈要去炫富。"

陈幼红听了不悦，但翻身不睬。

魏一伦咕哝："她比我们还激动。"

陈幼红说："你比我还激动。"

八

一大早，母亲打来电话，说："小魏车况不好，万一半道抛锚了，可是不得了，预防万一，不如让'的话'接送好了。"陈幼红断然拒绝。

魏一伦说："大不了我让黄润西把奔驰给我用。只是，魏一伦看了看钟说，恐怕时间有点紧了——要不我叫他开过来好啦。我们换车！"

"神经病啊，"陈幼红说，"你要全天下人都知道你家有两千万吗？什么事！"

魏一伦笑，说："行，行，听你安排！"

陈幼红说："看人家中彩票的，才五百万就戴口罩、眼镜什么的，听说还有人戴防毒面具去领钱……我现在就理解他们了，我要那么多人注意干什么，又不是坐地分赃、见者有份啊。"

"那还是开我的车吗？"魏一伦说。

陈幼红说："低调自然一点好啦。我们开你的车去。等鉴定结果一出来，你先护送我妈和我进的士，然后，你的车随后好了。"

魏一伦说："我这车磕磕绊绊的，真有人打劫你们，我还救不了你们呢。干脆我们一起打的来回好了，不不不，我们直接送银行保管箱。那才安全稳妥。存了东西从银行回来，我们就直接去汽车城挑辆新宝马，你也该去学车了……"

"学车？现在？我们单位正要洗牌清人呢！"

"嗐，真是我的傻婆娘！你搞清楚啊，现在，不是你的老板要不要炒你鱿鱼，而是你——陈幼红——想不想炒你老板鱿鱼！懂吗，你的生活已经天翻地覆慨而慷，今非昔比啦！你已经到达了人生新境界，这个新境界就是，你可以对任何人拍桌子！你有最大的尊严！”

陈幼红忍不住笑起来。这时，电话响了。陌生号码，一接听，居然是母亲的男朋友——从来没有通过电话的人。这个来电让陈幼红意外又别扭。

“哎，小陈，我不放心啊，不稳妥的话，还是危险的。所以，还是慎重点，因为几千万的话，不是几万啊。我的话，还是亲自来一趟吧。本来我的话，是要去打桥牌的，节骨眼嘛，最信任的人不帮的话，不安心的……”

陈幼红冲着魏一伦，把自己肥胖的脸，扭得像天津大麻花。

“不要跟伯伯客气，见外的话不好。我的话知道你们的车坏了，所以，心里急。现在的世道，人心的话都跟疯狗似的，我的话还是亲自接送你们。”

陈幼红五官端正地说：“张伯伯，我们已经在路上了。谢谢你了。”

“那，我和你妈来接你们回来！人多的话好办事，我们小区，上个月一个买早餐的就被人抢了，她走在……”

陈幼红挂了电话。挂了电话，陈幼红眯缝着眼睛，鄙夷地微笑。电话又响了，她把电话扔给魏一伦，魏一伦说：“我懒得接。”

陈幼红也不接。电话就在沙发上响着。两人各自进行出门前的准备工作。

电话终于无趣地停了。不一会儿又响了起来，还是那个陌生电话号码。魏一伦说：“我们打的去，你跟你妈说，她可别又去告诉那糟老头子。我看你妈干脆也别去了。”

陈幼红觉得也是，但沉吟着，她怕母亲有想法。电话还在顽强地响。陈幼红用沙发靠枕压住，自己拿了魏一伦的手机，打妈妈电话。妈妈很快接了，一接就撇清责任地大声说："我可没有邀他去，是他自己坚决要去的。哼，以前要用他一下车，不是说大外孙在用，就是老三去购物，不然就是小外孙已经偷偷开走，什么时候这么积极主动啊。他爱表现你就让他去吧！我们省油。"

"我神经病啊！"陈幼红说。

"我就知道他自讨没趣，活该。"母亲说。

"好了，我的事跟他无关。我们决定打的去了，所以，不去接你了。你怎么走？"

母亲没有马上回答。陈幼红说,"你可别叫'的话'送你！我烦！"

母亲说："我又不稀罕他送！我还不是不放心你。你若嫌人多，我不去也没关系了。"

"你当然要去了。"陈幼红说，"不是说好了的？你也打的去吧。我报销！"

母亲笑："我还没有穷到那个地步。我打的就是了。"

"的话"的电话，居然又响了三次。真是够顽强的。陈幼红厌恶至极地接起，既不想解释为什么不接电话更不想道歉，哪知"的话"欣喜若狂："哎哟，吓我啊，你们没事吧？"

陈幼红莫名其妙，说："啊？"

"没事的话就好啦，电话通得好好的，忽然的话就没有声音了，连续打就再没有人接电话，我当场就想，是不是车子出事了……"

"什么乌鸦嘴嘛你！"陈幼红怒不可遏，很放肆地吼过去。"的话"竟然也不介意她不敬老，反而谦恭地说，"我的话不是担心嘛，我这人一贯心细。你没事的话，就好了……"

陈幼红再次掐了他的电话。她说："他再打进来，我就把手机扔下楼！”

魏一伦说：“你看，有钱人的脾气已经出来了。好，扔！”

九

陈幼红和魏一伦一起坐在的士车的后排。魏一伦提护着电脑包，里面有那两个碗碟。现在，它们不再是旧报纸包裹，而是分别用两块红丝绒包好。魏一伦随时把电脑包在腿面上托起，怕颠簸震伤了它们。两口子很长时间没有并排坐了，行驶间，魏一伦用手挑了下陈幼红的鬓发。陈幼红假装看车外风景，对这个动作没有感觉。车子又开了一段，魏一伦低声说：“哇，你有根白头发呢。”说着魏一伦又挑拨她的头发，说，“我替你拔掉。”

陈幼红说：“早就有了，才发现。”

“哪里，”魏一伦抚摸她的头发，“你的头发一直很漂亮。”

这期间，的士师傅因为在一个检修管道地段抢红灯，差点撞到一个推童车的妇女。一个紧急刹车，让陈幼红的头撞到了的哥椅背，魏一伦死死护住包，肩膀撞到了陈幼红右臂。

的士司机为推卸责任，大声诅咒那个女人瞎走，早晚得死在路上。

魏一伦骂道：“师傅，你今天开车最好给我小心点!！否则你赔不起！”

陈幼红痛得哼哼，说：“看出来了，那个包比我性命重。”

魏一伦笑，一边伸手要抚摸幼红起包的额角。陈幼红打开他的手，那手又温存地抚摸上去。陈幼红说：“这手很无耻。”

“咦，”魏一伦说，“我护的是谁的宝贝啊！这么说真没良心。”

“那你承认这宝贝是我一个人的？”

“夫妻本是一个人，谁是谁啊，法律上还不是有共同财产一说？谈恋爱买的，可以不算；蜜月买的，我不想要也是违法的。有福同享有难同当，这就是夫妻！”

两人一时无话，师傅没话找话地说：“呵呵，上我这车，两分钟我就能搞清楚他们是恋人还是夫妻。我还以为两位是恋人呢。嘿嘿，二位不容易啊！恭喜恭喜。”

魏一伦无声笑了，又抬手摸陈幼红后脑勺。陈幼红甩头，但也微微笑了。

电话响了，是幼红母亲打来的。

“太过分了！”她说，“简直厉害得要吃人！他家老大要向你借钱！”

陈幼红立刻就听懂了，是“的话”家的大女儿。母亲既然已经发火了，她就很淡然，说：“她借什么钱啊？你到了吗？”

“在路上。电话接了实在气不过，就干脆给你打过来。她说她孩子出国，正急着要筹一笔款子，看你能不能先借她五十万，应个急。”

陈幼红笑：“是你告诉她我有两千万了？”

母亲说：“我告诉她！我二百五啊我告诉她！肯定是她父亲跟她吹的！他以为他傍大款了呢。那老大平时精得五块钱都要看是不是假币，现在，一开口五十万！五十万，她也真敢开这个口！”

陈幼红笑：“好哇，她敢直接跟我开口，我就借。”

“疯啦你?!”母亲叫起来，“你还真把她当一回事呀？那三个女儿是怎么瞧不起我们的，你统统忘了？你给了老大，还有老二，还有老三，他们家我早就看透了。我告诉你，红，‘的话’那种男人，我都要重新考虑呢！一分不借！我们不开这个坏头！”

“好了好了，”陈幼红说，“别浪费电话了，马上就见面了。”

合上电话，陈幼红苦笑：“一伦，看来我妈好像已经是大款了。”魏一伦说：“是啊，她已经有了很多大款的烦恼。”

两人和好，默契地笑。

出租车在新时代广场停下，陈幼红等魏一伦买单，一起从右边下，这时，她的电话又响了。也是陌生号码。接起来是一个春天般繁花似锦的问候：“我说我怎么最近老是左眼跳，原来贵人就在我们家啦。”说，“嘿，猜得出我是谁吗？”

陈幼红茫然，对方说：“哎哟，连我的声音都猜不出了。”女声咯咯笑着。陈幼红以为是自己久违的同学，却不明白她和谁一家人。对方笑道，“幼红，我是丝娜呀！”

——“的话”的女儿，尖嘴老三！

陈幼红简直有晴天霹雳的感觉，肯定没有好事，所以，她立刻就鄙夷而愤怒，而不耐烦。但是，她的个性还是温和的，所以，她说：“丝娜呀，你好。有事吗？”

“哎呀，你真是我的贵人！你是我们家的贵人！你不知道，我已经半个月没有睡好觉了！我有个同事要去上海，把她家的房子便宜卖给我，这不是机会难得吗？你知道，我们老跟爸爸挤也是不行的，你妈和我爸，也不方便。可是，她那房子一下子要一次性结清，如果我拿不出，她老公的堂弟要接，急煎煎的。可是，我在先啊，但我一下子又拿不出八十八万，正好你成千万富翁啦，太好啦，太及时啦！贵人哪，幼红，你赶紧接济我一百万，因为接过来也要装修什么，干脆给我个整数，我出来住，你妈妈也……”

“你说段子啊，”陈幼红咯咯笑，“我什么时候成千万富翁了？”

“你们不是有两个一千年的古董？不是鉴定了吗……”

“笑死我了！什么一千年，不过是赝品。几百块钱的破碗。我们只是来上个古董知识讲座，你这样说，丝雅、丝婷要笑掉大牙啦。你赶紧找你们亲姐妹筹钱吧，便宜的房子可不是便宜大白菜，错过了这个村就没有这个店了。拜。”

陈幼红把电话挂了。等她和母亲会合，一起谴责嘲讽完“的话”和他的三个女儿，就商定把电话关机了。母女都一起关机了。魏一伦笑着点头表示佩服，说，有钱人不是无情无义，是他有本钱无情无义了。

陈幼红听出他骂人，娇嗔地白了他一眼。

没想到今天来鉴宝的人更多了。陈幼红说，怎么还这么多人啊。魏一伦说，因为想一夜暴富的人数也数不完。那个清瘦老者还在，有人在给他看一个花里胡哨的大瓷盆。幼红母亲对幼红说，这个周老师，真的很了不起，你看他肚子里有多少学问哪。幼红盯着老人看了一会儿，决定起身过去凑热闹去了。她还没走到跟前，周老师却起身跟那些等候的人们告辞。有人挽留，他笑着摇手坚决走了。陈幼红只好退了回来。

远远地，那个没有被周老师预鉴的男人明显失落，一个长相像甘蔗头一样，胡子拉碴极干瘦的男人过去借火的时候，安慰了一句说：“拉倒。这周老师说不准是托，我就没见他说一个东西不好。”那个男人不解地看着他。那个“甘蔗头”却走远了。

叫到陈幼红号码的时候，夫妻俩都被人领了进去，陈幼红母亲也想跟进去，被一蓝西装礼貌阻拦，说：“对不起，太太，里面需要非常安静。你们人太多了。”

幼红说：“妈，那你就在这儿等吧。”

里面，一张白色的桌子，就像个手术台。两盏奇怪的灯雪亮而不刺眼地照射着台子。为首的专家穿着便衣，胸前挂着奇怪的眼镜。三个着白大褂的年轻人坐在桌边，考量着进来的人是不是真的身藏瑰宝。夫妻俩情怯怯的，走近手术台的脚步声，消失在厚厚的地毯上，这使他们兴奋而心慌。

一位西服小姐收了魏一伦手里的票，说："等下，如果要鉴定证书的话，一张五百。"魏一伦连忙鞠躬点头。魏一伦把电脑包打开，小心翼翼地打开一件丝绒布。是那个古碟，就是昨天清瘦老者惊叹的古越窑的秘色瓷。染过发的便衣专家斜瞥了一眼，大手很轻率地抓过，看了看放下，穿白大褂的年轻人也相继拿起，他们显得比较小心谨慎。几个人的交谈，简洁得像接头暗号，完全令人摸不着头脑，虽然魏一伦恶补了一夜古董常识。因为听不懂，他对这些人莫测高深的眼神和短语，更加崇敬。专家最后一次又拿起，在灯下比较仔细地看了看，即对左右徒弟一样的两个年轻人说：

"东西没错。"

陈幼红、魏一伦一起感到气管的轻微痉挛。陈幼红用手堵住了嘴，怕自己情不自禁；魏一伦则大张嘴巴，深深呼吸，力图镇静。

专家说，隋朝的，但是破得太厉害，品相不好，有历史价值而没有经济价值。

"这个……"魏一伦说，"算破得厉害？"

专家没有回答，他身边的一个徒弟说，品相太次。没用啦。

"你是说——不值钱？"魏一伦说。

"怎么只想钱呢？历史价值很高啊，这是无价之宝！珍藏吧。"专家说。

"到底能卖多少钱？我是说，如果我急需用钱的时候。"

徒弟模样的年轻人都笑了，一个说："没有经济价值，你卖它干吗？一钱不值。”

魏一伦几乎生气了：“那你为什么鉴定是无价之宝？”

那徒弟轻笑：“一钱不值，往往就是无价之宝。这你都不懂？你要鉴定证书的话，请那边走。”魏一伦盯住他，专家已经不愿搭理这样的鉴宝人，他压根不看魏一伦，陈幼红连忙掏出另一块丝绒布包。这就是昨天震撼到清瘦老者的、令他目光贪婪的“哥窑”。

陈幼红的母亲在外面，焦急得坐立不安。不知怎么的，她有种感觉，陈幼红夫妇出来可能会对她很潇洒地说，不值钱啦，都是假货、地摊货！幼红会说：“我早就叫你别激动，我们还是穷人！”她肯定一副无所谓的样子。

这个场景的设想，让她感到一丝悲凉。她不由想起幼红死去的父亲。做母亲的，突然感到无言的孤单。人心都是向下长的，她的这颗心，永远向着女儿，至死不悔；而女儿的心，向哪里呢？她没有孩子，不会向下，会不会就因此回向母亲，陈幼红的妈妈，并没有感到信心。幼红打发丝娜的话，说得多么自然真切啊。你知道哪句是真话？

母亲坚信那东西是真的。她直觉肯定它们超过千万，它们必定是乡下盗墓人弄出来的。绝对。想到这儿，幼红母亲一阵潮热。

新时代广场的草坪大钟，指向十一点四十七分。